REDRUM

Das Mordversprechen
2. Auflage
(Deutsche Erstausgabe)
Copyright © 2018 dieser Ausgabe bei
REDRUM BOOKS, Berlin
Verleger: Michael Merhi
Lektorat: Stefanie Maucher
Korrektorat: Jasmin Kraft/Silvia Vogt
Umschlaggestaltung und Konzeption: Mark Freier

ISBN: 978-395957-824-0

E-Mail: merhi@gmx.net
www.redrum-books.com

YouTube: Michael Merhi Books
Facebook-Seite: REDRUM BOOKS
Facebook-Gruppe:
REDRUM BOOKS - Nichts für Pussys!

MOE TERATOS

RATZ

DAS MORDVERSPRECHEN

Zum Buch:

Tomas Ratz, ehemaliger Ermittler bei der Mordkommission Duisburg, hat sich zur Ruhe gesetzt und sich den Traum vom eigenen Buchgeschäft erfüllt. Eines Tages betreten zwei junge Männer seinen Laden, vermeintliche Kunden. Doch dann eskaliert die Situation. Sie überwältigen ihn und Tomas wacht in Ketten gelegt in einer Zelle wieder auf. Er bleibt nicht lange der einzige Gefangene der beiden Irren. Was steckt dahinter?

Seine Frau Diana macht sich auf die Suche nach ihm. Die Abgründe, auf die sie dabei stößt, übersteigen jegliche Vorstellungskraft.

Zur Autorin:

Wenn Moe Teratos eine Geschichte schreibt, hat sie immer ein klares Ziel vor Augen: Menschen müssen sterben. Möglichst viele. Und dabei ist es ihr egal, ob sie den Figuren Zombies, Wesen aus einer anderen Welt, Mutanten oder – was ihre Lieblingsvariante ist – einen Serienkiller auf den Hals hetzt.

Bei einer Sache kann man sich bei ihren Büchern also sicher sein: Gestorben wird immer. Mal geht es schnell und schmerzlos, mal langsam und qualvoll.

Wenn sie sich nicht der Welt von Gewalt und Tod hingibt, lebt sie zusammen mit ihren Katzen und ihrem Mann ein ziemlich spießiges Leben in Duisburg.

MOE TERATOS

RATZ

DAS MORDVERSPRECHEN

Thriller

1

Wer hätte gedacht, dass ich einmal in meinem eigenen Laden stehen würde? Um genau zu sein: In meinem eigenen Buchladen. Wenn ich das jemandem vor zwei Jahren prophezeit hätte, hätte mich derjenige höchstwahrscheinlich ausgelacht und gesagt: »Was? Du? Tomas Ratz, ein Bücherwurm?«

Um keine Missverständnisse aufkommen zu lassen: Ein Bücherwurm war ich schon immer. Die wenige Freizeit, die ich neben meinem Job als Kriminalhauptkommissar hatte, nutzte ich gern, um meine Nase tief in fantasievolle Geschichten zu stecken. Und jetzt, da meine Frau und ich uns entschieden hatten, den Dienst bei der Mordkommission Duisburg zu quittieren und ein normales, ruhiges Leben zu führen, was lag da näher, als die Leidenschaft zum Beruf zu machen? Warum nicht einen Buchladen eröffnen? Das hatte sich in meinen Gedanken jedenfalls toll angehört, zu toll, wenn ich einen Blick auf die roten Zahlen riskierte, die mein ach so genialer Laden abwarf. Bei aller Euphorie und der Vorfreude darauf, nicht mehr jeden Tag im Einsatz die eigene Haut zu riskieren, sondern Regale einzuräumen und den Kunden den neuesten Bestseller zu empfehlen, hatte ich die Tatsache, dass die Onlineshops den kleinen Geschäften um die Ecke die Luft zum Atmen nahmen, komplett verdrängt.

Lange Rede, kurzer Sinn: Mir fehlten die Kunden. Ich hatte versucht, deutsche Autorengrößen wie *Flammik* zu einer Lesung zu holen, bekam auf meine Anfragen allerdings nie eine Antwort. Und dabei hätte ich ihre Hilfe doch so sehr gebraucht. In Zukunft würde ich viel Geld benötigen und der Laden warf nicht einmal einen Teil davon ab. Wenn sich in Kürze kein Erfolg einstellte, würde ich schließen und in meinen alten Job zurückkehren müssen. Meiner Frau hatte ich noch nichts von den Problemen erzählt. In ihrem Zustand durfte ich ihr keine weiteren Sorgen bereiten. Ihre eigenen reichten schon.

Vom Stapel der vor wenigen Minuten gelieferten Bücher, nahm ich eines und betrachtete den Einband. *Mord im Schullandheim*, der neueste Kracher von *Erik Flammik*. Vielleicht sollte ich ihn erneut anschreiben und um Hilfe bitten?

»Der kommt sowieso nicht«, seufzte ich und räumte die Bücher ins Regal.

Vorrausschauend hatte er nur zwanzig Stück davon bestellt und selbst bei dieser kleinen Menge bezweifelte ich, sie abverkaufen zu können. Wenn ich Glück hatte, kamen drei bis vier Käufer am Tag. Es gab aber auch Tage, da kam kein Einziger.

Ein paar Schritte vom Regal zurücktretend, überprüfte ich es mit einem Blick. Alles war ordentlich und fertig für die Kunden – falls heute welche auftauchten. Ich ging zur Ladentür, schloss sie auf und schlenderte zu dem Platz, an dem ich die meiste Zeit der nächsten Stunden verbringen würde – abgesehen von Pinkel-, Kaffee- und Rauchpausen, von denen ich viel zu viele machte. Diese verhassten Glimmstängel waren ohnehin ein immer wieder aufkommendes Streitthema zwischen meiner Frau und mir. Gewiss hatte ich Verständnis für sie, sie jedoch nicht für mich. Sie war diejenige, die in unserer Beziehung die Hosen anhatte. Da war ich wahrscheinlich nicht der einzige Mann, dem es so ging. Nehmen wir dieses Beispiel:

Ihre Frage: »Kaufen wir uns einen Hund?«

Meine Antwort: »Nein. Der wird sich nicht mit den Katzen vertragen.« Zwei hatte ich mit in die Ehe gebracht.

Sie konterte: »*Deine* Katzen vertragen sich mit niemandem.« Da konnte ich ja nichts für, dass die beiden meine Frau ständig anfauchten …

Mein letzter Satz zu diesem Thema: »Es kommt kein Hund ins Haus, basta!«

Und was war drei Tage später? Die Tür meines Buchladens ging auf und Diana stand auf der Schwelle. Im Arm ein kleines, ja, winziges Knäuel aus braunen Haaren, mit zwei bernsteinfarbenen, riesigen Augen, viel zu großen Ohren und einer schwarzen Stupsnase.

»Schau mal!«, rief sie und lief mir freudestrahlend entgegen.

»Was, zum Teufel, ist das?«

»Ein Hund«, sagte sie grinsend.

Ich betrachtete das aliengleiche Wesen auf ihrem Arm und stieß aus: »Das ist doch kein Hund! Chihuahuas sind Kanalratten, Wadenbeißer, Fußhupen, alles, aber keine Hunde!«

Ihr Grinsen wurde breiter. »Siehst du, darum darf ich ihn behalten. Es ist ja keiner.« Sie bückte sich und setzte das winzige Tierchen auf dem Boden ab.

Mir kam unsere Diskussion von vor drei Tagen in den Sinn und ich schlug mir gedanklich gegen die Stirn. Ich hatte *nein* zu einem Hund gesagt und meine Frau hatte mich ausgetrickst. Ihr war klar gewesen, was ich von diesen Modehündchen hielt, und hatte meine Ansicht gegen mich verwendet. Gerissenes Biest.

Den Versuch, die Katastrophe Mini-Hund abzuwenden, unternahm ich gar nicht erst und fragte: »Wie heißt er?«

»Cupcake!«

»Bitte, was?« Inständig hoffte ich, mich verhört zu haben.

»Cupcake, weil er genauso süß ist!« Als sie das sagte, beugte sie sich zu dem winzigen Fellknäuel mit den dürren staksigen Beinen hinunter und tätschelte sein Köpfchen.

Mit geschlossenen Augen atmete ich dreimal tief durch und sagte mir im Stillen: *Lass sie, du kannst eh nichts daran ändern, lass sie, du kannst eh nichts daran ändern.*

»Findest du ihn nicht putzig?« Aus dem Klang ihrer Stimme hörte ich Unsicherheit heraus.

Selbst wenn ich gesagt hätte: »Natürlich nicht, Schatz! Er sieht nicht aus wie ein süßer Cupcake, sondern wie ein verunglückter Laborversuch. Lass ihn uns von seinen Qualen erlösen«, hätte sie ihn behalten. Darum wiederholte ich nur weiter stumm mein Mantra: *Lass sie, du kannst eh nichts daran ändern …*

Zu meiner Frau sagte ich nur: »Klar, er ist herzallerliebst.« Ich hockte mich vor ihn und hielt ihm meine Hand hin, damit er daran schnüffeln konnte. Und was soll ich sagen? Das Mistvieh knurrte mich an und pisste auf den frisch verlegten Parkettboden in meinem Buchladen. Herzlichen Glückwunsch!

Dies alles geschah vor einem Jahr, und bis heute hat sich nichts an dem Verhältnis zwischen Cupcake und mir verändert. Er mag mich nicht und ich ihn nicht. Aber Hauptsache, meine Frau war glücklich, ich hatte ja meine Katzen. Seltsam, wie das mitunter lief. Meine Tiere mochten sie nicht und ihres mich nicht. Eigenartig.

Während ich an die erste Begegnung zwischen mir und dem Chihuahua dachte und mich dabei ein leichter Schauer überkam, klingelte das Glöckchen an der Ladentür, das ich angebracht hatte, damit ich über Besuch – im besten Fall ein Kunde – informiert wurde, sollte ich mich in einer meiner vielen Pausen befinden.

Ich sah auf die Uhr. Die Tür war seit zehn Minuten geöffnet und schon der erste mögliche Käufer? Neuer Rekord! Als ich aufblickte, sah ich zwei Männer, etwa Anfang bis Mitte zwanzig, in meinem Laden stehen und sich umsehen.

»Guten Morgen!«, begrüßte ich sie überschwänglich, offenbar etwas zu sehr, denn einer der beiden zuckte zusammen – aber was sollte ich machen? Über jeden Kunden freute ich mich so, als wäre er ein Arzt, der mir verkündete, dass meine tödliche Krankheit doch nicht so tödlich war.

»Wie kann ich Ihnen helfen?«, fragte ich.

»Äh, der, hier, wie heißt der, der mit dem, ach, Herrgott noch mal, jetzt hilf mir!« Der Größere und Kräftigere stieß seinem Freund, einem schmalen Männchen, den Ellenbogen unwirsch in die Rippen. »Wie heißt das Buch, das wir ihm besorgen sollten?«

»Hast du es dir nicht aufgeschrieben? Ständig sag ich dir, nimm dir Stift und Papier und notier dir die Sachen. Immer vergisst du was.« Der schmächtige Kerl wühlte in seiner Jacke und holte einen zerknüllten Zettel hervor. »Du kannst froh sein, dass du mich hast. Sonst würdest du deinen Kopf zu Hause vergessen.« Entschuldigend sah er mich an. »Sie müssen meinem anabolikagestärkten Kumpel verzeihen, er ist nicht der Klügste, hat sich das Hirn wegtrainiert.«

»Ey! Das ist nicht nett, Otto! Ich bin nicht dumm!«, protestierte der Muskelberg wenig überzeugend.

Zur Vorsicht trat ich einen Schritt nach hinten. Der große Mann gestikulierte lebhaft mit seinen Armen, während er mit seinem Kollegen Otto schimpfte. Schien

13

nicht das erste Mal zu sein, dass die beiden deswegen aneinandergerieten.

Otto hob beschwichtigend die Hände. »Schon gut, mein Großer, ich nehme alles zurück. Lass uns das Buch holen und abhauen!«

Der andere blinzelte ein paarmal und sein Mund stand dabei dümmlich offen. Schließlich sagte er: »Ja, wie heißt das denn jetzt? Es war ein Mann, das weiß ich noch, aber dann, der, ach Otto!«

Langsam kam auch mir der Gedanke, dass er sich mit Anabolika das Gehirn weggeätzt haben musste. Der Typ bekam kaum einen klaren Satz zustande. Zum Glück erlöste ihn sein Kollege.

Otto blickte auf den Zettel und grinste mich an. »Wir hätten gern einmal *Mord im Schullandheim* von *Erik Flammik*.«

Ich machte wieder einen Schritt auf sie zu – die Gefahr, dass der Große mich mit einer seiner Pranken erschlug, während er sich aufregte, war gebannt.

»Erst heute Morgen habe ich einige Exemplare davon frisch reinbekommen!«, flötete ich und hörte schon die Kasse klingeln. Solange wenigstens ein paar zahlende Kunden meinen Laden betraten, war der Tag nicht vollständig vertan.

»Hier sind sie.« Aus dem Regal griff ich mir eine der gebundenen Ausgaben und hielt sie Otto hin. »Druckfrisch und originalverschweißt. So soll es sein.« Lächelnd erwartete ich, dass auch die beiden glücklich über ihre Eroberung waren, aber sie schienen eher betrübt zu sein. Von einer Minute auf die andere war ihre Stimmung umgeschlagen. Die Kerle wurden mir unheimlich und ich wollte sie schleunigst loswerden.

»War das alles oder brauchen Sie mehr?«, fragte ich, um die Sache abzukürzen.

14

Otto betrachtete das Buch und reichte es seinem Kollegen. »Es ist nicht leicht, es zu beschreiben.« Mit der Hand machte er eine vage Bewegung. »Wie sage ich das am besten …?« Er stockte und sah zu seinem Kumpan. Die Situation kam mir immer seltsamer vor. Der alte Spürsinn meiner Ermittlernase schlug an. Hier stimmte etwas ganz gewaltig nicht.

»Verlassen Sie bitte sofort meinen Laden!«, sagte ich barsch und die Reaktion der Männer überraschte mich nicht. Dümmlich lächelten sie mich an. Ich griff nach dem Buch, wollte es ihnen wegnehmen und sie aus dem Geschäft jagen, als Otto sich räusperte.

»Wir bräuchten da wirklich noch was und vorher werden wir nicht gehen.«

Meine Knie zitterten. Der Morgen hatte so gut begonnen und jetzt sah ich mich einer nicht einzuschätzenden Gefahr gegenüber.

»Und das wäre?« Auch meine Stimme zitterte, ich konnte meine Angst nicht verbergen.

»Sie, Herr Ratz, wir wollen Sie.« Kaum hatte Otto es ausgesprochen, sah ich aus dem Augenwinkel eine Bewegung. Und bevor ich schreien, wegrennen oder mich auf den Boden fallen lassen konnte, traf mich der harte Einband des Buches an der Schläfe und binnen einer Sekunde wurde die Welt um mich herum schwarz.

2

»Ich mach auf!« Diana wuchtete sich von der Couch und wurde sofort von ihrer Schwiegermutter zurück in den Stoff gedrückt.

»Du bleibst schön, wo du bist!«, forderte Ursula, Tomas' Mutter, die für Diana mittlerweile eine der wichtigsten Personen in ihrem Leben war. Zu ihrer eigenen Familie hatte sie den Kontakt vor längerer Zeit abgebrochen. Die *Ratzens* waren jetzt ihre Familie.

Ursula lief zur Haustür und öffnete sie. »Da seid ihr ja!«, rief sie erfreut. Diana hörte einen Hauch Erleichterung in ihrer Stimme. Ihre Schwiegermutter hatte alle fünf Sekunden auf die Uhr geschaut und befürchtet, der Besuch könnte sich verspäten oder gar nicht erst kommen.

Diana hatte diese Party nicht gewollt, Ursula zuliebe jedoch zugesagt. Das Schlimmste war, dass sie die Hälfte der Frauen, die soeben das Wohnzimmer stürmten, nicht halb so gut kannte, wie es für eine solche Veranstaltung nötig gewesen wäre. Die meisten waren Bekannte von Ursulas nachmittäglichen Spieletreffen und sie hatte sie spontan eingeladen, als Diana der Party zugestimmt hatte. Wahrscheinlich, weil sie sonst die Wohnung nicht vollbekommen hätte.

Diana hatte nur eine wahre Freundin. Sie kannten sich seit ein paar Jahren, waren aber erst kurz befreundet. Ariana Sloka arbeitete genau wie Tomas und sie selbst bei der Kriminalpolizei in Duisburg, zwar in einer anderen Abteilung, doch trotzdem waren sie sich ab und an über den Weg gelaufen. Nachdem Diana den Dienst quittiert hatte, fand sie die Zeit, sich mit Ariana zu treffen und sie freundeten sich an.

Diana betrachtete die Frauen, die freudestrahlend und mit Geschenken in den Händen vor ihr standen, entdeckte aber die eine wichtige nicht – Ariana. Hatte sie sich verspätet?

Im Chor stimmte der Besuch an: »Fröhliche Babyparty!« Plötzlich flogen Girlanden und geschätzte Millionen Konfetti durch den Raum. Das machte nichts. Ursula hatte ihr Wohnzimmer derart kitschig mit rosa Luftballons und Spruchbändern dekoriert, dass die dazugekommenen bunten Dekoelemente nicht ins Gewicht fielen. Eine Babyparty … wer hätte gedacht, dass Diana solch einen Unsinn einmal mitmachen würde?

Eine ältere Dame, Diana konnte sich nicht mehr an ihren Namen erinnern, stürzte auf sie zu, grinsend, um mit ausgestreckter Hand nach Dianas Bauch zu tasten.

»Wie geht es der Kleinen denn heute?«

Diana versuchte, tiefer in der Couch zu versinken, was ihr natürlich nicht gelang. Stattdessen ließ sie die Berührungen über sich ergehen.

Falls die noch fester drückt, kommt die Kleine nicht erst in zwei Monaten, sondern sofort!, dachte Diana, ergriff die Hand der betagten Dame und nahm sie von ihrem dicken Bauch.

»Ihr geht es gut, nur mag sie es nicht, wenn man ihr zu sehr auf den Kopf drückt«, sagte Diana.

Ursula, diejenige, die das alles organisiert hatte, spürte die schlechten Schwingungen und gesellte sich mit Häppchen zu ihnen.

»Würstchen? Ein Frikadellchen?« Sie hielt Diana und der anderen Frau ein silbernes Tablett unter die Nasen. Beide griffen zu und das Thema war vergessen, bevor es richtig aufgekommen war.

Der Lärm stieg auf ein unerträgliches Maß. Die Frauen plapperten munter drauflos und Diana schien in den Hintergrund zu rücken. Das war ihr nur recht. Das Ende dieses Schmierentheaters sehnte sie herbei. Ja, sie und Tomas bekamen ihr erstes Kind, aber war das ein Grund, so einen Aufstand zu proben, mit Leuten, die sie kaum kannte?

Ein Blick in Ursulas gütige Augen und ihre Wut verflog sofort. Vor fünf Monaten war Tomas' Vater überraschend an einem Herzinfarkt gestorben und seitdem klammerte sich Ursula an Diana, Tomas und das ungeborene Baby. Tomas hatte Diana gebeten, alles ohne Murren hinzunehmen, während seine Mutter sich im Stadium der Trauer befand. Natürlich hatte sie eingewilligt, sie war ja kein Unmensch, nur kein Fan von Babypartys … und der einzige Mensch, der ihr diese bittere Komödie versüßen konnte, war noch nicht da.

Diana winkte Ursula zu sich heran. »Wo ist Ariana? Du hast ihr doch Bescheid gesagt, oder etwa nicht?«

Ursula legte sich die freie Hand auf die Brust und wirkte ehrlich gekränkt. »Aber sicher, mein Liebes, ich würde deine beste Freundin doch nicht vergessen.«

»Entschuldige, ich wollte nicht …«

»Schon gut.« Ursula machte eine wegwerfende Handbewegung. »Frauen in deinem Zustand verzeiht man alles.« Schief lächelnd wandte sie sich ab und verteilte die Häppchen unter den Besucherinnen, während sie flötete: »Die Geschenke bitte auf diesen Tisch, Ladys, danke!«

Diana hielt sich eine Hand über die Augen und atmete durch. Hätte sie gewusst, was sie gegen den Job als Kriminalbeamtin eintauschte, wäre sie weiter auf Verbrecherjagd gegangen und nicht auseinander wie ein Hefekuchen, mit der Aussicht, die nächsten achtzehn Jahre Hausfrau und Mutter zu spielen.

Ihr war keine andere Wahl geblieben. Nach dem, was in den Niederlanden geschehen war, konnte sie nicht in ihren Beruf zurückkehren. Die Erinnerungen daran waren zu erdrückend.

Sie nahm ihr Smartphone, öffnete *WhatsApp* und schrieb Ariana eine Nachricht: *Wo bleibst du? Die alten Hennen machen mich wahnsinnig! Mein Fruchtwasser ist schon sauer geworden, haha!*

»Dein Hund bellt unaufhörlich!«

Diana zuckte unvermittelt zusammen, als Ursula unerwartet neben ihr auftauchte. Die Hände hatte sie in die Hüften gestemmt und schaute sie an, als wäre sie ein unartiges Kind.

»Kein Wunder, er ist allein in einem Zimmer eingesperrt, da würde ich auch bellen.« *Was ich in den Niederlanden auch getan habe*, fügte sie in Gedanken hinzu.

Tomas' Eltern hatten sie nur annähernd erzählt, was dort vor zwei Jahren geschehen war, es war besser so. Und für sie selbst war es ebenfalls besser, wenn sie endlich mit der Vergangenheit abschloss und in die Zukunft blickte.

»Ich sehe nach ihm. Hilfst du mir hoch?« Diana streckte ihrer Schwiegermutter eine Hand hin. Ursula ergriff sie und zog Diana auf die Beine.

»Danke, dass du dich um deinen Hund kümmerst, Liebes. Sobald du zurück bist, fangen wir mit den Spielen an.«

»Gern«, presste sie hervor und schob ihre Kugel voran Richtung Tomas' ehemaligem Kinderzimmer. Als sie die Tür öffnete, sprang ihr Cupcake schon entgegen. Im letzten Moment konnte sie den Chihuahua davon abhalten, in die Menge durcheinanderplappernder Frauen zu rennen, die bei Häppchen und Sekt den Tag genossen und den Grund, warum diese Party überhaupt stattfand, Diana, vollkommen ignorierten. Mal abgesehen von der alten Dame, die Dianas Kleine hatte zerdrücken wollen.

»Halt, hiergeblieben!« Schnell nahm sie den Hund auf den Arm und trug ihn zurück ins Zimmer. Ursula hatte nichts an Tomas' Kinderzimmer geändert, alles war noch so, wie er es verlassen hatte. Wenn man bedachte, dass ihr Mann dieses Jahr die Vierzig geknackt hatte, war das schon seltsam.

Zusammen mit Cupcake setzte sie sich aufs Bett und streichelte seinen zierlichen Kopf. »Nur ein paar Stunden, mein Schatz, dann haben wir es geschafft.« Das hoffte sie zumindest.

Dieser dämliche Trend aus Amerika … Sie hatte keine Ahnung, wie lange eine solche Party dauerte. Außerdem, was gab es denn zu feiern, wenn das Kind noch gar nicht geboren war? Vielleicht hatte sie Glück und Tomas kam eher von der Arbeit und warf die alten Schachteln aus dem Haus.

Ihr Mann und sie freuten sich riesig auf den Nachwuchs. Dianas Euphorie wuchs von Tag zu Tag und die Liebe zu dem ungeborenen Leben wuchs sekündlich. Gern hätte sie ihr Glück nur mit Tomas genossen, aber da gab es nun einmal die Familie …

Zärtlich gab sie dem Hund einen Kuss auf die im Vergleich zum Rest des Tieres überdimensional wirkende Stirn und ließ ihn allein. Diana kannte ihn. Es würde keine zehn Minuten dauern und er würde wieder das Dauergebell anschalten.

»Ah, da ist sie ja!«, rief Ursula, als Diana zurück ins Wohnzimmer kam. »Du kannst gleich stehen bleiben, Liebes.«

Diana seufzte und blieb, wo sie war. Mitten im Raum und mitten im Blickfeld der Anwesenden. Ariana fehlte immer noch. Langsam regte sich Sorge in ihr. *Bestimmt ein Notfall auf der Wache*, beruhigte sie sich und versuchte, nicht so gequält dreinzublicken, wie sie sich fühlte. Sie tat es für Ursula. Das musste sie sich nur kontinuierlich vor Augen halten, dann würde sie die Sache schon überstehen.

Ursula nahm sich einen Block und einen Stift zur Hand und deutete auf Diana. »Was meint ihr, Mädels? Wie groß ist der Bauchumfang meiner Schwiegertochter? Wer am nächsten dran ist, bekommt ein Geschenk.«

Herr im Himmel! Nicht nur, dass Diana sich niemals eine solche Party gewünscht hatte, nein, jetzt sollten fremde Frauen raten, wie fett sie durch die Schwangerschaft geworden war. Ging es schlimmer? Ohne Frage, trotzdem wünschte sie sich in diesem Moment ein Loch, in das sie sich verkriechen konnte.

Ursula kam mit einem Maßband wedelnd auf sie zu. »Ich mache die Kontrollmessung und dann geht es los!«, flötete sie und stellte sich vor Diana. »Los, Liebes, das Hemdchen hoch.«

»Ursula, ich weiß nicht …«

»Vor uns brauchst du dich nicht zu schämen, das wird lustig!«

Sich auf die Unterlippe beißend, hob sie ihr Hemd hoch. Ursula brauchte ein paar Anläufe, bis sie die genaue Zahl hatte. »Respekt, Diana, das nenn ich einen stattlichen Bauch.« Heimlich schrieb sie sich das Ergebnis auf, von dem Diana hoffte, dass es nicht im dreistelligen Bereich lag, und ging zurück zu den anderen Glucken. Selbst ihre Kleine schien nicht begeistert zu sein, von dem, was gerade passierte. Wild trat sie um sich, als würde sie in Dianas Gebärmutter Fußball spielen.

Sofort riefen die Frauen Zahlen durcheinander, wobei von siebzig bis hundertzehn Alles vertreten war. Ursula notierte artig die abgegebenen Tipps und Diana fragte sich ernsthaft, was an solch einer Babyparty toll sein sollte. Gut, klar, es gab Geschenke, die sie kurz nach der Geburt voraussichtlich gut gebrauchen konnte, aber dieses Trara war eher eine Veranstaltung, bei der sich jeder bis auf die Schwangere besaufen und vollfressen durfte.

»Du kannst dich setzen«, sagte Ursula. »Ich werte derweil das Ergebnis aus.«

Mach das!, dachte Diana. *Sehr gnädig von dir.* Sie mochte ihre Schwiegermutter, wirklich, aber seit dem Tod ihres Mannes hatte sie einen Knacks. Die Frau war hibbelig und bemutterte Tomas, als wäre dieser wieder zehn Jahre alt. Auch Diana und ihr Ungeborenes waren in das Fadenkreuz ihrer Fürsorge geraten. Das wäre nicht schlimm, wenn Ursula nicht einen Teil ihrer Warmherzigkeit eingebüßt hätte. Ihre Worte klangen immer eine Spur zu schroff, zu herrisch. Tomas hatte Diana beruhigt und gemeint, seine Mutter würde sich fangen, sie bräuchte etwas Zeit, um zu trauern.

Die Damen kicherten und kümmerten sich um alles, nur nicht um Diana. Ihr war es recht. Sie nahm ihr Mobiltelefon zur Hand. Keine Nachricht von Ariana. Seltsam. Dabei war ihre Freundin ein Smartphone-Junkie, die im Dauer-Online-Modus war, selbst bei der Arbeit. Kurz: Egal wann, egal warum, von Ariana bekam man immer eine Antwort.

»So, meine Lieben, herhören. Dianas Bauchumfang beträgt stolze hunderteins Zentimeter! Gewonnen hat Liesel, sie war am nächsten dran mit ihrer Schätzung«, verkündete Ursula und alle lachten, alle, bis auf Diana. Hunderteins … Himmel! Wo sollte das hinführen? Immerhin hatte sie noch zwei Monate! Was hatte Tomas ihr da eingepflanzt?

Diana sah einen Lichtschein aus dem Augenwinkel. War das endlich Ariana? Sie blickte auf das Display. Nein, es war eine SMS von Tomas. Das kannte sie, seitdem er seine Buchhandlung hatte. Jedes Mal, wenn er das neue Buch eines Bestsellerautors ins Regal stellte, schrieb er ihr das, damit sie nicht dachte, er würde nur faul hinter dem Verkaufstresen sitzen und lesen.

Gespannt öffnete sie die SMS. Umgehend breitete sich ein unangenehmes Gefühl in ihrem Bauch aus. Dort stand: *Bye bye, my love! Ich verlasse dich!*

»Was zum …?« Ihr blieb die Spucke weg und sie starrte auf das Handy. *Was hat das zu bedeuten? Ist das ein schlechter Scherz?*

»Was ist, Liebes?« Ursula kam näher.

Diana sperrte das Display und wuchtete sich von der Couch.

»Mir ist übel, ich bin sofort wieder da!« Gespielt würgend stürzte sie an Ursula vorbei, lief zur Toilette und schloss sich ein. Mit zitternden Knien setzte sie sich auf den Klodeckel und entsperrte das Smartphone. Kurz hatte sie gehofft, ihre Sinne hätten ihr einen Streich gespielt, doch dem war nicht so. Die Nachricht war noch genauso eindeutig wie gerade.

»Was soll das, du Mistkerl?« Aufgeregt strich sie über das Display, eine dicke Träne landete darauf. Was sie da sah, konnte sie nicht fassen. Diana kannte ihren Mann, er war nicht der Typ für solche Art Scherze. Sie prüfte den Absender, das Datum, die Uhrzeit, suchte einen Hinweis dafür, dass nicht Tomas diese Mitteilung gesendet hatte, aber es nutzte nichts.

Er macht per SMS mit mir Schluss, während ich bei seiner Mutter sitze und die glückliche Ehefrau bei einer dämlichen Babyparty spiele? Das würde Tomas nicht tun! Doch die Nachricht kam definitiv von seinem Handy. Konnte es sein,

dass diese SMS gar nicht an sie gehen sollte? Dass Tomas eine Geliebte haben und es sich um einen Irrläufer
handeln könnte, der eigentlich für eine andere Frau bestimmt war, schloss sie ebenfalls aus. Es musste eine
andere Erklärung für diese merkwürdige Botschaft geben. Irgendetwas musste passiert sein! Diana brauchte
Gewissheit.

Als sie versuchte, ihn anzurufen, nahm er nicht ab.

3

»Los, drück sie weg, drück sie weg!« Der Große, der Hansi hieß, wie ich mittlerweile wusste, feierte seinen Freund Otto. »Der hast du's gegeben! Voll auf die Zwölf!«

Otto steckte mein Handy in seine Hosentasche und drehte sich zu mir um. Er schlug gegen das Metallgitter, das mich an Ort und Stelle hielt und aussah wie das in einer Gefängniszelle. »Wie ist sie denn so im Bett? Wahrscheinlich ein heißer Feger.« Er trat näher und flüsterte mir zu: »Unter uns, Ratzi, wie kommt ein alter Sack wie du an eine achtundzwanzigjährige, rothaarige Schönheit wie sie? Hm? Gibt es da ein Geheimnis, das du uns verraten kannst?«

»Bestimmt hat er einen Riesenschwanz«, platzte Hansi mit einer unqualifizierten Bemerkung dazwischen. Als sich Otto zu ihm umdrehte und ihm einen leichten Klaps auf den Hinterkopf gab, stammelte der grobschlächtige Typ: »Mensch, ich mein ja nur, wegen, du weißt schon!« Er stampfte auf, sauer über sich selbst, weil die Worte nicht so kamen, wie er es wollte.

Ich war noch nicht lange wach und richtig sehen konnte ich auch nicht. Durch die zugeschwollenen Augen wirkte manches verschwommen, aber dass diese Idioten nichts Gutes im Sinn hatten, wusste ich, seitdem ich *Mord im Schullandheim* gegen die Schläfe bekommen hatte.

Wie sie mich hergebracht hatten, wusste ich nicht. Auch hatte ich keine Ahnung, wo dieses *Hier* war. Vor einer halben Stunde war ich in dieser Zelle aufgewacht. Arme und Beine in Ketten, die in der Wand verankert waren, über mich gebeugt die zwei Irren, die mich durchsuchten. Als sie bemerkten, dass ich wach war, verprügelten sie mich. Gut, ich muss gestehen, dass ich von jemandem wie Hansi mehr erwartet hatte. Die Schläge, die er mir verpasste, wirkten eher zögerlich auf mich, doch sie reichten, um mein Gesicht anschwellen zu lassen, als wäre ich in ein Wespennest geraten.

Was genau sie von mir wollten, konnte ich zum jetzigen Zeitpunkt nicht sagen. Aus dem, was Hansi (dämlicher Name) und Otto (ebenso dämlicher Name), der mich Ratzi (noch viel dämlicher) nannte, miteinander redeten, konnte ich nichts Brauchbares filtern. Aber dass sie mir mein Handy weggenommen und Diana eine Nachricht geschickt hatten und sich über sie lustig machten, das hatte ich mitbekommen. Vielleicht ging es um eine Lösegeldforderung? Warum sollten sie davon ausgehen, dass ich für jemanden einen Wert besaß? Meine Familie hatte nie über viel Geld verfügt. Gerade genug, um ein ganz normales Leben zu führen.

Erschrocken zuckte ich zusammen, als Otto erneut gegen das Gitter schlug. »Scheiß drauf! Weshalb sie ausgerechnet einen alten Sack wie dich geheiratet hat, ist nicht wichtig.«

»Was ist dann wichtig?«, hatte ich vor zu fragen, und heraus kam: »Waf ift dann wiftif?« Meine Lippen waren derart geschwollen, dass mir das Sprechen schwerfiel.

»Hehe, wiftif, sagt er, wiftif! Und da sagst du, ich wär dumm!«, feierte Hansi sich im Hintergrund.

Sein Kollege Otto verdrehte die Augen und strich sich durch das ungepflegte Haar. Warum war mir nicht vorher aufgefallen, was für Freaks das waren, und weshalb hatte ich sie nicht sofort aus dem Laden geworfen? Vielleicht hätte ich mir das hier erspart.

Otto drehte sich von mir weg, ohne mir eine Antwort zu geben, packte Hansi am Arm und zog ihn hinter sich her. Eine Tür wurde zugeschlagen, dann war es still. Gespenstisch still. Mit meinen Gedanken war ich nun allein. Aus Erfahrung konnte ich sagen, dass das nicht gut war. Ich war ein Meister darin, mir den Kopf zu zerbrechen und in jedem Menschen und in jeder Sache das Schlechte zu sehen. Diana kannte das und hatte gelernt, damit zu leben. Apropos Diana: Dieser Schmierfink hatte gewusst, wie sie aussah! Hieß das, sie beobachteten uns schon seit längerer Zeit?

Ein wilder Impuls erfasste mich. Kraftvoll lehnte ich mich nach vorn, grub die Füße in den Dreck und stemmte mein gesamtes Gewicht von immerhin achtzig Kilo gegen die Ketten. Nichts. Kein Knirschen, kein *Pling* von aufspringenden Kettengliedern. Ich war gefangen und hatte es nur noch nicht akzeptiert.

Die Ketten erlaubten mir einen gewissen Spielraum. Und zwar den, aufzustehen und bis ans Gitter vorzutreten. Zitternd legte ich die kalten Finger um die Eisenstäbe. Diana. Meine hochschwangere Frau. Sie war allein, ahnungs- und schutzlos. Und diese Kerle kannten sie. Mein Magen verkrampfte sich. In mir wuchs die Angst. Genau darum hatten wir den Dienst quittiert. Wir waren oft genug in brenzlige Situationen geraten und die Sorgen, die der jeweils andere auszustehen hatte, waren nicht länger tragbar gewesen, nicht nach der Sache in den Niederlanden.

Aber, wie ich jetzt sah, es war scheißegal, was wir unternahmen oder unterließen. Es gab immer ein paar Irre, die uns das Leben schwer machten. Wobei mir das Motiv der beiden Männer genauso schleierhaft war wie das, was ich zu sehen bekam, als ich meinen Blick umherschweifen ließ.

Erst hatte ich gedacht, in einer Art Keller zu sein. Es war feucht, kühl und kaum Licht vorhanden. Doch nun sah ich die mit Zeitungen abgeklebten Fenster, wegen denen alles ein wenig düsterer erschien als es sein müsste. Und als ich das wichtigste Detail – oder eher die Details – entdeckte, wusste ich, wo ich festgehalten wurde. Dieses Gebäude musste einst als Pferdestall genutzt worden sein. Es gab mehrere Boxen, die genauso aussahen wie meine. Die Mauer im Rücken, rechts und links jeweils eine Holzwand, die bis zur Decke reichte und nach vorn zeigte das Gitter, an dessen Stäben ich mich festkrallte.

Die Kälte und die Panik, die in mir aufkamen, drückten auf meine Blase. Ich blickte zum Boden, der wie für Vieh auf dem Bauernhof mit Stroh ausgelegt war, dann in die Ecken meiner Zelle. Und tatsächlich: Für den Fall, dass ich mich erleichtern musste, hatte jemand einen Eimer, schätzungsweise zehn Liter, bereitgestellt.

Als ich zu ihm ging, schleiften die Ketten über den Steinboden. Es war ein abscheuliches Geräusch.

Breitbeinig stellte ich mich vor den Eimer, öffnete den Hosenstall, fasste hinein und holte meinen Freund heraus, der kleiner als gewöhnlich war. *Scheiß Kälte.*

Das Plätschern meines Urins in den Plastikeimer erschien mir viel zu laut und brachte Unruhe in die Stille. *Wer hätte gedacht, dass ich einmal angekettet in einer Pferdebox vor einem Eimer stehe und pisse?* Wenn man meine Vergangenheit betrachtete, erschien die Vorstellung gar nicht so abwegig, aber ich hätte auf dieses Erlebnis gern verzichtet.

»Hey!«

Hastig drehte ich mich um und verteilte dabei meinen Urin in der Zelle. Hansi stand vor dem Gitter. In der einen Hand hielt er einen Plastikbecher, in der anderen eine Pistole. Schnell packte ich meine Männlichkeit ein und wartete gespannt, was der große Kerl von mir wollte.

»Hier, was zu trinken.« Er deutete mit dem Lauf seiner Waffe auf mich. »Bleib wo du bist! Ich stelle es in die Zelle.« Er bückte sich, schob seine Pranke durch das Gitter und stellte den Becher ins Stroh. Ich tat, was er mir befohlen hatte und rührte mich nicht von der Stelle. Normalerweise hätte ich herumschreien und mich auf ihn stürzen müssen, einfach, weil das die menschliche Natur verlangte, aber ich war noch Profi genug, um die Situation rational zu erfassen und meine Chancen abzuwägen. Jetzt war nicht der richtige Zeitpunkt. Es war wichtig, abzuwarten, was in den nächsten Stunden passieren würde und herauszufinden, wer diese Männer waren. Ich musste unbedingt in Erfahrung bringen, in welcher Gefahr Diana und unser ungeborenes Kind schwebten und mir etwas einfallen lassen, sie davor zu beschützen. Ich selbst war dabei nebensächlich. Es gab jede Menge unbekannte Faktoren und wenn ich mich wie ein Wilder auf Hansis Arm stürzte oder wie ein Geistesgestörter herumschrie, würde mich das keinen Schritt weiterbringen. Außer, dass er mich erneut verprügeln und ich danach gar nicht mehr sprechen können würde.

»Das Abendessen kommt in dreißig Minuten.« Hansi drehte sich um und ging davon. Mir fiel auf, dass er kein einziges Mal um die passenden Worte ringen musste. Er hatte völlig normal mit mir gesprochen. Lag es nur an seinem Kollegen, diesem Otto, dass er sonst so unsicher herumstotterte? Machte Otto den Hünen mit der abgehackten Sprache etwa nervös? Ein Detail, welches ich sofort abspeicherte. Man konnte nie wissen, wozu man solche Einzelheiten noch brauchte.

Ich trat an das Gitter, hob den Becher vom Boden auf und schnupperte am Inhalt. Es roch, wie Wasser nun einmal roch – nach nichts. Da ich mir halbwegs sicher war, dass meine Entführer nicht die Absicht hatten, mich zu vergiften, nahm ich einen Schluck. Es tat verdammt gut. Mir war nicht aufgefallen, wie trocken meine Kehle bereits nach ein paar Stunden geworden war.

Mit dem Becher in der Hand ging ich in den hinteren Teil der Zelle, ließ mich an der Steinwand hinabgleiten und starrte vor mich hin. Ich versuchte, die Komponenten in meinem Kopf zu ordnen. *Zwei Männer haben mich entführt, mich verprügelt, mich eingesperrt und meiner Frau eine Nachricht geschickt. Sie kennen ihren Namen, wissen, wie sie aussieht. Wie passt das zusammen?*

Ein Kratzen lenkte mich von der wichtigsten Frage des Tages ab. Es kam von rechts. Kurzerhand legte ich ein Ohr an die Holzwand, die mich von der Nachbarzelle trennte. Vielleicht wurde die Box neben mir ihrem Ursprung entsprechend genutzt und ein Pferd schabte mit seinem Huf daran. Als ich eine schwache Stimme vernahm, verschwand die winzige Hoffnung, als Einziger in den Fängen dieser absolut Irren gefangen zu sein.

Ich klopfte gegen die Wand. »Hallo?«, fragte ich. »If da jemand? Können Fie mif hören?« Diese verdammte Schwellung an den Lippen! Ich hörte mich an, als hätte man mir sämtliche Zähne ausgeschlagen und mir obendrein die Zunge herausgeschnitten.

Mich erschreckte die Tatsache, dass ich eine Antwort bekam. Nicht, weil jemand in der Lage war, mein Nuscheln zu verstehen, sondern weil sich tatsächlich jemand auf der anderen Seite dieser Holzwand befand.

»Wer sind Sie?«, kam eine Stimme von drüben, sie klang weiblich und irgendwie bekannt, doch es war nicht Diana.

»If bin Tomaf, Tomaf Ratf!«

Als meine Gesprächspartnerin schwieg, dachte ich erst, sie hätte mich nicht verstanden, was nicht verwunderlich gewesen wäre. Aber als sie antwortete, begriff ich, dass es eher Verwunderung war, die sie kurz hatte schweigen lassen.

»Tomas? Bist du es wirklich?«

»Ja! Ja, wer if da?« Als ich aufstand, klirrten meine Ketten. Das Ohr presste ich fester an die Wand und legte beide Hände neben meinen Kopf an das Holz.

»Ich bin's, Ariana!«

4

Es klopfte an der Toilettentür. Diana erschrak als sie Ursulas besorgte Rufe hörte und ließ fast das Handy fallen. Schnell steckte sie es weg.

»Alles in Ordnung bei dir?«

»Ja, sicher, mir ist nur schlecht geworden!«, log sie.

»Ja, als ich mit Tomas schwanger war, war mir auch immer übel. Bei seiner Schwester war das anders …« Ursula verstummte. Diana wusste, warum. Viele waren von der Ratz-Familie nicht mehr übrig. Ursulas Tochter und Enkelin wurden getötet, ihr Ehemann war an einem Herzinfarkt gestorben. Sollte sie Tomas auch noch verlieren, würde die alte Frau sich gleich neben ihre Liebsten ins Grab legen und sich lebendig begraben lassen.

Diana öffnete die Tür, umarmte ihre Schwiegermutter flüchtig und flüsterte ihr ins Ohr: »Ich muss weg, hab einen Termin. Tut mir leid!«

Die kurze Melancholie, die Ursula überfallen hatte, verflog schlagartig. »Was kann bitte wichtiger sein als deine Babyparty?«, fragte sie empört.

Ein neues Auto, ein eigenes Heim, Gesundheit, Weltfrieden und vielleicht, deinen Sohn zu finden, dachte sie.

»Ein Arzttermin.«

»Davon wusste ich ja gar nichts. Warum hast du nichts gesagt, dann hätten wir die Party verschoben.«

»Es ist ein spontaner Arztbesuch«, murmelte sie und fasste sich an den Bauch. Ursula reagierte genau so, wie Diana es gehofft hatte.

»Ist was mit dem Baby? Um Himmelswillen! Komm, ich fahre dich, Kind.« Sie nahm Diana am Arm und wollte sie hinter sich herziehen.

»Es ist alles in Ordnung. Bleib du hier und kümmere dich um die Gäste! Ich schaffe das allein. Und tu mir den Gefallen, wenn Ariana auftaucht, sag ihr, sie soll mich bitte sofort anrufen.«

Ursula schien verwirrt zu sein. Besser so als die Wahrheit. Die alte Frau hatte in den vergangenen Jahren zu viel mitmachen müssen, zu viele Verluste erlitten, Diana wollte ihr eine weitere familiäre Katastrophe vorerst ersparen. Auch wenn sie sich das nur schwer vorstellen konnte, vielleicht hatte Tomas tatsächlich Panik bekommen und war abgehauen. Oder er saß weinend in seiner Buchhandlung und dachte über ihre Beziehung nach. Sie musste umgehend dort hinfahren und herausfinden, was vor sich ging.

»Gut, Liebes, ja, ich mache …«

Diana wartete nicht, bis Ursula ausgesprochen hatte. Eilig ging sie ins Kinderzimmer, nahm Cupcake unter den Arm, lief an den überraschten Damen im Wohnzimmer vorbei, schnappte sich ihre Tasche von der Garderobe und rannte aus dem Haus. In ihrer Wohnung, die sie sich im zweiten Stock des Elternhauses eingerichtet hatten, brauchte sie nicht nachzusehen. Tomas war heute Morgen gegangen und bis jetzt nicht wiedergekommen.

Ihr Wagen parkte direkt vor dem Haus. Diana verstaute den Hund in seiner Transporttasche auf dem Rücksitz und wuchtete sich auf den Fahrersitz, wobei sie eine gefühlte Ewigkeit brauchte, um ihren Bauch sicher hinter das Lenkrad zu verfrachten und den Gurt festzuzurren.

Cupcake bellte. Er schien ihre eigene Unruhe zu spüren.

»Es ist alles gut, mein Süßer!«, versicherte sie ihm und sich selbst.

Ohne Umweg fuhr sie zu Tomas' Buchladen und erfasste schnell, dass etwas nicht stimmte, denn die Tür stand weit offen. *Selbst wenn er eine seiner berühmten Raucherpausen macht, wäre die Tür geschlossen, damit er durch das Klingeln der Türglocke über Besucher informiert wird*, dachte sie schon von Weitem.

Sie stellte das Auto vor den Laden, nahm Cupcake aus der Transporttasche und lief hinein, aber niemand war im Geschäft, weder Tomas noch ein Kunde. Es roch nach druckfrischen Büchern. Tomas liebte diesen Geruch, sie hingegen hatte nie viel mit Büchern anfangen können. Sie war einfach nicht der Typ Frau, der jauchzend über einer Schmonzette zusammenbrach, weil sich Schönling X in hässliches Entlein Y verliebte. Lieber ging sie raus in die Natur oder sah sich Dokumentationen im Fernsehen an, falls das Wetter zu schlecht war, um im Wald eine Runde zu joggen. Das war ein kleiner Kompromiss. Tomas verbrachte seine Freizeit damit, seine Nase in Romane zu stecken. Das hatte er schon in der Zeit bei der Duisburger Mordkommission getan. Anfangs hielt sie seine Idee, heutzutage eine klassische Buchhandlung zu eröffnen, für schwachsinnig, aber als er nach den ersten Monaten begeistert erzählte, wie gut es lief, fand sie sich damit ab, dass ihr Mann ein Bücherwurm war. Solange es genügend Geld abwarf, warum nicht? Wenn Tomas glücklich war, war auch sie glücklich. Eine einfache Rechnung. Und der Schatz in ihrem Bauch sollte dieses Glück vervollständigen.

»Tomas?«, rief sie, in der Hoffnung, das Ganze wäre ein Scherz oder ein Missverständnis à la: *Tut mir leid, dass ich dir diese SMS geschickt habe, mein Liebling, ich war durch das Buch XY verwirrt. Lass uns nie wieder von Trennung sprechen.*

Sie schloss die Tür und setzte Cupcake auf den Boden. Sofort schnüffelte er den Raum ab, knurrte hier, fiepte dort, machte also das, was er immer machte.

Tomas mochte den Hund nicht, Diana liebte ihn dafür umso mehr. Cupcake war zu jeder Zeit für sie da, selbst nachts, wenn Tomas schlief und sie über der Kloschüssel hing, weil ihr schlecht war. Cupcake war dann an ihrer Seite, legte sein Köpfchen auf ihre Beine und wartete geduldig, bis sie fertig war. Ihm konnte sie alles erzählen. Von ihren Wünschen und von ihren Sorgen, ob sie eine gute Mutter sein würde. Daran, dass Tomas der Verantwortung gewachsen war, hatte sie keinen Zweifel. Er war ein Chaot, manchmal dusselig und oftmals zu weichlich. Aber genau deswegen liebte sie ihn. Weil er eben nicht der perfekte Mann war, sondern mehr Ecken und Kanten als Geraden besaß. Die einzige Befürchtung, die sie hatte, war, dass ein Kind alte Wunden in ihm aufreißen würde, da er bereits eine geliebte Tochter verloren hatte.

Quer durch den Raum laufend, hielt sie auf den Ladentisch zu. Tomas war genauso paranoid, wie er dusselig war. Seine Zeit bei der Polizei hatte ihn vorsichtig werden lassen und es war klar gewesen, dass er seinen Buchladen mit Kameras ausstatten würde. Die Bildschirme standen hinter der Theke, sodass Kunden sie nicht sehen konnten. Jede Nische konnte Tomas so überwachen und Langfingern zuvorkommen, wie er mal gesagt hatte. Diana hatte gelacht und gefragt, wer ein Buch stehlen würde?

Die Monitore waren abgeschaltet. Seltsam. Sonst ließ er sie ständig laufen. Sie schaltete sie ein, startete den Computer und sah sich derweil im hinteren Teil des Ladens um, dem privaten. Es war zu riechen, sobald sie die Tür öffnete. Kalter Rauch. Als sie den übervollen

Aschenbecher auf dem Tisch stehen sah, wunderte sie der Geruch nicht. Vielleicht hätte sie Tomas öfter besuchen und ihm in den Arsch treten sollen. Ordnung war nie seine Stärke gewesen.

»Tomas?«, rief sie, öffnete die Toilettentür und fand bis auf weiteres Chaos nichts Interessantes.

»Scheiße!«, fluchte sie und ging zurück zu den Monitoren. Das System funktionierte wieder einwandfrei. Sie sah Cupcake im Laden umherstreunen.

Sofort durchsuchte sie die Festplatte nach den Dateien der zurückliegenden Stunden und entdeckte nichts. Es war alles weg. Entweder hatte jemand die Aufnahmen gelöscht oder Tomas hatte die Kameras am Morgen nicht aktiviert, was sie sich beileibe nicht vorstellen konnte. Dafür war er zu paranoid. Kein Tag war vergangen, den er nicht auf Festplatte gebannt hatte und das seit fast zwei Jahren.

In seinen Unterlagen, die lose herumlagen, fand sie etwas, womit sie nicht gerechnet hatte. Die Zahlen des vergangenen Monats, unterzeichnet von Tomas' Steuerberater Josef Schlott. Ein netter Mann, ungefähr in Tomas' Alter. Über eine berufliche Ebene war ihre Bekanntschaft jedoch nie hinausgegangen.

Diana hatte erwartet, das zu sehen, was Tomas ihr ständig erzählte: »Es läuft total super, Schatz. Der Laden wirft mehr ab, als ich gedacht hätte!«

Was jetzt vor ihr lag, zeigte, dass der Laden eben keine Goldgrube, sondern ihr finanzielles Grab war, wenn sie nicht die Reißleine zogen.

»Tausend Euro Miese letzten Monat?«, stieß sie aus und schlug auf den Tisch. Ihr kam ein Gedanke: Hatte Tomas ihr deswegen diese seltsame SMS geschickt? Weil er glaubte, versagt zu haben? Verließ er sie lieber, als mit der Schmach zu leben, seine Frau und sein Kind nicht versorgen zu können?

Cupcake bellte. Es handelte sich nicht um sein normales Ich-brauche-Aufmerksamkeit-Gebell, sondern war ein Ich-hab-was-Interessantes-entdeckt-Gebell.

Enttäuscht von ihrem Mann, legte sie die Unterlagen zur Seite und folgte den Lauten. Ihr Hund stand vor dem Regal mit den Neuerscheinungen und kläffte ein Buch an, das auf dem Boden lag. Er stellte sich daneben und hob das Bein.

»Nein!«, rief sie und schob Cupcake beiseite.

Seine Reaktion ließ vermuten, dass Tomas das Buch vor Kurzem angefasst hatte. Cupcake würde seinen Geruch überall erkennen und seinen eigenen darüberlegen wollen, so, wie eben beinahe geschehen. Diana hob den Roman hoch. Schriftsteller und Titel sagten ihr nichts. Sie legte es zurück ins Regal.

Der Hund bellte aufgeregt. Das Einzige, das er wollte, war das Buch. Was mit seinem Herrchen war, interessierte ihn nicht, Diana dafür umso mehr. Mit Mühe versuchte sie, Ruhe zu bewahren, nicht die Beherrschung zu verlieren. Es war jetzt wichtig, auf sich und das Baby zu achten. Kurzschlussreaktionen und panische Kreischanfälle waren nicht das Richtige. Außerdem wusste sie, wie solche Dinge liefen. Aufregen nutzte nichts. Das würde Tomas nicht zurückbringen, sondern ihn noch weiter von ihr forttreiben, sofern an dieser Schlussmachsache etwas dran war.

Diana kramte ihr Handy aus der Hosentasche und rief Ariana an. Sie brauchte jetzt den Rat ihrer Freundin. Es tutete, bis die Mailbox anging. Entnervt beendete sie den Anruf. Per *WhatsApp* schrieb sie ihr eine neue Nachricht.

Verdammt, wo bist du? Ich brauche deine Hilfe, es geht um Tomas.

Es kam keine Antwort, obwohl Diana sie direkt um Hilfe gebeten hatte. Irgendetwas stimmte da nicht. Dianas innere Unruhe wuchs. Erst tauchte Ariana nicht zur Babyparty auf, dann kam diese seltsame SMS von Tomas und plötzlich waren beide unerreichbar? Weder zu Ariana noch zu Tomas passte ein solches Verhalten. Und obwohl das Eine wenig mit dem Anderen zu tun zu haben schien, fragte sie sich, ob es einen Zusammenhang gäbe. Sie wählte Ursulas Nummer.

»Ja, Liebes? Ist alles in Ordnung mit dir und dem Baby?«

»Sitze noch im Warteraum«, wiegelte sie ab. »Ist Ariana schon aufgetaucht?«

»Nein, sie …«

»Danke«, unterbrach sie Ursula und legte einfach auf. Ihre Schwiegermutter würde ihr das wahrscheinlich lange vorhalten, aber das war ihr im Moment herzlich egal.

Sie holte den Ersatzschlüssel des Buchladens – sie hatte Tomas mehrmals darauf hingewiesen, dass es unsinnig war, den Zweitschlüssel *in* dem Geschäft aufzubewahren und nicht zu Hause, doch er hatte nie hören wollen – und klemmte sich Cupcake unter den Arm, bevor sie den Laden verließ. Diana schloss ab und blieb ein paar Sekunden davor stehen. Das war sein Traum gewesen, seine eigene Buchhandlung. Und was war daraus geworden? Laut der letzten Monatsabrechnung zumindest keine Goldgrube, wie er behauptet hatte. Wie lange ging das schon so?

Gedankenverloren verstaute sie den Hund und sich selbst im Wagen, klemmte das Handy in die Freisprecheinrichtung und wählte Josef Schlotts Nummer. Wer, wenn nicht Tomas' Steuerberater, sollte ihr sagen können, wie es tatsächlich um ihre Finanzen stand? Vielleicht wusste er auch, ob Tomas sich irgendwo Geld geliehen hatte oder ob er vorgehabt hatte, Diana zu verlassen.

Während es im Steuerbüro klingelte, fuhr Diana Richtung Arianas Wohnung. Josef ließ sich nicht lange bitten und nahm nach dem dritten Klingeln persönlich ab.

»Josef Schlott, Steuerbüro Schlott und Söhne, was kann ich für Sie tun?«

»Hallo! Gut, dass ich dich sofort erreiche, Diana hier.«

»Ist alles in Ordnung mit dir? Du klingst gehetzt.«

»Hör mir zu! Und beantworte mir bitte offen und ehrlich meine Fragen.«

»Öhm, okay«, sagte er überrumpelt. »Worum geht's?«

»Wie schlecht steht es um Tomas' Buchladen?«

»Mir war klar, dass der Tag kommen würde. Hat mich sowieso gewundert, dass er es dir bis heute verheimlichen konnte. Schließlich warst du eine Schnüfflerin und …«

»Josef! Klartext!«

»Schon gut, schon gut.« Er holte tief Luft. Diana konnte ihn vor sich sehen. Ein geschlagener Mann, mit herunterhängenden Schultern. »Es steht sehr schlecht. Der Laden hat bisher nicht einen Cent Gewinn abgeworfen.«

»Von wie vielen Schulden reden wir?«

»Willst du das wirklich ausgerechnet jetzt wissen? Denk an das Baby! Es ist nicht gut, wenn du dich aufregst.«

»Ich weiß doch wohl selbst am besten, was gut für mein Kind ist und was nicht, oder? Und das wäre zum

Beispiel zu wissen, wie die finanzielle Lage ist.« *Und wo mein Mann ist*, fügte sie in Gedanken hinzu.

Erneut seufzte Josef. Diesmal noch tiefer als beim vorangegangenen Mal. »Gut dreißigtausend Euro.«

Diana glaubte, sich verhört zu haben. »Bitte was?«

Anstatt es zu wiederholen, sagte er: »Wir bekommen das hin, Diana.«

»Warum hast du ihn nicht aufgehalten?« Diana parkte vor Arianas Haus und schlug auf das Lenkrad. Cupcake bellte erschrocken auf.

»Das wollte ich, das musst du mir glauben. Tomas hat immer gemeint, er bekommt das irgendwie hin. Nur noch den einen Monat, sagte er und dann folgten noch einer und noch einer. Ich denke, er wollte sich nicht eingestehen, versagt zu haben. Und als er von deiner Schwangerschaft erfuhr, geriet er erst recht in Zugzwang. Er tut alles dafür, damit der Laden ins Laufen kommt.«

»Hat er sich bei jemandem Geld geliehen? Weißt du das?«

Ein dritter Seufzer. Diana verdrehte die Augen.

»Ja, aber …«

»Kein aber, Josef! Wer ist es?«

»Eure Freundin, Ariana, hat Tomas vor einer Woche die gesamte Schuldensumme geborgt.«

Wo hatte sie so viel Geld her? Sie blickte zu dem Stockwerk, in dem Arianas kleine Wohnung lag, die sie sich nach eigener Aussage gerade so leisten konnte.

»Danke.« Ohne sich zu verabschieden oder zu fragen, ob Josef über Tomas' Trennungsabsichten Bescheid wusste, legte sie auf. Ein paar Informationen hatte sie nun und die musste sie erst einmal verdauen. Ariana lieh Tomas Geld und sagte ihr nichts davon? Was hatten die beiden noch vor ihr verheimlicht?

Sie nahm Cupcake vom Rücksitz, ging zur Haustür des Mehrfamilienhauses und drückte die Klingel mit dem Namen A. Sloka. Nichts geschah. Erneut klingelte sie. Wieder nichts.

Diana schloss mit dem Schlüssel auf, den Ariana ihr vor einiger Zeit gegeben hatte, lief zum Aufzug und fuhr in den vierten Stock. Als sie die Wohnung betrat, sprang Cupcake von ihrem Arm und kläffte aufgeregt. Er hatte sich immer gefreut, wenn Diana ihn zu ihrer Freundin mitnahm. Der kleine Kerl mochte Ariana.

»Hallo?«, rief sie. Aber es kam keine Antwort. »Bist du da, Ariana?« Keine Reaktion.

Im Nebenraum bellte Cupcake wie verrückt. Wie betäubt schlurfte Diana zu ihm ins Schlafzimmer. Das Bett war zerwühlt, darauf ihr Hund, der auf die Matratze pisste. Als sie laut »Cupcake, nein!« brüllte, hüpfte er runter und scharrte mit den Vorderpfoten auf dem Boden, wo ein T-Shirt lag, das er ebenfalls mit seinem Urin durchweichte. Diana war zu benommen, um das Tier davon abzuhalten. Ihr war längst bewusst, wer in dem Bett gelegen hatte und wem das T-Shirt gehörte, das Cupcake jetzt mit den Krallen malträtierte. Tomas war hier gewesen, in Arianas Schlafzimmer. Nicht nur Cupcake zeigte ihr das, sondern auch das Foto, das frisch ausgedruckt im Drucker lag. Sie nahm es in die Hände. Die beiden lagen in Löffelchenstellung hintereinander und Ariana schmiegte ihren wohlgeformten Po an Tomas' Genitalbereich. Das Bett war nicht das ihrer Freundin und zum Glück auch nicht ihr eigenes. Vielleicht das eines Hotelzimmers? Nur kam in ihr die Frage auf, wer das Bild geschossen hatte. Wie ein Selfie wirkte es nicht und Tomas wie auch Ariana schienen zu schlafen. Es sollte den Anschein wie die Szene eines kuschelnden Paares erwecken, doch für Diana passte alles vorn und hinten nicht zusammen. Also fragte sie sich noch einmal: *Wer hat das Foto gemacht?*

5

»Ariana? Waf machft du hier?«

»Dasselbe wollte ich dich gerade fragen. Was ist mit dir passiert, warum sprichst du so komisch?«

»Hab waf auff Maul bekommen.«

»Schlimm?«

»Geht fon.« Bevor ich sie fragen konnte, ob es ihr gut ging, krachte es und *Pat & Patachon*, besser bekannt als Otto und Hansi, standen vor meiner Zelle. Beide mit einem Tablett in der Hand. Otto parkte seines auf dem Boden und zog einen Schlüssel hervor.

»Bleib ja, wo du bist, Arschloch!«, drohte er, schloss die Gittertür auf und wartete, bis Hansi sein Tablett in meiner Zelle abgestellt hatte. »Den Kühlakku hast du unserem Weichei zu verdanken.« Otto gab Hansi einen Schlag auf den Hinterkopf.

»Ich hab, wenn du … und er muss …«

»Ach, halt den Mund, Dummkopf! Weiter im Text!«

Sie wandten sich von mir ab und ich hörte, wie nebenan die Tür aufgeschlossen und das andere Tablett hineingestellt wurde, aber nicht nur das. Auch ein leises Kichern drang an meine Ohren. Es kam von Otto.

»Na, meine Süße, willst du lieb sein zu Daddy?«

Ketten klirrten, wurden über den Stein gezogen. »Lass mich in Ruhe!«, schrie Ariana.

»Verdammt! Du Schlampe!«

»Lass sie! Der hier, du weißt schon, Boss, wenn der, dann …«, stammelte Hansi.

»Du hast recht«, brummte Otto und ich hörte, dass Arianas Zellentür geschlossen wurde. Mir war nicht aufgefallen, dass sich meine Finger in mein Bein gekrallt hatten. Jetzt, als ich es sah, löste ich sie und ertrug den kurzen, brennenden Schmerz, der daraufhin folgte.

»Guten Appetit, die Herrschaften!« Otto lachte und ging zusammen mit Hansi aus dem Stall.

»Geht ef dir gut, Ariana?«, fragte ich und legte mein Ohr an das Holz

»Ja, alles in Ordnung. Und jetzt iss! Wer weiß, wann wir das nächste Mal was bekommen.«

Mit der flachen Hand strich ich über die Wand. Es konnte kein Zufall sein, dass ausgerechnet sie und ich hier gelandet waren. Uns verband seit Neuestem eine große Summe Geld – Ariana hatte es gespart, um eines Tages auszuwandern und es an mich verliehen. Meiner Frau hatten wir bisher nichts davon gesagt, sie wollte die Geburt abwarten – und ich noch ein bisschen mehr. War ich schuld daran, dass sie mit mir hier gefangen war?

Ich ging zu dem Tablett, setzte mich davor auf den Boden und presste mir erst ein paar Minuten lang den Kühlakku auf die Lippen, bevor ich aß. Es tat verdammt gut und ich meinte augenblicklich zu spüren, wie die Schwellung zurückging.

Das, was da auf dem Tablett lag, war eigentlich eine Beleidigung für jeden Hungernden: eine altbackene Scheibe Brot und ein Becher mit Wasser.

Es half nichts, mein Magen knurrte und ich würgte das Brot herunter. In meiner Vorstellung malte ich mir aus, dass es dick mit Mortadella belegt war. Vergeblich. So weit reichte meine Vorstellungskraft nicht. Das Brot blieb in meinem Hals stecken und ich musste mit dem Wasser nachspülen.

»Schmeckt es?«, kam es von drüben und es klang eher sarkastisch als wirklich interessiert.

»Ein wenig trocken.«

44

Wir schwiegen, bis wir beide das ausgiebige Mahl verspeist hatten. Sofort presste ich mir wieder den Kühlakku gegen die Lippen. Die Schwellung war tatsächlich nicht mehr so stark. Endlich sprach ich nicht mehr wie ein Zungenamputierter.

»Haben sie dir etwas getan?«, fragte ich Ariana.

»Bis auf die Tatsache, dass sie mich in meiner Wohnung überwältigten, mich betäubten und mich entführt haben, nein.«

»Aber sie haben dich nicht geschlagen, oder …«

»Nein, haben sie nicht.«

»Gut.«

»Hast du eine Ahnung, was das soll?« Ihre Stimme klang näher als zuvor, sie saß nun vermutlich direkt neben der Trennwand. Ich tat es ihr gleich.

»Nein, keinen blassen Schimmer.«

Plötzlich streckte sich eine Hand aus der Nachbarzelle durch die Gitter Ich rückte näher an die meiner Zelle heran und ergriff sie.

»Tut das gut«, flüsterte sie.

Ihre Hand war eiskalt und ich spürte, dass sie leicht zitterte. Auch mir war kalt und mein ganzer Körper bebte. Wir waren beide von der Polizei, die eine aktiv, der andere außer Dienst, wir wussten, was mit uns geschehen konnte. Entweder sie hatten uns entführt, um Lösegeld für uns zu fordern oder ihr Motiv war ein anderes. Es ging immer ums Motiv, nicht wahr? Bei jedem gottverdammten Fall drehte sich alles um die eine Frage: Warum machte der Täter das? Und sobald man selbst das Opfer war, war die Frage umso drängender, weil es um den eigenen Arsch ging und nicht um den eines Fremden.

»Wenn die uns weiter festhalten und uns nichts Wärmeres zum Anziehen geben, könnte die Nacht ziemlich frostig werden«, sagte Ariana.

Wie gern wollte ich ihr sagen, dass die Männer uns nicht so lange festhalten würden und dass wir bis zur Nacht hier raus wären, doch mein innerer Pessimist bezweifelte das stark. Und als meine Augen eine Veränderung in der gegenüberliegenden Zelle wahrnahmen, fühlte mein Pessimist sich bestätigt und lachte leise und bösartig vor sich hin.

»Was zum Teufel …?« Arianas Hand umklammerte meine nun so fest, dass es schmerzte. Sie musste es ebenfalls gesehen haben.

»Hallo?«, rief ich.

Das Heu raschelte und es kam Bewegung in die Zelle. Nach ein paar Sekunden stand jemand schwankend auf und stützte sich an der Wand ab, der Statur nach zu urteilen ein Mann. Er hatte uns den Rücken zugewandt.

»Hallo?«, fragte auch Ariana.

Langsam drehte er sich um und wankte Richtung Gitterstäbe, an denen er sich krampfhaft festhielt. Den Kopf hielt er gesenkt. Seine Frisur war ungewöhnlich, aber ich hatte Derartiges bereits auf vielen Köpfen gesehen.

»Wer sind Sie?« Ebenfalls etwas zu kräftig drückte ich Arianas Hand.

»Es gibt noch mehr Gefangene?«, drang es ungläubig von nebenan zu mir durch.

Der Mann hob endlich den Kopf und blickte zu uns hinüber. Kannte sie ihn? Denn ich stellte zu meiner Erleichterung fest, dass ich ihm nie in meinem Leben begegnet war. Ich konnte mir gut Gesichter merken oder die besonderen Merkmale eines Menschen, und den Kerl vor uns hätte ich dank seines auffälligen Aussehens auf jeden Fall wiedererkannt. Er war ein Punker, wie er klischeehafter nicht sein konnte: Grüne Haare, durch tonnenweise Haarspray in die Luft gereckt, zum Irokesen, mit Piercings in der Nase, der Lippe und den Ohren, beide Arme fast vollständig tätowiert, älterer Jahrgang, vom Leben auf der Straße gezeichnet.

»Kennst du ihn?«, flüsterte ich Ariana zu.

»Nein«, antwortete sie. »Du?«

»Noch nie gesehen.« Dass ich den Mann nicht kannte, brachte meinen inneren Pessimisten jedoch nicht zum Verstummen, er kämpfte weiterhin jeden Optimismus nieder. Das hieß allerdings nicht, dass es ein Zufall war, dass zwei Leute der Kriminalpolizei in die Hände derselben Entführer geraten waren, nur weil es ein drittes Opfer gab, das nicht ins Bild passen wollte.

»Wer sind Sie?«, wiederholte ich Arianas Frage.

Der Punk rieb sich über den Kopf. Die kurz platt gedrückten Haare richteten sich umgehend wieder auf. »Ich … Moment …« Zur Seite gebeugt, kotzte er sich die Seele aus dem Leib. Um mich nicht anstecken zu lassen, schaute ich weg. Das spärliche Essen, das wir bekommen hatten, wollte ich nicht gleich wieder verlieren.

»Shit!« Er wischte sich mit dem Ärmel seiner lädierten, dreckigen Jeansjacke den Mund sauber. »Was ist das hier für eine Scheiße?«, fluchte er und die kurzzeitige Schwäche, die ihn überfallen hatte, verflog mit einem Mal. Gegen das Gitter schlagend schrie er: »Verdammte Wichser! Lasst mich raus!«

Sofort folgte eine Reaktion. Die Stalltür wurde scheppernd aufgestoßen und Otto stürmte herein. Seinen Kumpel Hansi hatte er wohl vergessen. Dafür hatte er etwas in der Hand, das für unseren Punker schmerzhaft werden konnte. Es sah aus wie ein Viehtreiber.

Länglicher Stock, ein Griff am einen, Metall am anderen Ende. Und als Otto den Punker damit berührte und dieser spastisch zuckte, wusste ich, dass ich richtig lag. Ich hatte keine Ahnung, wie viel Saft auf diesen Dingern war, aber es war genug, um den armen Mann zum Tanzen zu bringen.

»Aufhören«, rief Ariana und schlug gegen ihr Gitter. »Du tötest ihn noch!«

Otto ließ unvermittelt vom Punker ab und drehte sich zu uns um, mit einem breiten Grinsen auf seinen Lippen. Als hätte er nur auf diesen einen Augenblick gewartet.

»Jetzt bist du dran, Mäuschen!« Otto ging mit vorgehaltenem Viehtreiber auf sie zu.

»Wag es nicht, du dreckiges Schwein!«

All mein Schreien hinderte ihn nicht daran, ihre Zelle aufzuschließen und Ariana mit Elektroschocks zu quälen. Was ich dann hörte, brannte sich tief in mein Gehirn ein. Otto stöhnte und Ariana wimmerte. Es klang, als hielte er ihr den Mund zu.

»Lass sie in Ruhe!«, versuchte ich erneut, das zu beenden, was schon die ganze Zeit drohend über Ariana geschwebt hatte. Vielleicht vergewaltigte er sie auch nicht zum ersten Mal, was sie nur aus Scham nicht hatte zugeben wollen oder um mich nicht noch mehr zu beunruhigen.

Otto machte Geräusche wie ein Eber. Er grunzte, schnappte hektisch nach Luft und schrie seinen Orgasmus am Ende dermaßen laut heraus, dass ich mir die Ohren zuhalten musste. Der Mann gegenüber hatte sich mittlerweile umgedreht und kotzte sich wieder die Seele aus dem Leib.

»Das wird dir eine Lehre sein. Ab jetzt hältst du das Maul, du Schlampe!« Otto schlug die Zellentür zu, schloss sie zweimal ab und stellte sich vor mich. Noch immer saß ich auf dem Boden, die Hände auf meine Ohren gepresst. Zu meinem Glück außerhalb seiner Reichweite, sonst hätte er mir wahrscheinlich auch ein paar Volt durch den Körper gejagt.

Sein Hosenstall stand offen und auf seinem Gesicht prangte ein noch breiteres Grinsen als vorhin.

»Euch bekommen wir schon klein«, sagte er, drehte sich weg und war im Begriff, zu gehen.

Ich warf jegliche Zurückhaltung über Bord und gab den Versuch auf, aus Angst oder Vernunft die Schnauze zu halten und brüllte ihm hinterher: »Was wollt ihr? Was soll das?«

Aufgrund meiner beruflichen Laufbahn und den daraus resultierenden Erfahrungen wusste ich, dass Täter ihre Pläne nur ungern zu einem frühen Zeitpunkt verrieten. Später, sobald sie diese so weit vorangetrieben hätten, dass es für mich und die anderen garantiert kein Entkommen mehr gab, würden sie uns mit Freude auf die Nase binden, was sie zu diesem Akt der Gewalt veranlasst hatte. Nur würde es dann für uns zu spät sein.

Wie ich erwartet hatte, ging Otto nicht auf meine Fragen ein. Er kannte sein Ziel, doch warum sollte er es mir, dem armen Opfer, verraten? Es war mir zuwider, in der Opferrolle zu stecken. Zuletzt war mir das bei dem Skandal in den Niederlanden passiert und durch unseren Austritt aus dem Team hatten Diana und ich versucht, genau so etwas zu vermeiden. Sicher, wir konnten auch als Normalbürger einem Verbrechen zum Opfer fallen, doch die Gefahr war deutlich geringer als bei einem Kriminalbeamten, der auf der Jagd nach den verrücktesten Mördern war.

Ich rutschte zur Holzwand und legte eine Hand dagegen. Fast glaubte ich, den Schmerz und die Pein, die Ariana erlitten hatte, durch das Material hindurch zu spüren.

»Geht es dir gut?« Eigentlich eine dumme Frage, aber ich musste sie stellen.

Geräuschvoll zog sie Rotz die Nase hoch, weil sie weinte. Herr im Himmel! Neben mir vergoss eine Frau Tränen und ich konnte sie nicht trösten, was die Situation umso beklemmender machte.

»Erzähl mir von eurer Hochzeit.«

»Was? Ariana, du wurdest gerade …«

»Erzähl mir bitte von eurer Hochzeit!«, forderte sie erneut, dieses Mal mit mehr Nachdruck. Sie wollte nicht darüber sprechen, ich hatte es begriffen.

Diana und ich hatten vor drei Monaten kirchlich geheiratet, zu diesem Zeitpunkt hatte Ariana in einer Undercover-Ermittlung operiert und durfte ihre Tarnung nicht auffliegen lassen. Diana hatte es verschieben wollen, aber ihre Freundin hatte sie dazu gedrängt, die Hochzeit wie geplant stattfinden zu lassen. Wir könnten ihr danach Bericht erstatten und ihr die Bilder zeigen, hatte sie gesagt, was wir auch taten.

»Ja, erzähl uns von eurer Hochzeit«, klinkte sich der Punker mit ein. »Wir alle können ein bisschen Ablenkung gebrauchen.«

Ich verzichtete darauf, erneut nach seinem Namen zu fragen. Wenn er ihn uns mitteilen wollte, würde er es früher oder später tun. Schließlich hatten wir Zeit.

»Diana war wunderschön, die Hochzeit war allgemein wundervoll, doch sie überstrahlte alles. Ihre Haare trug sie als Hochsteckfrisur, geschmückt mit Kamillenblüten. Du weißt ja, wie sehr sie Kamille liebt, Ariana. Ein Tag ohne Kamillentee ist für sie ein unvollständiger Tag.

Jedenfalls fielen ein paar Strähnen auf das weiße Hochzeitskleid, der Kontrast war atemberaubend. Ihr Make-up war dezent. Es ist schwer, die richtigen Worte zu finden. Sie war so bildschön.«

Ich geriet ins Stocken, weil mir beim Gedanken an Diana und diesen wundervollen Tag, an dem sie meine Frau wurde, nun selbst die Tränen in die Augen stiegen. Würde ich sie jemals wiedersehen? Ich blinzelte energisch dagegen an und fuhr fort: »Die Zeremonie war leicht chaotisch, du kennst mich ja. Ich hab mein Ehegelöbnis vergessen und musste es stotternd von meinem Spickzettel ablesen. Meine Mutter hat so laut geweint, dass wir den Pfarrer kaum verstehen konnten. Die Akustik in einer Kirche verstärkt die Geräusche ungemein.«

Diana und ich waren keine gläubigen Menschen, Religion war uns ziemlich egal, aber eine märchengleiche Hochzeit, bei der die Braut mit einem weißen bodenlangen Kleid durch eine Kapelle schreiten konnte, war leider nur über die Kirche zu realisieren. Also hatten wir einen Tag die braven, frommen Schäfchen gespielt und uns vor Gott das Ja-Wort gegeben. Vor dem Gesetz zählte ohnehin nur das, was auf dem Standesamt passierte, die kirchliche Trauung war ein zusätzliches Tamtam für die Frau und die Familie. Zum Glück hatte mein Vater die richtige Eheschließung noch miterlebt, ein paar Wochen vor der kirchlichen starb er überraschend.

»Katholisch oder evangelisch?«, fragte der Punk.

»Katholisch«, fuhr ich fort. »Der Pfaffe war ziemlich locker, war ganz lustig. Die Feier war feuchtfröhlich und teuer, wenn ihr versteht, was ich meine.« Ich versuchte, zu lachen. Irgendwie wollte es mir nicht gelingen, genauso wenig, wie ich es noch länger schaffte, mir die

Bilder der Hochzeit vor Augen zu rufen und sie zu beschreiben. Dafür war der Ort hier zu dreckig, als dass ich meine Erinnerungen damit beschmutzen wollte.

»Es tut mir leid, Ariana, ich kann nicht weitererzählen.«

»Schon gut.« Jetzt klang sie nicht mehr weinerlich. Sollte meine kurze Geschichte sie abgelenkt haben, hatte sie ihr Ziel zumindest erreicht.

»Habt ihr Kinder?«, fragte der Punk.

»Noch nicht, aber das erste ist unterwegs«, sagte ich lächelnd.

Es kam mir überhaupt nicht seltsam vor, mit dem Fremden über mich und meine Familie zu sprechen. Wir waren Gleichgesinnte. Gefangene, die nicht wussten, was auf sie zukam. Es nutzte nichts, misstrauisch zu sein.

»Und du?«, richtete er seine Frage jetzt an Ariana.

»Nein, ich möchte aber irgendwann Kinder bekommen.«

»Hab auch keine. Und wenn ich mir die Scheiße hier ansehe, bin ich ganz froh darüber.«

»Wer bist du?«, fragte ich erneut. Ein wenig persönlicher als vorhin. Immerhin duzte er uns auch.

»Auf der Straße nennt man mich Schleicher und es wäre mir recht, wenn ihr mich ebenfalls so anredet. Meinen echten Namen hasse ich. Die Gesellschaft kann mich mal, deswegen habe ich ihn vor Jahren abgelegt.«

»Sicher, kein Problem.« Ich sah wirklich kein Problem darin. Meine Ermittlungen hatten mich oft ins Punkermilieu geführt, weil die Menschen, die dort zusammenhockten, lachten und Musik hörten viel mitbekamen, da sie ständig auf Achse waren. Wenn man eine bestimmte Person suchte, waren sie gute Zeugen. Selbst versteckten sie sich gern hinter seltsamen Pseudonymen wie

Ratte, Kröte oder eben Schleicher. Einfach, weil sie nicht mehr die sein wollten, als die sie auf die Welt gekommen waren.

»Bin schon lange auf den Straßen unseres wunderbaren Landes unterwegs.« Das sagte er nicht ohne eine gewisse Spur Sarkasmus. »Hab vieles erlebt, oft eine aufs Maul bekommen, eine Menge Scheiße gebaut und mich mit Drogen und Alkohol zugedröhnt, aber das hier«, er sah sich nach allen Seiten um, »ist der allergrößte Mist, den ich jemals ertragen musste. Kennt einer von euch diese Wichser?«

»Nein«, antwortete Ariana.

Ich schüttelte den Kopf und plötzlich fiel mir ein winziges Detail ein, das ich zwar wahrgenommen, jedoch nicht weiter beachtet hatte, weil es aus Hansis Mund gekommen war. »Als die beiden vorhin bei uns waren, Ariana, hat Hansi da nicht einen Boss erwähnt?« An den genauen Wortlaut konnte ich mich nicht mehr erinnern, dafür war Hansis Sprachstil, wenn er nervös war, zu anstrengend.

»Kann sein. Also meinst du, es gibt nicht nur die zwei?«

Kurz dachte ich darüber nach. Hatten die beiden nicht in meinem Buchladen von einer dritten Person gesprochen, für die sie das Buch angeblich kaufen wollten?

»Wahrscheinlich wird ein dritter Mann existieren, der Kopf der Bande. Hansi und Otto scheinen nicht die geborenen Führungspersönlichkeiten zu sein. Hansi ist stark, aber nicht der Klügste. Stressigen Situationen ist der nicht gewachsen. Otto dagegen wirkt zwar intelligent, dafür ist er weniger kräftig und zu impulsiv. Es muss noch einen geben, der die beiden unter Kontrolle hält.«

»Machst du ein *Proffeilink*, oder wie das heißt?«
Schleicher sah mich neugierig an.

»Profiling«, korrigierte ich ihn. »Ich erstelle ein Profil von ihnen, ja, kann man so sagen.«

»Das ist voll *Criminal Minds* und so. Wenn ich bei meiner Ollen penne, schauen wir uns das manchmal an.«

»So gut wie die Ermittler in den Serien bin ich nicht. Die brauchen nur das Haar eines Täters sehen und dann wird dem Zuschauer weisgemacht, sie könnten daraus lesen, was der Mörder gern isst, was er liest, wo er wohnt und am besten, wie er heißt. Im realen Leben geht das nicht so schnell.«

Der Punker winkte ab. »Ach, das ist mir schnurz, ob das hanebüchen ist oder nicht, ich will unterhalten werden. Punkt.«

Solange wir keine anderen Sorgen haben als ein fiktives Analystenteam des FBI, ist ja alles in Ordnung ...

»Zurück zu deiner Theorie«, lenkte Ariana das Gespräch auf das Wesentliche. »Klingt logisch, ich denke, so wird es sein. Es wird einen weiteren Täter geben.«

»Also hat jeder von uns seinen eigenen Entführer, ist das nicht toll?«, sagte Schleicher, sah jedoch weniger glücklich aus, als es seine Worte vermuten ließen.

Bodendielen knarrten, jemand klatschte. Unvermittelt trat ein Mann in den Raum und stellte sich mittig zwischen unsere Zellen.

»Wow, es hat nicht lange gedauert, bis ihr darauf gekommen seid.«

Ja, genau so hatte ich mir den Kopf dieser Bande vorgestellt. Schwarze Haare, braun gebrannt, ein sympathisches Lächeln, strahlend weiße Zähne. Einen Körperbau, den jeder Mann sich wünschte und der Frauen zum Schmelzen brachte. Rein äußerlich hatte er

54

nichts mit seinen kriminellen Kumpanen gemein. Er war der Traum aller Schwiegermütter. Der Schülersprecher in der Oberstufe, den alle mochten und dem niemand etwas Schlechtes nachsagen konnte. Und genau das waren die schlimmsten Psychopathen. Man sah ihnen ihren Irrsinn nicht an. Erst, wenn man es schaffte, hinter die wohlgepflegte Fassade zu blicken, erkannte man das ganze Ausmaß der Verrücktheit.

Aber auch ihn hatte ich noch nie gesehen. Was hatte sie also dazu veranlasst, mich zu entführen? Und woher kannten sie meinen Namen und den meiner Frau? Gut, die herauszufinden war kein Zauberkunststück, unsere Namen hatten Dutzende Male in den Zeitungen gestanden, dennoch sagte mir meine Spürnase, dass mehr dahintersteckte. Irgendetwas verband mich mit diesen drei Männern und wahrscheinlich auch mit dem Punk, der wieder gegen das Gitter schlug. Hatte er nichts aus den Schmerzen gelernt?

Der Boss konnte sich im Gegensatz zu seinem Untertanen Otto beherrschen. »Würdest du das bitte sein lassen?«, bat er Schleicher höflich.

»Wovon träumst du nachts, Penner?«

»Du wirst schon bald keine so große Klappe mehr haben«, sagte er mit ruhiger, doch betont überlegener Stimme.

Er ließ Schleicher weiterwüten und wandte sich an Ariana und mich. »Ich wusste, dass ihr schnell dahinterkommt, dass die beiden Tölpel nicht allein in der Lage sind, dergleichen auf die Beine zu stellen.«

»Und was soll das sein?«, fragte Ariana.

»Das werdet ihr sehen. Heute Abend, wenn es gut läuft. Wir sind leider noch nicht vollzählig. Ein paar Gäste fehlen noch.«

»Wie heißt du?« *Warum nicht unverblümt fragen?*, dachte ich mir. *Was soll er mir denn antun? Mich einsperren und in Ketten legen? Schon passiert. Mich verprügeln? Abgehakt. Gut, töten könnte er mich. Eine Option, mit der ich mich anfreunden muss.*

»Mein Name ist Kane, wird dir vielleicht nichts sagen.« Um seine folgenden Worte zu unterstreichen, zeigte er auf jeden von uns. »Aber ich kenne euch, sehr gut sogar. Keine Sorge«, er winkte ab, »ihr habt jetzt genug Zeit, mich und meine Jungs kennenzulernen. Wir werden viel Spaß miteinander haben, das verspreche ich euch.« Sich das Kinn reibend, blickte er gespielt nachdenklich zur Decke. »Wie lange ihr das überlebt, liegt an euch und an der Stärke eurer Körper, aber wozu euch Hoffnungen machen? Sterben werdet ihr alle, auch das verspreche ich euch!« Kane deutete mit seinem Finger erneut auf jeden Einzelnen.

Zufrieden nickte er, als wäre er höchst erfreut darüber, wie die Sache für ihn gelaufen war – oder ihm gefielen unsere erschrockenen Gesichtsausdrücke –, und verließ mit großen, raschen Schritten den Stall. Das, was Schleicher ihm hinterherrief, schien den Kopf der Schlange nicht zu interessieren.

»Du Penner! Kleine Mistsau! Komm zurück! Lass mich raus und ich zeig dir, wer hier verrecken wird! Und das werde nicht ich sein, das verspreche *ich* dir!«

»Hör auf!«, rief Ariana. »Das bringt doch nichts. Spar dir deine Kraft. Und außerdem brauchst du nicht so zu schreien, die scheinen uns ja sehr gut zu verstehen.«

Ihren Wink mit dem Zaunpfahl verstand ich sofort und sah mich zum ersten Mal bewusst in meiner Zelle um. Da waren der Pisseimer, ein Haufen Stroh, von dem ich vermutete, dass das mein Bett sein sollte, überall verteilt weiteres Stroh, die Ketten, die in der Steinwand im hinteren Teil verankert waren. Sonst war nichts unten auf dem Boden. Ich stand auf und hob den Blick. Klar. Sicher. War zu erwarten, oder? In beiden rückseitigen Ecken befanden sich jeweils eine Kamera. Schwenkbare, wie ich zu erkennen glaubte. Ähnliche Modelle hatte ich in meinem Buchladen angebracht. Mir kam Diana in den Sinn. Hatte sie mein Verschwinden bereits bemerkt? Wahrscheinlich, denn Otto und Hansi, die Vollidioten, hatten meiner Frau irgendetwas geschickt. Weiß der Himmel, was es war. Mir kam ein schrecklicher Gedanke. Was, wenn die Männer auch sie entführten und sie wie Vieh in Ketten legten? Vielleicht gehörte sie zu denjenigen, die laut Kane noch hergebracht werden mussten. Würde unser Baby das überleben?

Ariana riss mich aus meinen Überlegungen. »Zwei Stück und bei dir, Tomas?«

»Dasselbe bei mir und ich wette, im Gang und den übrigen Zellen sind ebenfalls ein paar.«

»Wovon zum Teufel redet ihr da?« Schleicher hatte die Stirn gegen die Gitterstäbe gedrückt und sah uns fragend an.

»Von Kameras, du Genie«, beantwortete ich seine Frage.

»Ach so!« Er sah sich in seinem, nennen wir es mal liebevoll Abteil, um und schien seinerseits welche entdeckt zu haben, denn er wandte sich wortlos zu uns zurück und nickte verschwörerisch, als habe er vor, ab jetzt einzig über Gestiken zu kommunizieren, was uns nichts bringen würde. Kameras hatten bekanntlich nicht nur Ohren, sondern auch Augen, man stelle sich vor! Was für eine Neuheit …

»Du kannst ruhig reden«, sprach ich in abgemilderter Form meine Gedanken aus. »Sie können dich sehen.«

Schleicher sah sich misstrauisch um. Komischer Kauz. Zu gern hätte ich gewusst, wie viele Liter Alkohol er in sich hineingeschüttet hatte, um all seine Gehirnzellen wegzubrennen.

»Wir müssen einen Ausweg finden«, murmelte Schleicher, ließ endlich von den Gitterstäben ab und begann, die Wände seiner Zelle abzusuchen. *Viel Erfolg, alter Mann, ich glaube nicht, dass es so einfach wird.*

»Au, verdammt!«, fluchte er, hielt sich die Hand vors Gesicht und fummelte an der Innenfläche herum.

»Was hast du?«, fragte Ariana.

»Einen Splitter, einen riesigen Oschi, ist direkt bis zum Knochen durch!«

Ich glaubte ihm nicht. Er schien der Typ Mensch zu sein, der gern übertrieb. Wie eine Frau, die behauptete, die Spinne im Bad wäre groß wie ein Bierdeckel gewesen, die aber in Wahrheit nicht größer war als ein Daumennagel.

»Wirst du es überleben oder soll ich dein letztes Gebet sprechen?«, erkundigte ich mich. Schleicher verstand meinen Spaß nicht, er nahm es todernst, im wahrsten Sinne des Wortes.

»Du glaubst, ich werde daran sterben?«

Genervt verdrehte ich die Augen. Gab es noch schlechtere Voraussetzungen? Angekettet, eingesperrt, verletzt, Hunger, Kälte. Und eine der zwei Personen, mit denen man festsaß, schien nicht mehr Intelligenz zu besitzen als ein Weidenkorb.

»Nur wenn die Wunde sich entzündet oder der Splitter weiter in dein Fleisch eindringt«, beruhigte ihn Ariana. Sie war besser für die Fernbehandlung eines Idioten geeignet als ich. Mir fehlte dazu die Geduld. Die hatte mir schon immer gefehlt und war ein Grund, warum ich mir Sorgen um meine väterlichen Fähigkeiten machte.

»Kannst du ihn sehen?«, fuhr sie fort.

»Ich glaube ja.«

»Versuch, ihn rauszuziehen.«

Schleicher fummelte an seiner Hand herum und brüllte wie ein Schwein, das auf die Schlachtbank geführt wurde. Schmerzen schien er nicht gut aushalten zu können. Wie hatte er es dann geschafft, die Sitzungen beim Tätowierer auszuhalten? Wahrscheinlich hatte der Künstler mit Ohrstöpseln gearbeitet, während Schleicher sich die Seele aus dem Leib geschrien hatte.

»Hab ihn!«, rief er unvermittelt und hielt etwas in die Höhe. Wäre es der von ihm angekündigte *Riesenoschi*, der bis zum Knochen vorgedrungen war, hätte ich ihn von meiner Position aus sehen müssen, was ich nicht tat.

»Geht es dir jetzt besser?«, erkundigte ich mich in der Hoffnung, dass das Thema Splitter damit abgehakt wäre.

»Ja, ich suche weiter«, sagte er tapfer wie ein kleiner Junge, der soeben einen Zahn gezogen bekommen hatte.

»Oh, Mann«, flüsterte ich.

Ariana hatte es gehört. »Lass ihn, ich glaube, er weiß es einfach nicht besser. Er scheint viel mitgemacht zu haben und das hat ihn gezeichnet.«

»Ist ja schon gut«, beschwichtigte ich sie und nahm mir vor, rücksichtsvoller mit ihm umzugehen, solange wir hier festsaßen, was noch sehr lange sein konnte, wenn ich an Kanes Blick dachte, der besagte: *Ihr werdet leiden, bis ich euch erlaube zu sterben.*

Plötzlich klopfte es und es dauerte ein paar Sekunden, bis ich begriff, dass es Ariana war.

»Was tust du da?«

»Ich prüfe, wie massiv das Ganze ist.«

»Und?«

»Kannst du vergessen. Nichts zu machen. Das Holz ist ungefähr zwanzig Zentimeter dick, das spürst du, wenn du durch das Gitter greifst. Es wackelt nicht, ist fest verankert in Boden, Decke und Wand. Aber ich suche weiter.«

Entweder hatte sie die Vergewaltigung verdrängt oder das Absuchen der Zelle half ihr, auszublenden was gerade geschehen war. Vielleicht hatte sie Glück und entdeckte etwas, das uns weiterbrachte. Jedoch bezweifelte ich es. Während sie und Schleicher ihre Abteile begutachteten, versuchte ich, aus dem Strohhaufen eine bequeme Liegemöglichkeit zu formen. So, wie die Dinge standen, würden wir wohl nicht nur eine Nacht hier verbringen.

Ich legte mich darauf und fand, dass es gar nicht mal so schlecht war. Da hatte ich schon weitaus unbequemer geschlafen. Aber ich kam nicht dazu, die Ruhe zu genießen, über meine missliche Lage nachzudenken oder meine Verletzungen auszukurieren.

Es schepperte, aufgeregte Männerstimmen erfüllten den Stall. Und eine weibliche, leise, wispernd, kaum wahrzunehmen. Was zum Henker …? Neugierig sprang ich auf, missachtete das stechende Ziehen in meinem Kopf und stürzte zum Gitter. Mein angeschlagener Verstand sah Diana, halb bewusstlos, mit aufgeschnittenem Bauch und alles war voll mit Blut. In Wahrheit war es eine andere Frau, die von Otto und Hansi reingeschleppt wurde. Kane schritt wie ein stolzer Hahn voran, öffnete die Zelle neben Schleicher, die meiner genau gegenüber lag und hielt seinen Männern die Tür auf.

»Werft sie da rein!«, sagte Kane. »Die ist ja wilder als eine Raubkatze.« Er lachte. »Hatte auch nichts anderes von einer wie ihr erwartet.«

Sie sperrten die um sich schlagende Frau ein und verließen lachend den Stall. Mistkerle! Wann stellten sie sich uns endlich? Wann ließen sie uns wissen, ob unser Aufenthalt mit Schmerz und Pein verbunden oder ob ihre Absicht eine ganz andere war?

»Was ist das hier?«, kreischte die Frau und rannte wie ein panisches Tier von einer Ecke in die nächste. Anhand ihrer Kleidung ahnte ich schon, aus welchem Milieu sie stammte. Kurzer Rock, Stiefel, die bis über die Knie gingen, Strapse, ein Korsett, aus dem die üppige Oberweite quoll.

»Beruhig dich, Alte, du machst mich ganz wuschig!«, schimpfte Schleicher.

»Halt's Maul, du Schwanzlutscher, ich reg mich auf, wann und wie ich das will!« Da hatten sich ja zwei gefunden!

Immerhin blieb sie stehen, wenn auch hektisch und laut atmend.

»Ihr haltet jetzt beide die Klappe!«, schritt Ariana ein. »Wer bist du?«, fragte sie die Neue.

Die Frau öffnete ihren Mund, hielt sich Zeige- und Mittelfinger in V-Form davor und machte seltsame Verrenkungen mit ihrer Zunge. »Ich bin Sugar, Süße. Ich fürchte, einer der Jungs war mit meinen Diensten nicht zufrieden.«

Sugar … wo zum Teufel hatte ich diesen Namen schon einmal gehört?

6

Diana warf das ausgedruckte Bild auf das Bett.

Es war kaum zu glauben. Tomas und Ariana sollten eine Affäre haben? Ohne, dass sie, Diana, die Superschnüfflerin, etwas davon mitbekommen hatte? Auch wenn das Foto ihr das weismachen wollte, konnte sie es dennoch nicht glauben. Aber dann dachte sie zurück an das Gespräch mit Josef und neue Zweifel kamen in ihr auf. Ariana hatte ihrem Mann dreißigtausend Euro geliehen. Das würde nur eine verliebte Frau machen, oder? Wo hatte sie so verdammt viel Geld her?

Diana drehte sich und ließ ihren Blick durch den Raum schweifen. Hier herrschte absolute Unordnung. Wie sollte sie all die Kistchen und Schächtelchen, ganz zu schweigen vom Kleiderschrank, durchsuchen, ohne so lange dafür zu benötigen, dass ihr Kind währenddessen auf die Welt kam?

»Ich brauche Hilfe«, flüsterte sie und Cupcake stellte die Ohren auf. »Oder kannst du glauben, dass er uns betrogen hat und mit ihr durchgebrannt ist?« Er legte den Kopf schief und sah sie aus seinen bernsteinfarbenen Augen an. »Nein, ich kann das auch nicht glauben!«

Mit ihrem Handy wählte sie die Nummer der Mordkommission Duisburg. Die direkte Durchwahl zu ihren ehemaligen Kollegen Paul Schmidt und Jürgen Kahl. Mit beiden hatten sie und Tomas schon manches erlebt und sie konnte ihnen vertrauen. Sie waren maßgeblich an der Vertuschung in den Niederlanden beteiligt gewesen. Beide hatten für Tomas und sie gelogen, um ihnen den Arsch zu retten. Einen größeren Freundschaftsbeweis gab es nicht. Dennoch hatten sich ihre Wege getrennt, als Diana und Tomas das Revier verlassen hatten. Nie hatten sie sich zum Kaffee getroffen oder einander zum Essen eingeladen. Dafür hatten Paul und Jürgen keine Zeit. Der Job als Mordermittler war hart und zeitraubend, für Privates blieb da kaum Platz, das wusste Diana nur zu gut.

Es klingelte und dauerte eine Weile, bis jemand abnahm.

»Schroer hier, was gibt's?«

Weil sie sich erschreckte, verschluckte sie sich und konnte im ersten Moment nicht sprechen. Damit, dass ihr ehemaliger Chef das Gespräch entgegennahm, hatte sie nicht gerechnet.

»Wer ist da? Husten Sie mir nicht so ins Ohr! Auf solche Späße habe ich keine Lust, auf Wiederhören!«

»Nein, Chef, nicht auflegen, ich bin's, Diana!«, brachte sie endlich heraus. Dass sie Schroer *Chef* genannt hatte, war ihr aufgefallen und peinlich. Ihn schien das nicht zu stören.

»Ach, Diana Ratz, eine meiner besten Mitarbeiterinnen außer Dienst! Was kann ich für Sie tun?«

»Eigentlich wollte ich Paul oder Jürgen sprechen, sind sie nicht da?«

»Nein, sie sind gerade im Einsatz. Sind aber bald zurück. Wenn Sie wollen, besuchen Sie uns doch. Dann können wir uns ein wenig unterhalten, während Sie warten.«

Diana war leicht überrumpelt. So nett hatte ihr Ex-Chef noch nie mit ihr gesprochen. Wahrscheinlich, weil sie keine Angestellte mehr war und er nicht das Recht hatte, sie zu behandeln als wäre sie ein nervender Kaugummi unter seiner Schuhsohle.

»Ich weiß nicht …«

»Ach, kommen Sie! Um der alten Zeiten willen.«

Um der alten Zeiten willen ... das, was sie im Moment nicht hatte, war Zeit. Ihr Mann war verschwunden. Ob dieses Verschwinden wirklich so freiwillig vonstatten-gegangen war, wie ihr die Spuren glauben machen woll-ten, blieb abzuwarten, aber sie brauchte die Unterstüt-zung von Leuten, denen sie vertrauen konnte und von denen sie sicher war, dass sie die Geschichte nicht gleich an die große Glocke hängen würden. In etwa so: *Ey, hast du schon gehört? Ratz hat seine Olle betrogen!* Oder: *Der schläft vor deren Nase mit einer scharfen Braut und die merkt das nicht!* Von Paul und Jürgen wusste Diana, dass sie solchen Unsinn nicht von sich geben würden.

»Kann ich meinen Hund mitbringen?«

»Sie haben einen Hund? Ja, sicher, bringen Sie ihn ruhig mit.«

»Okay, ich fahre sofort los.« Diana ließ sich breit-schlagen. Was sollte sie auch machen? Weder erreichte sie Tomas noch Ariana auf ihren Handys. Ihr Mann war nicht zu Hause oder im Laden und ihre Freundin hatte die eigenen vier Wände offenbar fluchtartig verlassen.

Es ist womöglich keine schlechte Idee, zum Revier zu fahren. Vielleicht treffe ich dort auf Ariana und alles stellt sich als blöder Scherz heraus, dachte sie. Aber eine innere, weniger zu-versichtliche Stimme flüsterte ihr zu, dass sie Ariana nicht vorfinden würde.

»Komm, Cupcake, ich muss dich ein paar Menschen vorstellen.«

***

Zehn Minuten später stand sie mit Cupcake unter dem Arm vor dem Polizeipräsidium, in dem auch die Mord-kommission untergebracht war. Diesen Weg war sie früher oft und gern gegangen.

Sie trat durch die Eingangstür und begegnete gleich ein paar Leuten, die sie kannten und sie, Cupcake und ihren Babybauch freudig begrüßten. Es dauerte zehn Minuten, bis sie sich zu ihrem ehemaligen Arbeitsplatz durchgekämpft hatte. Schroer wartete bereits an der Zwischentür, die die Mordkommission von der ›normalen‹ Polizei trennte. Er riss sie auf und lächelte bis über beide Ohren. Das letzte Mal hatten sie sich vor anderthalb Jahren bei der Gerichtsverhandlung gesehen.

»Hallo, Frau Ratz, schön, Sie endlich wiederzusehen. Lassen Sie sich anschauen. Wann ist es denn so weit? Ihre Freundin Ariana hat uns ein bisschen auf dem Laufenden gehalten, was Sie und Ihren Mann angeht.«

Das hatte Diana sich denken können. Ariana war jemand, der gern und viel erzählte. Dass ihr auf der Arbeit das ein oder andere Detail über sie und Tomas rausrutschte, war vorhersehbar gewesen.

»Wenn alles gut läuft, in zwei Monaten.«

»Ich freue mich für Sie und Tomas. Wirklich.« Damit der Hund seinen Geruch aufnehmen konnte, hielt Schroer ihm seinen Handrücken hin. Cupcakes normale Reaktionen auf solche Annäherungsversuche waren Bellen, Knurren und wenn es ganz schlimm kam, schnappte er auch nach Fremden. Schroer hingegen gefiel ihm. Cupcake leckte die Hand ihres ehemaligen Chefs ab und schien zufrieden mit sich und seinem Hundeleben zu sein.

»Nettes Kerlchen! Wie heißt er?«

»Cupcake. Sie müssten mal Tomas fragen, was für ein Biest er sein kann.«

»Er hatte es nie mit Hunden. Dass er sich Katzen anschaffte, war ungewöhnlich für ihn. Aber genug über die Fauna gequatscht, kommen Sie doch mit in mein Büro, dort können Sie sich hinsetzen und ausruhen, bis Schmidt und Kahl zurück sind.« Strammen Schrittes lief er voran. Diana trottete ihm hinterher und grüßte alle freundlich, die derzeit im Gemeinschaftsbüro arbeiteten.

Als sie sein Büro erreichten, hielt er ihr die Tür auf und bat sie, Platz zu nehmen.

»Wir haben leider keinen koffeinfreien Kaffee, kann ich Ihnen etwas anderes anbieten? Wasser?«

»Nein, danke.«

»Sobald Sie was brauchen, sagen Sie bitte Bescheid.«

Seine Fürsorge machte sie fast verlegen. Zwar war er nie das Riesenarschloch von einem Boss gewesen, aber diese nette und zuvorkommende Art war ungewöhnlich. Schroer schloss die Tür und nahm ihr gegenüber hinter seinem wuchtigen Schreibtisch Platz. Damals hatte das Eindruck auf sie gemacht, heute war Schroer nur ein Mann hinter einem Schreibtisch, nicht mehr und nicht weniger.

Cupcake rollte sich auf ihrem Schoß zusammen und legte sich knapp an ihren Babybauch.

Schroer deutete auf die Kugel, die Diana vor sich herschob. »Hat sie schon einen Namen?«

Sogar das Geschlecht hatte Ariana verraten …

»Nein, Tomas und ich sind uns noch nicht einig.«

»Ist auch eine schwere Entscheidung, die wohlüberlegt sein will. Meine Frau und ich wussten erst, wie wir unseren Sohn nennen, als sie ihn kurz nach der Geburt im Arm hielt. Sie schaute mich an und sagte: Hennig, er heißt Jacob. Damit war das Thema durch. Vielleicht wird es Ihnen beiden genauso ergehen. Nur nichts überstürzen.«

So locker und gelöst hatte Diana Schroer noch nie erlebt. Vielleicht war es dieses Phänomen, dass Menschen, die bereits Kinder hatten, einen besonderen Draht zu werdenden Eltern besaßen? Darüber hatte sie viel im Internet gelesen. Von ihrer Seite aus hatte sich

66

an dem Verhältnis zwischen ihr und ihrem Ex-Boss nichts verändert, doch er schien anderer Ansicht zu sein. Diana hatte nie mit ihm über sein Privatleben gesprochen und war umso erstaunter, als er jetzt aus dem Nähkästchen plauderte. Ob Diana das alles wissen wollte, war eine andere Sache. Eine Chance, dem Gespräch zu entkommen, sah sie nicht.

»Ich weiß noch, als Jacob drei Jahre alt war, da hat er sich das erste Mal ernsthaft verletzt. Ist aus seinem Bett gefallen, der Arme, und hat sich den Kopf angeschlagen. Meine Frau und ich sind mit Höchstgeschwindigkeit zum Krankenhaus gefahren.« Nach vorn gebeugt, legte er eine Hand vor den Mund und flüsterte: »Hab mein mobiles Blaulicht angemacht. Sicher, das ist verboten, aber sollten Sie und Ihre Kleine in solch eine Situation kommen, was ich nicht hoffe, werden Sie mich verstehen. Kinder sind etwas Wunderbares, solange wir uns keine Sorgen um sie machen müssen. Jacob zum Beispiel …« Er verstummte und lehnte sich im Stuhl zurück. »Im Moment steckt er in einer schweren Phase. Keine Ahnung, ob seine Phase der Rebellion schlimmer ausfällt als bei anderen Jugendlichen, weil ich Polizist bin, aber er treibt mich und seine Mutter in den Wahnsinn. Zweimal haben Streifenpolizisten ihn schon bei uns zu Hause abgeliefert. Zweimal!« Er hob zwei Finger, um die Dramatik zu verdeutlichen. Diana hatte ihn auch so verstanden.

»Was hat er angestellt?«, fragte sie aus Höflichkeit und weniger aus Interesse.

»Beim ersten Mal war es Ladendiebstahl – er wollte ein Deodorant mitgehen lassen, das gerade mal drei Euro gekostet hätte. Beim zweiten Mal war es leichte Körperverletzung. Können Sie sich vorstellen, wie peinlich das ist, als Leiter der Mordkommission auf dem

Revier antanzen zu müssen, um den eigenen Sohn bei einer Aussage zu begleiten?«

»Kann es mir denken. Die Phase geht bestimmt vorbei.«

»Das hoffe ich! Wir sind langsam mit unserem Latein am Ende und …«

Es klopfte an der Tür. Eine junge Frau, die Diana nur flüchtig vom Sehen kannte, kam herein.

»Ich sollte Ihnen Bescheid geben, wenn Schmidt und Kahl wieder da sind …«

Schroer blickte auf seine Uhr. »Das ging ja schnell!« Er stand auf, trat um den Tisch und half Diana auf die Beine. »Jetzt hab ich tatsächlich nur von mir erzählt. Wir müssen uns mal zu viert treffen.«

Ihr schauderte. Ein Pärchentreffen mit ihrem Ex-Chef und seiner Ehefrau? War er noch ganz bei Trost?

»Das werde ich Tomas fragen. Vielleicht.«

»Wunderbar, melden Sie sich einfach bei mir, Sie wissen ja, wo Sie mich finden.« Und an die Frau gewandt: »Bringen Sie Frau Balke, ich meine, Frau Ratz bitte zu den Kollegen und kommen Sie danach wieder in mein Büro.«

Sie nickte ihm zu und brachte Diana wortlos zurück in das Gemeinschaftsbüro. Schon von Weitem konnte sie Paul und Jürgen hinter ihren Schreibtischen sitzen sehen. Als sie Diana entdeckten, sprangen sie auf und kamen ihr entgegen.

»Diana, mein Schatz!«, begrüßte Paul sie überschwänglich, nahm sie in den Arm und küsste sie. »Schön, dich zu sehen!«

Jürgens Begrüßung fiel mit einem kollegialen Händedruck zwar etwas liebloser, aber um einiges angenehmer aus.

»Wie geht es dir? Was macht Tomas?«, überschüttete Paul sie mit Fragen, während er sie zu seinem Platz führte, wo er sie bat, sich zu setzen.

»Ihm geht es gut, ist leicht nervös wegen der bevorstehenden Geburt.«

»Das kann ich mir vorstellen«, Paul senkte den Blick. »Bei der Geburt meiner Tochter war ich ein reines Nervenbündel.«

Er sprach nicht weiter. Musste er nicht. Jeder wusste, was seiner Tochter und seiner Frau zugestoßen war. Jemand hatte sie getötet, aber das war eine andere Geschichte. Das hatte nichts mit ihr oder Tomas zu tun. Der Täter saß in einer psychiatrischen Einrichtung und es war sehr unwahrscheinlich, dass er jemals wieder einen Fuß in die Freiheit setzen würde. Für die Menschheit ein großer Gewinn, für den Steuerzahler ein kostspieliges Problem.

»Dein Mann wird ein großartiger Vater sein!«, fuhr Paul mit neuem Ehrgeiz fort. »Denkst du nicht auch, Jürgen?«, stachelte er seinen Kollegen an.

»Bestimmt!«, bestätigte er und räusperte sich. »Ich hoffe nur für euch, dass die Kleine nicht genauso ein Chaot wird wie ihr Oller.«

Paul gab Jürgen einen leichten Schlag auf den Oberarm. »So etwas sagt man nicht zu einer werdenden Mutter!«

Bevor sich das Gespräch zu einem handfesten Streit mauserte – sie waren die Meister der Streitgespräche in dieser Abteilung –, schritt Diana ein.

»Jungs, Jungs, wir haben Wichtigeres zu besprechen als die tückische DNS-Verteilung. Vielleicht haben wir Glück und die Kleine bekommt mehr von mir ab als von ihm.«

Paul und Jürgen beugten sich zu ihr vor und Paul fragte: »Was gibt es denn?«

»Können wir ungestört reden?« Diana sah sich um. Es waren zu viele Kollegen im Raum, sie wollte nicht, dass einer von ihnen ihre missliche und peinliche Lage mitbekam.

»Die Asservatenkammer ist immer noch der beste Ort, wenn man sich in Ruhe unterhalten möchte«, sagte Jürgen.

»Da bin ich aber gespannt, was du uns erzählen willst.« Paul stand auf und steckte sich das Diensthandy in die Brusttasche seines Hemdes. Strähnen seiner braunen Haare fielen ihm in die Stirn, er pustete sie weg. Seine gesamte Gestik verriet, dass Paul nicht damit rechnete, dass das, was Diana ihnen verraten wollte, etwas Schlimmes sein könnte.

Schweigend liefen sie durch das Büro, die Treppe hinunter in den Keller und durch die Tür, hinter der sich die Asservatenkammer versteckte. Oft hatten sie diesen Ort genutzt, wenn sie etwas außer Reichweite von Schroers Ohren diskutieren wollten. Dabei war es egal, ob es um Berufliches oder Privates ging.

»Hallo, alle zusammen«, begrüßte sie der Beamte, der heute Dienst hatte. Diana kannte ihn. Marek hatte hier angefangen, kurz bevor sie aufgehört hatte. Er war ein junger Bursche, fünfundzwanzig, also drei Jahre jünger als sie. Damals hatte er laut getönt, dass er bald die Karriereleiter hinaufsteigen und zum Kommissar befördert werden würde. Wie Diana sah, musste er weiterhin den unbeliebten Wachdienst schieben.

Auch Marek wusste, dass einige Beamte sich hierher zurückzogen, um wichtige Dinge zu besprechen. Paul nickte Marek bloß zu und dieser öffnete die Tür.

»Irgendwelche Anmeldungen für die nächsten Minuten?«, fragte Jürgen.

»Nein, und sollte jemand spontan kommen, bitte ich ihn, nachher wiederzukommen«, leierte Marek den Befehl herunter, den ihm irgendwann irgendjemand gegeben hatte.

»Gut, wir sind hinten bei den Kühlschränken.« Paul bat Diana, voranzugehen. »Du kennst sicher noch den Weg, oder?«

»Na klar!«, sagte sie. Diesen Weg war sie oft gegangen. In den Kühlschränken wurden bevorzugt DNS-Proben von Opfern und Tätern aufbewahrt. Einmal hatte sie auch ein paar verbrannte Finger hineingelegt, die bis zur späteren Untersuchung kühl gelagert werden mussten. Sie hatte die Kühlschränke *Kabinett des Grauens* genannt, allerdings nur im eigenen Kopf. Wenn man als Ermittler Schwächen zeigte oder zu makaber mit den Dingen umging, die um einen herum geschahen, konnte man leicht zur Zielscheibe der Kollegen oder des Chefs werden. Tomas war zwar genau solch ein Typ Mensch, war jedoch nie deswegen gemobbt worden. Weil man ihn wegen seiner eigentümlichen Art einfach mögen musste. Die war wahrscheinlich der Grund gewesen, warum sich Diana in ihn verliebt hatte.

Als sie durch die Gänge lief, versuchte sie, nicht auf die Gegenstände der meist toten Personen zu achten, und blieb vor dem *Kabinett des Grauens* stehen. Paul bot ihr einen der Hocker an, den andere wohlwissend um ihre Benutzung dort platziert hatten. Wenn es ausgedehntere Gespräche zu führen gab, konnte das in die Beine gehen. Diana lehnte ab. Sie hatte nicht vor, lange hier zu bleiben. Sie musste unbedingt ihre Kollegen dazu bringen, sie zu begleiten und das so diskret wie möglich.

»Raus damit, Kleine, was ist los?« Paul setzte sich stattdessen auf den Hocker und blickte zu ihr auf.

Diana seufzte, strich sich die roten Haare hinter die Ohren. »Es ist wegen Tomas. Er hat mich verlassen.«

»Was?« Paul sprang sofort wieder auf. »Wieso? Ihr seid doch so glücklich gewesen!«

Jürgen machte eine abwehrende Handbewegung zu seinem Partner. »Jetzt lass sie doch erst mal erzählen!«

»Danke«, sagte sie und nickte Jürgen zu. »Meine Schwiegermutter veranstaltete für mich heute eine Babyparty. Tomas ist früher als üblich aus dem Haus gegangen. Er sagte, einerseits wolle er uns nicht im Weg stehen und andererseits würde er eine Lieferung Bücher erwarten. Alles war wie immer. Er gab mir einen Kuss, dann meinem Bauch und Cupcake knurrte er an. Dann sagte er, er würde mich lieben und verschwand. Später, während der Party, bekam ich das hier.« Behutsam setzte sie den Hund auf dem Boden ab, holte ihr Handy aus der Tasche und zeigte ihnen die SMS.

»Bye bye, my love! Ich verlasse dich!«, las Paul vor und jedes Wort jagte Diana einen neuen Stich ins Herz. »Was ist das denn für ein Schwachsinn?«

»Hast du versucht, ihn anzurufen?«, hakte Jürgen nach, mittlerweile sehr interessiert.

»Klar, sofort nach der SMS. Doch er ging nicht dran. Daraufhin bin ich zu seinem Buchladen gefahren. Dort war er nicht, aber die Ladentür stand sperrangelweit offen. Natürlich bin ich hineingegangen, aber ich fand nichts, weder Tomas noch irgendein Anzeichen dafür, dass etwas passiert sein könnte. Und dann …« Sie verstummte. Das Folgende auszusprechen fiel ihr schwer. »Dann habe ich seine Sachen durchsucht. Der Laden steht vor dem Aus. Tomas hat horrende Schulden. Danach wollte ich zu Ariana fahren und sie um Hilfe bitten.

Auch sie war telefonisch nicht erreichbar. Unterwegs rief ich Josef Schlott, Tomas' Steuerberater, an, und der erzählte mir, Ariana hätte Tomas dreißigtausend Euro geliehen.«

Paul zog seine Augenbrauen nach oben, aber er sagte nichts, ließ Diana weitersprechen.

»Ariana war nicht zu Hause, zumindest machte niemand auf, also habe ich den Schlüssel benutzt, den sie mir für den Notfall gegeben hat.«

»Und, was hast du gefunden?« Paul wurde immer unruhiger.

Diana wunderte sich über sein Verhalten, fuhr jedoch unbeeindruckt fort: »Sie war nicht da. Die Wohnung wirkte chaotisch und durcheinander und Cupcake hat auf ihr Bett gepinkelt.«

»Wieso das?«, fragte Jürgen.

»Weil Tomas darin gelegen hat. Er roch ihn und wollte Tomas' Geruch mit seinem überdecken. Das macht Cupcake gern.«

»Damit ich das jetzt richtig verstehe: Du denkst, Tomas hat etwas mit Ariana, nur weil dein Hund auf ihr Bett gepinkelt hat?« Jürgen sah sie verwirrt an.

»Nicht nur deswegen. In ihrem Schlafzimmer fand ich ein frisch ausgedrucktes Foto. Darauf lag er hinter ihr, kuschelnd, in Löffelchenstellung. Das war ziemlich eindeutig.«

»Also hat er dich wegen deiner besten Freundin verlassen?«, hakte Jürgen erneut nach.

Diana nickte. »So sieht es zumindest aus. Glauben kann ich es nicht.«

Jürgen sah sie mit einem väterlichen Blick an, der besagte: Hinterher wollen die Betrogenen nie wahrhaben, dass es längst Anzeichen gegeben hat.

»Das hätte ich ahnen müssen«, flüsterte Paul, der in den letzten Minuten seltsam still geworden war.

»Wie meinst du das?« Diana legte eine Hand auf ihren Bauch, das Baby war ungewöhnlich unruhig.

Paul breitete die Arme aus, als entschuldigte er sich im Voraus. »Ariana fing vor ein paar Wochen an, von ihrem neuen Freund zu erzählen. Der Kerl sei verheiratet, verriet sie mir im Vertrauen.«

Jürgen sah seinen Kollegen fassungslos an. »Warum hat sie mir nichts davon gesagt?«

»Was weiß ich?«, fuhr er ihn an. Diana bemerkte, dass ihm die Sache ziemlich nahe ging. Das musste schon länger in ihm brodeln. Es war die richtige Entscheidung gewesen, sich an Paul und Jürgen zu wenden. »Schlimmer ist, dass Ariana immer Andeutungen gemacht hat. Er wäre vierzig Jahre alt, wäre Beamter, all solche Dinge. Ich hab mich nicht getraut, sie zu fragen, ob sie etwas mit Tomas hat. Im Grunde geht mich das ja auch überhaupt nichts an. Sie meinte auch, sie habe ihm finanziell unter die Arme gegriffen.« Mit den Schultern zuckend, ließ er den Kopf sinken, als würde er die volle Tragweite dessen, was er über Arianas Liebhaber wusste, erst jetzt begreifen. Dass sie Diana nichts davon erzählt hatte, war nachvollziehbar. Wer vertraute seiner besten Freundin schon an, dass sie ihren Mann vögelte?

»Jetzt würde ich mich doch gern setzen«, sagte sie. Paul überließ ihr den Hocker. »Danke.« Tief durchatmend schloss sie die Augen. War das der Beweis, dass Ariana und Tomas wirklich miteinander durchgebrannt waren? Eindeutiger ging es kaum. Diana wollte es dennoch nicht wahrhaben. Warum sollte Tomas sie verlassen? Und konnte es sein, dass sie sich in Ariana derart getäuscht hatte?

In ihren Erinnerungen grabend, suchte sie nach Möglichkeiten, wie Ariana und Tomas sich heimlich hätten treffen können. Viele gab es nicht. Tomas saß von morgens bis nachmittags in seiner Buchhandlung und Ariana war mit ihrem Job verheiratet. Freizeit war rar. Was, wenn sie die kurzen Pausen nutzten und Tomas in seinem Pausenraum Ehebruch beging? War das so abwegig? Leider nicht, aber sie wollte es nicht akzeptieren.

»Vielleicht ist es nur ein dummer Zufall«, meinte Jürgen.

»Deswegen bin ich zu euch gekommen. Ich glaube das nicht, ehe ich Beweise dafür finde, dass mein Mann mich tatsächlich verlassen hat. Freiwillig, versteht sich.«

»Wie meinst du das?«, hakte Paul nach.

»Das Ganze sieht weder Ariana noch Tomas ähnlich. Irgendwas ist faul an dieser Geschichte, das spüre ich. Was ist, wenn sie entführt wurden und man uns vormachen will, sie wären durchgebrannt? Denn auf dem Bild sieht es aus, als schliefen beide. Das Bett, auf dem sie liegen, ist weder Arianas noch unseres. Und rein von der Perspektive her, frage ich mich, wer es geschossen hat, sofern Ariana keinen Selbstauslöser benutzt hat. Es wirkt alles zu platziert und gestellt.« *Oder rede ich mir das alles nur ein?* Sicher, in Diana schlummerte noch die Ermittlerin und wahrscheinlich sah sie deshalb die Möglichkeit eines Verbrechens, aber es war vielmehr ihr Herz, das ihr diese Option offenhielt. Tomas würde sie nie betrügen, oder? Ihr wurde schwindelig.

»Ist alles in Ordnung mit dir?«, erkundigte sich Jürgen.

»Ja, mir ist nur etwas schwummrig, wird der Stress sein.« Eindringlich sah sie die beiden an. »Helft ihr mir, herauszufinden, was genau passiert ist? Falls herauskommt, dass er mich wirklich verlassen möchte, finde ich mich früher oder später damit ab, doch wenn mehr dahintersteckt, brauche ich eure Hilfe.«

»Du kannst auf uns zählen«, stieß Paul so schnell hervor, dass Diana den Eindruck hatte, er würde damit sein schlechtes Gewissen zum Schweigen bringen wollen.

Jürgen fiel etwas ein. »Hat einer von euch daran gedacht, nachzusehen, ob Ariana auf der Arbeit ist?«

Paul überlegte. »Seit ein paar Tagen habe ich sie nicht gesehen. Dachte, sie hätte Urlaub.«

»Ich wollte nachsehen, aber Schroer nahm mich sofort unter seine Fittiche und ich kam nicht dazu«, gab Diana zu. »Wir sollten zu ihrer Abteilung gehen, vielleicht weiß dort jemand was.«

»Das machen wir«, sagte Paul. »Und was ist, wenn sie nicht hier ist?«

Diana erhob sich schwer atmend vom Hocker und hob Cupcake auf den Arm. »Dann werden wir ihre gesamte gottverdammte Bude auf den Kopf stellen.«

7

»Na, Süßer, willst du mal an Sugar lecken?«

Die in die Jahre gekommene Prostituierte ließ eine Hand zwischen ihre Beine fahren und sah mich an, als wäre ich ein Stück Fleisch, welches sie mit einem Happs verspeisen wollte. Angewidert wandte ich mich ab. Ich hatte weitaus größere Sorgen. Mir stand nicht der Sinn nach einer Peepshow im Knast.

»Begreifst du nicht, in was für einer Scheiße wir sitzen?« Schleicher schlug gegen das Gitter.

Sugar zuckte mit den Schultern und hockte sich auf ihren Heuballen. »Schätzchen, Mami hat schon in ganz anderen Situationen festgesessen. Messer am Hals, Waffe am Schädel, der Job einer Hure ist hart und wird viel zu schlecht bezahlt. Du glaubst ja wohl nicht, dass mich drei kleine Lausbuben erschrecken können, oder? Die haben doch nichts als Flausen im Kopf. Die kriegen sich wieder ein.«

Ohne Vorwarnung flog ein paar Augenblicke später die Tür auf und Otto und Hansi stürmten herein. Hansi einen Holzstuhl in den Händen, Otto ein Seil. Sie schlossen Sugars Tür auf, zerrten sie aus der Zelle, setzten sie auf den Stuhl in den Mittelgang und banden sie fest.

Otto packte sie am Kinn und riss ihren Kopf hoch, damit sie ihn ansehen musste. »Wir werden dir zeigen, dass wir keine Lausbuben sind.«

Psychopathen, zwei davon, und beide in ihrer Ehre gekränkt, weil Sugar – der Name kam mir noch immer verdammt bekannt vor – sie beleidigt hatte. Und jetzt wollten sie beweisen, was in ihnen steckte. Ich ahnte Böses.

»Tomas, unternimm doch was!«, stöhnte Ariana neben mir.

»Was, zum Teufel? Wie soll ich ihr helfen?« Mit den Händen umfasste ich die Gitterstäbe, krallte mich an ihnen fest, um das, was folgte, ertragen zu können. Es war nicht so, dass ich nicht bereits eine Menge ungerechter und abartiger Dinge in meinem Leben gesehen hatte, aber Übung darin machte es nicht leichter, Menschen leiden zu sehen. Und das würde Sugar: leiden. Wie lang, wie heftig und weswegen, wussten nur die Lausbuben.

»Was wollt ihr, hä? Mich schlagen? Das haben viele getan«, ätzte sie die beiden Männer an. Für sie wäre jetzt der richtige Zeitpunkt, den Mund zu halten. Keine zwanzig Minuten war sie hier und bekam schon eine Spezialbehandlung.

»Wir werden dich nicht schlagen.« Otto neigte sich nach vorn und stützte sich mit den Händen auf den Knien ab, um auf Augenhöhe mit Sugar zu sein.

»Was wollt ihr dann machen, ihr Pussys?«

Otto lachte und trat einen Schritt zurück. Er ließ sich nicht von ihr provozieren. Hatte sein Boss, Kane, ihm nach Arianas Vergewaltigung den Kopf gewaschen und ihm nahegelegt, sich am Riemen zu reißen, sobald er bei uns im Stall war?

»Gib sie mir!«, forderte Otto Hansi auf und hielt ihm erwartungsvoll die offene Hand hin. Hansi schwieg und gab ihm ein paar Nägel und einen Hammer. Ich brauchte keine zwei Meter weiterzudenken und wusste, was kommen würde.

»Lasst sie in Ruhe!«, versuchte Ariana ihr Glück – erfolglos. Die Männer schienen wie hypnotisiert von dem zu sein, was sie vorhatten.

78

Die Nägel erschienen mir endlos lang und Sugar hatte ihnen nicht viel entgegenzusetzen. Sie war schrecklich ausgemergelt, ihr Gesicht gezeichnet durch einen permanenten Drogenkonsum, vielleicht Crystal Meth, diese verdammte Modedroge, die dich schneller umbringt, als du Scheiße sagen kannst.

Otto setzte den ersten Nagel auf Sugars Brustbein ziemlich weit oben an, hob den Hammer und zögerte. Schweißperlen rannen über seine Stirn. *Der Kerl hat Schiss! Dieser Schlappschwanz hat nicht die Eier in der Hose!* Das notierte ich mir auf meinem gedanklichen Notizzettel.

»Mach du das! Ich fühl mich nicht gut«, forderte er Hansi auf und übergab ihm die Werkzeuge. Er deutete auf die Stelle auf Sugars Haut, die durch die Spitze schon leicht gerötet war. »Genau in die Knochen, links und rechts einen ins Schlüsselbein und einen in die Mitte ins Brustbein.«

»Wieso?« Hansi nahm die Sachen an sich und blickte seinen Kumpel fragend an.

»Weil Kane es so will, darum. Tu es einfach!«

»Ich, kannst, nein. Lass mich!« Hansi verfiel in seinen abgehackten Redeschwall, den nur ein Schlag von Otto unterbrechen konnte.

»Verdammtes Riesenbaby, jetzt mach!«, brüllte Otto ihn an und Hansi gehorchte. Irgendeinen Schalter schien er im Gehirn umgelegt zu haben. Seine Gesichtszüge verhärteten sich, die Arme führten das aus, was ihnen befohlen wurde. Hansi mutierte zu Ottos Marionette. Er das Köpfchen, Hansi die Muskeln; hatte ich ähnliche Gedanken nicht schon gehabt?

Hansi setzte mit einer grobschlächtigen Hand den Nagel an Sugars Brustbein an, er hatte sich zuerst für die Mitte entschieden. Ohne zu zögern, hob er den

Hammer und ließ ihn auf den Nagelkopf prallen. Sugars Schreie erfüllten die Luft. Ihre vorher trotzige Miene verzog sich zu einer Maske des Leidens. Hansi schlug dreimal zu, bis das Metall seiner Meinung nach tief genug in Fleisch und Knochen steckte. Das musste unvorstellbare Schmerzen bereiten!

»Los, die anderen auch noch!«, feuerte Otto ihn an. Das Arschloch schien sich gefangen zu haben. Seine Gesichtshaut wirkte nicht mehr so blass wie zuvor. Sobald einer mit der Gewalt angefangen hatte, war es nicht mehr so schwer, einzusteigen. Das war zumindest meine Erfahrung. Wenn die Scheu verloren war, folterte es sich fast von allein.

»Jetzt rechts!«, forderte Otto und leckte sich über die Lippen. Es machte ihm jetzt sogar Spaß.

Hansi schlug den zweiten Nagel rechts in Sugars Schlüsselbein. Aus beiden Wunden lief ein dünnes Rinnsal Blut. Es schimmerte dunkelrot auf ihrer fahlen, verbrauchten Haut.

»Den letzten mach ich!« Otto schüttelte sich wie ein Boxer, der vor einem Kampf stand. Hansi übergab ihm ohne Murren das benötigte Werkzeug und kreuzte die blutverschmierten Hände hinter seinem Rücken, damit ich sie gut sehen konnte. Als wollten die Hände mir sagen: *Einmal aufmucken und ich breche dir den Hals.*

Sugars Lider fielen mittlerweile ständig zu. Ihre Schreie waren verstummt. Sie stand kurz davor, das Bewusstsein zu verlieren.

Otto setzte das dritte Stück Metall an die linke Seite ihres Schlüsselbeines und holte mit dem Hammer aus. Doch er traf nicht den Nagel, sondern ihre Brust. Sugar riss die Augen auf, öffnete den Mund und keuchte wie eine langjährige Kettenraucherin.

»Sie bekommt keine Luft!«, schrie Ariana.

Otto achtete nicht auf sie. Er wandte sich zu mir um, sah mich beinahe hilflos an. Als könnte ich ihm helfen. Wenn nicht einmal er selbst wusste, was er da tat, wie sollte ich es dann wissen?

Dem Himmel sei Dank beruhigte sich Sugars Atem nach einiger Zeit. Zwar ging er schwer, aber gleichmäßig. Und anstatt von ihr abzulassen, versuchte dieser Psycho erneut sein Glück. Die Stelle, an der er sie getroffen hatte, nahm bereits eine blau-violette Färbung an. Entweder hatte sie nur eine Prellung oder er hatte ihr eine Rippe gebrochen, die sich im schlimmsten Fall in ihre Lunge bohrte.

Otto hob den Hammer und schlug zu. Dieses Mal traf er den Nagel. Sugar zuckte nur kurz zusammen, als sich der Metallstift die ersten Zentimeter in ihren Körper vorarbeitete. Otto brauchte nicht drei Schläge, wie Hansi, sondern ganze sechs. Eine Qual für Sugar, die Schmerzen von grenzenlosem Ausmaß haben musste, und eine Qual für uns, die wir zusahen und uns fragten: Werde ich der Nächste sein?

»Gib mir die dünne Stahlkette.« Otto wischte sich Blut aus dem Gesicht und sah wieder leicht grün um die Nase aus.

Hansi reichte Otto die Kette. »Und nun seht genau zu!«, verlangte Otto von uns. Was er damit bezweckte, erschloss sich mir nicht. Wir schauten doch schon zu und hatten Angst, selbst auf diesem Höllenstuhl zu landen.

Dann fuhr er fort: »Jeder, der sich aufspielt, als wäre er König Vollarsch, bekommt eine Abreibung. Und damit es auch alle sehen können«, geschickt fädelte er die feingliedrige Kette zwischen den Nägeln ein, verknotete sie an ein paar Stellen und verband sie so miteinander, »bleibt die liebe Sugar über Nacht hier sitzen.«

Er gab ihr eine Ohrfeige, sie reagierte nicht. »Und damit sie gleich nach dem Aufwachen noch mehr Spaß hat, mache ich das jetzt fest ...« Otto verschwand hinter dem Stuhl und knotete Seil und Kette zusammen. Das hieß: Sobald Sugar sich bewegte, würde sich automatisch die Kette bewegen und an den Nägeln reißen. Was das für Schmerzen sein würden, konnte ich mir nicht vorstellen. Drei im Knochen steckende Nägel, und etwas, das daran zog. Eine Horrorvorstellung.

Otto wischte sich die dürren Finger an seinem Hemd ab und lächelte humorlos. Auf mich wirkte es sogar leicht gequält und ich wusste, dass er dieses ganze Prozedere nicht nur wegen uns aufgeführt hatte, um uns zu warnen, sondern auch, weil er seinem Boss beweisen wollte, was für ein harter Hund er war.

»Das Licht bleibt über Nacht angeschaltet. Ich will kein Schreien und kein Flehen hören, erst recht nicht von Sugar, sonst kommen wir wieder und machen da weiter, wo wir aufgehört haben. Ihr solltet die Zeit nutzen und schlafen. Morgen wird ein aufregender Tag.« Otto hob den Hammer wieder auf und gab ihn an Hansi zurück. Zusammen verließen sie den Stall. Sugars Blut floss in feinen Rinnsalen aus den drei Wunden. Ob sie daran verbluten konnte? Und was mit der Verletzung war, die aus dem Hammerschlag resultierte, blieb abzuwarten. Kurzum: Um unsere Freundin, die Prostituierte mit der Kodderschnauze, stand es schlecht. Diese Nacht würde sie vielleicht nicht überleben.

Das Deckenlicht brannte unbarmherzig. Warum schalteten sie es nicht aus? Tagsüber war es hier drin durch die abgeklebten Fenster recht schummrig, genauso wie jetzt in den Abendstunden, warum also ließen sie es an? Mir kam die Antwort, bevor ich den Gedanken überhaupt zu Ende gedacht hatte: Sie hatten keine

82

Nachtsichtkameras und würden nichts sehen, wenn sie das Licht abschalteten.

»Grausam!«, fluchte Schleicher gegenüber. »Was für eine Hölle ist das? Die sind doch total wahnsinnig.« Seine Stimme schwoll an und ich fürchtete, Otto und Hansi könnten zurückkommen und da weitermachen, wo sie aufgehört hatten.

Ich legte den Zeigefinger auf die Lippen. »Sch-sch-sch, lock sie nicht wieder an, mit deinem Gemecker.«

»Ich meckere so viel ich will!«, sagte er und verschränkte die Arme vor der Brust. Seine Hände zitterten, allerdings war ich mir nicht sicher, ob vor Angst oder weil er einen Entzug durchmachte.

»Nimmst du Drogen?«, fragte ich.

Meinen Wink hatte er verstanden, denn er sah auf seine Hände. So lenkte ich ihn zumindest von dem ab, was gerade vor unseren Augen geschehen war oder eher noch immer geschah. Sugar saß schließlich blutend vor uns.

»Nein, nein, keine Drogen.« Er setzte sich auf seinen Strohhaufen und legte den Kopf in die zitternden Hände, womit er sein Gesicht vor mir verbarg. Schämte er sich? Wir kannten uns nicht, da konnte ihm egal sein, was ich von ihm dachte.

»Alk?« Die Frage hätte ich mir sparen können. Was sollte es sonst sein?

»Ja, ich hänge seit vielen Jahren an der Flasche.« Jetzt sah er wieder zu mir, klatschte sich mit den Händen auf die Oberschenkel, als wäre er wütend auf sich selbst – was wohl auch zutraf. »Komm einfach nicht von der Scheiße los. Das Leben auf der Straße ist hart, Mann. Der Alkohol lässt einen den Mist wenigstens bis zum nächsten Morgen vergessen. Aber bis eine neue Dröhnung wirkt, sieht man den Müll, in dem man lebt.« Als er sich von mir abwandte, hielt ich das Gespräch für beendet. Schleicher hatte keinen Bedarf mehr, mit mir über seine Sucht zu sprechen. Er hatte genug damit zu tun, das Zittern seines Körpers und den Schmerz des Entzugs unter Kontrolle zu bekommen. Die kommenden Stunden würden für ihn auch ohne Ottos und Hansis Zutun beschwerlich werden.

Größer könnten die Unterschiede zwischen Ariana und mir, Schleicher und Sugar nicht sein. Sie waren Menschen, die viel erlebt und gelitten hatten. Das Leben war nicht spurlos an ihnen vorübergegangen und würde sich für sie wahrscheinlich nie zum Positiven wenden. Auf der anderen Seite waren Ariana und ich, zwei Polizisten, eine aktiv, der andere im Ruhestand. Von Gemeinsamkeiten konnte keine Rede sein. Der *klassische* Psychopath, wenn man den Ausdruck denn so nutzen durfte, hatte oft einen gewissen Opfertypus, den er tötete, vergewaltigte oder misshandelte, weil derjenige den Täter an jemanden erinnerte.

Und was ebenfalls nicht normal war: Psychopathen arbeiteten selten im Team. Zwei war schon ungewöhnlich, aber gleich drei auf einem Haufen? Es war fast auszuschließen, dass es sich bei ihren Motiven nur um die reine Lust am Töten handelte. Das waren keine kleinen Irren, die in jungen Jahren heimlich Tiere quälten und ihnen beim Sterben zusahen, nein, das Trio wich von der Norm ab. War es Rache? Wofür? Ich kannte die Männer nicht, sie waren zu jung, als dass ich sie auf dem Schulhof getreten hatte und sie es mir bis heute nachhalten könnten. Auch hatte ich keinen von ihnen inhaftiert. Dennoch erschien mir Rache als logischste Alternative. Allerdings behielt ich meinen Gedanken für mich, ich wollte Ariana nichts in den Mund legen. Sie war eine erfahrene Kommissarin, vielleicht kam sie zu einem anderen Schluss, mit was wir es zu tun hatten.

»Wir müssen hier raus, Tomas«, flüsterte Ariana. Es war zu bezweifeln, dass es etwas nutzte, die Kameras würden jedes unserer Worte aufnehmen, egal, wie leise wir sprachen.

»Und wie stellst du dir das vor?«, sagte ich deshalb in normaler Lautstärke.

»Lass dir was einfallen!« Ihre Hand kam hinter der Holzwand hervor. Auf Knien kroch ich zum Gitter, streckte ebenfalls die Hand aus und ergriff sie. Sie war kalt, die Haut rau.

»Okay, ich lass mir was einfallen«, antwortete ich.

»Gut, ich vertraue dir«, sagte sie und legte eine kurze Pause ein. »Wir können nicht gleichzeitig schlafen. Einer sollte Wache halten. Falls die es ernst meinen und wiederkommen, sobald es Unruhe gibt, müssen wir auf Sugar achten. Wenn sie aufwacht und losplärrt, muss einer von uns sie beruhigen.«

»So was in der Art habe ich mir auch gedacht. Ich übernehme die erste Schicht, dann versuche ich, dich zu wecken«, schlug ich vor und senkte meine Stimme. Nicht, damit die Irren mich nicht hörten, sondern damit Schleicher meine Worte nicht mitbekam. »Auf Schleicher können wir nicht zählen, er ist zu sehr mit sich selbst beschäftigt.« Wie aufs Stichwort beugte er sich zur Seite und kotzte genau neben sein Schlafdomizil.

»Ich denke nicht, dass er das überstehen wird«, sagte sie mit belegter Stimme und wechselte schnell das Thema. »Glaubst du, Diana sucht uns?«

Für mich war das eigentlich nie eine Frage gewesen. Klar, warum nicht? Ihr Mann und ihre beste Freundin waren verschwunden, welche ehemalige Ermittlerin würde da nicht Nachforschungen anstellen?

»Selbstverständlich sucht sie nach uns«, beruhigte ich sie und mich selbst. »Bestimmt hat sie die Polizei alarmiert. Die fahnden längst nach uns, mach dir keine Sorgen.«

»Hoffentlich behältst du recht.« Nebenan raschelte es. Dem Geräusch nach legte sie sich wahrscheinlich auf das Stroh. »Weck mich einfach, wenn du nicht mehr kannst, okay?«

»Okay, mach ich.«

Dann schwieg sie. Hoffentlich versank sie schleunigst in einen tiefen, erholsamen Schlaf, der sie alles vergessen ließ. In der Theorie klang das wunderbar, in der Praxis würde es nicht so simpel sein, die Gegebenheiten um sich herum auszublenden. Das wusste ich aus eigener Erfahrung. Bei einem Autounfall hatte ich meine erste Frau und meine Tochter verloren. Ständige, nervenzehrende Albträume waren mir bestens bekannt.

Auch Schleicher schien sich beruhigt und hingelegt zu haben. Jedenfalls sah ich ihn auf der Seite liegend auf seinem Stroh. Ich ließ ihn in Ruhe. Es war nötig, dass er seinen Körper unter Kontrolle brachte. Was half da mehr als eine Mütze Schlaf?

Kurz ließ ich den Blick durch meine Zelle schweifen und entdeckte einen Gegenstand, der mir zuvor nicht aufgefallen war, er lag zwischen all dem Stroh relativ sichtgeschützt. Schnell kroch ich zu ihm, ergriff ihn und steckte ihn umgehend in meine Hosentasche. Als wäre nichts gewesen, setzte ich mich an die Gitterstäbe und legte die Stirn dagegen, die Augen starr auf Sugar gerichtet. Eine Hand hatte ich in der Hosentasche und befühlte den Gegenstand, den ich eben gefunden hatte. Für die Männer sah es auf den Monitoren der Überwachungskameras wahrscheinlich aus, als spielte ich an meinem kleinen Freund herum. Sollten sie denken, was sie wollten, Hauptsache, sie bemerkten nicht den wahren Grund für mein Taschenspiel.

Noch nie war ich gut im ›Ertasten‹ gewesen, aber falls mich nicht alles täuschte, war es ein spitzes Stück Holz, etwa fünf Zentimeter lang. Wenn Schleicher den als Splitter im Fleisch stecken gehabt hätte, hätte er von einem *Oschi* sprechen können.

Wo kam er her? Hatte er sich von der Holzwand gelöst, als Ariana vorhin dagegen gehämmert hatte? Mir war es egal, wo er herkam, offenbar hatte niemand mitbekommen, dass ich ihn gefunden und eingesteckt hatte.

Während ich Sugar beobachtete, überlegte ich fieberhaft, was ich mit dem Stück Holz anstellen konnte. »Ich lass mir was einfallen«, hatte ich gerade noch zu Ariana gesagt. Was sollte ich damit schon machen? Mit dem Ding konnte ich weder das Schloss in der Zellentür knacken noch mich aus der Zelle buddeln. Viele Möglichkeiten bot mir der kleine Gegenstand nicht.

»Uuaahh«, machte Sugar plötzlich und riss die Augen auf. Wie bei einem Tier, das kurz davorstand, bei lebendigem Leib gehäutet zu werden, zuckten ihre Augäpfel hin und her und ihre Lippen verzogen sich zu einem schiefen Grinsen, was weniger Belustigung, sondern eher den Schmerz widerspiegelte, der sie durchflutete.

Sofort redete ich auf sie ein: »Sugar, sieh mich an! Egal, was du tust, schrei bitte nicht, sonst kommen sie zurück!«

Das Weiß ihrer Augen war gerötet, genauso wie ihre Wangen. Die Kette, die zwischen den Nägeln gespannt war, bewegte sich. Es klimperte leise. Sugar sah hinab zu ihrem Brustbein und ihr Mund öffnete sich.

»Nicht schreien!«, forderte ich sie erneut auf. Mir war bewusst, wie unmöglich mein Ersuchen an sie war. Ein Mensch, der Schmerzen hatte, schrie, egal, was um ihn herum geschah.

Doch Sugar schien mich zu verstehen. Sie schloss den Mund und biss sich auf die Unterlippe. Tapfere Frau! Ich mochte von ihr halten, was ich wollte, aber sie war stärker, als ich gedacht hatte. Viele andere hätten auf meine Aufforderung gespuckt und sich die Seele aus dem Leib geschrien.

»Du machst das super, Sugar!«, feuerte ich sie an. »Es tut weh, ich weiß, aber du musst durchhalten.«

Vorsichtig nickte sie, die Kette bewegte sich nicht.

»Kannst du sprechen?«

»Ich … ich glaube … ja«, kam es zögerlich aus ihr heraus.

»Bekommst du genug Luft?« Das war für mich die wichtigste Frage. Die Nägel waren das geringere Problem, verheerender wäre ein Riss in der Lunge oder eine Rippe, die sich dort hineinbohrte.

»Ja, es geht schon! Diese Vollidioten!« Wieder biss sie sich auf die Unterlippe, als die Kette sich minimal rührte.

»Wir schaffen das, zusammen schaffen wir das!«, bläute ich ihr ein, zweifelte allerdings selbst an meinen Worten. Im Stillen dachte ich: *Halte durch, liebe Nutte, ich habe einen Holzsplitter, so einen Oschi, damit werde ich uns befreien!* Es klang in meinen Gedanken ziemlich jämmerlich und wäre nicht besser geworden, hätte ich es laut ausgesprochen.

»Bleib einfach ruhig sitzen!«, bat ich Sugar. Wenn sie sich so wenig wie möglich bewegte, würden sich die Schmerzen hoffentlich in Grenzen halten.

»Scheiße, ich muss pinkeln«, flüsterte sie und sah mich beschämt an.

»Lass es laufen!«

»Herr im Himmel!« Sie schloss die Augen und legte vorsichtig den Kopf in den Nacken, als wollte sie nicht sehen, was gleich unter ihr passierte. Auch ich wendete mich ab. Es war grausam. Folter pur, wenn man keine andere Option hatte, als sich selbst vollzupinkeln.

Vor mir plätscherte es. Es war mir unangenehm, obwohl Sugar sich weder entblößt noch eine andere Wahl gehabt hatte. Die Männer wären nicht wie Samariter angeritten gekommen und hätten sie vom Stuhl losgemacht, nur damit sie sich erleichtern konnte. Das gehörte zu ihrem sadistischen Spiel. Kein Mensch konnte stundenlang den Urin zurückhalten, das war unmöglich.

»Dafür werden sie brennen!«, fluchte Sugar. Ich sah wieder zu ihr, sie hatte die Augen zusammengekniffen und ihre Unterlippe blutete mittlerweile. »Ich kann nicht die ganze Zeit hier sitzen und nichts tun!« Verzweifelt blickte sie an sich herab, wobei ich mir nicht sicher war, ob ihr Interesse den Nägeln oder der Pfütze unter ihr galt.

»Du musst!«, beschwor ich sie.

»Wieso? Wozu? Warum soll ich leiden? Die töten uns sowieso.«

»Versuch es! Wenn du es schon nicht für dich tust, dann für uns.«

Kurz lachte sie trocken auf. Nichts Lustiges lag darin, nur Verachtung, die wohl nicht nur denen galt, die uns festhielten, sondern auch mir.

»Für euch? Und wer seid ihr?«

»Meine Kollegin und ich arbeiten bei der Polizei und …«

Für eine ausführlichere Antwort ließ sie mir keine Zeit. »Ein versoffener Typ von der Straße und zwei Bullen. Verrate mir, weshalb ich euch helfen soll. Warum sollte ich nicht losschreien, damit diese Dreckschweine uns umbringen?«

»Ich … ich werde bald Vater«, war das Einzige, das mir spontan einfiel.

Ihr unnachgiebiger Blick wurde nicht einen Moment weicher. Es schien sie kaum zu interessieren. »Ist das alles? Das Baby wird auch ohne dich auf die Welt kommen und die Frau, die du geschwängert hast, ist ohne dich besser dran.«

Fehlschlag Nummer eins. Wie viele würde Sugar mir verzeihen? Zweifellos traute ich ihr zu, dass sie es ernst meinte. Womöglich wäre sie sogar froh darüber, wenn sie sterben durfte. Mir waren ihre Lebensumstände unbekannt, keine Ahnung, was sie schon durchgestanden hatte.

»Dann tu es für meine Kollegin nebenan. Otto hat sie vergewaltigt. Hilf uns, damit wir uns an ihnen rächen können.«

Das stimmte sie milder. Wahrscheinlich hatte es einige Freier gegeben, die sich zu hart an Sugar vergangen hatten. Vielleicht wirkte der ›Sie ist auch eine misshandelte Frau‹-Grund auf sie.

Sie beruhigte sich sichtlich. Zwar schaute sie mich noch kritisch an, wollte aber offenbar nicht mehr schreien.

»Schon gut, Kleiner, mach dir nicht gleich in die Hose! Ich sag dir, das ist nicht angenehm«, sagte sie bitter lächelnd.

Jetzt war ich wirklich froh um meinen Eimer, der in der Ecke stand. Es war nicht schön, seinen eigenen Urin zu riechen, aber besser, als sich selbst einzunässen und auch noch darin sitzen zu müssen.

»Wo bist du Polizist?«, erkundigte sie sich. Ohne mit der Wimper zu zucken ging sie von ›Ich reiß euch alle mit ins Verderben‹ zu Small Talk über.

»Um genau zu sein, war ich einer. Ich bin seit fast zwei Jahren im Ruhestand und habe mich ungefährlicheren Dingen zugewandt. Zuvor war ich bei der Duisburger Kripo Kriminalhauptkommissar, Abteilung Mordkommission. Meine Kollegin in der Box neben mir arbeitet aktuell dort, in der Abteilung für Entführungen.«

Sugar zog eine Augenbraue hoch. »Wie heißt ihr?«

»Tomas Ratz und Ariana Sloka.«

Ihre Augen weiteten sich, sie öffnete den Mund. War das eine Art Erkennen, das durch ihre Mimik huschte?

»Irgendwoher kenne ich euch …«, setzte sie an.

Bevor sie weitersprechen konnte, knallte es vor dem Stall. Ruckhaft riss sie den Kopf nach hinten, drehte den Oberkörper mit und schrie, weil sie nicht an die Nägel gedacht hatte. Das Metall bewegte sich in ihren Knochen. Neues, frisches Blut floss aus den Wunden und Tränen bildeten sich in ihren Augenwinkeln. Ihre Schmerzen waren mir jetzt egal. Sie kannte mich und Ariana oder zumindest unsere Namen, vielleicht wusste sie, weshalb wir zusammen in dieser Klemme steckten.

»Woher kennst du uns?«, fragte ich. Doch ihre Schreie übertönten mich.

»Was ist los?«, hörte ich Ariana flüstern, so leise, dass ich sie gerade noch verstand. Sugar kreischte aus voller Kehle.

Bevor ich ihr antworten konnte, wurde die Tür zum Stall aufgestoßen. Kane kam hereingestürzt und gab Sugar eine Ohrfeige.

»Halt's Maul!«, brüllte er sie an. Große Speicheltropfen flogen aus seinem Mund und landeten in ihrem Gesicht.

Sugar gehorchte nicht. Sie schrie und schrie und schrie. Er presste seine Hand auf ihre Lippen und die Nase. Aus ihr drangen nur noch undeutliche Geräusche, die eher an einen brünstigen Hirsch erinnerten als an einen Menschen.

»Du sollst still sein, habe ich gesagt!« Kanes Armmuskeln spannten sich. Die Adern unter seiner Haut schwollen an, als er Sugar die Luft zum Atmen raubte. Ihre ersterbenden Schreie wurden leiser. Ihr Gesicht nahm erst eine rote Färbung an und ging dann immer mehr ins Blauviolette über. *Falls niemand etwas unternimmt, bringt er sie um!*

»Lass sie los!«, schaltete sich Schleicher ein. Eigentlich der, von dem ich am wenigsten Hilfe für die Prostituierte erwartet hätte.

Sugars Augen traten aus den Höhlen, auch auf ihrer Stirn bildeten sich wurmähnliche Adern ab. Kane drückte ihr fest den Mund und die Nase zu. Seinen Gesichtsausdruck konnte ich nicht sehen, aber wenn ich raten müsste, glaubte ich, dass er grinste, während er Sugar zusah, wie sie allmählich erstickte. Von einem Rechtsmediziner wusste ich, dass der Erstickungstod eine langwierige und qualvolle Art des Sterbens war. Nichts, was ich meinem ärgsten Feind wünschte. Und so, wie ich Kane einschätzte, hatte er wahrscheinlich nicht nur ein Grinsen à la *Joker* aus *Batman* im Gesicht, sondern zusätzlich einen Steifen in der Hose.

Unvermittelt ließ er Sugar los. Die Frau sog japsend Luft in ihre Lunge, ihr Atem rasselte, ihr Brustkorb hob und senkte sich hektisch. Selbst die Bewegungen der

Nägel in ihren Knochen schien sie im Moment des Wiederauflebens zu vergessen.

»Habt ihr das gesehen?« Kane breitete die Arme aus und blickte uns alle nacheinander an. »Wenn ihr nicht auf meine Jungs oder mich hört, werdet ihr bestraft.«

»Können wir reinkommen? Der wird schwer!«, ertönte es von links. Es war Ottos Stimme.

»Ihr könnt einem aber auch alles kaputtmachen. Kommt rein!« Kane blieb, wo er war, und sah seinen Männern beim Arbeiten zu. Otto und Hansi kamen mit einem weiteren Menschen im Schlepptau an. Auf dem weißen T-Shirt des Trägers zeichnete sich an der rechten Seite ein roter Fleck ab. Hatten sie ihn angeschossen? Ich sah in das Gesicht des neuen Opfers des kranken Trios. Den Mann kannte ich, sogar ziemlich gut …

8

Diana folgte Paul und Jürgen in die Abteilung, die zuständig für die Entführungsfälle war. Ariana arbeitete hier seit zehn Jahren. Sie hatte, soweit Diana das wusste, mit Tomas das ein oder andere Verbrechen untersucht und in den besten Fällen den Täter gestellt. Ariana war ungefähr in Dianas Alter gewesen, als sie zur Kriminalpolizei kam. Vielleicht hatte Tomas sie schon damals attraktiv gefunden? Diana wischte den negativen Gedanken fort. Unter keinen Umständen durfte sie anklagend werden. Solange nicht zweifelsfrei bewiesen war, dass ihr Mann und Ariana eine Affäre hatten, galt es, die beiden als Unschuldige zu behandeln. Genau, wie sie es mit einem Verdächtigen tun würde. Immer erst von der Unschuld ausgehen.

»Kommt, wir gehen gleich zu ihrem Vorgesetzten Paulssen, mal sehen, was der zu sagen hat.« Paul schritt voran. Diana konnte das schlechte Gewissen an ihm förmlich riechen. *Umso besser*, dachte sie, *desto stärker wird er sich reinhängen.*

Paul klopfte an Paulssens Bürotür. Keine Reaktion. »Herr Paulssen, sind Sie da?«, fragte er und klopfte noch zweimal. Als niemand reagierte, drehte er sich zu Diana und Jürgen um. Er sah auf die Uhr. »Hat bestimmt Feierabend gemacht, ist ja schon spät.«

»Da ist seine Assistentin«, sagte Jürgen.

»Steffi!«, rief Paul und winkte die Assistentin zu sich. Als sie vor ihnen stand, Aktenordner unter den Arm geklemmt, das Haar hochgesteckt, das Gesicht zentimeterdick mit Schminke bedeckt, lächelte Steffi sie künstlich an.

»Was kann ich für euch um diese späte Uhrzeit tun?«

94

»Ist Paulssen schon weg?«, erkundigte sich Paul.

»Ja, Sören ist nach Hause gefahren.«

Diana gefiel nicht, dass diese Steffi ihren Chef beim Vornamen nannte. Ob sie ihn auch in seinem Beisein Sören nennen durfte? Vielleicht betrog Arianas Chef seine Frau mit der sexy Assistentin. Apropos Betrug …

»Wann hast du Ariana das letzte Mal gesehen?«, fragte Diana eine Spur zu barsch.

»Ich wüsste nicht, was dich das angeht, Schätzchen. Nimm lieber deinen Köter und mach die Fliege.«

Wäre Diana nicht in anderen Umständen gewesen, hätte sie Steffis Hochsteckfrisur gelöst, indem sie ihr an den Haaren gezogen hätte. Stattdessen drückte sie Cupcake stärker an sich und sagte: »Sie ist meine Freundin, ich suche sie.«

Von Paul und Jürgen erntete sie Blicke, die besagten: *Wow, toll, wie du dich im Griff hast.* Aber das war nur äußerlich. Innerlich kochte sie vor Wut, was sich sofort auf das Baby übertrug. Es trat sie in den Bauch, als wollte es sagen: *Beruhig dich, Mama, es wird ungemütlich, wenn du dich aufregst!*

»Heißt du zufällig …«, setzte Steffi an.

»Diana, genau, was ist jetzt? Bekomme ich eine Antwort oder nicht?«

»Entschuldige«, sagte Steffi kleinlaut. Vielleicht war Dianas Ruf ihr vorausgeeilt. Was mochte Steffi alles über sie und die Sache in den Niederlanden gehört haben? Steffi fuhr fort: »Gestern hat sie sich krankgemeldet.« Und hinter vorgehaltener Hand fügte sie hinzu: »Glaub ich nicht. Bestimmt macht sie wegen ihrem Stecher blau, den sie seit ein paar Wochen hat. Spricht kaum noch von was anderem.«

»Weißt du, wie der heißt?« Eigentlich wusste sie schon, wie die Antwort ausfallen würde. Ariana war nicht so dumm, Tomas' Namen auf dem Revier ins Spiel zu bringen.

»Nein, sie hat nie einen Namen erwähnt. Nur, dass er älter ist als sie. Und verheiratet.«

Wieder jagten Stiche durch Dianas Herz. Klar, diese Beschreibung passte auf viele Männer, sogar auf der Polizeiwache gab es genug, die ebenfalls um die vierzig und verheiratet waren. Aber keiner von ihnen hatte mit Ariana im Bett gelegen, wie das Foto bewies.

Diana wandte sich an ihre ehemaligen Kollegen. »Lasst uns gehen.«

Sie machten kehrt und waren dabei, die Abteilung zu verlassen, als Steffi ihnen hinterherrief: »Wieso denn? Was ist mit Ariana?« Niemand von ihnen reagierte auf die Fragen. Steffi war nicht weiter von Belang, sie würde ihnen nicht helfen können, also sparten sie sich die Zeit, ihr Rede und Antwort zu stehen.

»Könnt ihr einfach so abhauen?«, fragte Diana, als sie Richtung Ausgang liefen.

Jürgen sah auf die Uhr. »Eigentlich haben wir schon seit drei Stunden Feierabend, du kennst das ja.«

Während sie durch die Eingangstür und über den Parkplatz gingen, erkundigte sich Diana: »Woran arbeitet ihr im Moment?« Es war nicht nur Small Talk, den sie führen wollte, es interessierte sie wirklich. Offenbar hatte sie im Kopf nicht aufgehört, eine Polizistin zu sein.

»Bei uns ist es derzeit ruhig. Jürgen und ich wurden angehalten, der Krefelder Mordkommission unter die Arme zu greifen«, erklärte Paul. »Die hatten da einen Serienkiller, der mehrere tote Frauen und eine lebende in seinem Keller aufbewahrte. Zum Schluss hatte er ein Kind in seiner Gewalt. Der Fall ist so weit gelöst, der Täter ist tot, aber sie wollen, dass wir uns das Profil des

Mörders genauer ansehen, da wir mit solchen Serien-mördern Erfahrung haben. Die Krefelder sind da etwas, nennen wir es mal: jungfräulich.«

»Zu ihrem Glück«, brummte Jürgen. »Serienkiller können einem ganz schön den Tag verderben …«

»Wer fährt?«, fragte Paul, als sie an seinem Auto ankamen.

»Fahr du. Ich hole meinen Wagen später ab. Oder Tomas soll es tun, wenn wir ihn denn finden«, entgegnete Diana. »Mit dem Bauch ist es nicht mehr so leicht, sich hinter das Steuer zu klemmen.«

Er lächelte, entriegelte mit seinem Funkschlüssel die Schlösser und öffnete ihr die Beifahrertür. »Alles einsteigen, der Schnüfflerexpress bricht gleich auf!«, tönte er.

Jürgen quittierte seinen kleinen Spaß mit einem Stöhnen und schwang sich auf die Rückbank. Hätte Diana es nicht besser gewusst, würde sie denken, Paul und Jürgen könnten sich nicht ausstehen. In Wahrheit würde der eine für den anderen sterben. Sie waren – sofern man das als Partner im Dienst sagen konnte – beste Freunde und jederzeit füreinander da.

»Kennst du den Weg zu Arianas Wohnung?«, fragte Diana, während sie Cupcake vorsichtig zwischen ihren Beinen einkeilte, damit er nicht wie ein Eichhörnchen auf Speed durch den Innenraum flitzte.

Paul nickte. »Ja, hab sie einmal nach Hause gefahren, als ihr Auto streikte. Das ist zwar schon ein Weilchen her, aber soweit ich weiß, ist sie nicht umgezogen, oder?«

»Nein, sie lebt noch dort«, sagte sie und schnalzte mit der Zunge. »Ständig hat sie erzählt, sie könne sich bei dem mickrigen Gehalt kaum die Miete leisten, weil die wegen der Nähe zur Innenstadt so hoch wäre. Wie kann sie dann Tomas dreißigtausend Euro leihen?«

»Das werden wir hoffentlich gleich herausfinden.« Paul fuhr vom Parkplatz. Zu Arianas Wohnung waren es nur ein paar Kilometer. Während der Fahrt verloren sie sich in Belanglosigkeiten. Diana schwatzte von der Babyparty am Mittag und Jürgen von seinen Hämorrhoiden, was die allgemeine Stimmung etwas auflockerte. Paul schwärmte von einer Frau, bei der er sich bereit für eine neue Beziehung fühlte. Nach dem schweren Verlust von Ehefrau und Kind hatte er lange gebraucht, um endlich wieder Gefühle zuzulassen.

»Sie ist wunderschön. Eine Latina. Jaja, ich weiß, typisch Kerl, sobald eine Lady braun gebrannt ist, rasten wir aus, aber Paola ist nicht nur hübsch, sie hat auch Köpfchen.« Paul tippte sich an die Stirn. »Ist Medizinerin. Ein Volltreffer. Keine Geheimnisse, keine versteckten Ehemänner, passt.«

»Hast du sie etwa überprüft?« Diana konnte sich bildhaft vorstellen, wie Paul vor dem Computer im Büro hockte, Paolas Namen durchlaufen ließ und dabei die Daumen drückte.

»Nein, so was würde ich nie tun!«, sagte er mit einem Augenzwinkern.

»Der hat die kompletten Daten gecheckt, hat davorgesessen wie ein Irrer und gebetet, der Rechner würde nichts aufdecken«, mischte Jürgen sich ein und lachte höhnisch. »Lohnt sich aber, hab sie gesehen, ist eine echte Augenweide.« Er räusperte sich. »Gegen dich ist sie natürlich nichts, Diana.«

»Der alte Charmeur.« Sie kicherte. »Du hast dich kein Stück geändert.«

»Warum sollte ich? Ich finde, als durchgedrehter Kommissar bin ich ein Unikat, oder nicht?« Jürgens Brustkorb schwoll an und er schob das Kinn vor.

»Will deinen Balztanz ja nicht unterbrechen, mein Freund, aber wir sind da.« Paul stoppte den Wagen vor dem Mehrfamilienhaus. »Bereit?«

Diana nickte und stieg aus. Es fiel ihr bedeutend leichter, aus Pauls SUV auszusteigen als aus ihrem Kleinwagen. Sobald das Baby da war, musste sie über den Kauf eines größeren Autos nachdenken. Ihr Polo war einfach zu klein für Kind, Hund, dutzende Taschen, die man mitnehmen musste und einen Kinderwagen.

Diana schloss die Haustür auf. Als sie gemeinsam durch den Flur gingen, überkam sie das Gefühl, etwas Falsches zu tun. Eigentlich hatte sie keine Berechtigung, Arianas Wohnung zu durchsuchen. Den Schlüssel hatte sie nur für den Notfall bekommen. Wenn sie es sich recht überlegte, machten sie sich strafbar, sobald sie in Arianas Sachen wühlten.

Diana blieb vor der Wohnungstür stehen und wandte sich zu den Männern um. »Seid ihr auch sicher, dass ihr mir helfen wollt? Falls wir erwischt werden, könnte es Ärger geben.«

Jürgen winkte ab. »Kindchen, ich glaube, wir haben genug zusammen durchgestanden. Die Antwort müsstest du kennen.«

Diana lächelte und schloss die Tür auf. Sie wusste um die Treue ihrer ehemaligen Kollegen. Ob die Verbundenheit in anderen Berufsbereichen auch so eng war wie bei ihnen?

»Hier sieht's ja aus.« Paul stöhnte, als sie das Wohnzimmer betraten. Es hatte sich nichts geändert. Alles sah noch genauso chaotisch aus wie vor ein paar Stunden.

Cupcake rannte wieder aufgeregt durch die Wohnung und beschnüffelte alles, was ihm vor die Nase kam. Wenn der Hund erneut irgendwo hinpinkeln sollte, würde sie ihn nicht aufhalten. Dann wusste Ariana wenigstens, was Diana von ihr hielt.

»Wie willst du vorgehen?« Jürgen stand schon vor dem Wohnzimmerschrank und hatte die Hand an einer Schublade.

»Schaut euch vorsichtig um und versucht, nicht noch mehr Unordnung zu machen. Sucht nach Hinweisen, die mit Tomas zu tun haben oder mit dem Geld, das sie ihm geliehen hat.«

Jürgen riss die Schublade auf und wühlte sich durch einige Papiere.

»Sachte habe ich gesagt!«, herrschte Diana ihn an.

»Ach, ich konnte die nie leiden, wenn ich ehrlich bin«, gab Jürgen zu. »Falls das hier schiefgeht, nehme ich die Schuld gern auf meine Kappe.«

»Mit welcher Begründung?« Paul öffnete eine Schranktür und sah sich den Inhalt an. »Sagst du dem Chef: *Sorry, Schroer, ich konnte die nicht leiden und hab deswegen ihre Wohnung auf den Kopf gestellt?* Reiß dich zusammen, Mann. Wir machen das für Diana und Tomas. Wenn du eine private Fehde gegen Ariana führst, mach das in deiner Freizeit.«

Jürgen brummte noch etwas, das Diana allerdings nicht verstand. Ihr war nicht bewusst gewesen, dass er ihre Freundin nicht mochte. Wie auch? Hatte sie sich je mit ihm über Ariana unterhalten? Soweit sie sich erinnerte nicht.

Auch sie fing an, Arianas Habseligkeiten zu durchsuchen und fragte Jürgen nebenbei: »Was hast du denn gegen sie?«

100

»Ach, nichts, ist eine Sache zwischen ihr und mir, ich möchte deine Freundschaft zu ihr nicht mieser machen, als sie derzeit ohnehin ist.«

Eindringlich sah sie ihn an. »Jetzt sag's schon.«

»Ich weiß nicht«, begann Jürgen. »Manchmal hatte ich das Gefühl, sie wäre nicht die, für die sie sich ausgibt.«

»Was willst du damit andeuten?«

»Sie schien mehr mit den Bösen zu sympathisieren.«

Dianas fragender Blick reichte, um ihn fortfahren zu lassen. Paul hatte aufgehört zu suchen und sah ihn neugierig an.

»Kann es nicht erklären, es war nur eine Ahnung. Ab und an benahm sie sich komisch und in mir kam die Frage auf, ob sie nicht vielleicht korrupt ist.«

Das saß! Ariana sollte nicht nur die Geliebte ihres Mannes sein, sondern auch eine bestechliche Kommissarin? Konnte Diana sich so sehr in ihr getäuscht haben? Kam daher das Geld?

»Mir ist klar, dass es seltsam klingt …« Jürgen zuckte mit den Schultern.

»Schaut mal, ich hab hier was!«, unterbrach Paul ihn und hielt Diana einen Ordner hin. »Sieht so aus, als hätte sie vorgehabt, auszuwandern.« Er zog einen Prospekt über Deutsche im Ausland hervor. »Anscheinend wollte sie nach Norwegen. Deshalb hat sie wahrscheinlich gespart.«

»Aber warum hat sie mir nichts davon erzählt?«, wandte Diana ein. Die Antwort kannte sie, als sie auf ihren Bauch blickte.

Paul sprach es aus: »Vielleicht hat sie es zurückgehalten, weil du schwanger geworden bist. Es könnte doch sein, dass sie ihre Pläne über den Haufen geworfen hat, um für dich da zu sein. Deswegen konnte sie Tomas das Geld leihen.«

Das klang logisch. Dennoch fühlte sie sich von ihrer besten Freundin hintergangen. Es kamen ständig mehr Details ans Tageslicht und Ariana wurde ihr immer fremder.

»Gebt mir ein paar Minuten«, bat sie die beiden und ging in Arianas Schlafzimmer. Einen Moment brauchte sie jetzt für sich. Sofort fiel ihr Blick auf das Bild von Ariana und Tomas. Sie nahm es an sich, hielt es ins Licht und sah es sich genau an. *Wie ein Paar*, dachte sie, faltete es zusammen und steckte es in ihre Hosentasche. Danach durchsuchte sie die Nachttischchen und Arianas Kleiderschrank. Nichts deutete darauf hin, dass die beiden eine Affäre hatten. Wenn es da etwas gab, müssten sich doch Liebesbriefe oder Termineinträge finden lassen. Obwohl sie das auch alles über das Internet, per E-Mail oder eine App gemacht haben konnten. Ihr Mann war zwar kein Freund technischer Spielereien wie Smartphones und Tablets, aber selbst er hatte den Vorteil solcher Geräte erkannt und nutzte sie regelmäßig.

In Diana stieg Wut auf, als sie darüber nachdachte, dass Tomas mit Ariana Nachrichten ausgetauscht haben könnte, während sie auf der Couch gelegen und ferngesehen hatte. Von wegen Buch lesen im Arbeitszimmer! Dirty Talk mit Ariana war wohl eher angesagt gewesen.

»Wir sind durch!«, rief Paul nach einiger Zeit von drüben und kam zu ihr ins Schlafzimmer. »Hast du was gefunden?«

Mit hängenden Schultern schüttelte sie den Kopf. »Bis auf das T-Shirt gibt es keine Hinweise darauf, dass er hier war und nur das eine Foto beweist, dass sie zumindest einmal zusammen waren.«

»Im Bad fanden wir auch nichts, das auf regelmäßigen männlichen Besuch hindeutet.«

Ihr kam das Bild in ihrer Hosentasche in den Sinn, doch bevor sie es hervorholen und es Paul zeigen konnte, klingelte ihr Handy. Laut Anzeige war es Tomas' Mutter.

»Ja? Ursula? Du brauchst dir keine Sorgen machen, mir und dem Baby geht es …« Sie wurde unterbrochen.

»Diana?«, flüsterte ihre Schwiegermutter. »Wo bist du? Komm schnell zurück! Es schleicht jemand ums Haus. Ich habe Angst!«

9

»Und was ist, wenn er verblutet?« Hansi rann der Schweiß von der Stirn, als Otto ihm allein das Gewicht des verletzten Mannes überließ und das Tor zu der Zelle öffnete, die schräg links gegenüber von meiner lag. Kane stand untätig daneben und grinste, als er sah, dass Hansi leicht ins Wanken geriet. Dann packte auch Otto wieder mit an.

Zusammen legten sie ihn auf den Strohballen, der im hinteren Teil lag, und verschwanden mit Kane aus dem Stall. Sugar bekam keine Aufmerksamkeit mehr von ihnen – zu ihrem Glück. Es war knapp gewesen, vielleicht ein paar Sekunden länger und Kane hätte sie erwürgt. Ihr Kinn war auf ihre Brust gesackt, das Gesicht hing unmittelbar vor dem Nagel in ihrem Brustbein.

»Scheiße! Diese Schweine haben mich angeschossen!«, stöhnte unser Neuzugang. Fünf Menschen zusammengepfercht wie Vieh, zwei kannte ich gut. Einer davon war gerade hereingebracht worden.

»Sören?«, sagte ich so ruhig ich konnte.

»Wer …?« Er hielt sich die rechte Seite, zwischen seinen Fingern trat etwas Blut hervor. Humpelnd trat er ans Gitter und sah mich ungläubig an. »Tomas? Was zum Teufel machst du hier?«

»Dasselbe könnte ich dich fragen.«

Sein Blick ging nach links. »Ariana? Du auch? Was ist hier los?«

»Das wissen wir nicht«, sagte Ariana und berichtete ihrem Chef Sören Paulssen was wir wussten, was bekanntermaßen nicht viel war.

Über Sugar verlor Sören kein Wort, nach dem schluchzenden Schleicher erkundigte er sich ebenfalls nicht.

»Wie sieht es draußen aus, Sören?«, fragte ich. Die Umgebung außerhalb dieses Stalls war mir fremd. Wenn ich das Gelände um uns herum wenigstens aus Erzählungen kannte, konnte ich vielleicht weitere Schritte planen.

»Hundert Meter entfernt steht ein Bauernhaus. Um den Stall ist eine Art Koppel, ein weitläufiges Stück Wiese. All das wird von einem Wald umrandet. Wir sind am Arsch der Welt, wie es aussieht.« Der Leiter der Entführungsabteilung zuckte mit den Schultern. »Die Fahrt hierher habe ich nicht mitbekommen, erst als sie mich aus dem Auto zerrten, wachte ich auf. Ich riss mich los, taumelte nach hinten, doch bevor ich mich umdrehen und weglaufen konnte, knallte es. Ein Schuss und ich lag am Boden. Den Rest kennt ihr ja.« Vorsichtig nahm er die Hand von der Wunde, besah sich das Blut auf seiner Haut und drehte uns den Rücken zu. »Durchschuss?«, fragte er.

Es war keine Austrittswunde zu sehen, ein schlechtes Zeichen. »Nein, nichts, das Projektil steckt wahrscheinlich noch.«

»Verdammter Mist!« Er wandte sich wieder zu uns. »Keine Ahnung, ob etwas Wichtiges getroffen wurde, jedenfalls tut es höllisch weh.« Sören schwankte leicht, setzte sich auf das Stroh.

»Versuch, zu schlafen«, forderte Ariana ihren Chef auf. »Ihr auch, Schleicher und Tomas. Der Tag morgen wird hart. Wir sollten die Verschnaufpause nutzen, die uns bleibt. Derweil passe ich auf Sugar auf.«

Bewusst hatte ich Sören beobachtet. Als Ariana Schleichers Namen erwähnt hatte, bekam er einen komischen Gesichtsausdruck, als wüsste er genau, was vor sich ging und warum ausgerechnet wir fünf festgehalten wurden.

»Bist du dir sicher?«, erkundigte ich mich. Prompt kam von ihr die Antwort, dass ich gefälligst meinen Arsch auf das Heu packen und pennen solle. Ich gehorchte. Mein Körper schrie ohnehin nach Ruhe.

Behutsam legte ich mich auf das Stroh, und noch während ich über Sören nachdachte und darüber, wie ich bei dieser Kälte überhaupt schlafen sollte, übermannte mich die Müdigkeit und ich fiel in zahllose, schreckliche Albträume.

∗∗∗

»Tomas?«, flüsterte jemand. Blinzelnd öffnete ich die Augen. Die Deckenlampe brannte nicht mehr, es herrschte wieder dieses leicht dämmrige Licht, das durch die Zeitungen vor den Fenstern drang. Es war noch nicht vollständig hell draußen, aber der Morgen graute, das erkannte ich.

Vor meiner Zelle hockte Hansi. In der Hand hielt er einen Becher. »Hast du Durst?«, fragte er leise, vielleicht, um die anderen nicht zu wecken.

Ich passte mich seinem Flüsterton an. »Ja, großen sogar.«

»Dann komm.« Er hielt das Trinkgefäß durch das Gitter.

Langsam kroch ich über den Boden, setzte mich an das Gitter und nahm den Becher entgegen. Mit ein paar Schlucken trank ich das Wasser aus.

»Danke«, sagte ich, wischte mir den Mund ab und gab ihm den Becher zurück.

»Es tut mir leid, was passiert ist«, begann er und biss sich auf die Unterlippe.

»Kannst du mir sagen, was genau Kane mit uns vor-hat? Hat er Lösegeld für uns gefordert?«

Hansi wurde nervös und erlag einem seiner Sprech-durchfälle. »Nein, er, ich, 'tschuldige.« Er war im Begriff aufzustehen.

»Warte, warte!«, beschwichtigte ich ihn. »Ich frage nicht mehr danach, in Ordnung? Lass uns ein bisschen über dich plaudern.«

Das schien ihn zu beruhigen, er setzte sich wieder.

»Wie alt bist du, Hansi?«

»Zwanzig, in zwei Monaten habe ich Geburtstag.«

Irgendwie konnte ich mich des Eindrucks nicht er-wehren, einem zu groß geratenen Kind gegenüberzusit-zen. Sein Gehirn war offenbar auf dem Stand eines Zwölfjährigen stehen geblieben, wobei ich nicht sicher war, ob ich allen zwölfjährigen Jungen auf der Welt damit nicht unrecht tat.

Sein Körper hingegen sah genauso aus wie der eines Mannes in seinem Alter aussehen sollte. Gestählte Muskeln, glatte Gesichtshaut, volles Haar. All das hatte ich nicht mehr, oder eher hatte es nie besessen. Jedoch würde ich ein solches Aussehen nicht gegen einen fitten Geist austauschen.

»Und du bist vierzig, oder?«, wollte Hansi wissen.

Nickend antwortete ich: »Ja, ich werde bald Vater.« Bei Sugar hatte diese Spielkarte nicht geholfen, vielleicht erreichte sie Hansis Herz.

»Ich weiß, Otto hat es mir erklärt, wie das ist mit dem Schwangerwerden.«

Das ließ mich stutzen. »Hattest du schon mal eine Freundin?«

Den Kopf schüttelnd, errötete er leicht. Anscheinend war ich wieder zu weit gegangen. Nervös nestelte er an seinem T-Shirt. »Wer, ich? Nein, Freundin, nie, Otto, verboten.«

Langsam entzifferte ich sein Gestammel. Nicht, dass ich den kompletten Sinn darin verstand, aber manchmal konnte man sich aus dem, was er sagte, das Wichtigste herauspicken und darauf schließen, was der Inhalt eines korrekt ausgesprochenen Satzes gewesen wäre.

»Otto hat es dir verboten?«

Nickend bestätigte er es und verzog den Mund zu einem Lächeln. »Otto meint, alle Frauen wären Huren.« Er wandte sich zu Sugar um. »So wie die da.«

So wie die Frau, der du zwei Nägel in den Körper gejagt hast? Ich schluckte meine Wut hinunter.

»Also muss sie leiden, weil sie ist, wer sie ist?«

Hansi sah mich fragend an. »Wie meinst du das?«

»Wollte Otto ihr wehtun, weil sie eine Hure ist?«

Wild schüttelte er den Kopf. Das volle Haar kam in Bewegung, brünette Strähnchen fielen in seine Stirn. »Nein, nicht, Otto, nicht, sagt Geheimnis.«

»Was für ein Geheimnis?«

»Zu viel, zu viel, nicht mehr, zu viel gesagt.« Schnell stand er auf, den Becher in der Hand.

»Hansi, warte.«

»Nein, gehen, jetzt.«

Ich erinnerte mich an das Stückchen Holz in meiner Hosentasche. Vielleicht war das die einzige Chance, die ich hatte. Es war fraglich, ob je wieder einer von ihnen allein den Stall betreten würde. Und wen konnte ich besser überlisten als Hansi? Kane oder Otto würden nicht darauf reinfallen.

»Hansi, tust du mir einen Gefallen, bevor du gehst?«

Er blieb stehen, sah mich erwartungsvoll an.

»Kannst du meinen Eimer ausleeren? Meine Pisse stinkt gotterbärmlich.«

»Das macht Otto nachher. Immer gegen Mittag.«

»Bitte, mach eine Ausnahme, ja? Den Geruch halte ich nicht mehr aus.«

Hansi fasste sich mit der flachen Hand an die Stirn, als wolle er sein Gehirn vorheizen, damit der Denkprozess schneller voranging. Seine Augen rollten in den Höhlen und ich befürchtete schon, er würde in Ohnmacht fallen und Sugar unter sich begraben, als er endlich flüsterte: »Stell den Eimer vor die Tür und tritt ein paar Schritte zurück.«

Ich gehorchte ihm. Eine Hand hatte ich in der Hosentasche und umfasste das Stück Holz. Hansi öffnete die Tür und bückte sich zum Eimer hinunter. In diesem Moment preschte ich vor, riss das Holz aus meiner Hosentasche und rammte es Hansi in den Nacken. Vor Schmerz schreiend, kippte er zur Seite. Mit einem lauten *Ploing* schlug sein Kopf gegen das Metall der Gitterstäbe und er fiel wie ein nasser Sack zu Boden. Der Kerl war k. o. und das in der ersten Runde.

»Was ist da los?«, zischte Ariana, die wahrscheinlich doch eingeschlafen war und jetzt vom Lärm geweckt wurde.

»Gleich, eine Sekunde!«, gab ich gehetzt zurück und nahm Hansis Schlüssel an mich. Schnell verglich ich sie mit den Schlössern meiner Fesseln und war der Verzweiflung nahe, als ich nicht sofort einen entdeckte, der passen könnte. Doch dann wurde ich fündig, steckte ihn ins Schloss der Fußfesseln und tatsächlich, sie sprangen auf! In wenigen Augenblicken hatte ich mich von den Ketten befreit und stand in der Mitte des Stalles. Das war ein ganz anderer Blickwinkel, wenn man nicht aus seiner Zelle hinaussah, sondern in eine hinein.

»Wie hast du das gemacht?«, fragte Ariana.

»Du hast doch gesagt, ich soll mir etwas einfallen lassen«, sagte ich und brachte ein schwaches Lächeln zustande.

Ariana nicht. Ihre Lippen waren aufgesprungen, das dunkelblonde Haar verklebt und überall hatte sich Stroh darin verfangen. Eins ihrer Augen war blau und zugeschwollen. Dieser Otto hatte ihr härter zugesetzt, als ich befürchtet hatte.

»Ich hol euch hier raus.« Hektisch suchte ich den Schlüsselbund ab. Bevor ich den ersten ausprobieren konnte, hörte ich Rufe von draußen. Otto und Kane! Durch die Kameras mussten sie gesehen haben, was geschehen war. Sie schrien den Namen ihres Freundes und Handlangers.

»Du musst verschwinden! Hol Hilfe!« Schleicher machte eine wegscheuchende Handbewegung, als wäre ich eine lästige Fliege, die auf einer schönen Torte saß. »Los! Renn!«

Ohne auch nur eine Sekunde darüber nachzudenken, steckte ich den Schlüsselbund in meine Hosentasche und hetzte an der soeben erwachenden Sugar vorbei. Umgehend sang sie wieder ihr Lied des Schmerzes und schrie sich die Seele aus dem Leib. Schwungvoll riss ich die Tür zur Außenwelt auf. Die frische Luft haute mich fast um. Längst hatte ich nicht mehr wahrgenommen, wie schlecht es im Stall roch, nach Ausdünstungen, Erbrochenem, Urin, Kot und Blut, ein wahrhaft pikantes Bouquet.

Als ich mich umsah, erblickte ich das, was Sören geschildert hatte: Um den Stall herum ein weitläufiges Wiesengelände, ein Bauernhaus, in ein paar hundert Metern Entfernung ein Wald. Wenn ich es schaffte, ihn zu erreichen … Sofort stürmte ich los. Hinter mir wurden Sugars Schreie leiser, Kane und Otto kamen immer näher.

»Hansi!«, hörte ich Otto brüllen.

Kane schien sich eher für mich zu interessieren. »Bleib stehen! Du kannst nicht entkommen!«

Ich rannte und rannte, meine Lunge drohte zu zerbersten, die kalte Morgenluft stach wie tausend Nadeln.

»Schieß! Schieß!« Das war wieder Kane.

Es knallte. Neben mir stoben Gras und Erde in die Luft.

»Daneben, du Vollidiot! Gib das her!«, schrie Kane, seiner Stimme nach zu urteilen dem Wahnsinn nahe.

Im Zickzack sprintete ich dem Wald entgegen. Es knallte ein ums andere Mal. Um mich herum explodierte der Rasen.

»Shit!« Kane war leiser geworden. Offenbar hatte ich ausreichend Distanz zwischen sie und mich gebracht. Nur noch ein paar Schritte und ich konnte mich in den Bäumen und Büschen verstecken.

»Los, renn ihm hinterher!« Wieder Kane.

Endlich erreichte ich den Wald, stolperte hinein, kratzte mir die Unterarme an Dornenbüschen auf, knickte um, strauchelte und blieb keuchend stehen.

Das war knapp! Ich drehte mich zum Stall um und was ich sah, verhieß nichts Gutes. Otto hatte die Verfolgung aufgenommen. In der Hand die Pistole. Und wo er ihre Kugeln hineinjagen wollte, brauchte ich nicht zu raten.

10

»Du bleibst im Auto sitzen!«, befahl Paul ihr und stieg zusammen mit Jürgen aus.

Diana hatte ihre Schwiegermutter nie derart verängstigt erlebt. »Hier schleicht einer ums Haus«, hatte Ursula gesagt. Ein Einbrecher? Diana hatte ihr geraten, die Fenster und Türen zu schließen. Auf dem Weg hierher hatten sie Streifenpolizisten angefordert. Wie sie sehen konnte, war noch kein Einsatzwagen vor Ort. Also würden Paul und Jürgen die Umgebung absuchen. Sie glaubte nicht daran, dass sie jemanden vorfinden würden. Wenn es ein Einbrecher oder nur ein Kind gewesen war, wäre derjenige spätestens geflohen, als Paul den Wagen mit quietschenden Reifen vor dem Haus zum Stehen gebracht hatte.

Cupcake kläffte aufgeregt und sprang im Auto hin und her. Diana legte ihm die Leine an und hielt ihn auf dem Schoß fest. Fast schon klammerte sie sich an ihn, aus Sorge um Ursula.

»Halt! Stehen bleiben!« Das war Paul.

Sie pfiff auf Pauls Anweisung und stieg aus. Nicht nur der Chihuahua zitterte vor Aufregung, auch sie selbst.

»Ich hab sie!« Wieder Paul.

»Hast du ihr Handschellen angelegt?« Das war Jürgen.

»Nein, sie ist zahm wie ein Lämmchen.«

Eine Frau war um ihr Haus geschlichen?

Paul und Jürgen traten ins Straßenlicht. Beide hielten jeweils einen Arm der Frau fest, die sie zu Diana führten.

»Solltest du nicht im Wagen bleiben?«, fragte Paul.

Diana antwortete nicht, sondern ging auf die Fremde zu, packte sie unterm Kinn und zog den Kopf hoch. Erst glaubte sie, ihre Augen würden ihr einen Streich spielen. Es wurde immer abstruser.

»Steffi? Was machst du hier?« Diana sah Tränen in den Augenwinkeln von Sörens Assistentin. Erst vor höchstens zwei Stunden hatte sie die Frau kennengelernt und die drückte sich jetzt im Garten ihres Zuhauses herum?

»Das soll sie uns auf dem Revier erklären«, murrte Jürgen.

»Nein! Nein! Nicht auf das Revier! Wir können es nicht da besprechen!« Steffi sah Diana flehentlich an. »Bitte, es ist wichtig!«

Diana dachte einen Moment nach. Nicht jeder, der um ein Haus schlich, war gleichzeitig ein Verbrecher. Sie war versucht, sich anzuhören, was Steffi zu sagen hatte. Bestimmt war sie nicht ohne Grund hier.

»Ich wollte mit dir sprechen«, fuhr Steffi fort. »Weil ich mich nicht getraut habe, zu klingeln, habe ich mich zuerst umgesehen …«

»Und damit meine Schwiegermutter aufgescheucht«, beendete Diana ihren Satz und nickte Paul und Jürgen zu. »Lasst uns in meine Wohnung gehen, da können wir uns anhören, was sie zu erzählen hat.«

»Und was ist mit deiner Schwiegermutter?« Paul sah hinüber zum Haus.

»Um die kümmere ich mich und ihr euch um unsere Kollegen.« Diana sah das sich nähernde Blaulicht.

»Was sollen wir ihnen sagen?«, fragte Paul.

»Falscher Alarm, du kennst die Ausreden«, sagte sie, ließ die drei stehen und rannte zum Haus. Wobei rennen übertrieben war, schnelles Gehen traf es besser. Das neue Leben in ihrem Bauch machte ihr zu schaffen.

Ihr Rücken fühlte sich an, als wolle er in mehrere Stücke zerbrechen. Die Beine waren durch das viele Laufen hart und verkrampft. Es war bisher ein harter und langer Tag gewesen und die Nacht würde mit Sicherheit auch nicht viel angenehmer verlaufen. Nein, sie war wirklich nicht in der Verfassung für solche Sachen.

Sie schloss die Tür auf. Cupcake bellte aufgeregt, als Ursula vorsichtig den Kopf durch einen Türspalt steckte. Als sie Diana erkannte, riss sie die Tür auf und stürzte auf sie zu.

»Da bist du ja endlich! Ich habe mir Sorgen um dich gemacht! Wo warst du so lange? Und wen haben deine Kollegen da festgenommen?«

Ursula musste Pauls und Jürgens Rufe gehört haben.

Diana drängte sie zurück in ihre Wohnung und schloss die Tür hinter sich, damit sie Cupcake vom Arm lassen konnte. »Es ist alles in Ordnung mit dem Baby, keine Angst. Und ja, da war jemand vor dem Haus, es ist eine Freundin von mir.«

»Komische Freunde hast du da! Schleichen bei einer alten Frau im Garten rum.«

»Im Moment ist sie etwas verwirrt. Wir nehmen sie mit nach oben und kümmern uns um sie. Kannst du derweil auf Cupcake aufpassen?«

Ursula sah den Hund mit einer gewissen Spur Verachtung an. Diana schmerzte es, dass so gut wie niemand in ihrem näheren Umfeld ihren Hund zu mögen schien, außer ihrem Ex-Chef, versteht sich …

»Kann ich machen, aber nicht lang und Gassi gehe ich mit dem nicht.«

Diana nickte ihr dankbar zu und wollte sich umdrehen, als Ursula nachlegte: »Wo ist eigentlich Tomas? Ich habe ihn bisher noch nicht nach Hause kommen hören.«

Diana erstarrte in ihrer Bewegung und ließ den Blick durch den Raum schweifen. Es waren noch Hinterlassenschaften der Babyparty zu sehen. Ursula hatte wohl keine Lust zum Aufräumen gehabt, oder sie wartete darauf, dass Diana das erledigte.

»Er übernachtet in einem Hotel.«

»Wieso das denn?«

Diana erweiterte ihre Lüge um eine weitere: »Gestern hatte er wichtige Gespräche mit Autoren, die Lesungen in seinem Laden abhalten wollen, es wurde etwas später und deshalb nahm er sich ein Hotelzimmer.«

»Dieser Bengel! Warum erzählt er mir nichts davon?«

»Es sollte eine Überraschung sein.«

Ihr Mund formte sich zu einem O. Dann machte sie eine Bewegung, als verschließe sie ihre Lippen und warf einen imaginären Schlüssel weg. »Das wusste ich nicht, entschuldige, Liebes, ich werde Tomas nicht verraten, dass es dir rausgerutscht ist.« Ursula kicherte hinter vorgehaltener Hand. Die Aufregung um Dianas angebliche Freundin und den verschwundenen Sohn hatte sich fürs Erste gelegt. Aber was war, wenn sie Tomas in den nächsten Tagen nicht fanden? Was sollte sie ihrer Schwiegermutter dann erzählen? Tomas wäre auf großer Promotour für seinen Buchladen und das, ohne seiner Mutter Bescheid zu geben? Irgendwann würde Diana es ihr sagen müssen.

»Cupcake hole ich morgen früh ab, in Ordnung?«

Ursula lächelte und strich ihr über die Wange. »Sicher, mein Kind. Lass dir Zeit.«

Sie verabschiedete sich und ging aus der Wohnung, vor der Tür standen Paul, Jürgen und Steffi.

»Alles klar?«, fragte Paul und zog eine Augenbraue hoch.

Diana nickte. »Und bei euch?«

Jürgen deutete nach draußen. »Die Beamten verbuchen es als Fehlalarm und versuchen, unsere Namen rauszuhalten.«

»Wir sind alle eine große Familie, nicht wahr?«, ätzte Steffi und schnalzte mit der Zunge. »Jeder deckt jeden, ja keine Spuren hinterlassen.«

»Halt den Mund!« Paul verstärkte seinen Griff um ihr Handgelenk.

»Kommt, wir gehen nach oben!« Diana ging voraus und nahm die Treppe in den ersten Stock. Früher wohnten nur Ursula und ihr verstorbener Mann Klaus in diesem Haus, nachdem ihre Kinder ausgezogen waren.

Als Diana und Tomas merkten, dass die Wohnung, die sie zusammen gemietet hatten, zu klein werden würde, sobald das Kind auf der Welt war, ließen sie das Elternhaus so umbauen, dass mehrere Generationen unter einem Dach zusammenleben konnten. Für Diana nicht die ideale Lösung, genau über der Schwiegermutter zu wohnen. Vor allem im Schlafzimmer benahm Diana sich nicht mehr wie früher, sondern genoss still und leise den Sex mit Tomas, damit Ursula nichts von ihren Liebesspielen mitbekam. Nicht auszudenken, wenn ihre Schwiegermutter irgendwann zu ihrem Enkel sagte: *»Ich habe gehört, wie deine Eltern dich gezeugt haben. Deine Mutter schreit wie am Spieß, wenn sie zum Höhepunkt kommt.«*

Sie schüttelte den Kopf, um diese Gedanken zu vertreiben und schloss die Tür auf. Es roch leicht muffig. Das konnte in einem fast hundert Jahre alten Haus passieren, wenn länger nicht gelüftet wurde. Diana bat die anderen herein und öffnete ein Fenster, ehe sie für jeden ein Glas und eine Flasche Wasser aus der Küche holte. Sie stellte alles auf dem Wohnzimmertisch ab. Die anderen hatten sich auf die Couch gesetzt.

»Lass mal, ich mach das.« Jürgen nahm die Flasche und goss ihnen ein.

Diana bedankte sich bei ihm und setzte sich vorsichtig auf den Sessel ihnen gegenüber. Ihr entfuhr ein Stöhnen der Erleichterung, als sie sich endlich bequem hinsetzen konnte. Jede Bandscheibe schien sich an ihre ursprüngliche Position zu schieben und ihre Knie knackten, als Diana sie beugte.

Bevor die seltsamste Besprechung ihres Lebens begann, tranken sie einen Schluck.

»Gut«, stimmte Paul an. »Erzähl, was ist los? Erst wirst du pampig, als wir dich auf dem Revier ansprechen, und jetzt verfolgst du Diana?«

»Ich habe sie nicht verfolgt«, erboste sich Steffi.

»Was denn sonst?« Diana sah sie fragend an und war nicht wenig gespannt auf die Erklärung. Auch Jürgen und Paul lehnten sich interessiert vor und betrachteten die zwischen ihnen sitzende Frau.

»Ich brauche eure Hilfe. Ihr seid so schnell verschwunden, da habe ich mir Dianas Adresse rausgesucht und bin hierher gefahren.«

»Warum hast du nicht geklingelt?« Jürgen breitete die Arme aus. »Das wäre die einfachste Methode gewesen und besser, als einer alten Frau solche Angst einzujagen. Oder nicht?«

»Ich war mir noch unsicher, ob ich diesen Weg wirklich gehen und euch alles erzählen will, was ich weiß.«

»Die Entscheidung wurde dir soeben abgenommen, raus damit!« Diana verlor die Geduld. Davon hatte sie seit dem Beginn ihrer Schwangerschaft ohnehin nicht mehr viel. Sie war ein explosives Gefühlsfass.

Steffi beugte sich vor, senkte die Stimme, als befürchtete sie, jemand Unbefugtes könnte sie hören. »Ich habe Beweise gefunden, dass vor ein paar Jahren ein Mord vertuscht wurde. Sören Paulssen war der Kopf der korrupten Bande.« Eindringlich schaute sie Diana an. »Ariana und dein Mann gehörten ebenfalls dazu.«

11

Ich rannte hin und her, mal nach rechts, dann nach links und hatte schon vor einigen Minuten die Orientierung verloren. Es wurde heller, aber dadurch sah die eine Stelle im Wald noch mehr aus wie die andere. Und dieser dicke Baum … war ich nicht gerade schon mal dran vorbeigelaufen?

Japsend stützte ich mich an ihm ab. Wie lange war es her, dass ich so viel gerannt war? Vermutlich zwei Jahre. Seitdem ich meinen alten Job aufgegeben hatte, war ich ziemlich faul geworden und ließ mich gehen. Mein Bauch war mit Dianas mitgewachsen.

Links von mir knackte etwas. Schnell duckte ich mich. Es klang weit genug weg, doch das hieß nicht, dass Otto nicht in Windeseile bei mir sein konnte. Wahrscheinlich kannte er sich in diesem Wald besser aus als ich, was keine große Kunst war. Mir war ja nicht einmal klar, ob wir überhaupt noch in Duisburg waren oder in einer anderen Stadt, in der ich mich auch nicht auskennen würde, wenn ich nicht in einem Wald festsaß.

Ich musste weiter! Nur in welche Richtung? Woher war ich gekommen?

»Verflixt!«, schimpfte ich und entschied mich, meiner Nase zu folgen, immer geradeaus, irgendwann musste ich hinausfinden.

Also stand ich auf und setzte einen Fuß vor den anderen. Zwar rasch, aber vorsichtig. Der Waldboden war übersät mit Baumwurzeln. Falls ich in einer davon hängen blieb und mich langmachte, konnte ich gleich nach Otto rufen und ihn darum bitten, mir eine Kugel in den Schädel zu jagen. Verrückte Typen! Was um Himmels willen wollten die von uns? Wenn nicht einmal ich den

Durchblick hatte, wie sollte Diana dann herausfinden, wer mich entführt hatte und wo sie mich festhielten?

Nach kurzer Zeit erreichte ich eine Lichtung. Mein Herz machte einen Hüpfer. Hier war ich noch nicht gewesen, die Stelle kannte ich nicht. Also schien die ›Immer der Nase lang‹-Taktik aufzugehen. Als ich weiterlief, wurde der Boden unebener. Seltsam. Im restlichen Wald war er bisher nicht so hügelig gewesen.

Die Erde sah frisch aufgewühlt aus, als hätte jemand etwas vergraben. Vorsichtig ging ich voran. Irgendwie hatte ich Angst, dass sich irgendwo eine Trittfalle verstecken könnte, in die ich einbrechen würde, wenn ich unbedachte Schritte unternahm. Aber der Untergrund hielt mich, unter mir tat sich kein Loch auf, das mich verschluckte. Dann kam ich zu einem Stein, der eher wie hingelegt und nicht wie zufällig hier gelandet aussah. Eine Markierung? Diese Lichtung schien nicht nur eine normale Lichtung zu sein. Hier hatte man etwas verscharrt und als ich weiterging, sah und roch ich auch, was es war. Ein blasser Arm reckte sich mir aus dem Boden entgegen. Es sah aus wie das Cover eines Zombiestreifens, in dem sich die Toten aus ihren Gräbern erhoben. Mich schauderte.

Ich bückte mich und besah mir den Arm. Er wirkte, als hätte ein Wildtier die Extremität ausgegraben und daran genagt. Mit bloßen Händen schaufelte ich den lockeren Waldboden zur Seite, bis ein blonder Haarschopf zutage kam. Danach folgte ein eingefallenes Gesicht, auf dem sich graue, vertrocknete Haut spannte. Die Haarlänge ließ vermuten, dass es sich um eine Frau handelte. Dem Verwesungsgrad nach zu urteilen war sie mindestens sechs Monate tot.

»Verdammt!«, fluchte ich, stand auf und betrachtete das anonyme Grab inmitten des Waldes, aus dem es kein Entkommen zu geben schien. Aber meine Augen blieben nicht lange bei der Frau, aus dem Augenwinkel sah ich noch etwas aus der Erde ragen.

»Was zum Teufel …?«, fragte ich darauf zugehend, steckte mir den Daumen in den Mund und knabberte aufgeregt am Fingernagel. Hier lag eine weitere Leiche, nur dieses Mal blitzte kein Arm aus dem kalten Boden, sondern eine Hüfte. Drum herum hatten Tiere das Erdreich aufgewühlt, um an den schmackhaften Kadaver, der eine leichte Nahrungsquelle darstellte, zu gelangen. Auch hier sah ich tiefe Bissspuren an dem bleichen Leib, die genauso aussahen wie die auf dem Arm.

Als ich meinen Blick weiterschweifen ließ, entdeckte ich etwas, das mich nicht überraschte, mich aber umso mehr anekelte. Überall ragten Körperteile hervor. Spontan tippte ich auf mindestens dreißig Tote, und die Zahl lag wahrscheinlich höher, weil die Tiere nicht jeden Körper freigelegt hatten.

Ich ging zu einer Stelle, die vielversprechend aussah. Um die sterblichen Überreste lagen verstreut zerfetzte Kleidung und eine Handtasche, die den Schluss zuließ, dass es sich bei dieser armen, angefressenen Seele ebenfalls um eine Frau handelte.

Der Reißverschluss der Tasche klemmte. Nachdem ich ein wenig mehr Kraft aufgewendet hatte, erklang ein reißendes Geräusch, als das Material nachgab, und ich konnte mir den Inhalt genauer ansehen. Eilig wühlte ich mich durch den üblichen Klimbim, der in den Untiefen einer Frauenhandtasche umherflog, fand eine Brieftasche und – ich konnte es kaum glauben: ein Handy!

Mit zitternden Fingern legte ich die Brieftasche erst einmal beiseite und kümmerte mich um das Mobiltelefon. Wild drückte ich sämtliche Tasten, da ich nicht wusste, wo man dieses Gerät einschaltete – nichts ge-

schah. Natürlich nicht. Ihm war längst der Saft ausgegangen. Mist.

Ich nahm die Brieftasche und wagte einen Blick hinein. Zuerst fand ich mehrere Kredit- und Bankkarten in
den vorderen Fächern. Entweder hatte die Frau viel
Geld oder sie hatte sich mit ihren Kreditkarten in
Schulden gestürzt. Es dauerte eine Weile, bis ich zu
ihrem Ausweis vordrang. Jennifer Weimann, Baujahr
1979. Genau wie Ariana. Das Bild der Frau hatte allerdings nichts mit Ariana gemein, es waren zwei völlig
unterschiedliche Frauen. Was auffällig war: Die Wohn-
adresse war in Berlin. Hieß das, man hatte mich in die
Hauptstadt verschleppt oder war es umgekehrt und man
hatte Jennifer nach Nordrhein-Westfalen gebracht, um
sie hier zu töten?

Ihren Ausweis steckte ich zurück, wollte die Brieftasche schon wieder schließen, als aus einem der anderen
Einschubfächer etwas aufblitzte, das ich kannte. Auch
ich hatte es besessen und erst vor Kurzem abgegeben:
meinen Dienstausweis. Sofort zog ich das neue Fund-
stück aus dem Fach und tatsächlich: Es war ein Dienstausweis, ausgestellt auf Jennifer Weimann. Laut den
Daten und dem Rang dürfte sie in Berlin Ähnliches
gemacht haben wie ich bei uns in Duisburg. Eine Ermittlerin der Mordkommission Berlins lag tot und an-
genagt auf dem Waldboden im Nirgendwo. Mir drehte
sich der Magen um. Ich wandte mich von ihr ab und
blickte sogleich in ein geisterhaftes Gesicht. Die Augen
fehlten, ausgerissen von einem wilden Tier oder als
Foltermethode von einem der Irren entfernt. Im Grunde wollte ich es gar nicht wissen.

Vom Haarschnitt her handelte es sich dieses Mal um
einen Mann. Alles in mir sträubte sich, dennoch ging ich
auf die Knie und fing an zu graben, bis ich den Ober-

körper freigelegt hatte. Die Leiche trug noch ihre Kleidung, und als ich die Taschen der Jacke abtastete, fand ich wieder eine Geldbörse. Als ich versuchte, sie herauszuziehen, blieb ich mit dem Leder an dem Stoff hängen und der Kadaver bewegte sich. Es klang seltsam. Irgendwie morsch, als träte man auf Zweige. Angewidert schüttelte ich mich und zog die Börse mit einem Ruck heraus. Der Tote bedankte sich dafür mit einem weiteren Knirschen, bei dem sich mir die Nackenhaare aufstellten. Egal wie und wann ich starb: Niemals wollte ich anonym und einsam wie er in einem Waldstück begraben werden. Obwohl, einsam war dieser Mann im Grunde nicht. Bei ihm lagen andere Opfer, hingerichtet von einer durchgedrehten Männerclique.

Ich sah mir seinen Ausweis an. Kai Emsbach. Ein wenig älter als ich, wohnhaft in Köln. Was zum Teufel ging hier vor? Akribisch durchsuchte ich die Geldbörse bis ins letzte Fach, entdeckte aber nichts, was darauf hindeutete, ob Kai ebenfalls bei der Polizei gewesen war. Mit zitternden Fingern legte ich sein Hab und Gut zurück in sein Grab und griff nach einem Ärmel seiner Jacke. Vorsichtig schob ich ihn hoch und fand auf der bleichen verdorrten Haut Anzeichen mehrerer Tattoos, wie bei Schleicher.

»Ihr werdet anständig begraben, sobald ich Hilfe geholt habe«, versprach ich Kai, Jennifer und all den anderen, den Namenlosen, die man ermordet und hier verscharrt hatte, als würde ihr Fehlen niemandem auffallen. Einfach weggeworfen wie Müll.

Kurz orientierte ich mich, aus welcher Richtung ich gekommen war und in welche ich weitergehen musste, machte die ersten Schritte zwischen den Leichen hindurch, wich Körperteilen, Köpfen und Habseligkeiten aus. Noch war ich nicht weit gekommen, als mich ein dröhnendes, gutturales Brummen, das wie das eines Hundes klang, in meiner Bewegung erstarren ließ. Dann hörte ich ein weiteres Geräusch, eine Art Klappern. *Was in aller Welt ...?*

Ängstlich drehte ich mich nach rechts, in die Richtung, aus der ich das Geräusch gehört hatte, und wusste, wer die Stücke aus den Toten gebissen hatte. Sie waren angerückt, um ihr festliches Buffet der aasigen Art zu verteidigen. Mit allem, was ihre Körper aufboten. Es waren zwei erwachsene Tiere und sechs Frischlinge. Wildschweine. Der Keiler klapperte mit seinem Gebiss, die Bache stieß Luft aus, was sich wie das Bellen oder das Knurren eines Hundes anhörte.

Ihnen gefiel meine Anwesenheit nicht. Und das Schlimmste war, dass ich mitten in ihrer Fressstelle stand. Oft hatte ich im Fernsehen Berichte darüber gesehen, dass sich Wildschweine immer weiter in die Wohngebiete der Menschen vordrängten und dort Schaden anrichteten. Die Jäger hatten mancherorts die Erlaubnis, die Tiere abzuschießen. Damals hatte ich mich deshalb aufgeregt, weil ich der Meinung bin: leben und leben lassen. Aber als mir jetzt die aggressiven Elterntiere mit ihren Drohgebärden gegenüberstanden und versuchten, ihre Jungen und ihr Fressen zu schützen, wünschte ich mir einen Jägersmann mit seinem Schießgewehr herbei, mit dem er auch gleich Otto, Hansi und Kane abknallen konnte.

Ich hatte keine Ahnung, was ich machen sollte. Stehen bleiben? Wegrennen? Den Tieren gut zureden? Obwohl ... wenn gutes Zureden nicht einmal bei dem Chihuahua meiner Frau funktionierte, würde ein Wildschwein das erst recht ignorieren.

Unvermittelt erklang ein weiteres Brummen, hinter mir. Die Wildschweine wandten den Blick von mir ab.

Der Keiler klapperte immer aufgeregter mit seinen Hauern.

Mit einer bösen Vorahnung drehte ich mich um und vor mir befand sich ein anderes wildes Tier. Aber nicht in Form eines Wildschweines oder eines Hundes, nein, es trug den Namen Otto und in einer Hand hatte es die Pistole, deren Lauf auf mich zeigte.

»Bleib, wo du bist«, brummte Otto, richtete die Waffe gen Himmel und drückte ab. Sofort nach dem ohrenbetäubenden Knall hörte ich das Rascheln von Laub und als ich zurück zu den Wildschweinen sah, erblickte ich nur noch ihre flüchtenden Hinterteile. Otto hatte sie mit einem Schuss verjagt. Eine Bedrohung weniger. Immerhin. Doch als ich mich wieder zu ihm umdrehte, wir beinahe Nase an Nase standen und er mir den Lauf der Pistole unters Kinn und fest in mein Fleisch drückte, wusste ich, dass die Gefahr gerade noch gewachsen war.

12

»Mein Mann ist nicht korrupt!« Diana schlug mit der Faust so hart auf den Wohnzimmertisch, dass die Gläser klirrend gegeneinanderstießen.

»Die Beweise sprechen gegen ihn«, sagte Steffi leichthin, als würde sie nicht Dianas Ehemann anklagen, sondern ein Backrezept für Weihnachtsplätzchen austauschen.

»Welche Beweise?«, klinkte sich Paul ein und warf Diana einen Blick zu, der so viel heißen sollte wie: *Beruhig dich und überlass das mir*! Sie beugte sich seinem Wunsch. Vielleicht war es besser. Diana war zu emotional.

»In Sörens Arbeitszimmer bei ihm zu Hause fand ich ein paar Akten. Eine der Schubladen seines Schreibtisches stand ein Stück offen. Ich bin so schrecklich neugierig … Viel Zeit hatte ich nicht, er war nur kurz im Badezimmer, trotzdem sah ich mir an, was in der Schublade lag. Belastend, sage ich da nur, belastend.«

Wusste ich doch, dass sie eine Affäre mit ihrem Chef hat, dachte Diana.

»Wann war das?«, fragte Paul.

Steffi überlegte. »Vor einer Woche. Seine Frau war beim Yoga.«

»Und was stand in den Unterlagen?« Paul schien auch kurz davor zu sein, die Geduld zu verlieren.

»Details über einen Mord. Und etwas von Mitwissenden. Darunter waren Tomas' und Arianas Namen notiert.«

»Wir müssen das sehen!«, stieß Diana hervor. Langsam hatte sie es satt, den Mund zu halten.

»Und wie? Willst du in seine Wohnung stürmen und alles auf den Kopf stellen, wie bei Ariana? Das ist der Chef der Abteilung für Entführungen, verdammt noch mal!« Jürgen sprang auf, ging hinter die Couch und lief dort auf und ab, während er sich über die Halbglatze strich.

Steffi lehnte sich entspannt zurück, schlug die Beine übereinander und grinste dümmlich. Diana hatte Lust, ihr die Zähne auszuschlagen.

»Was?«, fragte Paul.

Steffi holte etwas aus ihrer Tasche und hielt es hoch. »Das hier, meine Lieben, ist der Schlüssel zu Sörens Allerheiligstem. Wir sind für morgen Vormittag verabredet. Damit er seine Frau zum Bahnhof bringen kann, fängt er später an. Sie besucht ihre kranke Mutter. Das heißt sturmfrei für Sören und mich. Er meinte, ich solle es mir bei ihm zu Hause gemütlich machen, bis er kommt, und hat mir den Schlüssel gegeben.« Steffi sah auf die Uhr. »Wenn wir hingehen, nachdem sie losgefahren sind, haben wir genug Zeit, bis er zurückkommt. Ihr durchsucht dann die Akten und verschwindet. Sören muss nichts davon erfahren.«

Paul, Jürgen und Diana blickten einander an. Auch sie wussten, was es hieß, einen Mord zu verschweigen. Wenn man es genau nahm, waren sie alle korrupte Bullen. Nur, der Mann, den Tomas erschossen hatte, hatte es verdient zu sterben. Diana glaubte nicht, dass es um den Fall in den Niederlanden ging, daran war Sören Paulssen nicht beteiligt gewesen. Die Sache musste also weiter zurückliegen.

»Sollen wir es riskieren?« Paul sah erst Diana, danach Jürgen an.

Jürgen polterte sofort los. »Wollt ihr schon wieder unsere Jobs aufs Spiel setzen? Habt ihr noch nicht genug? Letztes Mal war es verdammt knapp und jetzt wollt ihr in die vier Wände eines Kommissionsleiters eindringen und sie durchsuchen?«

Diana und Paul nickten.

»Gut.« Jürgen zuckte mit den Schultern. »Dann lasst uns versuchen, ein paar Stunden zu schlafen und morgen früh erledigen wir den Job.«

***

Am nächsten Morgen brauchten sie zwanzig Minuten, um sich durch den Verkehr zu Paulssens Wohnung zu kämpfen. Cupcake musste Diana bei ihrer Schwiegermutter lassen. Ursula war zwar nicht sonderlich glücklich darüber, willigte aber ein, als Diana vorgab, Tomas abholen zu wollen. Was sie als nächste Lüge auftischen sollte, wenn sie ohne ihn nach Hause zurückkehrte, wusste Diana noch nicht. Ein Schritt nach dem anderen.

»Wir parken lieber ein paar Meter weiter und laufen den Rest.« Paul parkte den Wagen in einer Seitenstraße und stellte den Motor ab.

Schweigend gingen sie zu dem Mehrfamilienhaus. Es war riesig. Wie es von außen schien, handelte es sich um Wohnungen für anspruchsvolle Leute. Das war nicht einer dieser Plattenbauten, in denen Ariana lebte und sie selbst auch schon gewohnt hatte. Die Gegend stank geradezu nach Geld.

»Hoffentlich fallen wir nicht auf«, flüsterte Diana.

Steffi lachte, nahm den Schlüssel und schloss die Haustür auf, die sie in einen mit Marmor ausgelegten Flur führte. »Keine Sorge, die Bewohner sind stinkreich und Egoisten, die kümmern sich nur um ihren Scheiß.« Sie lief voran zu einem Aufzug und betätigte die Ruftaste. Es dauerte ein paar Sekunden, bis ein leises *Pling* ertönte und die Aufzugtüren aufglitten. Nachdem sie eingestiegen waren, drückte Steffi den Knopf für den

128

zehnten Stock. Vier weitere waren noch darüber. Fast war Diana enttäuscht. Irgendwie hatte sie damit gerechnet, dass Paulssen die Penthousewohnung besaß.

Die Türen glitten auf und Steffi leitete sie zu der Wohnung mit der Nummer 1010. Es war kein Namensschild zu sehen.

»Hereinspaziert!« Steffi lächelte ihr dümmliches Lächeln, das Diana schon jetzt nicht mehr sehen konnte und machte eine einladende Handbewegung.

Als sie die Wohnung betraten, klappte Diana im wahrsten Sinne des Wortes die Kinnlade herunter. So etwas hatte sie noch nie gesehen. Alles blitzte und blinkte, die Möbel waren von bester Qualität, die Dekoration aus Blumen, Bildern und fein säuberlich ausgesuchtem Tinnef passten zum Interieur. Schnell wurde Diana bewusst, dass sie wahrscheinlich nie in solch einem Zuhause leben würde. Nicht, wenn ihr Mann Schulden hatte und sie obendrein sitzen ließ.

»Kommt mit ins Arbeitszimmer und achtet darauf, dass ihr nichts dreckig macht oder umwerft!« Steffi lief vor ihnen her einen Flur entlang, an dessen Ende sich das Büro befand, in dem auch eine Art Gästebett stand. Hier dasselbe: allerfeinste Stoffe, die teuersten Möbel, das Beste vom Besten für Paulssen und seine Frau — und für wer weiß wie viele Geliebte. Dieser Bude konnte man die Korruption förmlich ansehen.

Ihr Ex-Chef Schroer wuchs zusehends in Dianas Ansehen. Er lebte bescheiden und war nicht so ein Arschloch wie Paulssen.

Steffi deutete auf einen massiven Schreibtisch. »Die Akten lagen gleich in der ersten Schublade«, sagte sie, trat näher und öffnete sie. »Verdammt, sie sind weg. Moment.« Sie öffnete die anderen Schubladen. Die unterste war verschlossen. »Da muss er die Akten drin versteckt haben. Vielleicht hat er gemerkt, dass ich rumgeschnüffelt hab und hat sie weggeschlossen.«

»Ich krieg die auf.« Jürgen holte sein kleines Da-mit-bekomme-ich-alles-auf-Etui aus der Innentasche seiner Jacke. Darin waren seine Dietriche, mit denen er Diana und Tomas bereits gute Dienste geleistet und den Zutritt in fremde Häuser ermöglicht hatte.

»Aber mach nichts ka…«

»Jaja!« Jürgen schob Steffi brummend zur Seite und machte sich sofort an die Arbeit. Es dauerte keine fünf Sekunden und die sicher aussehende Schublade ging auf. Jürgen öffnete sie, entnahm ein paar Unterlagen und hielt sie Paul hin.

»Hier, Kollegen, lasst uns noch mehr Gesetze brechen, als wir es ohnehin schon getan haben.«

»Spar dir deinen Sarkasmus!«, sagte Paul und öffnete die Akte, die obenauf lag.

»Und?« Diana blickte ihm ungeduldig über die Schulter.

»Es geht um einen Fall von vor zehn Jahren.« Paul hielt ihr die erste Akte hin und schaute sich die nächste an. Diana betrachtete das einzige Blatt, das darin enthalten war. Viel stand dort nicht.

»Hier haben wir was!«, stieß Paul aus und tippte auf eine Seite. »Eine Tötung durch einen Polizisten, die am Ende keine mehr war?«

»Das sind die Unterlagen, die ich meine!«, rief Steffi und hüpfte auf und ab. Diana fand diese Frau unheimlich nervig und das Schlimmste war: Steffi erinnerte sie an sich selbst vor ein paar Jahren, als sie bei der Mordkommission Duisburg angefangen und Tomas wahnsinnig gemacht hatte. Wahrscheinlich mochte Diana sie deshalb nicht.

»Wie meinst du das?« Diana legte ihr Dokument weg und sah wieder über Pauls Schulter.

»Keine Ahnung, es ist nicht ganz ersichtlich«, murmelte er. »Hier steht etwas von einem Schuss, dann ist eine Stelle geschwärzt, ebenso ein paar Namen. Auf der nächsten Seite wird von einem Mord und einem Suizid gesprochen, keine Rede mehr von einem Polizisten.« Paul blätterte um und sog scharf die Luft ein, genauso wie Diana, als sie die Notizen und die Fotos derer sah, die laut Paulssen an der Vertuschung beteiligt gewesen waren. Tomas war einer von ihnen. Ein jünger aussehender Tomas, mit vollem Haar und einem schiefen Grinsen. Unter seinem Bild klebte eins von Ariana.

»Was zum …?«, setzte Paul an, wurde aber sogleich von Jürgen unterbrochen.

»Leute, das solltet ihr euch ansehen!«, rief er. Es klang, als wäre er nicht im gleichen Zimmer wie sie. Diana wandte sich irritiert um. Jürgen war nicht mehr bei ihnen.

»Wo schnüffelst du rum, alter Mann?« Paul klemmte sich die Akten unter die Achsel. An seinem Gesichtsausdruck konnte Diana denselben Schock erkennen, den das Geschriebene bei ihr selbst ausgelöst hatte. Denn bei dem Fall vor zehn Jahren handelte es sich um den Tod einer Frau und ihres Sohnes.

»Ich bin im Bad!«, sagte Jürgen und lotste sie zu sich. Er stand mit hinter dem Rücken verschränkten Armen im Türrahmen. Erst, als sie hinter ihm waren, drehte er sich um und erklärte: »Leute, wir kommen nicht drum herum, wir müssen Schroer einweihen.« Jürgen trat einen Schritt zur Seite und was sein Körper vorher verdeckt hatte, kam nun zum Vorschein. Paulssens Frau. Nackt, tot und verkrümmt auf dem Fliesenboden liegend.

13

Der Druck, den Otto mit der Pistole auf mein Kinn ausübte, brachte mich fast um den Verstand. Zum einen durch den Schmerz und zum anderen durch die Angst, die mein möglicher Tod in mir schürte. Was, wenn er mich an Ort und Stelle erschoss, mich ebenso halbherzig vergrub wie die anderen Leichen und die Wildschweine mich anknabberten, sobald er weg war?

Otto schien trotz seiner Drohgebärden andere Pläne zu haben. »Los, wir gehen zurück!«, forderte er mich auf und nahm endlich den Lauf von meinem Kinn. Die Waffe hielt er weiter auf mich gerichtet, während er ein paar Schritte zurückwich.

Ich dachte gar nicht daran. Kopfschüttelnd verweilte ich mitten im Leichenfeld, zwischen all den löchrigen Körperteilen.

»Wird's bald?«

Wenn er mich hätte erschießen wollen, hätte er es längst getan. Ihm hatte sich gerade die beste Möglichkeit dazu geboten. Aber offenbar wollte oder musste er mich lebend zurückbringen. Wahrscheinlich hatten sie bei meiner Flucht nur auf meine Beine gezielt.

Meinem Gefühl vertrauend, blieb ich, wo ich war.

»Nein.«

»Wie, nein?« Otto sah mich verdattert an. Er hatte nicht damit gerechnet, dass jemand, den er mit der Pistole bedrohte, sich ihm widersetzte. »Das geht nicht. Meine Wenigkeit hat die Waffe, du gehorchst, einfache Rechnung, oder nicht?« Sein linkes Augenlid zuckte nervös.

»Es ist vorbei! Ich komme nicht mit.« Stur verschränkte ich die Arme vor der Brust. Hoffentlich traf mein Profil von Otto zu, das ich in groben Zügen erstellt hatte. Der Dreckskerl war kein Mörder, kein Sadist, der Menschen aus Spaß tötete. Das hatte sich klar gezeigt, als er Hansi die Drecksarbeit mit Sugar überlassen hatte. Kane war der führende Kopf der Hydra, der die anderen beiden zur Gewalt anstachelte. Aber Kane war nicht hier, nicht wahr? Hier waren nur Otto und ich. Und er war nicht fähig, auf mich zu schießen. Wäre ich an seiner Stelle gewesen, hätte ich bereits abgedrückt.

»Du wirst jetzt mitkommen!« Otto lief rot an. Beim Sprechen spuckte er. Die Waffe tanzte in seiner Hand vor Aufregung. Wieder stampfte er auf mich zu, achtete nicht auf die Toten, über die er hinwegstieg und stolperte über den aus der Erde ragenden Hüftknochen. Es machte ein seltsames, dumpfes Geräusch, als sein Fuß den Leib traf. Otto schrie auf, ruderte mit den Armen. Verzweifelt versuchte er, sich an mir festzuhalten, doch ich trat einen Schritt zur Seite. Mit schreckgeweiteten Augen verlor er endgültig das Gleichgewicht und fiel zu Boden. Das war die Chance, auf die ich gewartet hatte. Wie ein Berserker stürzte ich mich auf ihn, drehte ihn auf den Rücken, schlug ihm ins Gesicht, einmal, zweimal, dreimal, bis die Nase brach und Blut herausschoss. Gekonnt entwand ich ihm die Pistole, stellte mich breitbeinig über ihn und richtete den Lauf so auf ihn, wie er ihn zuvor auf mich gerichtet hatte. Nur, dass mein Zeigefinger, im Gegensatz zu seinem, nervös am Abzug spielte.

»Steh auf!«

Otto gehorchte nicht. Er hielt sich die verletzte Nase und jammerte in einem fort: »Du hast sie mir gebrochen! Ist das zu fassen? Kane wird dich dafür köpfen!«

Ich hockte mich vor ihn, allerdings mit so viel Abstand, dass er nicht nach mir treten konnte. »Du meinst wohl, er lässt euch das machen, oder nicht?«

»Geht dich nichts an! Das geht dich überhaupt nichts an!«, keifte er. Seine Gesichtsfarbe verdunkelte sich. Fast befürchtete ich, er würde die Luft anhalten, bis er erstickte. Mir war klar, was sein Problem war: Ihn beutelte nicht die Angst, dass ich ihn erschießen könnte, sondern er fürchtete, dass ich es nicht tat, sondern floh und er von Kane die Quittung für sein Versagen bekommen würde. *Armes Würstchen!* Jedenfalls würde ich ihm nicht den Gefallen tun, ihn abzuknallen, das wäre zu gut für jemanden wie ihn.

Otto versuchte, ein Stück von mir wegzukriechen, blieb an den Toten hängen und fluchte: »Verdammter Idiot! Was hat der hier gemacht?«

»Sprichst du von Hansi?«

Otto setzte sich aufrecht hin, genau neben das bleiche Gesicht von Kai Emsbach. Er blickte mich abfällig an, als wäre ich in seinen Augen nichts wert. Dennoch schien es ihn nicht zu stören, freizügig über seinen Kollegen zu lästern.

»Ja, dieser Dummkopf. Kane hat ihm gesagt, er soll sie tief verscharren. Und jetzt schau dir die Sauerei an!« Mit dem rechten Arm deutete er auf die Leichenteile, die zum Vorschein gekommen waren. »Ich habe ihm extra noch eingetrichtert, dass er sie tief genug verbuddeln muss, weil sonst die Wildschweine kommen. Und was hat der Volltrottel gemacht? Genau das, was er nicht machen sollte.«

»Wie viele Menschen hat er denn hier vergraben?«, fragte ich so desinteressiert nach, wie ich konnte. Otto roch den Braten. Er grinste mich an. Blut hatte sich zwischen seinen Zähnen gesammelt.

»Das würdest du gern wissen, was?« Schmatzend sammelte er das Blut und spuckte es aus. Es landete auf Kai Emsbachs Stirn. Mistkerl!

»Es gäbe so einiges, was ich gern wissen würde. Wie sahen die Dinosaurier wirklich aus? Wird die Erde bald untergehen? Gibt es einen Gott? Aber die wichtigste Frage ist«, ich stand auf, ging um ihn herum, bis ich hinter ihm stand, »was zum Teufel stimmt nicht mit euch?«

Bevor Otto sich umdrehen oder mir antworten konnte, zog ich ihm den Griff der Pistole über den Hinterkopf. Wie ein nasser Sack fiel er zur Seite und blieb bewusstlos liegen. Was sollte ich jetzt machen? Ihn hierlassen und weiterrennen? Ihn an einem Baum festbinden oder ihn gar erschießen? Die Waffe in der Hand wiegend, biss ich mir auf die Unterlippe und lief neben Otto auf und ab, ohne auf die Toten zu treten. Nicht auszudenken, was passieren würde, wenn ich ebenfalls stolperte.

Ein Schrei nahm mir die Entscheidung mit einem Mal ab. Er stammte aus Arianas Kehle.

»Tomas!«, schrie sie aus der Ferne. »Tomas, hilf mir!« Dann erstarb der Laut und es wurde ruhig. Aus welcher Richtung war er gekommen? Verdammt! Ich konnte, nein, ich durfte nicht weglaufen! Unbedingt musste ich den anderen helfen. Falls ich mich im Wald weiter ver- irrte und Kane und Hansi die anderen während dieser Zeit umbrachten, würde ich mir das nie verzeihen. Und immerhin hatte ich nun eine Waffe, was mir zumindest einen kleinen Vorteil verschaffte. Rasch sah ich nach, wie viele Kugeln noch im Magazin waren. Acht Stück, für einen geübten Schützen wie mich sollte das ausrei- chen.

Umgehend musste ich zurück und das schnell. Denn der nächste Schrei, den ich vernahm, kam entweder von Schleicher oder von Paulssen. Was wäre ich für eine miese, feige Sau, wenn ich ein hohes Tier der Kriminalpolizei sich selbst überließ und riskierte, dass er getötet wurde?

Wie sollte ich zurückfinden? Die Antwort lag zu meinen Füßen. Otto. Das Arschloch lebte hier, kannte sich aus. Er würde mein Führer sein. Ob er wollte oder nicht. Kurz steckte ich die Pistole in den Hosenbund, bückte mich zu Otto hinunter, drehte ihn auf den Rücken und tätschelte leicht seine Wangen.

»Aufwachen! Wir haben noch viel vor.«

Grunzend wie ein Schwein strich er sich unbewusst durch die Haare, schrie auf und saß mit einem Mal aufrecht. »Verdammte Scheiße«, fluchte er, als er bemerkte, dass nicht nur seine Nase schmerzte, sondern auch die Beule am Hinterkopf, die er ebenfalls mir zu verdanken hatte. »Das wirst du bereuen«, zischte er.

»Das bezweifle ich nicht. Sollte es einen Gott geben, werde ich irgendwann für meine Sünden büßen müssen.« Ich nahm die Waffe in die Hand und half dem taumelnden Otto auf. »Aber die Sache mit euch wird er mir verzeihen, weil er weiß, was für Menschen ihr seid.«

Indem er ein Stück von mir wegsprang, brachte er sich außer Reichweite, damit ich ihn nicht packen konnte. »Ach ja? Was sind wir denn für welche?«

Diese umgedrehte Situation genoss ich geradezu. Vor ein paar Minuten hatte er die Oberhand gehabt, jetzt war ich es, der Ansprüche stellen konnte.

»Eigentlich dürfte man euch gar nicht als Menschen bezeichnen. Ihr seid Würmer, Dreck unter meinen Schuhsohlen, der Abfall der Gesellschaft, deshalb versteckt ihr euch im Wald.«

Mein Versuch schlug fehl. Der Kerl ließ sich nicht von mir reizen. Meistens war das eine gute Taktik, dem Täter Details zu entlocken, wenn man ihn so sehr ärgerte, dass er seinen Vorsatz vergaß, nicht zu viel preiszugeben. Otto schien mehr Profi zu sein, als ich anfangs geglaubt hatte, denn er ließ sich nicht darauf ein und sagte mir das auch.

»Deine tollen Techniken funktionieren bei uns nicht. Wir sind auf alles vorbereitet, wir haben das durchgespielt.«

Sofort musste ich meine Meinung wieder revidieren. Eines hatte er mir doch verraten: Sie hatten das durchgespielt? Was genau? Die Entführungen, die Morde? Kamen daher die Leichen? Waren wir Puppen für ein Theaterstück, das sie Mal für Mal probten? Vorerst ließ ich es auf sich beruhen. Wenn ich jetzt nachfragte, würde er dichtmachen.

»Das merke ich, ihr wisst, was ihr tut«, lobte ich ihn. Ob er mir meine Lüge glaubte oder nicht, konnte ich ihm nicht anmerken. Er nickte nur wissend. »Okay«, fuhr ich fort. »Du gehst voran.«

»Wohin?«

»Zurück zu eurer Farm oder was auch immer das ist.«

»Jetzt willst du auf einmal zurück?«

Wie auf ein Signal hin schrie Ariana meinen Namen.

Ottos Gesicht hellte sich auf. »Möchtest den Helden spielen, was?« Mit den Schultern zuckend, wandte er sich von mir ab und ging los. »Von mir aus, wenn du es mir so einfach machen willst.« Seine Stimme wurde leiser, vielleicht dachte er, ich könnte ihn nicht hören, als er murmelte: »Hättest fliehen sollen.«

Bevor wir die Lichtung verließen, blickte ich zurück. Von Weitem sah man die blasse Haut und das verfaulte Fleisch kaum. Aber ich wusste, dass sie dort lagen. Jennifer, Kai und die anderen. Falls ich nur einen einzigen Fehler machte, würde ich einer der Toten sein, die Hansi nicht richtig vergrub. Oder sie würden mich gleich absichtlich mitten auf den Boden legen, damit die Wildschweine alles abfressen konnten, angefangen bei meinen Genitalien. Erschaudernd richtete ich den Blick wieder nach vorn. Otto lief vor mir her, eine Hand presste er sich auf die blutende Nase. Es war nicht die erste, die ich gebrochen hatte, doch bei dieser hatte ich den meisten Spaß.

»Du solltest dir wirklich überlegen, ob du nicht weglaufen willst«, näselte er. »Kane wird stinkwütend sein, dass du uns entwischt bist. Oder eher, dass Hansi dich hat entkommen lassen.« Den Namen seines Kumpels sprach er beinahe so aus, als wäre er etwas Widerliches.

»Warum gibst du dich überhaupt mit ihm ab?«

»Mit Hansi?« Kurz blieb er stehen und wandte sich zu mir um. Als ich ihm bestätigend zunickte, lief er weiter und fuhr fort: »Hab keine Wahl, Mann, ich muss. Mir wäre auch lieber, er wäre nicht dabei, aber er gehört nun mal dazu.«

Zwischen Otto und Hansi schienen einige Dinge im Argen zu liegen und ich war mir nicht sicher, ob ich wissen wollte, welche das waren.

»Wie weit ist es noch?« Ich hatte das Gefühl, wir würden schon seit Stunden in dieselbe Richtung gehen, was natürlich nicht stimmte, es waren vielleicht fünf Minuten. Aber meine Beine machten langsam schlapp.

»Wir sind gleich da.«

Das war nicht gelogen, nach ein paar Schritten erreichten wir das Ende des Waldes. Mein Blick fiel auf den Stall, aus dem kein Laut mehr gedrungen war. Also lag die Lichtung der Leichen näher an der Farm, als ich gedacht hatte.

»Duck dich!« Schnell zog ich ihn mit runter und presste ihm den Lauf in die Seite. »Ein Mucks und ich knall dich ab.«

»Schon gut, Mann, ich bin ruhig.« Abwehrend hob er die Hände und kicherte leise.

»Was ist so witzig?«, fuhr ich ihn an und rammte ihm die Pistole in die Rippen.

Otto machte ein Geräusch, das klang wie ›Uff!‹, und sagte dann: »Spinnst du?«

»Die Frage sollten wir jetzt nicht zu klären versuchen, die könnte ich auch dir stellen. Also, was ist so lustig?«

Er wandte sich mir zu, die Nase schief, mit Blut verkrustet. »Du wirst niemals ungesehen zurückkommen. Nachdem Hansi so unvorsichtig war und allein zu euch gegangen ist, wird Kane alles noch genauer überwachen. Die erschießen dich, ehe du den halben Weg zurückgelegt hast.«

Mir gefiel das nicht, es zugegeben, aber er hatte recht. Das offene Areal, die Wiese, bot keine einzige Deckungsmöglichkeit. Ich wäre die perfekte Zielscheibe.

Otto schien meinen Zweifel zu bemerken. »Es existiert ein anderer Weg.«

Das traf mich unvorbereitet. Ein anderer Weg? Was sollte das heißen? Also fragte ich ihn: »Wie meinst du das?«

Otto räusperte sich, senkte den Kopf leicht und flüsterte, als befürchtete er, jemand könnte uns zuhören: »Es gibt einen Tunnel.«

»Einen was?«

»Unter der Wiese verläuft ein Tunnel zum Wohnhaus. Stammt von damals, aus dem Krieg, war ein Fluchttunnel.«

Was soll ich machen? Woher soll ich wissen, dass der Kerl mich nicht anlügt? Andererseits hatte ich keine andere

139

Wahl. Den Weg oberhalb der Erde konnte ich vergessen und eine Flucht schloss ich aus, was blieb da mehr, als darauf zu hoffen, dass Otto die Wahrheit sprach und mich nicht geradewegs in eine Falle lockte? Ein Schrei, der nach Ariana klang, untermauerte meine Entscheidung.

»Führ mich dorthin!«

»Es ist nicht weit.« Otto wandte sich ab und schlich geduckt voran. Seine Geschichte wirkte plausibel. Die Menschen, die dieses Bauernhaus errichtet hatten, gruben einen Tunnel, um bei einem Angriff in den Wald fliehen zu können, ohne von den Feinden entdeckt zu werden.

Otto führte mich durch ein dicht bewachsenes Stückchen Wald. Zweige und Ranken mit Dornen rissen mir die Haut an den Armen auf. Ein höher hängender Ast erwischte mich an der Wange. Als ich hinfasste, hatte ich Blut an der Hand.

»Wir sind da!« Otto war aus der Puste gekommen, er keuchte und hielt sich die Brust, als schmerzte sie. Von mir aus durfte er hier und jetzt einen Herzinfarkt bekommen.

Den Gefallen tat er mir nicht. Dümmlich grinste er mich an und zeigte auf eine Falltür im Boden. So etwas hatte ich bisher nur in Filmen gesehen. Geheime Tunnel waren für mich immer reine Fiktion, die es in der Wirklichkeit nicht gab, aber andere Zeiten, andere Sitten. Meine Mutter hatte mir erzählt, dass ihre Mutter einen Luftschutzbunker unter dem Haus hatte bauen lassen, was eine gute Entscheidung gewesen war. Nach den Bombenangriffen auf Deutschland stand das Haus meiner Großmutter nicht mehr, der Bunker darunter sehr wohl. Hätten sie und mein Großvater sich nicht dafür entschieden, hätte meine Mutter, damals ein kleines Kind, den Krieg nicht überlebt, und ich wäre heute nicht hier. Wobei … so schlecht wäre der Fall nicht, wenn man bedachte, in welchem Dilemma ich steckte.

»Los, aufmachen«, verlangte ich und deutete mit dem Lauf der Pistole auf die Tür.

Otto gehorchte.

»Du gehst vor!« Leicht stieß ich ihn an, damit er sich in Bewegung setzte.

Er stieg ein paar Stufen hinab. Ich folgte ihm. Die Luft war kalt und roch erdig. Noch nie hatte ich Vergleichbares gerochen. Es war unheimlich. Die Decke hatten sie mit Holzbalken verstärkt, die nach all den Jahren reichlich morsch aussahen und nicht viel Vertrauen erweckten. Aus den Seiten ragten vereinzelt Wurzeln hervor. Langsam kam ich mir vor wie in einem Horrorfilm, in dem das verzweifelte Opfer versuchte, durch einen Tunnel vor dem irren Mörder mit der Maske und dem Hackebeil zu fliehen.

»Komm!«, forderte Otto mich auf. »Lass uns das schnell hinter uns bringen! Ich hasse es hier unten.«

Ohne Einwände zu erheben, lief ich ihm hinterher. An den Wänden waren antike Grubenlampen befestigt, die er eingeschaltet hatte und die ausreichend Licht spendeten. Viel zu sehen gab es eigentlich nicht. Jeder Meter glich dem anderen.

»Da vorn ist die Treppe!«, rief Otto und er klang wahrlich erleichtert.

»Halt den Mund«, zischte ich ihn an. Wenn wir nahe am Haus waren, wollte ich nicht, dass Hansi und Kane unsere Stimmen aus der Erde kommen hörten. Vielleicht rechneten die beiden ohnehin damit, dass wir durch den Tunnel zurückkamen und ich stolperte geradewegs in ihre Arme. Ein Risiko, das ich eingehen musste.

»Bleib stehen!«, sagte ich. Otto gehorchte. »Ist die Tür abgeschlossen?«

»Normalerweise nicht, soll ich …?«

»Nein!« Ich preschte vor und zog ihm die Waffe ein weiteres Mal über den Hinterkopf. Sofort brach er zusammen und blieb bewusstlos liegen. Und dieses Mal würde ich nicht versuchen, ihn zu wecken. Von mir aus konnte er schlafen, bis die Welt unterging oder zumindest, bis ich seine Kumpel überwältigt hatte.

Vorsichtig drückte ich die Klinke runter, schob die Tür auf. Nichts knarrte oder quietschte, sie glitt ganz leise auf. Meine Füße berührten Betonboden. Ich war im Keller gelandet, was zu erwarten war. Hier roch es noch muffiger als im Tunnel und ich brauchte nicht lange, um zu erkennen, dass es nicht nur Schimmel oder die Erde waren, die ihren Duft verströmten, sondern es mischte sich beißender Verwesungsgeruch darunter. Entweder war jemand vor Kurzem gestorben und der Kadaver lag in irgendeiner Ecke oder es starb regelmäßig jemand in diesem Keller und der Gestank hatte sich in jeder kleinsten Ritze festgesetzt.

Angeekelt hielt ich mir die Nase zu und atmete durch den Mund. In meiner beruflichen Laufbahn hatte ich viele Tatorte gesehen und oft das Bouquet des Todes gerochen; daran gewöhnt hatte ich mich nie.

Hier schien es noch kühler zu sein als im Tunnel. Aber die Kälte war nicht das Problem, auch nicht der pestartige Geruch, der sich in meinen Sachen einnistete, nein, es war Sugar, die inmitten des Raumes auf einem Stuhl saß. Das Kinn auf der Brust ruhend. Ihr Brustkorb bewegte sich nicht. Das sah ich, denn er lag frei. Die schützende Haut, die sich dort einmal befunden hatte, hatte jemand von unten nach oben in drei Bahnen geteilt, sie aufgerollt und wie Handtücher an den Nägeln in ihrem Schlüssel- und Brustbein aufgehängt.

»Sie ist schön, nicht wahr?«

Erschrocken drehte ich mich um. Kane stand genau vor mir. Bevor ich ein Wort sagen konnte, traf mich etwas Hartes an der Stirn und diesmal war ich es, der bewusstlos zu Boden fiel.

14

»Wir können niemandem auf dem Revier trauen!«, rief Steffi und schlug Paul das Handy aus der Hand.

Diana verlor langsam die Geduld. Nicht nur, dass sie Anzeichen einer Verschwörung, an der ihr Mann beteiligt war, aufgedeckt hatten und eine Leiche im Badezimmer lag, nein, Paulssens Assistentin machte ihnen zusätzlich das Leben schwer. Diana packte sie an den Schultern, drängte sie zurück, bis Steffi mit dem Rücken gegen eine Wand prallte und fixierte sie dort.

»Wie alt bist du? Hm?«, fragte Diana. Ihr fiel auf, dass ihre Stimme vor Wut zitterte.

»Vierundzwanzig«, sagte Steffi. Tränen sammelten sich in ihren Augen.

Gerade einmal vier Jahre jünger als ich und noch so unreif?, dachte Diana.

»Wie lange arbeitest du schon bei der Kriminalpolizei Duisburg?«

»Ein Jahr«, flüsterte Steffi, als ahnte sie, worauf Diana hinauswollte.

»Gut.« Diana ließ Steffi los. »Schroer kannst du immer vertrauen. Es gibt niemanden Vertrauenswürdigeren als ihn, falls du es genau wissen willst. Bei allen anderen bin ich mir nicht sicher, nicht einmal bei mir selbst oder den zwei Irren da hinten.« Diana deutete auf Paul und Jürgen. Sie beschwerten sich lautstark, lächelten aber. »Verstehst du?« Diana legte sanft eine Hand auf Steffis Schulter. »Wir müssen uns Schroer anvertrauen, wir haben keine andere Möglichkeit. Wir hätten es längst tun sollen. Wenn er herausfindet, was wir bisher schon angestellt haben, gibt's ein Donnerwetter.«

»Bist du dir sicher?«, fragte Steffi nach. Sie schien noch nicht überzeugt zu sein. Wovor hatte sie solche Angst? Hatte Paulssen ihr weitere Geheimnisse verraten oder sie gar bedroht? Hatte er sie dadurch zum Schweigen gebracht, dass er ihr sagte, er würde sie rauswerfen lassen, sollte sie mit jemandem über die Dinge sprechen, die sie gesehen hatte? Für diese Fragen würde die Zeit kommen, jetzt waren andere Sachen wichtiger. Wie zum Beispiel die tote Frau auf dem Fußboden. Womit hatten sie es hier zu tun? Mit einem eskalierten Ehestreit?

»Tust du mir einen Gefallen?« Diana lächelte Steffi an. »Versuchst du, Paulssen zu erreichen? Aber sag ihm nicht, dass wir in seiner Wohnung sind oder dass wir seine Frau gefunden haben, okay?«

Steffi nahm wortlos ihr Handy, tippte auf dem Display etwas ein, hielt es sich ans Ohr und verließ den Raum. Diana nickte Paul zu. Sein Smartphone hatte er bereits aufgehoben und wählte Schroers Nummer. Diana sah, dass Paul immer blasser wurde, je länger es dauerte, bis ihr Chef endlich ranging.

»Ja, hallo, Schmidt hier.« Er lauschte, sah Jürgen und Diana Hilfe suchend an, dann zuckte er zusammen. Diana konnte Schroers Stimme deutlich hören. Irgendetwas hatte ihn verärgert.

»Ja, ich weiß, wie spät es ist und dass Sie heute Spätdienst haben«, sagte Paul und verzog das Gesicht, während er auf seine Armbanduhr schaute. Auch Diana sah nach. Es war schon Vormittag. Ihr war nicht aufgefallen, wie die Zeit verflog.

»Ich würde nicht anrufen, wenn es nicht wichtig wäre, Chef, das sollten Sie wissen.« Wieder schwieg Paul und hörte dem palavernden Leiter der Mordkommission zu. »Wir brauchen Ihre Unterstützung.«

»Wobei?«, kam es laut aus dem Handy.

145

Paul sah immer hilfloser aus. Diana streckte ihm die Hand hin und forderte das Telefon.

»Moment, ich gebe Sie weiter.«

Diana nahm das Smartphone an sich. »Hallo, Herr Schroer, Ratz hier.«

»Was, zum Teufel, denken Sie sich dabei, mich aus dem Bett zu klingeln? Was treiben Sie und Schmidt da?«

»Es sind nicht nur Schmidt und ich, Kahl und Steffi aus der Entführungsabteilung sind auch bei uns.«

»Ratz, was geht da vor?«

Diana entschied sich, mit offenen Karten zu spielen, es machte keinen Sinn, Details vor Schroer zu verheimlichen. »Tomas ist seit gestern Morgen verschwunden und mit ihm Ariana Sloka. Es sieht aus, als wären sie zusammen durchgebrannt, aber daran, ob das den Tatsachen entspricht, hegen wir Zweifel. Tomas schrieb mir zwar eine entsprechende Nachricht, doch richtig dran glauben, kann ich nicht.« Diana hörte Schroer seufzen. Als er nichts erwiderte, fuhr sie fort: »Ich bat Paul und Jürgen, mir zu helfen. Weder Tomas noch Ariana sieht es ähnlich, einfach durchzubrennen. Irgendetwas stimmt da nicht. Wir haben Arianas Wohnung durchsucht, aber nichts herausgefunden.« Dieses Mal sog Schroer scharf Luft ein, schwieg jedoch weiter. »Wir hatten zuvor Steffi auf dem Revier getroffen. Sie ist dann zu meinem Haus gefahren und hat uns von einer Vertuschung berichtet, an der ihr Chef Paulssen, Tomas und Ariana beteiligt sein sollen.« Diana machte eine Pause, wartete auf eine Reaktion, doch es kam keine. Bis auf ein Rascheln im Hintergrund blieb es am anderen Ende der Leitung still. Also sprach sie weiter: »Steffi erzählte uns von Akten, die sie in Paulssens Arbeitszimmer gesehen hat und hat uns Zugang zu seiner Wohnung verschafft. Er selbst war nicht anwesend. Die

146

Unterlagen haben wir entdeckt und sie bestätigen das, was Steffi uns verraten hat. Und wir haben noch mehr gefunden.«

»Was?« Endlich sagte Schroer etwas. Diana hatte schon befürchtet, er wäre in Ohnmacht gefallen.

»Paulssens Frau. Sie ist tot.«

Wieder atmete er lautstark ein. Diana konnte in Gedanken sehen, wie er zu einer Schublade griff und eine Dose voll Beruhigungstabletten herausholte.

»Woran glauben Sie, Ratz? An einen Ehestreit oder daran, dass die Sache mit Arianas und Tomas' Verschwinden und der Vertuschung zu tun hat?«

Steffi kam zurück, sie schüttelte den Kopf, weil sie Paulssen nicht erreicht hatte. Diana war zu hundert Prozent davon überzeugt, dass Paulssen genauso vom Erdboden verschwunden war wie ihr Mann und ihre beste Freundin.

»Ich fürchte, hier geht was ganz Übles vor, an dem Paulssen, Tomas und Ariana beteiligt sind«, sprach sie laut aus, was sie dachte, auch wenn sie sich wünschte, dass weder diese Möglichkeit zutraf noch die, dass Tomas sie verlassen hatte. Vielleicht war alles ein schrecklich dummer Zufall.

»Wo wohnt Paulssen noch gleich?«

Diana hörte, dass sich bei Schroer eine Tür schloss. Sie gab ihm die Adresse.

»Das ist bei mir um die Ecke. Bin in zehn Minuten da!«

Er legte auf. Schroer hatte sich offenbar schon während des Telefonates angezogen und war jetzt auf dem Weg zu ihnen. Diana war sich nicht sicher, ob sie sich darüber freuen sollte oder ob es bloß der Anfang von weiterem Chaos war.

Sie gab Paul das Handy zurück. Jürgen begutachtete eingehend die Leiche und sagte: »Was ich mich frage: Sind die drei wegen dieser Vertuschung untergetaucht oder wurden sie gewaltsam entführt?«

Paul zuckte mit den Schultern und sah Diana an. »Was meinst du?«, fragte er.

Diana dachte an das Foto in ihrer Gesäßtasche, sie holte es heraus, strich über das Gesicht ihres schlafenden Mannes und hielt es Paul hin. »Das sieht für mich nicht nach Zwang aus.«

Das Bild nahm er entgegen und betrachtete es kritisch. »Das lag bei Ariana, ja?«

Diana nickte. Bisher hatte die Zeit gefehlt, es ihren Kollegen zu zeigen.

Paul wandte sich an Jürgen. »Hast du deine Lupe dabei?«

Jürgen, der, wie Diana wusste, besser ausgestattet war als jeder Detektiv aus einem alten Krimistreifen, lachte und zog ein anderes Beutelchen hervor, nicht das mit den Dietrichen. Jürgens Jacke schien eine Fundgrube der unmöglichsten Dinge zu sein. Er hielt Paul eine kleine Lupe hin.

»Danke.« Paul legte sie sich auf das rechte Auge und studierte das Foto. Es dauerte ein paar Momente, ehe er aufsah und Diana das Bild samt Lupe hinhielt.

»Schau dir Tomas' Stirn an, die Seite, auf der sein Gesicht auf dem Kissen liegt.«

Diana folgte seinen Anweisungen, sie sah es sich noch einmal genau an und jetzt, durch die Unterstützung der Lupe, kam etwas zum Vorschein, das sie mit bloßem Auge nicht hatte sehen können. Sie blickte auf und fand keine Worte.

»Du hast es gesehen, oder?«, fragte Paul.

»Was ist?«, wollte Jürgen wissen. Auch Steffi schaute neugierig über Dianas Schulter hinweg auf das Bild.

Paul übernahm für Diana die Antwort: »Tomas hat eine Verletzung an der Stirn, vielleicht eine Platzwunde. Auf dem Kissen unter seinem Kopf ist ein winziger Blutfleck. Ariana hat einen Blutstropfen an der Lippe. Die beiden haben dieses Foto nie und nimmer freiwillig gemacht. Eher wird es so sein, wie Diana von Anfang an gedacht hat, dass die Szene gestellt ist. Wahrscheinlich schlafen sie auch nicht, sondern sind bewusstlos.«

Diana schlug sich vor die Stirn. »Und ich denke, ich weiß, womit man Tomas geschlagen hat!«

Paul sah sie wissbegierig an. »Womit denn?«

»In seinem Laden lag ein Buch auf dem Boden, Cupcake wollte draufpinkeln, das will er mit allen Sachen machen, an denen Tomas' Geruch haftet. Klar, er hat es angefasst und deshalb roch es nach ihm, aber es lag so seltsam auf dem Boden. Vielleicht haben sie ihn damit niedergestreckt.«

»Hast du Blutspuren daran entdeckt?«, erkundigte sich Paul.

Diana schüttelte den Kopf. So verrückt es auch klang: Die Tatsache, dass Tomas und Ariana sie nicht hintergangen hatten, war kurzzeitig tröstlich, doch die Möglichkeiten, die sich als Alternativen ergaben, waren umso erschreckender und ihr kam das erste Mal der Gedanke, dass Tomas etwas zugestoßen sein könnte.

»Was meinst du, woran ist sie gestorben?« Steffi trat ein paar Schritte vor und spähte vorsichtig ins Badezimmer.

Jürgen breitete die Arme aus. »Ich weiß es nicht. Ich kann nicht näher herangehen und es ist einfach zu viel Blut, als dass ich genau sagen könnte, was passiert ist.« Er sah sich um und blickte sie alle nacheinander eindringlich an. »Wir dürfen ab jetzt nichts mehr in der Wohnung anfassen. Schlimm genug, dass wir im Arbeitszimmer gewühlt haben, aber das können wir erklären.«

Steffi schnaubte verächtlich. »Du glaubst doch nicht, dass die uns den Mord anhängen wollen?«

Paul strich ihr über den Kopf, als wäre sie ein Kind. »Das bestimmt nicht, nein, aber wir zerstören sonst mögliche Spuren der Täter, sollte es nicht Paulssen gewesen sein.«

Steffi stemmte die Hände in die Hüften und funkelte Paul strafend an. »Das würde Sören niemals tun, er liebt seine Frau!«

Das brachte Paul zum Lachen, Diana verkniff es sich und fragte lieber: »Wenn er sie liebt, warum betrügt er sie dann mit jemandem wie dir?«

»Was soll hier heißen, mit jemandem *wie mir*? Was man sich auf dem Revier über dich erzählt, ist auch nicht nur Gutes.«

»Was willst du damit sagen?« Diana machte einen Schritt auf sie zu, bereit, sie an den Haaren zu packen und auf den Boden zu schleudern.

»Ladys, Ladys, beruhigt euch!«, ging Paul dazwischen. »Wir haben das gleiche Ziel, wieso nicht zusammenarbeiten und wenigstens für diese Zeit Frieden schließen?«

Ehe eine von ihnen antworten konnte, klingelte Pauls Handy. »Ja? Okay, ich komme«, sagte er und legte auf. »Es ist Schroer, er ist unten, mit der Spurensicherung. Er hört sich nicht glücklich an. Ich gehe runter und zeige ihnen den Weg. Ihr wartet am besten im Arbeitszimmer, da dürften wir die meisten Spuren verteilt haben.«

Während Paul aus der Wohnung rannte, folgten sie seinem Vorschlag und gingen zurück. Jürgen schien sich

150

bei der angeheizten Stimmung zwischen den Frauen nicht wohlzufühlen, er studierte lieber die Zimmerdecke, als eine von ihnen anzusehen. Aber nicht nur Jürgen fühlte sich unwohl, auch Steffi wirkte leicht blass um die Nase. Diana ahnte, was das Problem war, und entschied sich, einen Schritt auf sie zuzugehen. Paul hatte recht, sie hatten ein gemeinsames Ziel und die kleinste Streitigkeit könnte dem Erfolg ihrer Suche im Wege stehen.

»War das deine erste Leiche?«, fragte Diana.

Steffi nickte. »Ja, bis jetzt hatte ich Glück. In unserer Abteilung sieht man ohnehin selten welche, und außerdem hat Sören mich im Innendienst gelassen.«

Dass er das nur getan hatte, damit sie in seiner Nähe war, behielt Diana diesmal für sich. Noch mehr Öl ins Feuer zu gießen war unnötig.

»Falls du dich übergeben musst, sag Bescheid, das Klo ist besetzt.« Sie wusste um den makabren Scherz und war nicht verwundert, dass Steffi ihn nicht witzig zu finden schien.

»Es geht schon.« Steffi setzte sich aufs Gästebett und noch bevor Jürgen Beschwerde einlegen konnte, dass sie das vorsichtshalber nicht tun sollte, wegen der Spuren, winkte sie ab. »Ich habe oft genug in diesem Bett gelegen. Hier gibt es ohnehin eine Menge DNS von mir. So gut kann seine Frau gar nicht putzen«, sagte sie und verstummte, weil sie wohl an die Tote im Badezimmer dachte. »Was ist, wenn Sören es getan hat?« Fragend sah sie Diana an. »Ich hätte an ihrer Stelle sein können.«

Diana ging zu ihr, strich ihr über die Wange. »Mach dir deswegen jetzt keine Gedanken, unser Chef und die Spurensicherung werden mit Sicherheit schnell herausfinden, was passiert ist.« Wie auf Knopfdruck hörte sie Schroers Stimme durch die Wohnung hallen.

»Ratz! Wo sind Sie?«

Diana lächelte Steffi an. »Das war wohl mein Stichwort.« Sie ließ Jürgen und Steffi allein und lief Schroer entgegen. Er stand mit Paul vor dem Bad. Im Raum waren bereits die Männer und Frauen der Spurensicherung in ihren weißen Kitteln zugange.

Als er Diana erblickte, breitete er die Arme aus und rief: »Was zum Teufel ist hier los? Tomas und Ariana verschwunden, eine Leiche in Sörens Wohnung, und wie es aussieht, ist er selbst ebenfalls wie vom Erdboden verschluckt, laut ihrem Kollegen Schmidt. Ach ja, und dann soll es noch eine Verschwörung geben. Stimmt das so weit, Ratz?«

Diana nickte und verschränkte die Arme vor der Brust. Eine klassische Abwehrhaltung. Ihr war bewusst, dass Schroer ihre Geste würde deuten können.

»Warum kommen Sie erst jetzt zu mir? Hm? Habe ich Ihnen etwas getan?« Schroer war kurz davor, die Fassung zu verlieren. Sein Kopf lief hochrot an, sein Körper schien durch die Wut, die in ihm brodelte, regelrecht zu vibrieren.

»Es war eine Entscheidung von uns allen«, klinkte Paul sich ein. »Diana kam zu uns und bat uns um Hilfe. Wir wollten die Sache vorerst nicht an die große Glocke hängen, Diana zuliebe. Als wir merkten, dass die Geschichte andere Züge annimmt, haben wir Sie angerufen. Und außerdem hat Steffi uns gewarnt, dass ein Teil der Beamten im Revier von der Vertuschung wissen könnten.«

»Hat sie gesagt, wer genau?« Schroer nahm sich einen Notizblock. Trotz seiner Wut machte er seinen Job so, wie man es vom Leiter der Duisburger Mordkommission erwartete: professionell und gelassen.

»Nein, aber wir denken, dass die Entführungsabteilung teilweise mit drinhängt, zumindest sagen das die

Akten. Namen haben wir nicht, sie sind alle geschwärzt, bis auf die von Tomas und Ariana.« Paul trat einen Schritt zur Seite, weil er dem Tatortfotografen im Weg stand.

»Dürfte ich die mal sehen?«, fragte Schroer.

Paul überreichte sie ihm sofort. Ihr Chef sah sich dieselben Daten und Fakten an, die auch sie sich vor Kurzem angesehen hatten. Seine Wut schien zu verfliegen, die rote Hautfärbung wich einem eher käsigen Weiß.

»Himmel!«, stieß Schroer hervor. »An den Fall kann ich mich erinnern, war ein riesiges Trara auf dem Revier …« Er verstummte. »Wir müssen uns darüber unterhalten, jetzt!«

Paul sah sich um. »Hier?«

»Sicher, warum denn nicht? Die Spurensicherung macht ihren Job, das dauert, bis die fertig sind.« Schroer klemmte sich die Akten unter den Arm. »Wo ist der Rest von euch?«

»Im Arbeitszimmer«, sagte Paul und ging voran. Diana blieb vorerst, wo sie war. Sie konnte es nicht fassen. Diesem Job hatte sie den Rücken gekehrt und nun steckte sie mittendrin. Vermisste Personen, eine Leiche, wüsste sie es nicht besser, wäre das der perfekte Stoff für einen Roman.

Schroer lief an ihr vorbei. Dabei roch sie sein Parfum. Die enge Bindung, die vorhin auf dem Revier bestanden hatte, weil sie Vater und Bald-Mutter waren, schien verflogen zu sein. Denn er strafte sie mit demselben strengen Gesichtsausdruck, den er ihr in ihrer Dienstzeit Tag für Tag geschenkt hatte, der so viel bedeutete wie: *Was haben Sie da schon wieder angestellt?*

Diana folgte ihm und Paul. Steffi saß noch auf dem Bett und Jürgen wandte endlich seinen Blick von der

Zimmerdecke ab. Schroer stellte sich vor die versammelte Mannschaft und klappte die Akten auf. Erneut überflog er die Seiten, ehe er seine Aufmerksamkeit auf sie richtete.

»Der Fall von Eleonore und ihres Sohnes Lenard, ich erinnere mich. Es war eine schwere Zeit für die Kriminalpolizei, weil es anfangs eine Menge Verwirrung darüber gab, was genau an diesem Tag geschehen ist. Mein Team und ich wurden dazu angehalten, gegen unsere Kollegen zu ermitteln. Ich setzte Tomas dafür ein. Kurz darauf hieß es aus der Führungsetage, der Fall wäre abgeschlossen, wir sollten die Finger stillhalten. Doch ich hörte nicht auf sie und ließ Tomas weiter daran arbeiten. Eines Tages kam er zu mir und meinte, alles wäre so abgelaufen, wie es in den Akten stünde.« Schroer hob die Ordner hoch, die er in der Hand hatte. »Die hier waren das nicht. Das sind offenbar die echten, die frisierten Dokumente wurden der Öffentlichkeit präsentiert. Natürlich hatte ich immer ein schlechtes Gefühl dabei, auch als Tomas zu mir kam und sagte, die Sache sei erledigt. An seinem Blick erkannte ich, dass da etwas war, was er mir nicht erzählen wollte – oder durfte, wie ich mir jetzt vorstellen kann.« Schroer legte Diana eine Hand auf die Schulter. »Tomas wird bestimmt einen Grund dafür haben, weshalb er untergetaucht ist, wie die anderen beiden auch. Irgendetwas wird sie aufgeschreckt haben.«

»Das glauben wir nicht«, unterbrach Jürgen seinen Chef. Er hielt ihm Tomas' und Arianas Foto und die Lupe entgegen. »Wir meinen, dass sie gewaltsam entführt wurden. Wenn man das miteinbezieht, was wir bei Ariana und hier vorfanden, könnte es Paulssen gewesen sein.«

154

Schroer betrachtete das Bild und runzelte die Stirn. »Beide weisen Verletzungen auf. Das lässt vermuten, dass es gestellt wurde. Aber warum?«

»Damit ich glaube, sie wären miteinander durchgebrannt«, schaltete Diana sich ein. »Ich erhielt von Tomas' Handy eine Nachricht.« Sie zeigte sie Schroer und fuhr fort: »Jemand wollte mir einreden, dass sie freiwillig verschwunden sind, damit ich keine Nachforschungen anstelle und auf den wahren Grund stoße.«

Schroer rang sich zu einem ersten Lächeln durch. »Aber da hat derjenige die Rechnung ohne Sie gemacht, ich verstehe. Das klingt erschreckend logisch. Das könnte zusammenhängen.«

»Und was machen wir jetzt, Chef?«, fragte Paul.

Schroer zögerte nicht lange und antwortete: »Wir rollen den Fall neu auf und werden diejenigen zur Rechenschaft ziehen, die dafür verantwortlich sind.«

15

Mein Kopf schmerzte und das Licht der Deckenlampe brannte in meinen Augen. Um mich herum war alles verschwommen. Ein Beinpaar stand neben mir und ich dachte bloß: *Nicht treten, bitte!* Ein dummer Gedanke, wenn man bedachte, was sie mit der Frau angestellt hatten, die mit uns im Raum war.

Kurz schloss ich wieder die Augen, sah Sugars misshandelten Leib vor mir, ehe ich sie öffnete und schwer atmend zu begreifen versuchte, was die Männer mit der Folter bezweckt hatten.

Ihnen fiel auf, dass ich wach war. Kane beugte sich lächelnd über mich. »Da ist er ja! Hast uns einen ziemlichen Schrecken eingejagt. Wir fürchteten schon, all unsere Pläne wären passé, aber siehe da, der verlorene Sohn ist zurückgekehrt.«

Er verschwand aus meinem Sichtfeld. Mit einiger Anstrengung schaffte ich es, mich aufzurichten und beobachtete, dass Kane zu Sugar ging und ihr Kinn anhob. Es kam keine Reaktion von ihr. War sie tot?

Kane beugte sich nahe an ihr Ohr. »Hörst du das, Süße? Wir hätten gar nicht so viel Gas geben müssen, er ist wieder da.«

Sollte das etwa heißen, Sugar war wegen mir gestorben? Den Schuh ließ ich mir nicht anziehen. Ich durfte nicht zulassen, dass ich durch Schuldzuweisungen Gewissensbisse bekam. Mein Körper und mein Geist hatten derweil mit genug Grausamkeiten zu kämpfen, eine weitere könnte das Fass zum Überlaufen bringen. Nicht mit mir!

»Wir mussten schnell machen«, sagte Kane und deutete auf Hansi, der eingeschüchtert in einer Ecke des

156

Raumes stand und an den Fingernägeln knabberte. »Wir dachten, Otto würde dich nicht finden und du wärst für uns verloren. Es wäre nur eine Frage der Zeit gewesen, bis du mit den Bullen hier aufgetaucht wärst. Wir versuchten, aus unserer Sugar herauszubekommen, was wir wissen wollen, aber die Zeit reichte nicht aus. Hansi hat etwas übertrieben und, na ja, das Ergebnis siehst du ja.« Kane zuckte so gleichgültig mit den Schultern, als wäre ihr Tod nur ein Kavaliersdelikt und kein verachtungswürdiger, heimtückischer Mord an einer wehrlosen Frau.

»Durch den Tunnel wären wir entkommen, wenn du es tatsächlich geschafft hättest, Hilfe zu holen. Den kennst du ja nun.« Kane warf einen bösen Blick zu Otto, der mit der gebrochenen Nase in einer anderen Ecke des Raumes stand. »Umso wichtiger ist es, dass wir dich daran hindern, ein weiteres Mal zu fliehen.« Kane nickte Hansi zu und als dieser mit einem Hammer auf mich zukam, befürchtete ich, dass die nächsten Minuten sehr schmerzhaft würden. Doch anstatt mir die Kniescheiben damit zu zertrümmern, packte Hansi mich im Nacken, zog mich auf die Beine und schob mich vor sich her. Auf dem Weg eine Treppe hinauf sah ich noch einmal zu Sugar und was ich erblickte, erschütterte mich zutiefst: Sie lebte noch! Ihre Augen waren geöffnet, ihr Kopf wurde von Kane gehalten und der erbarmungswürdige Blick, den sie mir zuwarf, ließ alle Dämme in mir brechen. Ich weinte, während Hansi und Otto mich aus dem Haus und zurück in den Stall brachten.

Rücksichtslos stießen sie mich in meine Zelle. Otto hielt mich fest, als Hansi mich in Ketten legte. Das Gefühl des kalten Stahls um Hand- und Fußgelenke hatte ich keine Sekunde meiner vermeintlichen Freiheit vermisst.

Als Hansi vier Nägel aus seiner Hosentasche zauberte, verkrampfte sich mein Körper. Otto hatte keine Mühe mehr, mich unter Kontrolle zu halten. Hansi hielt den ersten Nagel an die Stelle der Handschelle, durch die das bewegliche Stück geschoben wurde. Dort befand sich ein Schlitz. Was dann geschah, war vorauszusehen, dadurch jedoch nicht weniger schmerzhaft. Mit dem Hammer schlug er auf den Nagelkopf und trieb dieses verdammte Stück Metall in mein Fleisch. Sofort tropfte mein Blut auf das Stroh und färbte es dunkelrot.

Ich war kein Freund des Anbettelns Verrückter, aber bei der Aussicht auf drei weitere Metallstifte kam es einfach aus mir herausgesprudelt: »Bitte, nicht! Hansi, komm schon!«

Er hörte nicht auf mich, sondern führte stoisch die Befehle seines Herrn und Meisters aus. Mit zwei Schlägen steckte der zweite Nagel in meinem Fleisch. Mir wurde schlecht. Der Schmerz und die Pein übernahmen die Kontrolle über meinen Körper. Ohne mich zur Seite zu beugen, übergab ich mich. Die gelbliche Flüssigkeit lief mir über das Kinn, die Brust und tropfte auf den Boden, wo sie sich mit meinem Blut vermischte. Sie schmeckte bitter und Tränen stiegen mir in die Augen.

»Ach, verdammt!«, fluchte Otto, der offenbar ein paar Spritzer meiner Gallenflüssigkeit abbekommen hatte, was mich insgeheim freute. »Mach schnell, bevor der Scheiß trocknet!«

Hansi warf Otto einen Blick zu, den ich nicht zu deuten vermochte. Aber die dicken blauen Augenringe des muskulösen Mannes konnte ich einordnen: Hansi war nicht weniger geschafft als ich. Bei seinem Anblick war man versucht, zu denken, dass er es leid war, was auch immer mit *es* gemeint war.

Jetzt waren meine Fußgelenke dran. In beide Fuß-schellen jagte Hansi jeweils einen Nagel. Die Schmerzen zogen sich durch meinen gesamten Leib. Ich hatte schon einmal Folter über mich ergehen lassen müssen, doch im Gegensatz zu dem, was gerade geschah, war das nichts. Außerdem hatte ich die Sache in den Nie-derlanden überstanden, aber ob ich das hier auch über-leben würde – da war ich mir nicht so sicher. Wäre ich geflohen, hätte ich das vielleicht körperlich überlebt, doch den seelischen Schaden hätte ich niemals repariert bekommen.

Hansi und Otto verließen meine Zelle. Vollgekotzt und mit Blut beschmiert hockte ich auf dem Stroh und starrte die Verletzungen an. Hansi hatte die Metallstifte so weit in mich hineingetrieben, dass die Nagelköpfe auf dem Metall der Handschellen auflagen. Wenn jemand oder ich sie lösen wollte, mussten zuerst die Nägel ent-fernt werden. Zum Glück sahen sie nicht so aus, als wären sie verrostet. Eine Blutvergiftung war das Letzte, was ich jetzt brauchen konnte. Der Blutstrom würde versiegen, Hansi hatte keine wichtigen Gefäße verletzt, aber die Schmerzen würden nicht so bald vergehen. Aus Angst, die Hand- und Fußschellen könnten an den Nä-geln reißen und die Wunden unnötig vergrößern, wagte ich es nicht, mich zu bewegen.

Ein Krachen lenkte mich von meinem Schmerz ab. Kane trat in den Stall und stellte sich zwischen die Zel-len. Auf seinem Gesicht las ich totale Zufriedenheit.

»Was gibt's da zu grinsen, Arschloch?«, kam es von Schleicher. Seine Stimme war kräftig wie eh und je und sein Umgangston noch der alte. Was glaubte ich denn? Dass sich in der kurzen Zeit, in der ich fort war, irgen-detwas geändert hatte?

»Bringt sie rein!«, sagte Kane und positionierte sich hinter den Stuhl, auf dem Sugar zuletzt gesessen hatte und, wie ich vermutete, gleich wieder sitzen würde, mehr tot als lebendig.

Ich behielt recht. Otto und Hansi trugen sie zu dem Stuhl, wo Kane auf sie wartete. Die Hautlappen, die wie Gardinen aufgerollt an den Nägeln hingen, bewegten sich hin und her. Die hautlosen, fleischigen Brüste und die Rippen, die weiß hervortraten, formten ein Bild, das mit nichts zu vergleichen war. Von nebenan hörte ich lautes Würgen. Das hieß, dass Ariana zumindest noch lebte, in welchem Zustand sie war, war eine andere Sache.

Sie setzten Sugar zurück auf den Stuhl und banden sie erneut fest. Diesmal zusätzlich mit einem Seil, das sie über ihren Brustkorb und um die Rückenlehne schnürten, damit sie nicht umkippte. Es war ein ekelerregender Anblick, als das kratzige Material des Seils in ihren Oberkörper schnitt. Angewidert wandte ich den Blick ab. Das war zu viel für mich.

»Schaut sie euch genau an!«, rief Kane wie ein Zirkusdirektor, der eine absurd entstellte Person als Teil einer Freakshow in der Manege ausstellte.

Ich konnte und ich wollte nicht, er ließ mir jedoch keine Wahl. Mit der Faust hämmerte er gegen mein Zellengitter und schrie mich an, ich solle gefälligst die Augen aufmachen und hinsehen, wenn ich nicht so enden wolle wie Sugar. Obwohl sich alles in mir sträubte, gehorchte ich.

Kane strich sanft mit der Hand über Sugars Haar, beugte sich zu ihr herunter und leckte der armen Frau über die Stirn. Sugar zuckte nicht einmal. Falls sie noch lebte, hatte sie das Bewusstsein verloren. Bei ihrem Zustand dürfte der Tod allerdings nicht mehr lange auf sich warten lassen.

»Unsere Kleine hat uns nicht verraten, was wir von ihr wissen wollten«, sagte Kane und tätschelte Sugars Wange. »Warum nicht? Sie hätte sich einige Schmerzen ersparen können.« Er lächelte, und das war schlimmer, als würde er wütend schreien und um sich schlagen. Es war das Lächeln eines Wahnsinnigen.

Was wollten sie von ihr hören? Mir fehlte die Kraft, Kane zu fragen, meine Zunge schien immer schwerer zu werden. Auch von den anderen hatte keiner das Bedürfnis, näher auf Kane und seine Andeutung einzugehen.

»Seht sie als Mahnmal«, sagte Kane lachend und trat zu der Zelle gegenüber, in der Schleicher saß. »Du bist als Nächster dran, Zecke! Ich rate dir, uns zu sagen, was wir wissen wollen.«

Es erklang ein leises, undefinierbares Geräusch. Erst als Kane sich umdrehte und sich mit dem Ärmel das Gesicht abwischte, verstand ich, dass Schleicher ihn angespuckt hatte. Tapferer Kerl. Kane ließ es unkommentiert und verließ zusammen mit den anderen beiden den Stall.

Sofort hörte ich Ariana von nebenan. »Tomas? Alles in Ordnung mit dir?«

Mir war schwindelig und meine Zunge lag schwer wie Blei in meinem Mund, dennoch versuchte ich zu sprechen, was mir halbwegs gelang. »Geht scho, könn' bess'r schein.«

»Was haben die mit dir gemacht?« Als ich keine Antwort gab, fuhr Ariana fort: »Hansi und Kane kamen zu uns, während du weg warst. Sie haben Schleicher und mich geschlagen und dann Sugar mitgenommen. Ich habe sie angefleht, sie sollen sie in Ruhe lassen, aber diese Schweine haben bloß gelacht und sind gegangen.«

Schleicher murmelte etwas Unverständliches. Vor meinem geistigen Auge sah ich Kane, der die Hand gegen die wehrlose Ariana erhob. Am liebsten hätte ich geschrien, mir die Handschellen vom Leib gerissen, die Metallstäbe wie ein Biber durchgenagt und den drei Männern mit einem Buttermesser die Köpfe abgeschnitten. Die beginnende Ohnmacht war nur einer der Faktoren, die mich daran hinderten.

Nebenan erzählte Ariana noch, dass wir fliehen müssten, weil sie uns sonst umbringen würden, doch ich hörte kaum hin. Starr blickte ich zu Sugar und sah, wie sich ihr Brustkorb schwach hob und senkte. Vielleicht war unser Ende nahe, vielleicht hatte das Grauen auch gerade erst begonnen. Ich dachte an Diana und an mein ungeborenes Kind. Würde ich sie wiedersehen und die Gelegenheit bekommen, mein eigen Fleisch und Blut kennenzulernen? Die Chancen standen schlecht. Der brennende Schmerz der vier Nägel in meinem Körper machte das Denken zusätzlich schwer, mein Herz raste und ich fühlte mich wie in Watte gepackt. Als würde mich eine leichte Brise in die Luft heben und davontragen. Der letzte Gedanke, den ich hatte, bevor ich ohnmächtig wurde, galt nicht meiner Frau und meinem Baby, sondern Sören Paulssen und der Geschichte, die uns beide verband und die ich so lange zu verdrängen versucht hatte. Ich glaubte, zu wissen, warum wir hier waren.

16

Es war ein seltsames Gefühl, hinter Paul, Jürgen, Steffi und Schroer das Revier zu betreten, ganz so, als hätte sie nie aufgehört, hier zu arbeiten. Es fühlte sich absolut richtig an, als sie durch die Flure zum Besprechungsraum der Mordkommission gingen. Diana wusste nicht, was sie in den nächsten Stunden erwartete. Würde das, was Schroer ihnen erzählen wollte, ihre Sicht auf ihren Ehemann ändern? Wie tief hing Tomas mit drin?

»Warten Sie bitte einen Moment!« Schroer blieb unvermittelt stehen und klopfte an eine Tür, bevor er sie ein Stück öffnete. Er steckte den Kopf durch den Spalt und Diana hörte ihn sagen: »Schicken Sie mir den Techniker in den Besprechungsraum? Danke.«

Ohne das Wort an sie zu richten, lief Schroer weiter und führte sie in den Raum, an den Diana sich gut erinnern konnte. Wie viele Stunden hatte sie hier verbracht? Wenn es ein wichtiger Fall verlangte, hatte sie sogar hier geschlafen.

Jeder nahm am Buchentisch Platz und startete den vor sich stehenden Laptop. Es waren Geräte, die mit dem Netzwerk der gesamten Kriminalpolizei und den Datenbanken des LKAs und des BKAs verbunden waren.

Dianas Körper kribbelte regelrecht vor Aufregung. Alles fühlte sich an wie damals, nur, dass Schroer dieses Mal keine fremden Namen auf das Flipchart schrieb, sondern Diana bestens bekannte. Er notierte *Tomas* und *Ariana* unter Vermisste und unter dem Allgemeinbegriff Täter *Sören*.

Schroer tippte mit dem Stiftende auf Paulssen. »Wobei wir nicht ausschließen können, dass er ebenfalls ein

Opfer ist oder freiwillig mit Ratz und Sloka abgetaucht ist.«

Diana sah, dass Paul den Kopf schüttelte. »Tomas und freiwillig abgetaucht? Nie im Leben! Niemals würde er Diana allein lassen und das wissen Sie genauso gut wie ich. Selbst wenn er sich vor irgendwem verstecken muss, würde er irgendwie mit Diana Kontakt aufnehmen.«

»Und was ist mit der Möglichkeit, dass er sie wirklich verlassen hat?«, fragte Steffi.

Diana fühlte sich unwohl. Ihre ehemaligen Kollegen sprachen über sie, als säße sie nicht mit ihnen in einem Raum und das gefiel ihr ganz und gar nicht.

Steffi setzte nach: »Ariana hat mir von ihrem neuen Liebhaber erzählt und ihr wisst selbst, dass die Beschreibung auf Tomas passt.«

»Aber auch auf hunderttausend andere Männer in Deutschland«, warf Jürgen stirnrunzelnd ein. »Außerdem: Wie passen Paulssen und seine Frau da rein? Zufall?« Die Hände verschränkte er über dem dick gewordenen Bauch. »Ich glaube nicht an Zufälle, das alles hängt zusammen, das spüre ich.«

»Dann sollten wir schleunigst Beweise dafür finden«, sagte Schroer.

Es klopfte an der Tür. Diana wandte den Kopf, um zu sehen, wer da zu ihrer illustren Runde stieß. Es war Alex, der Techniker. Diana und Tomas hatten seine Hilfe bei einem schweren Fall von Kannibalismus in Anspruch genommen. Alex war es gewesen, der durch ein Forum im Internet die Adresse des Menschenfressers herausfand. Diana hoffte, dass er ihnen auch jetzt weiterhelfen konnte.

»Setzen Sie sich bitte«, bat Schroer.

Alex nahm neben Diana Platz. Den altertümlichen Laptop schob er zur Seite und stellte stattdessen ein Tablet mit Schutzhülle vor sich.

Schroer kratzte sich verlegen im Nacken. »Wie war gleich Ihr Name?«

»Alex Daun.« Freundlich lächelte er, als wäre er es gewohnt, dass die Leute ihn nur als *den Techniker* und nicht unter seinem Namen kannten.

»Gut, Herr Daun. Hoffentlich können wir auf Sie zählen, denn das, was gleich besprochen wird, muss vorerst in diesem Raum bleiben, haben Sie das verstanden?«

Alex warf Diana einen verunsicherten Blick zu, sie nickte aufmunternd und er antwortete: »Sicher, Herr Schroer, mir können Sie vertrauen.«

Schroer wirkte zufrieden. »Das freut mich. Dann wären wir komplett.« Er deutete auf jeden Einzelnen von ihnen. »Wir sechs bilden eine Sonderkommission, wenn Sie so wollen, nur darf niemand außer uns und ein paar ausgewählten Personen davon wissen. Wir werden in den kommenden Stunden die Akten, die wir in Paulssens Wohnung gefunden haben, studieren und den Fall von damals neu aufrollen.«

»Sprechen wir hier von Sören Paulssen?« Alex beugte sich angespannt vor, seine Brust presste sich gegen die massive Tischplatte, seine Hände lagen unruhig obenauf.

Schroer zwinkerte, was beinahe erheitert wirkte, als hätte er Spaß daran, einen seiner Kollegen in die Pfanne zu hauen. »Genau, um den geht es, deshalb muss das alles auch geheim bleiben.«

Alex nickte, schien sich aber noch immer unwohl zu fühlen. Diana legte ihm beruhigend eine Hand auf den Arm und drückte leicht zu.

»Also«, begann Schroer und wandte sich zum Flipchart um. »Sloka und Ratz sind verschwunden, angeblich durchgebrannt. Paulssen ist ebenfalls untergetaucht, seine Frau liegt tot im Badezimmer.«

Alex sog scharf Luft ein und starrte Schroer ungläubig an. »Seine Frau ist tot? Das können wir doch nicht verheimlichen!«

Schroer lächelte süffisant. »Wir verheimlichen nichts, ich habe den Leiter der Spurensicherung, der ein guter Freund von mir ist«, er zwinkerte abermals, »darum gebeten, alle Details und Spuren, die sie finden, nur mir mitzuteilen. Derzeit befinden sie sich noch am Tatort. Die Presse wird von alldem vorerst nichts zu hören bekommen.

Sobald sämtliche Beweise gesichert sind, wird Frau Paulssen in die Rechtsmedizin gebracht und einer Obduktion unterzogen. Der Rechtsmediziner ist ebenfalls ein guter Freund, einmal im Monat spiele ich eine Runde Poker, mit ihm und dem Leiter der Spurensicherung. Auch er wird die Sache auf meine Bitte hin zurückhalten. Verheimlicht wird hier nichts, Herr Daun, nur verzögert. Verstehen Sie?«

Alex schluckte schwer. Diana ahnte, dass dies sein erster Fall war, bei dem es um allerhöchste Verschwiegenheit ging.

»Ja, ich habe verstanden.« Alex lehnte sich im Stuhl zurück und schien sich zu entspannen. Wie es in seinem Inneren aussah, konnte Diana nur erahnen. Wahrscheinlich so, wie sie sich seit zwei Jahren mit dem Wissen um die Geschehnisse in den Niederlanden fühlte.

»Ich werde Ihnen erzählen, was ich noch weiß, danach verteilen wir die Aufgaben und machen uns an die Arbeit.« Schroer wartete kurz, ob jemand Einwände

166

erhob. Als niemand sich meldete, fuhr er fort: »Es passierte vor ungefähr zehn Jahren, zu dieser Zeit gab es kaum Kapitalverbrechen. Bis zu dem Tag, an dem ganz Duisburg die Taten einer Frau im Fernsehen mitverfolgte. Meine Mordkommission und ich waren zu Beginn nicht involviert, ich habe alles nur durch die Medien und den Buschfunk auf dem Revier erfahren. Paulssen und seine Mitarbeiter kümmerten sich um diesen Fall, da es um Kindesentführung ging. Zwar hätte ich genug Leute zur Verfügung gehabt, die ich ihm helfend zur Seite hätte stellen können, aber er lehnte ab, wollte es allein schaffen.

Jedenfalls hatte sich Eleonore Hanrath mit ihrem Sohn Lenard in der Wohnung einer Freundin verschanzt, die zugegen war und bedroht wurde. Anfangs war alles recht undurchsichtig. Niemand wusste, was die Frau wollte, Forderungen gab es keine. Wir wussten nur, dass die Nachbarn der Freundin die Polizei gerufen hatten, weil lautes Geschrei aus der Wohnung drang. Die Beamten klingelten an der Tür. Erst als Eleonore ans Fenster zur Straßenseite trat und ihrem Sohn eine Waffe an den Kopf hielt, wussten die Polizisten, was Sache war und riefen die Kriminalpolizei zur Unterstützung.

Soweit ich weiß, übernahm Paulssen die Verhandlungen und schickte jeden vom Tatort weg, der nicht zu seinem Team gehörte.« Schroer machte eine Pause, holte sich einen Plastikbecher, füllte ihn mit Wasser aus einem Wasserspender und trank einen Schluck, ehe er weitersprach: »Jedenfalls wusste anfangs keiner, wer die Frau war und was genau sie forderte. Der Versuch, jemanden in der Wohnung der Freundin telefonisch zu kontaktieren, schlug fehl. Erst, als ein besorgter Mann bat, denjenigen zu sprechen, der die Verantwortung hatte, in diesem Fall Paulssen, nahm der Vorfall Formen an. Es war der Ehemann der laut seiner Aussage psychisch labilen Frau. Er bat die Beamten darum, seiner Ehefrau kein Leid anzutun, denn sie wäre eine liebe, wenn auch verwirrte Person.

Da die Leute vor Ort nun wussten, wer sie war, riefen sie sie auf dem Handy an und endlich antwortete sie.«

»Und, was wollte sie?«, fragte Jürgen.

»Einen Platz für sich und ihren Jungen, in einem Frauenhaus.«

»Klassischer Fall von häuslicher Gewalt?«, hakte Paul nach.

»Klassisch kann man so nicht sagen.« Schroer schien die richtigen Worte zu suchen. »Sie behauptete, dass ihr Mann sie schlagen und seit Jahren vergewaltigen würde. Es war schwer, ihr zu glauben, denn ihr Mann legte Gutachten von verschiedenen Experten vor, die aufzeigten, dass seine Frau geistig gestört war. Es gab auch Unterlagen bei der Polizei, weil sie wegen Misshandlung ihres Sohnes aufgefallen war. Alles deutete darauf hin, dass der Junge in größter Gefahr schwebte.«

»War die Waffe echt?«, fragte Steffi.

»Laut Eleonores Mann, ja.«

»Hat Paulssen das SEK gerufen?« Paul machte sich ein paar Notizen.

»Nein, er glaubte, selbst mit der Situation fertig werden zu können. Man munkelte auf dem Revier, Paulssen hätte damals einen Job beim BKA anvisiert und was wäre da hilfreicher gewesen als ein gelöster Fall, der ganz Deutschland in Atem hielt, ohne dabei zu viele Steuergelder zu verschwenden? Später hörte ich einen seiner Leute sagen, dass Paulssen sich beim Einsatz aufgeführt habe wie ein balzender Vogel, der niemanden um sich herum duldete.

Nach vier Stunden des Wartens stürmten die Beamten die Wohnung und was dann geschah, ist das, was wir herausfinden müssen. Der Originalbericht von Paulssen sagt aus, dass die Frau und ihr Sohn von einem Polizisten erschossen wurden. Sehr undurchsichtig, kaum Infos. Offenbar hat niemand weitere Ermittlungen aufgezeichnet, die eigentlich auch nicht wirklich stattgefunden haben. Im Bericht, der in der Datenbank zu finden ist,«, er deutete auf die Computer, »geben Sie dafür das Aktenzeichen FJ337 ein, steht, was in Wahrheit geschehen sein soll. Erste Aussagen der Kollegen seien nicht wahrheitsgemäß gewesen, so Paulssen, der meinte, der Schock hätte die Tatsachen verdreht. Ihre Namen hielt er geheim, um sie zu schützen.« Schroer wandte sich dem Bildschirm seines Laptops zu. Diana folgte seinem Beispiel. Im offiziellen Dokument stand der Ablauf der Tragödie beschrieben.

Paulssen sagte aus, dass Frau Hanrath bereit war, sich zu ergeben. Aufgrund dieser Behauptung ihrerseits wären die Kriminalbeamten in die Wohnung eingedrungen, wo sie die Freundin von Frau Hanrath unverletzt vorfanden. Hanrath selbst wollte sich plötzlich nicht mehr stellen und zielte mit der Waffe auf den Kopf des Jungen. Die Beamten redeten beruhigend auf sie ein, keiner hatte angeblich die Dienstwaffe gezogen, um die Frau nicht unnötig aufzuregen.

Ohne Vorwarnung habe sie abgedrückt, hieß es, und ihren Sohn durch einen Schuss in die Stirn getötet. Binnen Sekunden habe sie sich die Pistole gegen die Brust gehalten und sich ebenfalls erschossen. Die Polizisten hatten keine Chance, zu reagieren. Am Schluss dieser Geiselnahme blieb ein verstörter Ehemann zurück und ein Fall, der so schnell unter den Tisch gekehrt wurde, dass die Medien kaum Zeit hatten, sich damit zu beschäftigen. Die Frau hatte ihren Sohn und sich selbst hingerichtet, die Freundin der Toten bestätigte das. Es gab noch einen weiteren Zeugen, der sich im Hausflur aufgehalten hatte und Gesprächsfetzen wiedergeben konnte, in denen er die Frau zitierte. ›Sie hat geschrien, sie würde den Jungen und sich erschießen, dann hat es zweimal geknallt‹, so seine Aussage.

Diana sah vom Bildschirm auf. Vor ihrem geistigen Auge sah sie die Szene, die sich in dieser Wohnung abgespielt haben sollte. Bewaffnete Männer, die Freundin, Hanrath und ihr Sohn, Paulssen. Die Schüsse, die Eleonore abgegeben haben soll. Warum sollte sie ihrem Sohn frontal in die Stirn schießen und nicht in die Schläfe, wenn sie vermutlich neben ihm stand? Und warum sollte sie sich ins Herz schießen? Sicher, Ausnahmen gab es immer, doch der Normalfall war, dass sich die Leute, die es ernst meinten, in den Kopf schossen, um sicherzugehen, wirklich zu sterben und nicht womöglich am Herzen vorbeizuschießen.

Jürgen schien denselben Umstand ebenfalls zu erkennen und rief: »So ein Schwachsinn! Niemand würde sich und seinen Jungen so abknallen.«

Paul zuckte mit den Schultern. »Gleich zwei Rechtsmediziner haben es bestätigt, ein externer und der andere war unser Christian Hohl, ich hab nie mitbekommen, dass er einen Fehler gemacht hätte.«

»Da gebe ich Ihnen recht, Hohl ist kompetent und glaubwürdig.« Schroer runzelte die Stirn. »Hätte ich mir doch damals diese verflixte neue Akte genauer angesehen, dann wäre mir das vielleicht aufgefallen, aber nein, ich hatte zu viel um die Ohren wegen meiner Frau und setzte Ratz darauf an.«

Diana konnte die gnadenlosen Selbstvorwürfe ihres Ex-Chefs beinahe aus der Luft greifen.

170

»Und als Tomas mir sagte, der Fall hätte sich erledigt, dass die Dienstaufsicht die Ermittlungen ebenfalls eingestellt hätte, vergaß ich ihn fast auf der Stelle, ich war also nicht besser als die anderen.« Schroer stand auf und ging zum Flipchart. Er schüttelte den Kopf, schien sich zu sammeln und fuhr fort: »Wir werden jetzt die Aufgaben verteilen. Daun, Sie prüfen die Handydaten. Vielleicht können Sie herausfinden, wo die drei sich aufhalten. Und sehen Sie sich bitte ihre Computer an.« Schroer wandte sich an Diana. »Dürfen wir in Ihre Wohnung?«

Diana schluckte schwer. Bisher kannte sie nur die andere Seite: Sie war diejenige gewesen, die in fremde Häuser eindrang, um sie zu durchsuchen. Nun war sie dran, ihre Privatsphäre offenzulegen.

»Herr Daun soll sich nur Ihren PC ansehen, mehr nicht«, beschwichtigte Schroer sie. »Womöglich findet er dort E-Mails zwischen Tomas und Ariana oder Hinweise auf ihr Verschwinden.«

Diana nickte stumm und gab Alex den Schlüssel. »Erster Stock. Solltest du meiner Schwiegermutter über den Weg laufen, sag ihr, dass du ein Kollege von Tomas aus dem Buchhandel bist und etwas für die Verhandlungen mit den Autoren holen musst. Das wird sie dir hoffentlich abkaufen und falls nicht, soll sie mich anrufen. Vielleicht hast du Glück und sie macht ihren Mittagsschlaf. Der Computer steht im Wohnzimmer.«

Natürlich vertraute sie Alex, hatte es immer getan. Wenn es jemanden gab, den sie allein in ihre Wohnung lassen würde, dann war es er oder alle anderen in diesem Raum, bis auf Steffi.

Alex stand auf, verabschiedete sich und verschwand. Diana starrte den leeren Platz an, den er hinterlassen hatte und schreckte zusammen, als Schroer Jürgens Namen nannte.

»Sie, Herr Kahl, durchforsten das Internet und unser eigenes Netzwerk nach Hinweisen. Eventuell findet sich was. Und Sie, Ratz und Schmidt, werden den Rechtsmediziner besuchen.« Er sah auf die Uhr. »Bestimmt liegt Paulssens Frau schon auf seinem Tisch.«

»Ist er der Freund, mit dem Sie regelmäßig Poker spielen?«, fragte Paul. »Sind Sie sicher, dass wir ihm noch trauen können?«

Schroer rieb sich den Mund, als hätte er gerade etwas gegessen und versuche nun, die Spuren zu beseitigen. »Keine Ahnung«, gab er zu. »Fahren Sie zu ihm, befragen Sie ihn wegen Paulssens Frau und lenken Sie das Gespräch irgendwie auf Eleonore Hanrath und ihren Sohn. Vielleicht verrät er Ihnen was.« Sich selbst zunickend fuhr er fort: »Zusammen mit Isberner kontaktiere ich die Polizeibeamten von damals, die als Erste vor Ort waren, bevor Paulssen das Ruder an sich riss.« Dann klatschte er in die Hände. »Gut, weiß jeder, was er zu tun hat?«

Alle bestätigten es ihm.

Schroer sah auf die Uhr. »Wir sind nur kurz fort. Ich werde die Spurensuche dazu anhalten, auch Tomas' Buchladen abzusuchen, ansonsten finden Sie uns in meinem Büro. Uns allen wünsche ich viel Glück.« Eindringlich musterte er sie. »Und denken Sie daran, kein Wort zu niemandem, außer zu Hohl, versteht sich.« Er zwinkerte Diana zu und verließ mit Steffi den Raum.

»In was für eine Scheiße sind wir jetzt wieder reingeraten?« Paul stand auf, nahm seine Jacke, holte den Autoschlüssel hervor und kam auf Diana zu. »Meinst du, du schaffst das?«, fragte er und deutete auf Dianas

Bauch. Die Kleine war in den letzten Stunden ruhiger gewesen.

Sie lächelte. »Klar bekomme ich das hin.«

»Wie in alten Zeiten, was?« Paul öffnete die Tür.

»Ja, wie in alten Zeiten«, bestätigte Diana, verabschiedete sich von Jürgen und ging zusammen mit Paul aus dem Revier. Was sie wohl aus dem Rechtsmediziner Hohl herausbekommen würden? Steckte er wirklich in all dem mit drin? Diana hatte schon mit ihm zusammengearbeitet und hätte nie gedacht, dass dieser Mann einen gefälschten Obduktionsbericht abliefern würde.

17

Der erste Gedanke, der mir nach dem Aufwachen kam, war der an Paulssen und unsere gemeinsame Vergangenheit – wenn man es so ausdrücken wollte. Es war eher ein Erlebnis der unschönen Art, welches wir vor zehn Jahren hatten und das uns verband.

Mein verletztes Fleisch brannte vor Schmerz, als ich aufstand und die Nägel sich darin bewegten. Ich verfluchte Hansi dafür und die anderen beiden gleich mit.

Wacklig auf den Beinen stellte ich mich an das Gitter. Mein Blick fiel auf Sugar und das, was man ihr angetan hatte. Sie blutete kaum noch, wobei ich mir unsicher war, ob das ein gutes oder ein schlechtes Zeichen war. Als ich mir ihre Wunden am Brustkorb genauer ansah, begriff ich schnell, dass es eher ein schlechtes war. Manche von ihnen sahen eitrig und gerötet aus. Als ich erschauderte, rissen die Nägel wieder in mir.

»Sugar? Hörst du mich?«, flüsterte ich. Nicht nur, damit unsere Entführer Probleme hatten, mich zu verstehen, sondern auch, damit meine Mitgefangenen mich nicht hörten.

Schwerfällig öffnete sie die stark geröteten Augen, deren Lider durch die vergossenen Tränen verklebt waren. Ihre Atmung ging schwach, doch zum Glück regelmäßig.

Sugar nickte kaum merklich und versuchte, mich anzusehen. Ihr Kopf sackte immer wieder herab und für Sekundenbruchteile schlossen sich ihre Augenlider.

»Verrate mir deinen Namen«, sagte ich. Es kam keine Reaktion. Wenn ich herausfand, wie Sugar mit bürgerlichem Namen hieß, würde das die Bestätigung für meine Vermutung sein und ich hätte den Schuldigen für diese Misere gefunden.

Sie öffnete den Mund, es sah eher wie bei einem Karpfen aus, der nach Luft schnappte, als nach einer Frau, die sprechen wollte. Es kam kein Pieps von ihr.

»Ich muss ihn wissen!«, flehte ich sie an. Zu laut, wie es schien. In den Zellen gegenüber rührte sich etwas, jemand stöhnte, doch zum Glück blieb es still.

Sugar riss die Augen auf, als wollte sie verhindern, erneut einzuschlafen, und starrte mich an.

»Ju… Jul…«, stammelte sie, schloss die Lippen und versuchte es ein weiteres Mal: »Julia … Ve… Ve…«

»Vekens?«, half ich ihr.

Schwach nickte sie und verlor das Bewusstsein, ehe ich zu meiner zweiten Frage kam.

Also war es wahr? Wir waren alle hier wegen des Falles vor zehn Jahren, als eine Frau und ihr Sohn ums Leben kamen? War das die Gemeinsamkeit? Ariana hatte damals mit dringehangen, Paulssen sowieso, Sugar war eine Zeugin des Unglücks und Schleicher? Was war mit ihm? Auch er hatte uns seinen richtigen Namen nicht verraten. In den Akten war nur ein weiterer Zeuge aufgetaucht, ein Erik Maibaum. Er hatte das Szenario, das sich in Julias Wohnung abspielte – sie war die Freundin der getöteten Eleonore Hanrath –, vom Hausflur aus mitbekommen. War Schleicher dieser Erik?

Ich reckte den Hals und sah ihn auf seinem Strohbett liegen, tief und fest im Schlaf versunken.

»Erik!«, zischte ich und hoffte auf eine Reaktion, die tatsächlich kam. Schleicher setzte sich auf, rieb sich die Augen und sah sich verwirrt um. Erneut rief ich nach ihm und als er mich mit hochgezogener Augenbraue schief musterte, wusste ich, dass ich ins Schwarze getroffen hatte.

»Woher weißt du das?« Er stand auf, kam ans Gitter und starrte mich ungläubig an, als wäre er Rumpelstilzchen und der Überzeugung, niemand würde je seinen richtigen Namen herausfinden.

»Nenn mich einen Hellseher.«

»Ohne Scheiß, Mann, sag schon!«

»Du und Sugar, ihr kennt euch, das habe ich sofort gemerkt. Und auf Sören hast du seltsam reagiert. Ihr alle seid euch bei einem Fall vor zehn Jahren begegnet. Ich habe die Akten gelesen, als ich gegen Sören und seine Leute ermittelte, weil sie einen Mord vertuschen wollten.« Auch wenn ich dort nicht mehr sah als die blanke Holzwand, blickte ich nach rechts. »Ariana kennst du nicht, weil sie damals im Innendienst gearbeitet hat und für den Bürokram zuständig gewesen war. Und mich nicht, weil ich nicht aktiv an dem Fall arbeitete.«

»Das habe ich befürchtet«, kam es von Ariana. »Gleich, als ich Paulssen sah, hatte ich das Gefühl, dass es mit der Sache von früher zusammenhängt.«

»Mir kam Sugars Künstlername bekannt vor, aber ich fand keinen Bezug«, fügte ich hinzu. »Die Idee, dass es damit zu tun haben könnte, kam mir erst vorhin, als sie mich zurückbrachten.« *Schnelldenker*, veräppelte mich eine innere Stimme, *du warst schon immer langsamer als die anderen.*

Von gegenüber kam ein Geräusch, das klang, als knallte Metall auf Metall. Es war Paulssen. Er stand am Gitter. Seine Handschellen und die Ketten schlugen gegen die Stäbe. Sein Blick ging von mir zu Sugar und zu der Holzwand, die ihn von Schleicher trennte.

»Ist fast wie ein Familientreffen, nicht wahr?«, sagte er und klang seltsam gefasst.

»Genauso unerfreulich, da hast du recht«, gab ich zurück. Mein Hass auf Paulssen wuchs. Seit dem Tag, an

dem er mich sich zur Brust genommen hatte, verab-
scheute ich diesen Mann und war froh gewesen, nach
dem Erlebnis so gut wie nichts mehr mit ihm zu tun zu
haben. Wenn es Kontakt zwischen seiner und Schroers
Einheit gegeben hatte, war er meist von den Leitern
ausgegangen oder Paulssen hatte einen seiner Schergen,
zum Beispiel Ariana, geschickt.

Diana hatte ich nie von dieser Geschichte erzählt. Ich
hatte es immer gewollt, sehnte mich regelrecht danach,
aber Paulssens Worte hallten noch in meinem Gedächt-
nis nach, die er zu mir gesagt hatte, als ich von Schroer
beauftragt im Fall Eleonore Hanrath ermittelte. Da hatte er mir ins Ohr geraunt: »Wenn Sie nicht sofort Ihre
Ermittlungen gegen mich und meine Leute einstellen, ist
Ihr Leben vorbei.« Und ich hatte gewusst, dass er nicht
nur mit leeren Drohungen um sich warf. Der Mann
hatte die Mittel, mir das Leben zur Hölle zu machen.
Paulssen hätte mich nicht einfach aus dem Weg geschafft, also umbringen lassen, nein, ein Wort zu einem
seiner besten Freunde (Richter, Staatsanwälte,
BKA-Vorstände) und mein Ruf wäre zerstört gewesen.
Wahrscheinlich hätte er es fertiggebracht, mich erst
lebenslang ins Kittchen werfen zu lassen und mich dann
für eine anschließende Sicherheitsverwahrung vorzu-
schlagen. Wie auch immer: Dieser eine Satz von ihm
und der Ausdruck in seinen Augen hatten mich dazu
gebracht, den Mund zu halten und meinen Chef Schroer
anzulügen, was den Mord an Eleonore und Lenard anging. Und das war es, ein heimtückischer Mord und
nichts anderes, das glaubte ich jedenfalls.

Ariana hatte die Akten, die sie von Paulssen bekam,
frisiert. Sämtliche Obduktionsberichte wurden ange-
passt, der Fall aus den Medien rausgehalten. Eleonore
hatte ihren Sohn und dann sich erschossen, so die letzte

177

Fassung, die Paulssen an die Öffentlichkeit weitergegeben hatte. Und die? Was taten die Menschen? Sie akzeptierten das Ergebnis, obwohl vorher von Polizeigewalt und Hinrichtung die Rede gewesen war.

»Und was hilft uns das jetzt?« Schleicher schlug gegen das Holz, hinter dem sich Paulssen befand. »Was nützt uns das Wissen, dass wir wegen dieses Vollidioten hier sind?«

»Hey, Moment mal!«, beschwerte sich Paulssen lautstark. »Ich kann nichts dafür, dass Sie damals so neugierig waren. Hätten Sie nicht Ihre Nase in Dinge gesteckt, die Sie nichts angehen, wären Sie nicht als Zeuge aufgetaucht und hätten Ihr armseliges Leben weiterführen können«, geriet er in Rage. »Was hatten Sie da überhaupt verloren? Sie alter Landstreicher, Sie! Dreckig, wie Sie waren, lungerten Sie im Hausflur rum.«

Schleicher senkte den Blick und die Stimme. »Es war Winter, minus zehn Grad Celsius, irgendwo musste ich pennen, sonst wäre ich in der Nacht erfroren. Und ihr seid es doch gewesen, die mich aus dem Schlaf gerissen haben.«

»Entschuldigen Sie, der feine Herr.« Paulssen hob die Hände, was die Ketten klirren ließ. »Es tut mir leid, dass wir eine Frau davon abhalten wollten, ihren Sohn zu erschießen.«

»Das habt ihr dann ja für sie erledigt«, warf ich in das Streitgespräch ein. Das brachte mir einen interessierten Blick von Schleicher und einen bösen von Paulssen ein.

»Also doch!«, rief der Punk und hämmerte gegen das Holz zu seiner Rechten. »Ihr habt sie ermordet, ich ahnte es! Ihr habt mir bei der Vernehmung eingeredet, dass es anders gewesen ist, als ich es wahrgenommen hatte. Ihr Schweine! Die arme Frau!«

178

Es krachte und Kane trat in den Stall. Während er sich neben Sugar stellte, applaudierte er.

»Ich wusste, dass ihr nicht lange brauchen würdet, um den Zusammenhang zu erkennen, schließlich seid ihr Ermittler, zumindest zum Teil.« Kane schnippte gegen den Nagel in Sugars Brustbein, sie reagierte nicht auf den Schmerz, der sie durchzucken musste.

»Helfen wird euch das nicht.« Kane breitete entschuldigend die Arme aus, als täte ihm ernsthaft leid, was gerade geschah, er aber nicht in der Lage war, das Ganze zu stoppen.

Hansi und Otto betraten den Raum. Beide sahen müde und erschöpft aus, auf ihrer Kleidung klebte Blut, das von Sugar stammen mochte. Kanes Sachen hingegen wirkten wie frisch gewaschen. Wie es schien, war er nicht der Typ, der sich schmutzig machte, dafür hatte er seine Lakaien.

»Los, aufmachen!«, forderte Kane von seinen Männern und trat zur Seite, als diese Schleichers Zelle aufschlossen und ihn herauszerrten. »Zeit für das nächste Verhör.« Kane grinste und tätschelte Schleichers gerötete Wange. »Darin solltest du ja Übung haben, nur, dass du damals gelogen hast. Jetzt bringen wir dich dazu, die Wahrheit zu sagen.« Kane hielt sich den Bauch und lachte schallend los, während er den Stall verließ, Paulssen drückte sich die Hände auf die Ohren. Das hätte auch ich gern getan, aber jede Bewegung schmerzte.

Die Wahrheit. Darum ging es ihnen also? Um die Wahrheit? Waren sie Rächer im weißen Gewand, die das Unrecht derjenigen ans Licht zerrten, die eigentlich dafür da waren, eben jenes Recht zu bewahren? Oder gab es eine andere Verbindung zu Eleonore? In Gedanken arbeitete ich die Akten des Falles durch, blätterte die Seiten um, konnte das Papier fast riechen, und als ich den einen Satz vor mir sah, eingetippt auf einer Tastatur, so kurz und doch so aussagekräftig, wusste ich, wer Hansi, Otto und Kane waren.

18

Das Gebäude der Rechtsmedizin lag nur ein paar Kilometer vom Revier entfernt. Wenn man es genau nahm, hätten Diana und Paul es innerhalb von zehn Minuten fußläufig erreichen können, wenn da nicht der kleine Mensch in Dianas Bauch gewesen wäre, der jeden Schritt zur Qual werden ließ.

Sie standen an der letzten Ampel und Paul brach endlich das Schweigen, das schon geraume Zeit zwischen ihnen herrschte: »Kommst du irgendwann zu uns zurück?«

Diana verstand erst nicht. »Was meinst du?«

Er wirkte beschämt. »Sobald deine Babypause vorbei ist, also wieder in den Dienst.«

Darüber hatte Diana bereits Dutzende Male nachgedacht und bisher war die Antwort auf diese Frage: nein!

»Wahrscheinlich eher nicht.«

»Was willst du denn machen, den ganzen Tag zu Hause hocken und das Kind hüten? Das passt gar nicht zu dir.«

»Die Sache in den Niederlanden hat mich verändert, Paul, ich kann das nicht mehr. Lieber helfe ich einer Rentnerin beim Haushalt oder gehe mit Hunden Gassi. Allein das, was wir jetzt machen, ruft Unruhe in mir hervor. Wenn es nicht um Tomas ginge, wäre ich längst über alle Berge.«

Paul lenkte den Wagen auf den Parkplatz der Rechtsmedizin, stellte den Motor ab und blieb einen Moment sitzen. Diana sah ihn neugierig an.

»Wir haben schon viel zusammen durchgestanden, findest du nicht?«, fragte er. Es klang fast wehmütig.

»Ich vermisse euch beide, es ist ruhig ohne euch geworden.«

»Du wirst doch nicht anfangen, zu flennen?« Diana boxte ihm gegen den Oberarm und stieg lachend aus. Paul folgte ihr. Er hatte das, was er sagte, ernst gemeint, das sah sie an seinem Gesichtsausdruck. Es ehrte sie, würde an der Situation jedoch nichts ändern, denn ihr Entschluss stand fest. Tomas rang ab und an mit seiner Entscheidung, ihn zog es zurück zum Revier, zu den Kollegen, zu den Verbrechern, die es zu fangen galt. Er vermisste die Leute dort so sehr wie sie ihn, doch er hatte Diana zuliebe an ihrem Vorhaben festgehalten, endlich ein normales Leben zu führen. Ihr kam eine schreckliche Erkenntnis: Sie hatte ihren Mann, den sie über alles liebte, daran gehindert, das zu tun, was er bis zu seiner Rente hatte tun wollen, auch wenn er es nicht zugab.

»Können wir?«, riss Paul sie aus ihren Gedanken. Er stand vor der Eingangstür und rieb sich die frierenden Hände.

»Sicher.« Während sie zu ihm lief, betätigte er die Klingel. Es dauerte einige Sekunden, bis Hohls Stimme aus der Gegensprechanlage plärrte.

»Wer da?«

»Paul Schmidt, ich hätte ein paar Fragen an Sie. Schroer schickt mich.«

Ein surrendes Geräusch erklang und Paul drückte die Tür auf. Ganz Gentleman ließ er Diana vorgehen. Kaum zu glauben, dass sein Leben vor zwei Jahren durch einen Tumor in seinem Kopf bedroht gewesen war und er seine Familie verloren hatte. Dieser Mann hatte eine Menge Schicksalsschläge hinnehmen müssen und schaffte es dennoch, Tag für Tag aufzustehen und zur Arbeit zu fahren. Vielleicht sollte Diana sich ein Beispiel an ihm nehmen.

Sie liefen einen langen Flur entlang. Paul schien sich bestens auszukennen, sie selbst war nie hier gewesen. An Obduktionen hatte sie durchaus teilgenommen, aber das eine Mal war in ihrer Ausbildung und das andere Mal im Duisburger Uniklinikum gewesen.

»Hier rein.« Paul hielt eine Tür auf und ließ Diana erneut den Vortritt. Als sie hindurchging, fand sie sich in einer Art Vorraum wieder. Zwei Waschbecken waren an der Wand befestigt, Behälter mit Desinfektionsflüssigkeiten hingen daneben und in einem Regal lagen jeweils Einmalkleidung für Füße, Hände, den Kopf und für den restlichen Körper.

Es knackte und Hohl sprach durch eine Sprechanlage: »Ziehen Sie sich an, Schmidt, Sie wissen ja, wie das geht. Wie ich sehe, haben Sie Besuch mitgebracht.« Er zog sich den Mundschutz herunter und lächelte. Es sah grotesk aus, denn in der Hand, mit der er winkte, hielt er eine Knochensäge und die Schürze sowie die Schutzhandschuhe, die er trug, waren mit Blut bedeckt. Im Grunde sah er aus wie ein Schlachter, der soeben das Mahl für die Familie zerlegt hatte.

»Du kannst ruhig draußen bleiben, ich weiß nicht, wie das mit dem Baby ist …«, setzte Paul an.

Diana schüttelte den Kopf. »Schon gut, ich werde nichts anfassen und einen Mundschutz tragen. Selbstverständlich komme ich mit rein. Ich will dabei sein.«

Paul versuchte gar nicht erst, sie vom Gegenteil zu überzeugen, er akzeptierte Dianas Entscheidung.

Unter Hohls wachsamen Augen zogen sie sich die Schutzkleidung über und betraten den Obduktionssaal. Normalerweise befanden sich mehr Leute darin als nur der Rechtsmediziner: Gehilfen, Presse, Polizisten,

Staatsanwälte. Manchmal wimmelte es geradezu von Menschen, doch wenn es schnell gehen musste, so wie heute, leistete ein Rechtsmediziner einsam wie ein Wolf seine Arbeit. Im Falle von Paulssens getöteter Frau waren wahrlich Eile und Verschwiegenheit geboten.

Diana und Paul traten an den Tisch heran, auf dem die Tote lag, deren Vornamen sie nicht einmal kannte. Hohl klärte sie auf.

»Arme Heike«, sagte er und legte die Knochensäge auf einem Tischchen mit Rädern ab. Er schob es von sich. »Ich mochte Paulssens Frau. Sie hat viel für ihren Mann getan, angefangen bei der Pflege seines Images. Ihr war klar, dass Sören sie betrog, nahm es aber mit einem Lächeln hin und ließ nicht zu, dass andere schlecht über ihn redeten. Das zeugt von wahrer Größe.«

Hohl schien in einer redseligen Stimmung zu sein. Für ihre Zwecke war das mehr als dienlich. Diana hielt sich zurück und überließ Paul das Reden. Streng genommen war sie nur eine Zivilistin und hatte hier eigentlich nichts verloren.

»Wissen Sie schon, woran sie gestorben ist?«

Diana versuchte, den aufgeschnittenen Brustkorb zu ignorieren, in dem Herz und Lungenflügel freilagen. Ihr Blick folgte Hohls Händen, die nach Heikes Kopf griffen. Der Rechtsmediziner klappte die Kopfhaut weg und nahm ein Stück des Schädels wie einen Deckel ab. Dann hob er es ins Licht.

»Sehen Sie das?«, fragte Hohl. Diana und Paul nickten.

»Sieht aus wie ein Spinnennetz«, sagte Paul.

»Richtig, es entstand infolge stumpfer Gewalteinwirkung gegen die Schädeldecke. Und schauen Sie, hier!«

Mit dem Finger wies er auf das offenliegende Gehirn. »Eine Blutung. Aber das brachte sie nicht um.«

»Sondern?«, hakte Paul nach.

»Dem Grund dafür war ich gerade auf der Spur«, sagte Hohl, widmete sich dem geöffneten Brustkorb und drückte ihn ein wenig auseinander, sodass er besser an die innenliegenden Organe gelangen konnte. »Sie hatte eine Stichverletzung in der Brust und wie ich sehe, ist der Stich genau durch ihr Herz gegangen.« Er hob das Herz der Frau aus dem Thorax und deutete auf eine Stelle.

Selbst Diana erkannte die Verletzung.

»Ich schätze, das Messer wird um die zwanzig Zentimeter lang gewesen sein.« Hohl legte das Organ behutsam zurück in den Körper, in den es gehörte. »Es ist nur das vorläufige Ergebnis, aber ich denke, sie wurde erst bewusstlos geschlagen und dann mit einem Stich ins Herz getötet.«

»Hinweise auf den Täter?« Paul sah Hohl wissbegierig an.

»Nein, bisher nicht. Allerdings hat die Spurensicherung nichts gefunden, das auf einen Fremdtäter hinweist.«

»Soll heißen, Paulssen könnte es getan haben?«, wollte Paul wissen.

»Selbstverständlich, nach jetzigem Stand könnte es jeder gewesen sein, der ihre Wohnung betreten hat.« Hohl schaute Paul und Diana wissend an. »Wir sind noch am Anfang, wenn ich also bitten dürfte …«, machte der Rechtsmediziner den Versuch, sie zum Gehen zu bewegen.

»Wir sind leider noch nicht fertig«, leitete Paul zum wahren Grund über, aus dem sie gekommen waren.

185

»Wir müssen Sie nach einem anderen Fall befragen, der mit dem vorliegenden in Verbindung stehen könnte.«

Hohl sah missmutig drein. »Hat das keine Zeit?«

»Nein«, sagte Paul und der Tonfall seiner Stimme ließ keine Widerworte zu.

»Dann sagen Sie Schroer, dass ich nicht schnell arbeiten kann, wenn seine Leute mich abhalten, okay?«

»Sollte er sich beschweren, werde ich das machen, versprochen.«

Hohl ging zu einem Mülleimer, entledigte sich seiner Schutzkleidung und bat sie, es ihm gleichzutun. Diana war froh, die warmen Papierüberzüge endlich ausziehen zu können. Auch die Latexhandschuhe hatten dazu beigetragen, dass sie schwitzte, als wäre Hochsommer.

Hohl hielt ihnen die Tür zum Vorraum auf, verließ mit ihnen zusammen den Obduktionsbereich und führte sie in eine Art Pausenraum. Frisch gebrühter Kaffee und ein paar belegte Brötchen standen auf einer schmalen Arbeitsfläche bereit.

»Möchte jemand Kaffee?« Hohl sah erst in Dianas Gesicht, dann zu ihrem Bauch. »Ist leider mit Koffein, sonst würde ich die Extraschichten nicht überstehen.«

»Kein Problem.« Diana winkte ab.

»Möchten Sie ein Brötchen?« Hohl griff sich eines. »Mich machen Obduktionen immer hungrig.«

»Nein, danke.« Diana versuchte, zu lächeln. Bei ihr hatte die Autopsie eher das Gegenteil bewirkt, ihr war speiübel.

»Setzen Sie sich«, bat Hohl und nahm einen Bissen. »Worum geht's?«, fragte er mit vollem Mund.

Paul legte eine Kopie der Akte auf den Tisch, in der sich ein von Hohl unterschriebener Obduktionsbericht befand. Ohne ein Wort zu sagen, schob Paul sie hinüber zu Hohl. Der Rechtsmediziner legte das Brötchen zur

Seite, betrachtete die Blätter und runzelte nach ein paar Minuten die Stirn.

»Was sagen Sie dazu, Hohl?«, fragte Paul. »Schon mal gesehen?«

»Nein«, antwortete er und sah Paul ernst an. »Weder kenne ich den Fall genau, noch den Bericht, den ich angeblich angefertigt haben soll.« Unvermittelt sprang er auf. »Bin gleich wieder da.« Hohl lief aus dem Raum und kehrte wenige Augenblicke später mit einem Ordner zurück. »Das sind Kopien der Obduktionen, die ich durchgeführt habe, vergleichen Sie sie bitte mit der, die Sie mir gerade gezeigt haben.« Mittlerweile klang er regelrecht beleidigt. »Das ist Betrug!«, fügte er hinzu.

Diana beugte sich zu Paul hinüber, ihr Bauch presste sich leicht gegen ihn. Sie sah von einem Papier zum anderen. Es gab tatsächlich gravierende Unterschiede. Gut, zwischen den beiden Zetteln lagen zehn Jahre, jeder konnte im Laufe der Zeit die Art, wie er einen Bericht verfasste, abwandeln, aber was Menschen selten änderten, waren die eigene Hand- und Unterschrift. Die des Berichtes über Eleonores angeblichen Selbstmord sah anders aus als die des Originals. Zwar ähnelten sie sich, doch wenn man genau hinsah, erkannte man die feinen Abweichungen.

»Lasst ruhig ein Schriftgutachten erstellen, die werden euch sagen, dass das da«, er zeigte auf das Blatt, »nicht meine Unterschrift ist. Außerdem würde ich nie so einen Unsinn in einen Obduktionsbericht schreiben.«

»Wir glauben Ihnen«, sagte Paul. Auch Diana glaubte ihm zu hundert Prozent, seine Reaktion, sein Verhalten, alles deutete darauf hin, dass seine Verärgerung echt und nicht gespielt war. »Was meinen Sie mit Unsinn?« Paul gab dem Rechtsmediziner den Ordner zurück und lehnte sich ein Stück vor.

»Mord an dem Sohn und danach Selbstmord? Wer soll das denn für glaubhaft halten? Ich jedenfalls nicht.« Hohl tippte auf seine eigenen Akten. »In meinen über zwanzig Jahren Berufserfahrung, habe ich vieles gesehen, vor allem eine Menge Suizide, aber niemals einen derartig abstrusen. Ja, klar, es gibt für alles ein erstes Mal, doch wenn es so gewesen sein soll, wie es da drin steht, hätte der Junge die Schusswunde in der Schläfe und die Mutter hätte sich nicht in die Brust, sondern ebenfalls in den Kopf geschossen, obwohl es für Frauen ohnehin unüblich ist, dafür eine Pistole zu benutzen. Männer bevorzugen diese Methode. Frauen neigen eher dazu, still und sauber von der Erde abzutreten. Sie nehmen Tabletten oder schneiden sich die Pulsadern in der Badewanne auf. Wobei es natürlich auch hier Ausnahmen von der Regel gibt.«

Hohl bestätigte nur das, was Diana sich schon gedacht hatte. Der Rechtsmediziner hatte allerdings weitere Argumente parat, auf die Diana und ihre Kollegen nicht gekommen waren.

»Und was ist mit Schmauchspuren?«, fragte Hohl und sah Paul an, als erwarte er ernsthaft eine Antwort von ihm. »Die werden gar nicht erwähnt!«, stieß Hohl empört aus. »Selbstverständlich hätte sie welche an der Hand haben müssen und falls sie Handschuhe trug, hätte man sie darauf gefunden. Und was ist mit dem Jungen? Angeblich hat sie ihn aus kurzer Distanz erschossen, so zumindest der Bericht, aber es findet sich kein ausgeprägter Schmauchrand um das Einschussloch. Und da wäre noch ihre eigene tödliche Verletzung.« Hohl nahm das angebissene Brötchen und hielt es sich wie eine Pistole an die Brust. »Wenn ich mich so erschießen wollte, was an sich schon hanebüchen ist, hätte ich ebenfalls markante Spuren und die Eintrittswunde, also die Haut, müsste regelrecht verbrannt sein. Ist sie allerdings nicht.« Er legte das Brötchen auf den Tisch. »Ich habe die beiden Leichen nicht untersucht, das müssen Sie mir glauben, und schon gar nicht würde ich solch einen bescheuerten Bericht schreiben, das sieht doch ein Blinder mit Krückstock, dass diese Frau weder ihren Sohn noch sich selbst erschossen hat. Das zumindest ist meine bescheidene Meinung.« Hohls Kopf lief rot an und er sah erwartungsvoll zu Paul.

»Wir glauben Ihnen«, sagte er. »Was denken Sie, wie das abgelaufen sein müsste, um diese Verletzungen hervorzurufen?«

Hohl überlegte kurz. »Der Abstand von Schütze zu Opfer müsste mindestens einen Meter betragen. Außerdem muss er vor ihnen gestanden haben.« Ihm schien etwas einzufallen und er sah sich den Bericht erneut an. »Auch findet man nichts über die Geschosse, die verwendet wurden. Was waren das für Dilettanten? Warum schreibt man so einen Mist und macht nur seinen halben Job? Hat derjenige keine Ehre?« Wieder durchsuchte er die Papiere. »Dietmar Kremers, nie von dem gehört.«

Das war der zweite Name, der im Obduktionsbericht stand. Diana hatte ebenfalls nie von diesem Rechtsmediziner gehört, und wenn Hohl ihn schon nicht kannte – dabei kannte er Hinz und Kunz –, verhieß das nichts Gutes.

»Falls Sie meine bescheidene Meinung hören wollen: Dieser Bericht wurde gefälscht. Die Frau und der Junge haben nie einen Obduktionssaal von innen gesehen, sofern man das bei zwei Toten so sagen darf.« Hohl räusperte sich. »Es gibt keine Fotos, die während der Obduktion gemacht worden sind, nur welche, die die beiden im Leichenschauhaus zeigen. Da stimmt was nicht. Worum geht es hier?« Jetzt war es Hohl, der sich interessiert über den Tisch beugte.

»Wir glauben, dass Polizisten sie erschossen und die Sache vertuscht haben«, sagte Paul.

»Und wieso fällt Ihnen das erst zehn Jahre später auf?«

»Weil mein Mann verschwunden ist, ebenso eine Freundin und ein hoher Beamter der Kriminalpolizei. Alle drei hängen da mit drin«, schaltete sich Diana zum ersten Mal ein.

Hohl nickte. »Ich verstehe. Selbstverständlich helfe ich Ihnen, wo ich kann.« Er stand auf, nahm ein Handy aus der Brusttasche. »Sie sollten herausfinden, ob es diesen Dietmar Kremers wirklich gibt und ich bereite alles für eine Exhumierung der beiden Leichname vor. Wir müssen nachsehen, ob sich die Projektile noch in den Körpern befinden. Dann können wir den Schützen ausfindig machen.«

»Wie lange wird das dauern?«, fragte Paul.

Hohl sah auf seine Uhr. »Ich kenne einen fleißigen Richter. Der soll eine Exhumierung zur erneuten Leichenbeschau anordnen. Je nachdem, wie zügig die Mitarbeiter der Friedhofsverwaltung sie ausbuddeln, könnten wir die Toten in ein paar Stunden hier haben. Und ich schreibe schnell einen vorläufigen Bericht über Frau Paulssen und schicke ihn Ihnen gleich zu.«

»Halten Sie sich ran! Wir kümmern uns um Dietmar Kremers, wenn es ihn geben sollte.« Paul gab Hohl die Hand. Diana ebenfalls. Sie verabschiedeten sich und verließen das Gebäude der forensischen Medizin.

Paul blieb vor seinem Auto stehen und atmete tief durch. »Was bin ich froh, dass er nichts mit der Vertuschung zu tun hat. Habe immer sehr große Stücke auf ihn gehalten.«

Diana stimmte ihm zu. Zwar hatte sie nicht oft mit Hohl zusammengearbeitet, hielt ihn aber für einen der besten und kompetentesten Rechtsmediziner Nordrhein-Westfalens.

Pauls Handy klingelte. »Es ist Jürgen«, sagte er und berührte den Bildschirm. »Hab dich auf Lautsprecher, Diana hört mit.«

»Kommt sofort wieder her!«

»Wieso?«, fragte Diana. Dass sie ohnehin gerade auf dem Weg zurück waren, erwähnte sie nicht.

»Ich habe was über die Familie Hanrath herausgefunden. In den Akten steht nicht nur etwas vom Ehemann und dem Sohn Lenard.« Jürgen räusperte sich. »Es gibt noch weitere Kinder, drei Söhne, das könnte eine heiße Spur sein.«

19

»Erinnert ihr euch an die Akten?«, richtete ich meine Frage an Ariana und Sören.

»Welche meinst du, die echten oder die frisierten?« Arianas Gegenfrage enthielt eine Wagenladung Ironie.

»Wenn ich mich recht erinnere, steht das in beiden Versionen drin.«

»Raus mit der Sprache«, forderte Paulssen in alter Manier. Schon immer war er der Typ Mann gewesen, der sich nahm, was und wann er es wollte. Widerworte oder ein Nein waren für einen wie ihn nicht akzeptabel.

Ich beugte mich seiner Aufforderung, nicht das erste und wahrscheinlich auch nicht das letzte Mal, dass mich sein gebieterischer Ton beeindruckte und mich Dinge tun ließ, die ich nie für möglich gehalten hatte. Er hatte die Fähigkeit, Menschen zu manipulieren.

»Es war ein kleiner Zusatz, wenn ich mich recht erinnere«, begann ich. »Ganz am Ende der Akten. Der getötete Sohn, Lenard, war nicht Eleonores einziges Kind, und wisst ihr noch, was sie über ihren ältesten Sohn gesagt hat?«

Paulssen schien ein Licht aufzugehen. Er schlug sich gegen die Stirn, als fände er die Eventualität, nicht selbst auf diese Idee gekommen zu sein, völlig absurd.

»Dass er trotz seiner erst dreizehn Jahre ein Sadist und Schläger sei. Sie behauptete nicht nur, dass ihr Mann sie misshandeln würde, sondern dass ihr Junge es ebenfalls täte. Von der Wohnung aus schrie sie es uns zu, ehe wir stürmten. Niemand hat diese Geschichte geglaubt. Welcher Dreizehnjährige würde unter Aufsicht seines Vaters die Mutter misshandeln dürfen?«

»Wieso? Was ist daran abwegig?«, fragte ich. Jetzt, da wir Eleonores verlorene Söhne kennengelernt haben, kann ich mir das sehr gut vorstellen und ich glaube, wir alle wissen, wer dieser Dreizehnjährige war.«

»Kane«, flüsterte Ariana.

»Richtig«, sagte ich. »Und wir wissen auch, was sie wollen, es ist ein ganz einfaches Motiv, das meistgewählte des Durschnittswahnsinnigen: Rache.« Jetzt packte ich meine Ironiekeule aus: »Herzlichen Glückwunsch, die Sonderkommission war erfolgreich, der Fall ist gelöst. Morgen gibt es Schnittchen und Kaffee als Belohnung.«

Paulssen schnaubte verächtlich. »Diese Gören, nicht viel besser als ihre Mutter …«

Mit meinem Blick fixierte ich ihn, Paulssen konnte ihm nicht standhalten und wandte sich ab. »Es ist an der Zeit, mit der Wahrheit rauszurücken, du kennst sie. Ariana und ich, auch Schleicher, waren nur Spielfiguren auf deinem Brett. Die Einzige von uns, die ebenfalls alle Tatsachen kennt, ist Sugar, und wie es aussieht, hat sie den Männern nicht verraten, was sie hören wollten. Ihnen geht es um Rache, Sören, und wir wissen beide, wer ihnen reinen Wein einschenken kann. Sag ihnen, wer ihre Mutter getötet hat! Vielleicht lassen sie uns dann gehen.«

Paulssen lachte laut und kehlig auf. »Das glaubst du doch wohl selbst nicht? Die werden uns niemals freilassen, dafür sind sie zu weit gegangen. Du bist ein ehemaliger Ermittler, Tomas, du weißt genau, wie solche Menschen ticken.« Sein vormals künstliches Lachen ging in ein spitzbübisches Grinsen über, als freue er sich über den Tod eines verfluchten Feindes. »Und bevor ich denen Genugtuung verschaffe, nehme ich das Geheimnis lieber mit ins Grab.«

Ariana schlug gegen ihr Gitter. »Jetzt ist nicht die Zeit für Kindereien! Wie kannst du die beleidigte Leberwurst spielen, wenn es um unsere Leben geht?«

»Weil er ein verdammter Egoist ist«, streute ich ebenfalls Salz in die Wunde. Wäre ich nicht eingesperrt und mit Nägeln und Ketten fixiert, wäre ich Paulssen an den Hals gesprungen. Er hatte es in der Hand. Falls wir auf dem richtigen Weg waren und Hansi, Otto und Kane die Söhne von Eleonore waren – und der Verdacht lag sehr nahe, auch wenn die Männer sich kaum ähnelten –, könnte die Wahrheit den Hass der drei Brüder besänftigen.

Vorsichtig setzte ich mich auf den Boden, um nicht an den Nägeln zu rucken. »Weißt du, wie das damals genau gelaufen ist, mit ihm und mir?«, fragte ich Ariana.

»Jetzt holt er die ollen Kamellen hervor!«, stöhnte Paulssen.

»Vielleicht sehen die Jungs zu, dann wissen die zumindest, dass ich keine Mitschuld am Tod ihrer Mutter trage, sondern eher das Gegenteil: Ich habe versucht, dir und deinen Leuten den Arsch aufzureißen, so sieht's aus. Nachdem du, Ariana, die Akten frisiert hast, bat Schroer mich, dem Fall dennoch, ohne Kenntnis der Dienstaufsicht, weiter auf den Grund zu gehen. Auch ich glaubte nicht, was in der Wohnung von Sugar, alias Julia Vekens, geschehen sein sollte, weder die erste noch die letzte Version. Anfangs hieß es, ein Beamter hätte beide erschossen, dann hieß es, Eleonore hätte ihren Sohn und sich selbst erschossen, beides klang für mich gelogen.«

»Aber du hast nie rausgefunden, was genau passiert ist«, sagte Paulssen, nicht ohne eine Spur Selbstgefälligkeit in der Stimme.

»Nein, weil du mir gedroht hast, dass mein Leben vorbei wäre, wenn ich die verdeckten Ermittlungen nicht einstelle.«

»Du hättest trotzdem weitergraben müssen«, sagte Ariana. Den Vorwurf konnte ich nicht so hinnehmen.

»Ich hatte eine Frau und eine kleine Tochter, was hätte ich denn tun sollen? Hätte Paulssen seine Kontakte spielen lassen, hätte ich auswandern können.«

Ariana ließ meine Ausreden nicht gelten. »Du hattest eine Pflicht, Tomas, du hättest ihr nachkommen müssen. Du trägst nicht weniger Schuld an alldem als wir. Du hast vielleicht nicht abgedrückt, aber auch nicht dafür gesorgt, dass die Verantwortlichen zur Rechenschaft gezogen werden. Du hast dein eigenes Leben vorgezogen.«

Wie ein beleidigtes Kind gab ich zurück: »Und was ist mit dir? Du hast die Akten manipuliert, du hast genauso gekuscht, als er es von dir verlangte.« Wohl wissend, dass sie es nicht sehen konnte, zeigte ich auf Paulssen. Sie wusste, von wem ich sprach.

Ariana lachte leise und humorlos, ihre Stimme klang weinerlich. »Ich habe auch niemals behauptet, keine Mitschuld zu tragen, du bist derjenige, der sich aus der Affäre ziehen will, ich weiß genau, was ich getan habe, und versuche, mit den Konsequenzen zurechtzukommen.«

Daraufhin hielt ich den Mund. Mochte Ariana es als Schuldeingeständnis deuten. Vielleicht war es sogar eines. Oder nicht? In meinem Innern war alles durcheinander. Die Wahrheit konnte schmerzhafter sein als eine Lüge. Ich hatte ebenso egoistisch gehandelt wie alle anderen und durfte mich nicht davon freisprechen.

Und wie hatte meine Reaktion ausgesehen, als Diana sich ausgerechnet mit Ariana anfreunden musste? Die

Annäherung war von meiner Frau ausgegangen, Ariana hielt anfangs eine gewisse Distanz, die sie versuchte, zu wahren, aber irgendwann war sie Dianas Charme verfallen und die beiden wurden beste Freundinnen. Hatte ich nicht in einsamen Nächten, als die Frauen allein unterwegs waren, inständig gehofft, Ariana würde Diana nichts von damals verraten? Ihr niemals die Wahrheit über ihren Ehemann erzählen? Und ob ich das gehofft hatte! Mehrmals sogar, eigentlich ständig, wenn sie zusammen waren.

In Gefangenschaft hatte man eine Menge Zeit, sich selbst zu reflektieren, wie ich jetzt feststellte. Während Ariana und Paulssen sich über Schuld oder Unschuld stritten, dachte ich darüber nach, wer ich überhaupt war. Ein Mann, der auf die fünfzig zuging, der den Mord an einer Mutter und ihrem Sohn ungesühnt gelassen hatte, der die erste Ehefrau und seine Tochter bei einem Verkehrsunfall verlor und der sich ein halbes Jahr später sogleich in die Arme einer anderen Frau, in dem Fall Diana, flüchtete. Zu guter Letzt kam der von mir begangene Mord an einem Mann in den Niederlanden, den meine Kollegen als Selbstverteidigung ausgelegt hatten. War ich wirklich so viel besser als Paulssen? Zu allem Überfluss rauchte ich normalerweise wie ein Schlot. Eine Zigarette wäre jetzt genau das Richtige.

Ein Schrei hielt mich von weiteren Selbstvorwürfen ab. Er klang schmerzerfüllt und hallte über den Hof zu uns in den Stall. Ich musste kein Hellseher sein, um zu wissen, dass er aus Schleichers, alias Erik Maibaums, Kehle gedrungen war.

Ariana und Paulssen verstummten. Wir ahnten, was sie mit unserem fluchenden Punker von der Straße machten. Sie würden im Keller sein, wo sie ihn mit

Hingabe folterten, bis er ihnen sagte, was sie hören wollten – oder eben auch nicht.

»Hast du Schleicher ebenfalls bedroht oder bestochen, damit er das aussagt, was du möchtest?«, fragte ich Sören.

Die trockenen, gesprungenen Lippen presste er aufeinander. »Wir haben ihn weder bedroht noch bestochen, sondern ihm nur gesagt, dass alles nicht so war, wie er glaubte, wirklich. Zwar hat er nicht viel mitbekommen, aber es hätte gereicht, um die Sache zu gefährden.«

Ganz langsam stand ich auf, nur nichts überhasten, sah ein letztes Mal zu Paulssen, dann zu der immer blasser aussehenden Sugar und wandte mich um. Meine Blase drückte. Das zweite Mal erst, seitdem ich hier war. War das verwunderlich? Wir bekamen kaum etwas zu essen oder zu trinken, was sollten wir da ausscheiden?

Als ich den Reißverschluss aufmachte, drang sofort die Kälte in meine Unterhose und jagte mir eine Gänsehaut über den Körper. Ich pinkelte, streng genommen konnte man das bei dem bisschen, was aus mir herauskam, nicht so nennen. Eher tröpfelte ein wenig Urin in den Eimer.

Als ich mich hinsetzen wollte, flog die Tür auf und sie brachten Schleicher zu uns zurück. Wie soll ich beschreiben, was ich in diesem Moment sah? Das Grauen? Die Hölle? Meinen eigenen Tod, wenn ich meinen Fehler nicht eingestand?

Schleicher steckten sie wieder in seine Zelle. Was sie ihm angetan hatten, konnte ich nicht genau erkennen. Der Mann war von oben bis unten voll Blut, so etwas hatte ich noch nie gesehen. Selbst seine Tattoos waren unter einer roten Schicht verschwunden. Er war bewusstlos. Hansi und Otto warfen ihn achtlos zu Boden.

197

Der dumpfe Schlag und das Rascheln, als Schleichers Körper auf dem Stroh landete, waren kaum zu ertragen. Sugar, Schleicher, wer war der Nächste? Kane beantwortete es: Ariana. Neben Sugar stehend, zeigte er auf die beste Freundin meiner Frau.

»Du wirst uns bestimmt verraten, was wir hören wollen.« Kane kicherte wie ein Verrückter. »Hab keinen blassen Schimmer, warum dieser Penner uns nicht die Wahrheit gesagt hat. Er hat geschwiegen wie ein Grab.« Beschwingt setzte er sich auf Sugars Schoß, strich ihr über die verschwitzte Stirn und gab ihr einen Kuss auf selbige. Der Ärmel seiner Jacke schabte über ihre Wunde am Brustkorb, das Fleisch verschob sich, kehrte zurück in seine Position. Übelkeit versuchte, mich zu übermannen. Ich schluckte schwer.

»Die lebt ja immer noch!«, stieß Kane aus, als er ein Ohr an Sugars geöffneten Mund hielt. »Die atmet!« Mit seinem Zeigefinger stupste er gegen die hautlose Brust. »Eine Chance hast du noch. Na? Willst du mir verraten, was in deiner Wohnung passiert ist?« Kane sah zu mir, während er lauschte, ob ein Ton aus Sugar drang.

Also hatten sie zugehört, als wir den Zusammenhang verstanden und uns gegenseitig fast aufgefressen hatten. Sie wussten, dass wir wussten, was sie von uns wissen wollten … oder so ähnlich.

Otto schloss die Zelle neben mir auf, Ariana schrie, er solle sie loslassen. Ich sprang auf, vergaß die Schmerzen, die ich mir damit selbst zufügte, und stürzte an das Gitter.

»Lasst sie in Ruhe, verdammt! Nehmt mich! Dann verrate ich euch, was ihr hören wollt!«

Kane stand von Sugars Schoß auf, kam zu mir und stellte sich so vor mich, dass ich ihn durch die Gitterstäbe hätte greifen können; was ich jedoch nicht wagte.

»Das wirst du, wie ein Vögelchen, wenn wir mit dir fertig sind. Aber du bist noch nicht dran.«

Hinter Kane sah ich, wie Otto und Hansi Ariana aus dem Stall zerrten.

»Ihr werdet uns früher oder später alle sagen, was wir wissen wollen.« Kane lachte. »Ihr müsst es sogar, es nützt euch nichts, wenn nur einer die Schuld eingesteht.« Unvermittelt zog er einen Gegenstand hinter dem Rücken hervor und ließ ihn vorschnellen, der Viehtreiber, den Otto bei Schleicher benutzt hatte.

Der Strom traf mich unvorbereitet. Wie ein zuckender Aal fiel ich zu Boden, schlug auf den Nägeln auf und es wurde schlagartig schwarz um mich.

20

Im Besprechungsraum warteten Schroer, Steffi und Jürgen bereits auf ihre Rückkehr. Diana hatte sich auf der Fahrt überlegt, ob Eleonores Söhne irgendetwas mit dem Verschwinden ihrer Kollegen zu tun haben könnten. Abwegig war das nicht, denn Rache war ein gutes Motiv. Aber warum ausgerechnet zehn Jahre später? Waren sie jetzt erst alt genug, das Projekt Rache umzusetzen?

»Setzen Sie sich bitte«, bat Schroer.

Diana und Paul setzten sich an ihre angestammten Plätze, vor sich die ausgeschalteten Laptops.

»Was haben Sie bei Hohl erreicht?«

»Er war es nicht«, sagte Paul. »Wir haben uns Originalberichte von ihm angesehen, der, den wir haben, ist gefälscht. Und den anderen Rechtsmediziner, diesen Dietmar Kremers, kennt er nicht.«

Schroer nickte, als wüsste er Bescheid, was zumindest bei der Sache mit dem Rechtsmediziner zutraf. »Ich kannte auch keinen, der so heißt, deshalb suchte ich im Verzeichnis nach ihm, nicht existent. Wieder ein Detail, das niemandem aufgefallen zu sein scheint. Dass Hohl nichts damit zu tun hat, beruhigt mich gewaltig. Also hat jemand seinen Namen benutzt, um die Richtigkeit der Angaben vorzugaukeln. Der erfundene zweite Spezialist, der alles bestätigte, war Nebensache und nur für die Optik.« Er nahm einen Schluck aus der Kaffeetasse, die vor ihm stand. »Weiß er schon etwas, bezüglich Paulssens Frau?«

»Seine erste Einschätzung ist, dass sie mit einem stumpfen Gegenstand geschlagen, so betäubt und dann durch einen Stich ins Herz getötet wurde. Weder kann er ausschließen noch bestätigen, dass es Paulssen war, Chef.« Paul gab ihm den vorläufigen und wohlgemerkt echten Bericht von Hohl, den der in Windeseile geschrieben und per E-Mail ans Revier geschickt hatte.

»Das bringt uns nicht wirklich weiter«, sagte Schroer und blickte zu Jürgen. »Wir haben allerdings einige Sachen, die wir weiterverfolgen können.« Er sah auf seine Armbanduhr. »Es ist schon spät, wir sollten uns alle ein bisschen Schlaf gönnen, ehe wir den Spuren nachgehen.«

»Welche da wären?«, fragte Diana ungeduldig.

Schroer lächelte, als habe er mit ihrer Frage gerechnet. »Zuallererst: Weder auf Tomas' noch auf Paulssens oder Arianas Computer hat Herr Daun irgendetwas gefunden. Keine Anhaltspunkte. Dann stieß Kahl auf die Söhne. Sind erst ganz hinten in der Akte vermerkt. Ein Jahr nach dem Tod ihrer Mutter wurden sie in Pflegefamilien gegeben. Scheinen aber wie vom Erdboden verschluckt zu sein, seit sie mit jeweils achtzehn Jahren ausgezogen sind. Es gibt keine aktuellen Adressen von ihnen, keine Kontodaten, die wir verfolgen könnten, keine Handys.« Erneut sah er auf die Uhr und murmelte: »Apropos Handys, wie lange braucht der Techniker eigentlich? Ich werde ihn am besten gleich anrufen.« Schroer schüttelte den Kopf und verstummte, weil er den Faden verloren hatte. »Wo war ich?«

»Brüder, wie vom Erdboden verschluckt …«, half Jürgen ihm.

»Stimmt, genau. Also, wir wissen nicht, ob die drei überhaupt noch leben und wenn ja, wo sie das tun. Vielleicht sind sie ins Ausland gegangen oder was weiß ich. Da sollten wir uns dranhängen. Die erste Anlaufstelle ist ihr Vater. Er wohnt ein wenig außerhalb, fast schon ländlich, und zwar in«, Schroer blätterte durch seine Notizen, »Reken, genau. Schmidt und Ratz, sie übernehmen das. Fahren Sie morgen früh gegen acht los, dann sind Sie um neun bei ihm, das sollte nicht zu früh sein. Wir wollen den armen Mann nicht gleich verärgern, indem wir ihn aus den Federn werfen, ehe wir ihn an die schlimmen Zeiten erinnern. Verstanden?« Sein Blick haftete auf Diana. »Denken Sie daran, Sie arbeiten nicht mehr bei uns, eigentlich dürfte ich Sie nicht über das kleinste Detail dieser geheimen Ermittlung informieren. Also hören Sie auf das, was ich sage.«

Diana nickte. Sie hatte begriffen. Er warnte sie davor, ihre Sachen zu nehmen und auf eigene Faust nach Reken zu fahren, um den Vater der drei Jungs aus dem Bett zu klingeln. Selten hatte sie auf Schroer gehört, während sie hier arbeitete und jetzt, wo sie es nicht mehr tat, würde sie es tun.

Ihr Ex-Chef fuhr fort: »Schmidt, Sie begleiten Frau Ratz nach Hause und sorgen dafür, dass sie ein bisschen schläft.« Es kamen weder Einwände von Paul noch von Diana. »Kahl, Isberner und ich werden nach einem ausgiebigen Nickerchen auf die Suche nach den Zeugen von damals gehen.« Wieder sah er auf seine Notizen. »Das wären Julia Vekens, Künstlername Sugar, sie war die Mieterin der Wohnung, in der Eleonore erschossen wurde, und der Obdachlose Erik Maibaum, der Mann, der vom Flur aus die Stimmen gehört hatte.« Mit der flachen Hand schlug er auf den Tisch. »Hat jemand Fragen?«

Niemand sagte etwas, jeder hatte seine Aufgabe verstanden. Diana war versucht, Schroer nach ihrem Dienstausweis und ihrer Waffe zu fragen, hielt aber den Mund. Es wäre albern gewesen, wenn eine dicke, schwangere Frau darum bat, in den Dienst zurückzukehren zu dürfen, obwohl sie so knapp vor der Niederkunft stand.

Sie verabschiedeten sich voneinander und gingen ihrer Wege. Auf der Fahrt nach Hause fiel Diana immer wieder in Sekundenschlaf. Ihr Körper machte schlapp, sie war völlig fertig. Die kurze Pause, die Schroer ihnen verordnet hatte, würde ihr guttun. Zwar schrie alles in ihr danach, Tomas zu finden und den Fall aufzuklären, doch die Müdigkeit war stärker.

»Da wären wir!«, flötete Paul, stieg aus und lief um den Wagen, um Diana die Tür zu öffnen und ihr beim Aussteigen zu helfen.

»Danke«, sagte sie und ergriff seine Hand. Noch bevor sie den Babybauch und den Rest ihres Körpers aus dem Auto gewuchtet hatte, flog die Tür ihres Wohnhauses auf und Ursula tauchte wild gestikulierend im Türrahmen auf. Ihre Schwiegermutter hatte Diana beinahe vergessen, auch Cupcake, der wedelnd auf sie zu gerannt kam.

»Wo bist du gewesen? Diana, hörst du mich? Wo – warst – du?«, schrie sie und musste damit die halbe Nachbarschaft aufwecken.

»Gehen Sie rein, wir erklären es Ihnen«, sagte Paul in seinem gewohnt höflichen Tonfall und schaffte es, Ursula zumindest zurück ins Haus zu schieben. Beruhigt hatte sie sich noch lange nicht. Diana konnte sie bis auf die Straße lamentieren hören. Vorsichtig nahm sie Cupcake hoch und ging mit ihm zusammen ebenfalls hinein. Paul und Ursula standen mittlerweile im Wohnzimmer ihrer Schwiegermutter – die Spuren der Babyparty waren beseitigt worden – und redeten aufeinander ein.

Diana ahnte, dass jetzt der Moment gekommen war, die Karten auf den Tisch zu legen. Dass ihr Sohn verschwunden war, durfte sie Ursula nicht länger verheimlichen. Sie legte ihre freie Hand auf die Schulter ihrer Schwiegermutter und drückte leicht zu.

»Komm, wir setzen uns! Wir haben dir was zu erzählen«, sagte sie und sah zu Paul. Er verstand, dass es nun an der Zeit war, Ursula zumindest einen Teil der Wahrheit zu verraten. Obwohl es da nicht viel gab. Drei Menschen waren fort, die eine Gemeinsamkeit hatten. Ob sie freiwillig gegangen waren, untertauchen mussten oder gewaltsam entführt wurden, wussten sie nicht.

Diana konnte in Ursulas Augen sehen, dass sie sofort erfasste, um was es in den nächsten Minuten gehen würde.

»Es ist was mit Tomas, nicht wahr? Ich wusste es! Deine Ausrede kam mir so seltsam vor. Sag schon, was ist mit ihm?«, forderte Ursula sie auf. »Hatte er einen Unfall? Raus mit der Sprache!«

»Setzen Sie sich doch bitte erst einmal«, bat Paul und Ursula gehorchte. Sie ließ sich auf die Couch fallen, behielt Diana dabei aber im Blick.

»Tomas musste untertauchen«, sagte Diana. Wie sie fand, war das ein annehmbarer Kompromiss zwischen Wahrheit und Lüge. »Wegen eines alten Falles. Er und zwei weitere Kollegen sitzen in einem gesicherten, geheimen Versteck.«

»Also geht es ihm gut?« Ursula fasste sich ans Herz. Diana hatte kurz Sorge, Ursula könnte nach all den Schicksalsschlägen, die sie zuletzt getroffen hatten, einen Herzinfarkt bekommen.

»Ja, es geht ihm gut.« Diana war sich bewusst, dass es die Sorte Lüge war, die man besorgten Eltern unter die Nase rieb, wenn es um das verschwundene Kind ging, das vermutlich einem Verbrechen zum Opfer gefallen war.

»Da bin ich aber froh. Die ganze Zeit habe ich versucht, ihn anzurufen. Nichts, das Handy ist aus, und als du nicht nach Hause kamst und der fremde Mann hier war, um einige Sachen für Tomas zu holen, wusste ich, dass irgendetwas nicht stimmt.« Mit dem Zeigefinger wedelte sie vor Dianas Gesicht, als wollte die alte Frau sie wie ein ungezogenes Gör tadeln. »Wie kannst du mich nur so im Ungewissen lassen? Und dann noch diese Töle!« Ursula warf einen verächtlichen Blick auf Cupcake.

»Wir hatten gehofft, dass Tomas nicht lange untertaucht und wir dir nichts erzählen müssen, doch wie es scheint, wird es ein paar Tage dauern. Das muss alles unter uns bleiben, niemand darf davon erfahren.«

»Ich will mit ihm telefonieren!«

Diana schüttelte den Kopf, und bevor sie etwas erwidern konnte, polterte Ursula los: »Dann verrate mir wenigstens, um welchen Fall es geht.«

Hierbei entschied sich Diana, die Wahrheit zu sagen: »Um einen von vor zehn Jahren, eine Frau und ihr Sohn kamen ums Leben und Tomas ermittelte.«

»Wie hieß die Frau?«

Diana fiel der Name nicht mehr ein, sie sah Hilfe suchend zu Paul, der für sie einsprang: »Eleonore Hanrath.«

Ursulas Augen weiteten sich und sie sprang auf.

»Was ist los?«, fragte Diana und stand ebenfalls auf.

»Tomas gab mir vor zehn Jahren einen Schuhkarton, er meinte, darin wären seine Gedanken zu einem Fall. Er fragte, ob ich ihn aufbewahren könne, damit seine Tochter oder seine Frau nicht aus Versehen darüber stolperten.« Abermals legte sie sich eine Hand auf die Brust, nur sah es dieses Mal nicht schmerzhaft aus, sondern eher, als wolle sie einen Eid schwören. »Ich hab nie reingesehen! Auf dem Deckel steht Hanrath.«

»Kannst du ihn holen?« Diana hatte die Neugier gepackt. Was hatte Tomas in dem Karton versteckt? Etwas Wichtiges? Konnte ihnen das weiterhelfen?

»Der liegt im Keller«, sagte sie und blickte zu Paul. »Ob Sie mir wohl helfen würden?«

»Aber sicher!« Paul erhob sich vom Sessel und folgte Ursula auf dem Fuße.

Diana blieb zurück und setzte sich wieder, während sie Cupcakes Kopf kraulte und ihn auf die feuchte Nase küsste. Seitdem sie den Hund hatte, war sie nie so lange von ihm getrennt gewesen. Ihr fielen die Katzen ein, die Ursula hoffentlich gefüttert hatte. Wie sehr vermissten sie Tomas? Auch sie waren es nicht gewohnt, dass er so lange nicht zu Hause war.

Vor der Tür hörte sie Schritte. »Hier ist er!«, rief Ursula, als sie zur Couch zurückkehrte und sich setzte. Sie überreichte Diana den Karton und sah neugierig dabei zu, wie sie ihn öffnete.

Diana hatte mit allem gerechnet. Beweisfotos, anklagende Worte auf CD gebannt oder auf die Kugeln, die doch nicht mehr in den Körpern der Toten steckten und die Exhumierung somit überflüssig machten. Aber es lag nur ein Notizblock darin, wie ihn jeder Ermittler bei sich trug, trotz des elektronischen Zeitalters. Es war schneller etwas aufs Papier gekritzelt als in ein Notebook oder Tablet getippt. Wobei es umso ärgerlicher war, wenn die Geräte in den wichtigsten Momenten den Geist aufgaben, weil ihnen der Saft ausgegangen war.

Neugierig klappte sie das Deckblatt um und betrachtete die erste Seite. Darauf waren ein paar Gedanken zu dem Mord notiert. Vieles davon war auch ihnen schon bekannt.

Auf dem nächsten Blatt stand nur ein Satz, die folgenden Seiten waren leer: »Falls Sie nicht sofort Ihre Ermittlungen gegen mich und meine Leute einstellen, ist Ihr Leben vorbei.« Diana schluckte. Auf Anhieb wusste sie, wer dies zu Tomas gesagt haben musste, und sie glaubte, langsam einen Zusammenhang zu sehen. Was, wenn Paulssen sich bedroht gefühlt hatte, weil er fürchtete, nach all den Jahren könnte die Wahrheit ans Licht kommen. War es so abwegig, dass er dann versuchen würde, die Zeugen und Mitwisser aus dem Weg zu räumen? Warum sonst hatte er die Originalakten in seinem Arbeitszimmer zu Hause aufbewahrt?

Diana klappte den Notizblock zu. »Es war Paulssen.«

»Woher willst du das wissen? Wir dürfen keine voreiligen Schlüsse ziehen.«

Diana nickte und fasste sich an den schmerzenden Kopf. Paul hatte recht. Keinesfalls durfte sie sich darauf versteifen, Paulssen zum Schuldigen zu erklären, auch wenn es naheliegend war, denn: Was hätte er davon, seine Frau zu ermorden und zwei Menschen zu entführen? Das würde ihm erst recht Aufmerksamkeit einbringen.

Pauls Handy klingelte. Als er auf das Display sah, runzelte er die Stirn. »Hieß es nicht, wir sollen eine Pause einlegen?« Er nahm ab. »Hallo, Chef, was gibt's? Ja, wir sind bei Diana … nein, sie schläft noch nicht … ja, ich höre.« Einen Augenblick schwieg er, hörte zu. »Echt jetzt? Oh, Mann … Ja, wir fahren fort wie besprochen … danke, wünsche ich Ihnen auch, tschüss.«

»Was ist?«, fragte Diana gespannt.

»Das war Schroer. Er konnte die Füße nicht stillhalten und hat nach den beiden Zeugen gesucht, während Jürgen und Steffi sich ausruhen.«

»Und?«

»Der Obdachlose, Erik, ist verschwunden, keiner weiß, wo er sich im Moment aufhält, was bei einem Penner nicht wirklich verwunderlich ist.«

»Und was ist mit dieser Sugar?«

»Das ist der Knackpunkt. Mittlerweile wohnt sie in Düsseldorf. Die dortige Polizei ist heute zu ihrer Wohnung gerufen worden, weil laut einem Anwohner eine seltsame rote Flüssigkeit unter der Wohnungstür durchsickerte und sich nach mehrmaligem Klingeln niemand meldete.«

»Ist sie tot?«

»Nein, ein Freier von ihr, Name unbekannt. Er trug keine Ausweispapiere bei sich. Den ersten Einschätzungen nach starb er an einem Messerstich direkt ins Herz.«

21

Als ich die Augen öffnete, war es dunkel. Aber nicht, weil es Nacht war, denn die war fast schon wieder vorbei, sondern weil ein massiger Fleischberg über mir das Licht verdeckte. Es war Hansi. Mit besorgter Miene konzentrierte er sich auf etwas. Er zuckte zusammen, als er bemerkte, dass ich ihn anstarrte.

»Du bist wach?«, fragte er unnötigerweise.

Angestrengt nickte ich. Der Stromschlag, den Kane mir mit dem Viehtreiber verpasst hatte, steckte mir tief in den Knochen. Fast glaubte ich, den Strom noch knistern zu hören.

»Ich muss die Nägel rausziehen«, sagte Hansi monoton.

»Warum?« Eigentlich hätte ich froh darüber sein sollen, dass ich diese Dinger endlich loswurde, der fade Beigeschmack war, dass Hansi das bestimmt nicht ohne Grund tat. Er wollte mir gewiss keinen Gefallen tun.

»Weil du an der Reihe bist, Ratzi-Schatzi«, hörte ich von irgendwoher Ottos hämisch klingende Stimme. »Mit unserer lieben Ariana sind wir fertig, nicht wahr, Süße?«

Von nebenan erklang ein Stöhnen, dann ein Rascheln wie von Streu, auf das ein lebloser Körper gelegt wird. In meinen Gedanken stellte ich mir vor, dass Otto, der schmierige schmale Mann, seine miesen Griffel um Arianas Hüften geschlungen hatte und sie jetzt sanft bettete, damit sie sich von den Folterungen erholen konnte, um zur nächsten Vergewaltigung fit zu sein … diese Schweine!

Wie gern hätte ich geschrien und ihnen gedroht! Mehr als ein Seufzen drang allerdings nicht aus meinem

Mund, ich war zu entkräftet. Selbst als Hansi eine Zange an dem ersten Nagel, dem an oder eher *in* meinem rechten Handgelenk, ansetzte und daran zog, vermochte ich nicht zu schreien. Die Schmerzen waren unerträglich, aber nicht ausreichend, um mich auf Touren zu bringen.

Es erklang ein komisches nasses Geräusch, als Hansi den Metallstift endgültig aus meinem Fleisch zog. Dann presste er etwas Kaltes, Feuchtes auf die Wunde, aus der sofort das Blut schoss. Es brannte wie Feuer. Ein Wattepad, getränkt mit einem Desinfektionsmittel?

Hansis Oberkörper wurde ein Stück nach vorn gedrückt, näher zu mir heran. Wäre ich nicht so erledigt gewesen, hätte ich ihn packen und ihm das Genick brechen können.

Otto hatte ihm auf den Rücken geschlagen. »Ich muss kurz ins Haus, nur ein paar Minuten, glaubst du, du schaffst es, dich nicht wieder überwältigen zu lassen?«

»Ja, ich, sicher, wenn, klar!«, stieß Hansi stotternd hervor und nickte hektisch, als wäre seine Lebensaufgabe nie etwas anderes gewesen, als sich nicht von mir überrumpeln zu lassen. Aber Otto musste sehen, wie es um mich bestellt war und wissen, dass ich nicht in der Lage war, seinen Bruder, das riesige Baby, anzugreifen. Selbst im fitten, trainierten und erholten Zustand stünden meine Chancen, Hansi zu besiegen, denkbar schlecht. Neunundneunzig zu eins würde ich schätzen.

Otto stapfte davon. Die Tür wurde lautstark geschlossen und ich war mit dem Kerl allein. Hatte ich eigentlich schon erwähnt, dass er verdammt groß war? Und seine Muskeln erst …

Ich fühlte mich an den Zeitpunkt zurückversetzt, als ich Hansi einen Holzsplitter wie einen Pflock in den Nacken gerammt hatte – ich schien ihn kaum verletzt zu haben – und davongelaufen war. Jetzt hatte ich weder eine Waffe noch genug Kraft in den Beinen, um das Gleiche erneut zu versuchen.

»Jetzt ziehe ich am nächsten«, warnte Hansi mich vor und zog den Nagel mit einem Ruck aus meinem linken Handgelenk. Wieder drückte er das mit Desinfektionsmittel getränkte Wattepad auf das entstandene Loch.

»Tut es sehr weh?« Besorgt sah er mich an.

Sollte ich lachen, weinen, schreien oder ihn bemitleiden? Dieser Mann hatte mir das angetan und sorgte sich nun um die Schmerzen, die ich haben könnte? Verkehrte Welt. Ein Folterer, der es nicht genoss, seine Opfer leiden zu lassen, weil er von seinen Brüdern dazu gezwungen wurde und es nicht aus eigenem Verlangen heraus tat. Armer Kerl, im Grunde war er nicht viel besser dran als ich. Er wurde seelisch misshandelt, und zwar, wie ich fürchtete, schon sein gesamtes, armseliges Leben lang.

»Es geht«, antwortete ich wahrheitsgemäß. Es war mir schlichtweg unmöglich, mich auf jeden einzelnen Schmerzherd zu konzentrieren, mein ganzer Körper fühlte sich an, als stünde er kurz vor der Explosion.

»Jetzt die Füße.« Hansi stöhnte vor Anstrengung leise auf, als er sich nach vorn beugte und sich mein linkes Bein griff.

»Wieso machst du das?«, fragte ich.

Hansi schien nicht an die Möglichkeit gedacht zu haben, ich könnte ihn etwas fragen, entsprechend verwirrt sah er mich an. Seine Lippen zuckten, als er die richtigen Worte suchte.

»Wir sind eine Familie und müssen zusammenhalten!«, stieß er hervor. Sein Atem roch sauer, nach eingelegten Heringsfilets.

»Sie zwingen dich dazu, Menschen wehzutun, Hansi, das darf selbst eine Familie nicht.«

»Wir halten zusammen«, sagte er kleinlaut und senkte den Blick, die Zange verharrte am Nagel, der in meinem Fußknöchel steckte.

Fast hatte ich ihn. Glaubte ich zumindest.

»Du kannst selbst entscheiden, was du tust. Du musst nicht auf deine Brüder hören.«

Plötzlich packte die Zange zu und Hansi riss den Nagel mit einem Ruck aus meinem Fleisch. Mein Bein wackelte unter der Wucht und ich schrie auf. Aber nicht nur ich schrie, auch Hansi brüllte aus Leibeskräften und hämmerte sich mehrmals mit der Faust gegen die Stirn.

»Dumm, dumm, dumm, dumm!«, ratterte er stakkatoartig herunter. »Dumm, dumm, dumm, dumm!« Die Stelle, auf die er sich immer und immer wieder schlug, wurde rot und schwoll an.

Ich presste mir die Hände auf die Ohren. Der Schmerz in meinem Bein war vergessen, ich hatte nur noch Augen für den großen Mann –, oder eher für den Jungen, der aussah wie ein Mann. Wie oft hatten Otto und Kane ihm eingetrichtert, dass er ein Nichtsnutz und ein Dummkopf war? Ja, sicher, Hansi war nicht der Klügste, vielleicht war er wirklich dumm, aber man hätte aus ihm einen anständigen Kerl machen können, sofern man ihn ein wenig gefördert hätte.

In der Klasse meiner verstorbenen Tochter hatte es ein Mädchen gegeben, das vom Intelligenzquotienten her unter dem Durchschnitt lag. Dank der Förderung der Lehrerin und der Unterstützung ihrer Mitschüler hatte dieses Mädchen es geschafft, mit den anderen weitestgehend mitzuhalten. Wenn man einem Kind allerdings ständig einredete, wie dumm es doch war, war es kein Wunder, dass es sich genauso verhielt.

Plötzlich erschien Otto hinter Hansi, den ich wegen den Händen auf meinen Ohren nicht kommen hörte. Er riss seinen Bruder von mir fort, hinderte ihn daran, sich weiter gegen die Stirn zu schlagen und nahm ihn in die Arme. Eine beinahe herzerweichende Geste, wenn man ausblendete, wie Otto für gewöhnlich mit ihm umging.

»Beruhig dich, beruhig dich«, flüsterte Otto und strich mit der Hand über Hansis Kopf. Mir, dem Verursacher des Anfalls, warf er einen drohenden Blick zu. »Was hat er jetzt wieder mit dir gemacht, Hansi?«

»Die Familie beleidigt!« Hansi löste sich von seinem schmalen Bruder und wischte sich mit dem Handrücken den Rotz von der Nase.

Diese Behauptung stimmte zwar nicht ganz, denn hätte ich sie beleidigt, hätte ich Ausdrücke wie Psychopathen, Schlappschwänze oder auch behinderte Möchtegerngangster benutzt, aber in Hansis Ohren mochten meine Worte als Beleidigung angekommen sein.

»Gib mir die Zange!« Otto hielt Hansi die Hand entgegen, und obwohl ich die Gefühle des großen Mannes verletzt hatte, zögerte er und kam Ottos Forderung nicht nach. »Wird's bald?«

Hansi sah auf die blutige Zange und rückte sie schließlich heraus. Mir schwante Böses.

Otto hockte sich vor mich. Sein Atem war genauso sauer und schlecht riechend wie der von Hansi. Es konnte nicht lange her sein, dass die Brüder heile Welt vorgaukelnd am Tisch gesessen und sich die Bäuche vollgeschlagen hatten. In meinem herrschte gähnende Leere und meine Kehle war staubtrocken.

»Du hast also unsere Familie beleidigt?«, fragte Otto und wedelte mit der Zange vor meinem Gesicht, damit ich ja meine Aufmerksamkeit auf sie richtete, während er sie zu dem letzten verbliebenen Nagel in meinem Fußknöchel führte. Ich biss die Zähne zusammen. Jetzt, da mein Körper aufgewacht war, rechnete ich mit dem Schlimmsten.

Otto riss an dem Stück Metall, er drückte es von einer Seite zur anderen, ließ es regelrecht in meinem Fleisch kreisen. Ich konnte einen Schrei nicht unterdrücken. Die Wunde vergrößerte sich, wurde zu einem tiefen schwarzen Schlund. Als er den Nagel endlich, nach gefühlten hundert Stunden, aus mir herauszog, stöhnte ich vor Erleichterung auf und weinte.

»Tat das etwa weh?« Otto steckte sich den Nagel als Trophäe in die Hosentasche, stand auf und sah mich ernsthaft verblüfft an, als könnte er nicht glauben, dass ein Nagel Schaden im menschlichen Körper anrichten konnte. Wie ich am Glanz seiner Augen sah, wusste dieser Irre sehr wohl, was er angerichtet hatte.

Mit Tränen in den Augenwinkeln machte ich eine abwehrende Handbewegung. »Ach was, hat nur kurz gezwickt.« Obwohl Otto sah, wie es mir ging, wollte ich ihm nicht die Genugtuung geben und winseln wie ein Hund. Von Sadisten, mit denen ich in meiner beruflichen Laufbahn gesprochen hatte, wusste ich, dass der Schmerz, das Leid der Opfer, den Täter zu immer grausameren Handlungen anspornen konnte. Das konnte ich wirklich nicht brauchen. Allerdings schienen meine Tage ohnehin gezählt zu sein. Otto löste die Ketten und verlangte von Hansi, dass er mir unter die Arme griff.

»Ihr müsst das nicht tun«, sagte ich, ohne mir Hoffnungen zu machen. Jetzt war ich an der Reihe, ob ich wollte oder nicht. Sugar, Schleicher und Ariana hatten ihre Lektion erhalten, nun war ich dran und als Sahnehäubchen, als Finale, hoben sie sich Paulssen auf. Er war es, den sie haben wollten, nicht die anderen oder mich, alles hing mit ihm zusammen. Es fing mit ihm an und würde mit ihm enden. Und in ein paar Stunden würden wir alle verscharrt im Wald liegen, weil ein egoistischer und zu stolzer Mann nicht die Wahrheit erzählte.

»Glaub mir, wir müssen.« Otto trat aus meiner Zelle und pfiff nach Hansi wie nach einem Hündchen. Hansi setzte sich in Bewegung und zog mich mit sich. Ich versuchte, selbst zu laufen, aber der Schmerz in meinen Knöcheln ließ meine Beine wegknicken. Ohne Stütze würde ich keine zwei Meter weit kommen. Ihr Plan war also aufgegangen. In diesem Zustand war eine Flucht für mich unmöglich. Und ich wusste ja noch nicht, was sie jetzt mit mir vorhatten. Würde ich bald aussehen wie Schleicher, über und über mit Blut besudelt? Oder würden sie mich teilenthäuten wie Sugar?

Ich dachte an Diana, an meine schöne Diana, und an die Frucht unserer Liebe, die in ihr reifte. Meine Zuversicht, meine Tochter jemals kennenzulernen, schwand mit jeder Sekunde. Was Diana gerade wohl machte? Weinte sie? Suchte sie nach mir? Wenn ja, wie nahe war sie? Konnte ich mir Hoffnung machen, in letzter Minute gerettet zu werden?

Hansi zog mich aus dem Stall. Es war dunkel und kalt. Sofort fing ich an zu zittern, nicht nur aus Angst. Otto lief vor, ging zu dem Haus, in dessen Keller ich durch den unterirdischen Gang gelangt war, und öffnete eine alt aussehende, schwere Hintertür. Das sie schwer sein musste, erkannte ich daran, dass Ottos Halsmuskeln sich anspannten, als er versuchte, die Tür leicht und locker zu öffnen. Es gelang ihm nicht wirklich. Hansi, ja, der hätte sie mit dem kleinen Finger geöffnet, aber in Ottos Körper schien nicht mehr Kraft als in einem Kinderarm zu stecken.

Als wir das Haus betraten, sah ich mich um. Von außen wirkte es wie ein verfallenes Bauernhaus, von innen würde es jeden gut betuchten Gast zum Verweilen einladen, sofern das hier so etwas wie ein Ferienhaus wäre. Saubere, neu und kostspielig aussehende Möbel, was das Holz oder den Hersteller anging, hatte ich keine Ahnung, um solche Dinge kümmerte sich Diana, aber selbst wenn ich darüber Bescheid gewusst hätte, würde es mich jetzt nicht interessieren. Kane kam links aus einem Raum und trocknete sich mit einem Geschirrtuch die Hände ab. Der Verdacht lag nahe, dass sich dort die Küche befand. Half mir das? Nicht im Geringsten.

»Da ist er ja.« Er warf sich das Tuch über die Schulter und kam lächelnd auf mich zu. Wäre ich nicht zu schwach gewesen, hätte ich mich auf ihn gestürzt, ungeachtet der Konsequenzen, die unweigerlich folgen würden. Denn wenn ich ehrlich war, fühlte ich mich längst wie eine wandelnde Leiche, als stünde ich kurz vor dem Abgrund und müsste nur noch einen Schritt vorwärts machen, um im Seelenstrudel zu landen.

»Ab mit ihm in den Keller!«, verlangte Kane von seinen Brüdern. »Macht ihn fest, ich komme gleich.«

Wortlos brachten sie mich zu einer weiteren Tür. Als Otto sie öffnete, sah ich mich einer anderen Welt gegenüber. Die Wände grau und kalt, die Luft verpestet durch den Gestank von Blut und Verwesung, eine gewundene Treppe, die uns in die Tiefe des Hauses führte. An den Ort, an den ich mich schon einmal verirrt hatte. Im Nachhinein könnte ich mich selbst ohrfeigen, weil ich mich, anstatt zu fliehen und Hilfe zu holen, für den Alleingang entschieden hatte. Wie ich jetzt sah, war das die falsche Entscheidung gewesen.

Hansi warf mich über seine Schulter, als würde ich nicht mehr wiegen als ein Streichholz.

Mein Gesicht rieb an seinem Rücken, während er Stufe um Stufe hinabstieg, dem Ungewissen entgegen.

Obwohl ich kaum etwas getrunken und mich vor Kurzem erleichtert hatte, pinkelte ich mich und Hansi an.

»Verdammt!«, fluchte er und beschleunigte seinen Schritt. Mein Gehirn wurde durchgeschüttelt und als wir endlich den Keller erreicht hatten, wo er mich auf einen Stuhl setzte, sah ich Sterne vor den Augen, oder eher diese kleinen schwarzen Punkte, die vor einem tanzen, wenn man zu schnell von der Couch aufstand.

»Der hat mich angepinkelt!« Hansi trat von mir weg und sah sich ungläubig seine nasse Schulter an. »Einfach, so, wenn, angepinkelt!«

»Beruhig dich«, wollte Otto seinen Bruder unter Kontrolle bringen. »Geh hoch und zieh dir ein neues Shirt an! Ich mach das schon.«

Hansi verzog das Gesicht, nickte und verschwand nach oben, ohne mich noch eines weiteren Blickes zu würdigen. Eigentlich wäre das die Gelegenheit gewesen. Otto hätte ich leicht überwältigen können, hätte mein Körper denn mitgespielt. Ich versuchte, eine Hand zu heben, keine Chance. Ich versuchte, das Bein zu bewegen, keine Chance. Ich versuchte, den Kopf zu drehen, um mich umzusehen – und es klappte. Sofort wünschte ich mir, dass auch mein Hals bewegungsunfähig gewesen wäre, dann hätte ich nicht die Folterinstrumente gesehen, die an einem circa zwei mal zwei Meter großen Brett hingen. Alle feinsäuberlich mit Nägeln befestigt. Diese verdammten Nägel! Irgendjemand schien eine Vorliebe dafür zu haben.

»Tolle Sammlung, nicht wahr?« Otto ging zu der Wand. Ohne Angst, ich könnte mich auf ihn stürzen, drehte er mir den Rücken zu und befühlte ein paar der Instrumente. Einige sahen wie normales Werkzeug aus dem Baumarkt aus, andere wirkten wie spezielle Folterinstrumente aus dem Mittelalter oder aus dem Arsenal der Mafia.

»Ist unser ganzer Stolz«, fuhr er fort und nahm sich eine kleine Schachtel, die auf dem Schrank neben dem Brett stand. Otto schüttelte sie und das leichte Klirren verhieß nichts Gutes. *Nägel, nicht schon wieder!*

Otto kam zurück zu mir und hielt mir die Schachtel unter die Nase, während er sie öffnete. »Siehst du?«, fragte er. »Richtig feine Dinger. Was glaubst du, wie viele wird dein Körper aushalten? Hm? Zwanzig? Fünfzig? Oder sogar hundert?« Grinsend leckte er sich über die Lippen. Widerlicher Kerl! »Damit fangen wir an, das wird Kane sicherlich gefallen. Vorher muss ich dich noch festbinden.«

Erst legte er die Schachtel weg, packte dann meinen rechten Arm, zwang mich, ihn auf die Armlehne zu legen und zog eine Lederschnalle fest zusammen, sodass ich meinen Arm kein Stück mehr bewegen konnte. Sofort lief meine Hand rot an und ich dachte mir, wenn sie mich nicht zu Tode foltern, werden meine Hände einfach absterben und abfallen. Beinahe hätte ich gelacht, als Otto auch den anderen Arm festband und die andere Hand ebenfalls rot anlief.

Er hockte sich vor mich. Am liebsten hätte ich ihm die Zähne aus dem Maul getreten, ich stellte es mir in Gedanken vor, an der Ausführung haperte es jedoch gewaltig. Meine Beine rührten sich keinen Zentimeter. Das taten sie erst, als Otto sie gegen jeweils ein Stuhlbein drückte und sie ebenfalls mit Ledergurten befestigte. Das Material lag genau auf meinen Jesuswunden und der Schmerz trieb mir Tränen in die Augen – wenigstens etwas, das noch funktionierte.

»Sitzt, wackelt und hat Luft!«, freute Otto sich über sein getanes Werk. Verständlicherweise war ich nicht so erfreut wie er, eher stieg in mir die Angst vor dem hoch, was mich die kommenden Minuten erwartete. Ich würde ihnen sagen, was sie wissen wollten, vielleicht sahen sie dann ein, dass ich nicht die Schuld an dem trug, was geschehen war, sondern dass Paulssen der Mann für die Antworten war. Für meine Gedanken schämte ich mich nicht. Wenn es ums Überleben ging, war sich jeder selbst der Nächste und ich war mir in diesem Moment so nahe wie nie zuvor.

Otto nahm sich wieder die Schachtel mit den Nägeln, die ein oder zwei Zentimeter lang waren, einen schmalen Hammer und stellte sich vor mich. Ein dämliches Grinsen auf den Lippen. Meiner Einschätzung nach war er der Typ, der durch den Schmerz eines anderen Menschen sexuelle Erregung verspürte. Mich würde nicht wundern, sollte er einen Steifen in der Hose haben.

»Freust du dich schon?«, fragte Otto.

»Unheimlich!«, gab ich zurück und schaffte es, zu lachen. Konnte sogar nicht mehr damit aufhören. Mein schmerzender, gepeinigter Körper wurde durchgeschüttelt, als ich lachte, als hätte ich gerade den besten Witz der Welt gehört.

»Sei still!«, schrie Otto mich an. »Halt den Mund!«

Es gelang mir nicht, ruhig zu sein und meinen Mund halten. Es kam einfach aus mir heraus. Der ganze Druck, die Angst der letzten Stunden, entluden sich in einem krampfartigen Lachanfall. Otto sah von Sekunde zu Sekunde wütender aus, es interessierte mich nicht, im Gegenteil, eher ließ mich das noch lauter losprusten.

»Wenn du nicht sofort das Maul hältst …« Otto hob den Hammer. Ich starrte das Werkzeug an. Sah es schon auf meinen Kopf treffen, wie es die Haut zum Platzen und meinen Schädel zum Bersten brachte, aber ehe Otto zuschlagen konnte, kamen Kane und Hansi die Treppe herunter.

»Was ist hier los?«, fragte Kane, über mein schallendes Gelächter hinweg.

»Der ist völlig durchgedreht, bekloppt, von Sinnen!«, beschwerte sich Otto.

Angestrengt versuchte ich, das Lachen zu unterdrücken, was mir nur bis zu einem gewissen Grad gelang.

»Ich soll bekloppt sein?«, fragte ich und kicherte. »Da gibt es andere Kandidaten in diesem Raum, das könnt ihr mir glauben!«

Kane schlug mir ohne Vorwarnung ins Gesicht. Das ließ mein Lachen abrupt ersterben.

»Du musst unbedingt jemanden kennenlernen«, sagte Kane, und anstatt mich weiter zu schlagen, wie ich erwartete, ging er ein Stück zur Seite, damit ich einen freien Blick auf die Treppe hatte.

Schritte auf den Stufen erklangen. Jemand kam herunter. Wer? Fragend sah ich die Brüder an. Sie achteten nicht auf mich, sie blickten nicht weniger gespannt zur Treppe als ich.

Mit jedem Schritt machte mein Herz einen Hüpfer, und als endlich, nach quälenden Sekunden, ein Mann in mein Blickfeld trat, schien mein Herz mit einem Mal stehen zu bleiben.

22

Diana wachte um sechs Uhr auf. Cupcake saß neben ihr auf dem Bett und leckte ihr das Gesicht.

»Lass das!« Kichernd schob sie den Hund zur Seite und tastete nach Tomas. Es dauerte einen Moment, bis sie begriff, dass ihr Ehemann nicht dort war, wo er sonst jeden Morgen lag, wenn sie aufwachte.

Schwermütig setzte sie sich auf und betrachtete die leere Betthälfte. Im Schlaf hatte sie ihre missliche Lage vergessen. Fast hätte sie sich wieder hingelegt und versucht, sich zurück ins Traumland zu flüchten, aber das war keine Option. Sie würde ihren Mann wiederfinden und wenn sie sich dafür ein Bein ausreißen musste.

Diana stand auf, hob Cupcake vom Bett, machte sich kopfkratzend auf in Richtung Bad, öffnete die Tür und knallte sie umgehend wieder zu.

»Warum schließt du denn nicht ab?«, schrie Diana und rieb sich die Augen. Das Bild, wie Paul mit einer Zeitung in der Hand auf dem Klo saß, ging ihr nur schwer wieder aus dem Kopf.

»Ich dachte, du schläfst noch!«, kam es gedämpft von der anderen Seite. »Bin sofort fertig …«

»Keine Eile«, sagte sie, beim Gedanken an den Gestank, der ihr entgegengeschlagen war. »Ich gehe aufs Gästeklo und gebe mich mit einer Katzenwäsche zufrieden. Mach bitte das Fenster auf, wenn du fertig bist.«

Es dauerte eine Viertelstunde, bis sie beide am Küchentisch saßen und frühstückten. Paul hatte sein Tablet neben sich stehen und warf pausenlos einen Blick darauf.

»Worauf wartest du?«, fragte Diana und nahm einen Schluck koffeinfreien Kaffee.

»Auf eine Nachricht von Schroer. Jürgen, Steffi und er sind am Tatort.«

»Der Freier?«

Paul nickte. »Die Wohnung war verwüstet, das weiß ich schon mal. Und das Opfer wurde sofort mit einem Stich ins Herz getötet. Sehr effizient und lautlos.«

»Glaubst du, die Prostituierte kannte den Mörder?«

»Das wissen wir erst, wenn die Spurensicherung ihre Arbeit beendet hat und feststeht, ob sich gewaltsam Zutritt verschafft wurde.« Fragend sah er sie an. »Woran denkst du?«

Diana schluckte den letzten Bissen hinunter, tupfte sich den Mund ab und sagte: »Paulssen hätte sie ohne zu zögern reingelassen. Er ist Polizist, so einen lässt man nicht auf der Straße stehen.«

»Sie war eine Hure, die hätte jeden sofort hereingelassen«, erwiderte Paul.

Diana hielt dagegen: »Wenn sie bereits einen Kunden bei sich hat? Unwahrscheinlich.«

»Und was, wenn sie einen flotten Dreier planten? Und der Mörder den anderen Mann geopfert hat?«

Diana zuckte mit den Schultern. »Auch möglich, es gibt mehrere Wege, wie es gelaufen sein könnte.«

Pauls Tablet gab ein Geräusch von sich. »Eine Mail vom Chef. Wollen wir mal sehen …« Paul wischte über das Display und es entstand eine Gesprächspause, während er las. Diana räumte derweil alles vom Tisch und bereitete sich und den Hund zur Abreise vor. Sie war gespannt, wie Hanrath reagierte, wenn nach zehn Jahren die Polizei vor der Tür stand und ihn zu dem Tod seiner Frau und seines Sohnes und zum Verbleib der anderen drei befragte. Es gab eigentlich nur zwei Optionen: Hanrath bat sie ins Haus und sie redeten über die Sache wie erwachsene Menschen oder es eskalierte an der

Haustür und er scheuchte sie davon. In beiden Fällen war sie froh, Paul bei sich zu haben.

»Und?«, fragte Diana, als nichts von Paul kam.

Er hob den Finger. »Einen Moment.«

»Gut, ich bringe eben Cupcake zu meiner Schwiegermutter.« Diana nahm ihn unter den Arm, ging aus der Wohnung und erwartete schon jetzt das kommende Donnerwetter, wenn sie Ursula erneut darum bitten musste, auf ihren kleinen Schatz aufzupassen. Auch die Katzen würde sie füttern müssen, sie hatten sich die ganze Nacht nicht blicken lassen, weil Paul auf der Couch geschlafen hatte. Ihnen waren fremde Menschen suspekt und sie versteckten sich, sobald Besuch da war.

Sie klopfte. Aufgeregte Stimmen drangen durch die Tür. Diana sah auf ihre Armbanduhr. Es war halb acht, was war da in Ursulas Wohnung los?

Die alte Frau riss die Tür auf. »Da bist du ja! Hast du was Neues?«

Diana blickte an Ursula vorbei. Um den Wohnzimmertisch saßen vier ergraute Damen, alle hielten eine Kaffeetasse in der Hand und starrten sie an.

»Was ist hier los?«

»Ich musste mit jemandem darüber reden, was mit meinem Tomas ist!«, erboste sich Ursula und fühlte sich keineswegs im Unrecht.

»Das sollte unter uns bleiben!«, fuhr Diana sie an.

»Nicht in diesem Ton, junge Dame!«

»Doch, genau in diesem Ton!« Diana schob Ursula zurück in die Wohnung, schloss die Tür, verlangte von Ursula, sich zu setzten und baute sich vor dem Kaffeekränzchen auf. Cupcake bellte aufgeregt.

»Was meine Schwiegermutter Ihnen erzählt hat, muss in diesen vier Wänden bleiben, es ist wichtig, dass niemand, absolut niemand außer Ihnen davon erfährt. Sonst gefährden Sie Tomas' Leben.«

Die Augen der Gesellschaft weiteten sich und richteten sich auf Ursula. Vielleicht übertrieb Diana, aber was sie im Moment noch weniger brauchten als weitere Opfer, waren Gerüchte, die in Duisburg die Runde machten. Das würde nicht nur dem Fall, sondern auch dem Ansehen der Mordkommission schaden.

Die Kaffeetasse einer der Damen zitterte in den faltigen Händen.

»Haben Sie das verstanden?« Diana sah jede der Frauen nacheinander an und wartete auf deren Nicken. Als ihr Blick den von Ursula traf, hätte es beinahe einen neuen Urknall gegeben. Dianas Schwiegermutter sprang auf.

»Was erlaubst du dir, mich so vor meinen Freundinnen zu behandeln?«

»Es geht um das Leben deines Sohnes!«, sagte Diana im scharfen Ton. »Nicht um dich oder deinen Hühnerhaufen.« Noch nie hatte sie mit Ursula auf diese Art geredet und sie befürchtete, die betagte Frau würde ihr das nie verzeihen.

Ursula ließ sich zurück auf den Sessel fallen, ihr Mund stand offen, doch sie sagte nichts mehr.

»Es tut mir leid«, versuchte Diana den Grundstein für die Zukunft zu legen. »Aber es ist wirklich wichtig, dass Sie das, was Sie heute erfahren haben, vorerst für sich behalten, um nicht eine laufende Ermittlung zu gefährden.« Die Runde nickte, sogar Ursula.

»Vielen Dank.« Diana konnte nur hoffen, dass sie ihr Wort hielten. Sie richtete sich an Ursula, wollte sie fragen, ob sie auf Cupcake aufpassen könnte, aber als Diana ihren gekränkten Blick auffing, verzichtete sie darauf, weil sie Angst hatte, bei der Rückkehr einen im

Ofen gebratenen Hund vorzufinden, aus Rache für ihr Verhalten.

Diana verabschiedete sich und verließ mit einem schlechten Gefühl im Magen die Wohnung. Wo sollte das hinführen? Es war zu hören, dass die Tür oben geschlossen wurde, Schritte, dann kam Paul in ihr Blickfeld. Das Tablet unter den Arm geklemmt, den Autoschlüssel in der Hand.

»Alles in Ordnung mit dir?«, fragte er.

Diana erzählte ihm kurz, was vorgefallen war.

Paul seufzte. »So sind die alten Leute, da kannst du nichts machen, und wenn es ihr hilft, mit der Situation umzugehen, bitteschön.«

»Ich hätte nicht laut werden dürfen, aber meine Hormone und die Sorge um Tomas …«

»Schon gut. Das wird wieder.« Er legte einen Arm um sie. »Können wir los?« Paul deutete auf Cupcake. »Kommt er mit?«

»Ja, ich wollte ihn nicht bei ihr lassen«, sagte sie lächelnd. »Irgendwie hatte ich Angst, sie könnte ihren Ärger über mich an ihm auslassen.«

Lachend öffnete er ihr die Tür.

»Was stand in der E-Mail vom Chef?«, erkundigte sie sich beim Einsteigen.

Während er den Wagen startete, antwortete er: »Es wurden keine Anhaltspunkte für ein gewaltsames Eindringen gefunden. Unsere Theorien erscheinen also immer wahrscheinlicher. Ein Raubmord kann ausgeschlossen werden. Bleiben die Optionen, dass es ein Freier war, eine Beziehungstat oder Paulssen, auf den vieles hindeutet. Sie haben eine Visitenkarte von ihm auf Julias Nachttisch entdeckt. Kann eine fiktive Spur sein oder eine richtige, Schroer und Jürgen sind sich da nicht sicher.«

»Schroer glaubt auch an die Möglichkeit, dass jemand Paulssen was anhängen will, um uns auf eine falsche Fährte zu locken?«

»Er zieht es in Betracht, aber vorerst geht er davon aus, dass Paulssen mit der Sache zu tun hat.« Paul nahm den direkten Weg auf die Autobahn Richtung Reken. »Sobald wir mit Hanraths Ehemann gesprochen haben, sollen wir ins Revier kommen. Die bis dahin gesammelten Hinweise wird er dann mit uns durchgehen.«

»Hat Schroer etwas über Alex gesagt? Ist er mit den Handydaten von Ariana und Tomas weitergekommen?«

»Bisher nicht, Alex ist dran.«

»Ich begreife das alles nicht, Paul«, wechselte Diana das Thema.

»Geht mir genauso«, gab er zu. »Wir haben ja schon vieles durchgemacht, aber das? Korruption in unserem Revier? Dein Mann und deine beste Freundin sollen zusammen durchgebrannt sein, dafür werden sogar Beweise zurechtgelegt, die Sache mit Paulssen und seiner ermordeten Frau, dann die Leiche des Freiers in der Wohnung der Prostituierten …«

»Und den Penner darfst du nicht vergessen, der spurlos verschwunden ist.«

»Ja, aber da hat Schroer recht, Obdachlose kommen und gehen und manchmal tauchen sie nicht mehr auf. Die Fahndung läuft jedenfalls.«

Diana blickte aus dem Fenster. Cupcake hatte sich auf ihrem Schoß zusammengerollt und schlief selig, ihre kleine Tochter hingegen schien aufgeregt zu sein, sie trat fortlaufend gegen Dianas Bauch. Eine Hand legte sie auf die Kugel, die sie seit ein paar Wochen vor sich herschob, und flüsterte dem Kind in Gedanken beruhigende Worte zu. Dass sie ihren Vater finden würden, dass es ihm gut ging und dass sie nach all dem Schrecken eine wunderschöne Zeit miteinander verbringen würden.

Leider glaubte Diana selbst nicht an das, was sie ihrem ungeborenen Baby einzureden versuchte. In ihr wuchs ein schlechtes Gefühl heran, was die Sache anging. Sie war sich nicht sicher, dass sie Tomas lebend wiedersehen würde. Was, wenn er längst tot war und in einem entlegenen Waldstück oder auf dem Grund eines Sees lag und sich die Natur an seinem Fleisch bediente?

Den Rest der Fahrt nach Reken über schwiegen sie. Paul war zu sehr mit dem dichten Verkehr auf der Autobahn beschäftigt und Diana hing ihren Gedanken nach, die immer bedrückender wurden.

Als sie von der Autobahn runter waren, bog Paul in einen schmalen Weg ein.

»Sind wir hier richtig?«, fragte Diana.

»Laut Navi schon. Hab mir das vorher auf dem Tablet angesehen, sah auf den Satellitenbildern aus, als läge das Haus ein bisschen abgelegen, in einem Waldstück.«

Bäume säumten links und rechts den Weg und bestätigten Pauls Recherchen und riefen in Diana neue unheilvolle Bilder hervor.

»Scheint sich vollkommen zurückgezogen zu haben«, sagte Paul. »Soviel ich weiß, arbeitet er von zu Hause aus und es würde mich nicht wundern, wenn er sich die Dinge, die er zum Leben braucht, liefern lässt.«

»Wie er wohl auf unseren Besuch reagieren wird?«, überlegte Diana.

»Das werden wir gleich herausfinden.«

Geradewegs fuhren sie auf ein Gebäude zu, das von außen wirkte, als könnte es jeden Moment in seine Bestandteile zerfallen und als würde nur der Dreck der Jahrzehnte die Steine zusammenhalten.

Paul stoppte den Wagen genau vor dem Haus, stieg aus und half Diana, ebenfalls auszusteigen. Cupcake blieb im Auto. Noch bevor sie die Haustür erreichten, öffnete sie sich und heraus trat ein Mann, der in Tomas' Alter sein musste. Zwar nicht bemerkenswert attraktiv, wie Diana fand, aber auch kein optischer Schandfleck. Was sie jedoch störte, war seine Haltung und der Blick, den er ihnen zuwarf, er wirkte verächtlich. Die Arme hatte er vor der Brust verschränkt, klassische Abwehrhaltung.

»Kann ich Ihnen helfen?«, rief er ihnen zu und Diana lief bei dem Klang seiner Stimme ein Schauder über den Rücken. Nicht, weil sie wohlklingend, sondern eher bedrohlich war, als hätte er nicht die kleinste Lust, mit Paul und ihr zu sprechen.

»Herr Hanrath?«, fragte Paul.

»Wer will das wissen?«

Paul trat vorsichtig, aber bestimmt auf den Mann zu, der auf den Stufen zu seinem Haus stand und sie immer noch verächtlich, mittlerweile aber mit einer Spur Neugier anblickte.

»Ich bin Paul Schmidt, Kriminalkommissar bei der Mordkommission Duisburg«, er deutete auf Diana, »und das ist meine Kollegin Diana Balke.«

Erst wollte Diana ihn berichtigen und sagen, sie heiße Ratz und nicht mehr Balke, aber irgendetwas sagte ihr, dass sie den Mund halten sollte, dass Paul nicht umsonst ihren Mädchennamen genannt hatte.

»Dann können Sie mir sicher Ihren Ausweis zeigen, nicht wahr?«, fragte Hanrath.

»Klar.« Paul holte seinen Dienstausweis hervor, trat einen Schritt näher zu dem Mann und gab ihn ihm. Diana versteifte sich. Was, wenn der grobe Kerl auch ihren Ausweis sehen wollte?

Hanrath schien mit Pauls zufrieden zu sein. Seine Körperhaltung lockerte sich und er lächelte sogar. Diana nahm ihm die Freundlichkeit nicht ab, sie wirkte zu aufgesetzt.

»Was kann ich für Sie tun?« Der Klang in Hanraths Stimme hatte sich verändert, als wollte er unbedingt höflich und zuvorkommend wirken, ganz anders als zuvor.

»Es tut uns leid, dass wir Sie noch mal an die schrecklichen Ereignisse von vor zehn Jahren erinnern müssen, aber wir hätten ein paar Fragen an Sie.«

Sofort versteinerte sich seine Miene. Es schien nicht Wut zu sein, die ihn überkam, sondern Trauer. Tränen blitzten in den Augenwinkeln auf.

»Abgeschlossen habe ich damit nie, probiert, es zu vergessen, ja.« Hanrath sah zur angelehnten Tür, wandte sich wieder zu ihnen und machte eine einladende Handbewegung. »Kommen Sie herein, reden wir drinnen.«

»Vielen Dank«, sagte Paul und ging mit dem Mann ins Haus. Diana zögerte einen Moment. Ihr Blick ging zu Cupcake, der auf den Hinterbeinen stand und mit seinen Kulleraugen zu ihr hinausstierte. Sein Schwanz wedelte aufgeregt.

»Was mache ich hier eigentlich?«, fragte sie sich flüsternd und folgte den beiden. Als die Tür hinter ihr ins Schloss fiel, zuckte sie unwillkürlich zusammen und eine Gänsehaut überkam sie. Auf Anhieb fühlte sie sich unwohl, auch wenn das Haus von innen nicht so runtergekommen anmutete wie von außen. Ganz im Gegenteil. Es wirkte frisch renoviert und die Möbel sahen ziemlich neu aus.

»Schön haben Sie es«, sagte Paul, als sie ins Wohnzimmer kamen. Sie nahmen auf einer bequemen Couch

Platz. Hanrath bot ihnen etwas zu trinken an, sie lehnten ab.

»Okay, was gibt es zu der Sache mit meiner Frau noch zu besprechen? Erst hat sie meinen Jungen getötet und dann sich selbst.« Hanrath fuhr sich mit der Hand durchs schwarze Haar. »Das war keine leichte Zeit für mich und meine anderen Söhne.«

»Herr Hanrath«, setzte Paul an.

»Nennen Sie mich bitte Julian.«

Paul nickte. »Gut, Julian, es könnten neue Spuren aufgetaucht sein.«

Julian runzelte die Stirn. »Und das soll bedeuten?«

»Leider kann ich Ihnen keine Details nennen, aber es könnten sich Fehler bei den Ermittlungen eingeschlichen haben.«

»Will heißen?« Julian beugte sich ein Stück vor, die Couch knarrte.

»Dass in der Wohnung alles anders abgelaufen ist, als die beteiligten Personen hinterher behauptet haben.«

Diana warf Paul einen fragenden Blick zu. Sie war sich nicht sicher, ob es klug war, den Vater so tief in ihre bisherigen Entdeckungen einzuweihen.

Unbeirrt fuhr er fort. »Erinnern Sie sich an den ermittelnden Beamten Paulssen?«

»Und ob ich mich an den erinnere«, sagte Julian. »Damals mochte ich ihn nicht und ich mag ihn bis heute nicht.« Julian schien ein Licht aufzugehen, er lehnte sich zurück und sein Gesichtsausdruck hellte sich merklich auf. »Soll das heißen, er hat Beweise manipuliert?«

»Das könnte es heißen, ja, wohlgemerkt könnte, wir dürfen keine voreiligen Schlüsse ziehen.« Jetzt kam Paul zum eigentlichen Grund ihres Besuchs. »Können Sie uns sagen, wo sich Ihre Söhne derzeit aufhalten?«

»Nein, wieso?« Die Antwort kam für Dianas Geschmack zu eilig, als hätte sie Julian längst auf der Zunge gelegen und nur darauf gewartet, endlich herausgelassen zu werden. »Ich habe keinen Kontakt mehr zu ihnen, sie wurden ein Jahr nach dem Tod ihrer Mutter in Pflegefamilien gegeben, weil man mir nicht zutraute, mich um meine Jungs zu kümmern. Über die Pflegeeltern versuchte ich, an sie heranzukommen, bin aber immer gescheitert.«

»Und sie haben sich nie von sich aus bei Ihnen gemeldet?«, fragte Paul und notierte etwas auf seinem Notizblock.

»Nein, ich vermisse sie sehr.«

Das glaubte Diana ihm nicht. Alles an Julian schrie danach, dass er log. Er hatte eine Verbindung zu seinen Kindern gefunden, das erkannte sie an seinem Blick, der nicht so schmerzerfüllt war, wie er sie glauben machen wollte.

»Kann ich kurz Ihr Bad benutzen?« Diana hielt sich den Bauch und kniff ein Auge zusammen. »Das Baby drückt auf die Blase.« Entschuldigend lächelte sie, als sie bemerkte, dass beide Männer peinlich berührt waren. Eigentlich musste sie nicht wirklich auf die Toilette, sie benutzte ihren Umstand nur dazu, sich ein wenig umzusehen.

Julian stand auf und führte Diana zu einem kleinen Gäste-WC im Erdgeschoss. »Hier, bitte.« Fürsorglich hielt er ihr die Tür auf. »Wann ist es denn so weit?«

»Wenn alles gut geht in sechs bis acht Wochen.«

Lächelnd betrachtete er ihren Bauch und schien sich an etwas zu erinnern. »Ich weiß noch, wie die vier Schwangerschaften und Geburten bei meiner Frau abliefen. Sie war immer so glücklich und schöner in der Zeit als jemals zuvor.« Seufzend blickte er zu ihr auf.

»Hoffentlich müssen Sie niemals miterleben, wie es ist, wenn einem das Kind genommen wird.« Mit einem Mal wandte er sich ab und schlenderte gemütlich zurück ins Wohnzimmer. Er ließ sie mit seinem letzten Satz allein, als wäre es nur eine nette Floskel gewesen und nicht eine Aussage, die unwillkürlich in jeder werdenden Mutter Bilder hervorrief, die sie so bald nicht wieder loswurde.

Diana ging in die Toilette, schloss hinter sich ab, setzte sich auf den Klodeckel und ließ den zurückgelegten Weg vom Wohnzimmer bis hierhin Revue passieren. Unauffällig hatte sie sich umgesehen. Im Hausflur hatte es keine Hinweise auf die Söhne gegeben. Dabei war der doch ein guter Platz, um Fotos der Liebsten aufzuhängen. In ihrer alten Wohnung und jetzt in der mit Tomas zusammen hatte sie es selbst so gehalten. So sah man bei jedem Vorbeigehen das Lächeln der Familie und der Freunde. Für ihr Baby hatte sie einen Ehrenplatz reserviert, den sie später mit einem indirekten Licht ausleuchten wollte. In Julians Hausflur gab es keine Bilder, nicht einmal zur Dekoration, er wirkte zu steril.

Sie stand auf, trat vor den Spiegelschrank und öffnete ihn. Abgesehen von ihrem Beruf war sie schon immer neugierig gewesen und hatte wissen wollen, was sich in den Schränken anderer Leute befand. Einmal stieß sie dabei auf einen Gegenstand, den sie Lebtages nie vergessen würde: den Vibrator ihrer Mutter. Lange hatte sie die Vorstellung nicht mehr aus dem Kopf bekommen, wie ihre Eltern damit gegenseitig an sich herumspielten.

Aber der Spiegelschrank war vollkommen leer.

Sich um die eigene Achse drehend, entdeckte sie nichts, was den Verdacht erweckte, dass Julian nicht allein hier wohnte.

Diana drückte die Spülung, wusch sich die Hände und wollte gerade die Tür öffnen, als sie einen lauten Schlag hörte. Es klang, als wäre etwas Schweres zu Boden gefallen. Paul, um Himmels willen! Hatte Julian ihn überwältigt, weil er zu viele Fragen gestellt hatte?

Vorsichtig öffnete sie die Tür und hörte ein leises Klirren wie von Ketten. Instinktiv griff sie an ihre Hüfte, und erst als sie ins Leere fasste, fiel ihr ein, dass sie nicht mehr als Ermittlerin arbeitete und dementsprechend keine Waffe bei sich trug.

Unter der Garderobe, an der nur eine Jacke hing, stand ein Schirmständer mit einem Schirm darin. Den Griff umfasste sie mit beiden Händen und ging einen Schritt nach dem anderen zurück Richtung Wohnzimmer. Als sie näher kam, vernahm sie Gemurmel, und als sie mit erhobenem Regenschirm ins Blickfeld der Männer trat, die sich über einen auf dem Boden liegenden Boxsack bückten, kam sie sich überaus dämlich vor.

»Was zum …?«, setzte Julian an.

Diana ließ den Schirm sinken und legte sich eine Hand über die Augen. »Gott, ist das peinlich«, beschämt stellte sie ihn an der Wand ab. »Ich dachte, es wäre etwas passiert. Ich hörte einen Knall und da ist meine Fantasie mit mir durchgegangen.«

Julian lächelte. »Verstehe schon, Sie haben in Ihrem Beruf bestimmt schon einiges gesehen, nicht wahr? Vorsicht ist besser als Nachsicht, sage ich immer.«

»Stimmt, entschuldigen Sie.«

»Kein Problem. Viele Menschen halten mich für einen Verrückten, weil ich allein hier draußen wohne. Im Dorf nennen sie mich den einsamen Julian, der, dem alle fortgelaufen sind, auch wenn das nicht zutreffend ist. Sollen die Leute sich doch das Maul zerreißen.«

Diana lächelte verlegen und deutete auf den Boxsack. »Und was hat es damit auf sich?«

Plötzlich strahlte Paul über beide Wangen. »Den sah ich auf dem Schrank liegen. Julian erlaubte mir, ihn mir genauer anzusehen. Als ich ihn runterwuchten wollte, ist er mir aus den Händen gerutscht, das hast du gehört.« Er hielt eine Kette hoch, die das Klirren von sich gegeben hatte. »Siehst du hier oben auf dem Boxsack die Unterschrift?« Paul tippte auf einen mit weißem Stift gekritzelten Namenszug.

»Ja, und?« Diana konnte ihn nicht entziffern und vom Boxen hatte sie noch weniger Kenntnis als vom Fußball.

»Das ist ein Trainingsboxsack vom Klitschko.«

»Von welchem?« So viel wusste Diana dank ihrer Klatschzeitungen doch.

»Von dem, der gerade Vater geworden ist.«

»Ja, und?«, fragte sie erneut.

Paul machte eine abschätzige Handbewegung. »Ach, du hast keine Ahnung.« Julian und er lachten gemeinsam, wie zwei Freunde, die sich über ihre Frauen amüsierten. Während die beiden über einen Sport fachsimpelten, den Diana nie verstehen würde, sah sie sich im Wohnzimmer um. Auch hier nichts, was an seine Söhne erinnerte. Dann trat sie ans Fenster und sah hinaus auf das gewaltige Anwesen. Mitten auf einem grünen Feld, das umringt war von dichtem Wald, stand ein heruntergekommener Stall. Ob er darin Tiere hielt?

»Was ist da drin?«, fragte sie.

Paul und Julian unterbrachen ihr Gespräch und Julian stellte sich neben Diana. »Nur Gartengeräte«, sagte er schulterzuckend. »Eigentlich wollte ich Pferde halten, ich hätte Platz für sechs, aber irgendwie fehlte mir die Lust.«

234

»Wie verdienen Sie Ihr Geld?« Diana wandte sich ihm zu und beobachtete seine Reaktion.

»Im Internet, reicht Ihnen das? Oder wollen Sie mich verhören?«

»Natürlich nicht, das genügt mir.« Sie sah zu Paul. »Wären wir dann so weit oder hast du noch Fragen, Paul?«

»Nein, als du auf der Toilette warst, habe ich Julian alles gesagt, was wir wissen, und ihm versprochen, uns bei ihm zu melden, sollten wir neue Details erfahren.«

»Und falls Sie meine Söhne finden, sagen Sie ihnen, dass ich sie gern wiedersehen würde.«

»Das machen wir«, sagte Diana.

Julian blickte erneut auf ihren Bauch. »Ihnen, Ihrem Kind und Ihrem Mann wünsche ich alles Gute.« Er zwinkerte und Diana kam es so vor, als wüsste er genau, wer sie war. *Das bildest du dir nur ein*, dachte sie und ließ sich zusammen mit Paul von Julian zur Tür begleiten.

»Kommen Sie vorbei, wann Sie wollen, meine Tür steht Ihnen immer offen.«

»Das werden wir.« Paul gab ihm die Hand. »Und viel Spaß mit Ihrem Boxsack.«

Auch Diana verabschiedete sich – allerdings ohne nette Floskel –, folgte Paul zum Wagen, öffnete die Tür und dachte nicht an ihren Hund, der die ganze Zeit eingesperrt gewesen war. Cupcake sprang heraus, flitzte wedelnd auf Julian zu, stoppte kurz vor ihm und pisste ihm auf den Schuh.

»Cupcake!«, rief Diana erschrocken und lief so schnell, wie ihr Bauch es zuließ, zu ihrem Hund. Sie befürchtete, Hanrath könnte ihn treten und den zarten Körper verletzen. »Es tut mir leid!«

Julian überraschte sie, er lachte und winkte ab. »Ach was, ist nicht schlimm, ich hatte selbst mal einen, der war genauso bekloppt. Ich fasse es einfach so auf, dass er mich auf Anhieb gern hat und mich markieren wollte, und alles ist in Ordnung, okay?«

Diana hob Cupcake hoch, nickte peinlich berührt und ging zurück zum Fahrzeug. Ihr war die Sache unangenehm. Ihr Hund benahm sich manchmal, als hätte er keinen Funken Erziehung genossen, aber dass er einen Menschen anpinkelte, war bisher nicht vorgekommen — abgesehen von Tomas natürlich.

»Los, fahr!«, forderte sie Paul auf und er gehorchte sofort. Er wendete den Wagen und fuhr den Weg zurück, den sie gekommen waren. Erst, als das Haus hinter ein paar Bäumen verschwand, lachte Paul lauthals los und tätschelte Cupcakes Kopf.

»Braves Hündchen, dem hast du's gezeigt!«

»Nicht lustig«, sagte Diana.

»Finde ich schon, der Typ ist ein Dreckskerl, oder hast du auch nur ein Wort von dem geglaubt, was er erzählt hat?«

»Nein, nicht wirklich, er ist ein unheimlich schlechter Lügner.«

»Ja, selbst jemand, der nicht wie wir geschult wurde, hätte erkannt, dass Julian gelogen hat, was seine Söhne angeht.« Paul lenkte den Wagen auf die Hauptstraße.

»Was sollen wir jetzt machen?«

»Auf dem Hinweg habe ich ein Café gesehen, da halten wir, essen eine Kleinigkeit und ich ruf den Chef an. Wir sollten Hanrath und das Haus überwachen, vielleicht finden wir so seine Kinder.«

»Gute Idee.«

Paul hielt an dem Café an, und noch bevor sie aussteigen konnten, klingelte sein Handy. »Ja? Ach, Chef. Ja, wir sind schon bei Hanrath gewesen. Gefunden haben wir nichts, aber er lügt, was seine Söhne betrifft, behauptet, sie seit Jahren nicht mehr gesehen zu haben. Aha, okay, ja.« Er machte eine Pause, hörte angestrengt zu, dann runzelte er die Stirn und zog eine Augenbraue hoch. »Arianas Mobiltelefon? Hier in der Nähe? Und das von Tomas? Nichts? Okay, wir warten in einem Café auf Sie, das heißt *Schleckermäulchen*.« Wieder eine Pause. »Ja, doofer Name, ich weiß. Bis später.« Paul legte auf und sah Diana eindringlich an.

»Was ist? Hat Alex was herausgefunden?«

»Ja, er konnte zumindest Arianas Handy orten, an Tomas' ist er noch dran.«

»Wo?«

»Circa fünf Kilometer von hier.« Augenblicklich hob er beschwichtigend die Hände, als ahnte er, dass Diana sofort der Gedanke kam, zurück zum Haus zu fahren und es zu durchsuchen. »Schlag dir das aus dem Kopf, wir sollen auf Schroer warten. Er kommt mit Jürgen und Steffi hierher. Wenn er es schafft, auch gleich mit einem Durchsuchungsbeschluss und der gesamten Kompanie. In maximal zwei Stunden müssten sie hier sein.«

»Zwei Stunden?« Die neuen Informationen ließen Diana unruhig werden. Arianas Handy wurde in der Nähe geortet, war es dann nicht logisch, dass Tomas ebenfalls in der Gegend war? Ein Schauer überkam sie, als sie an den Stall auf Hanraths Anwesen dachte. *Was, wenn sie dort festgehalten und gefoltert werden?* Diana schüttelte den Kopf. *Unsinn! Meine Fantasie geht mit mir durch.*

»Alles in Ordnung bei dir?«

Diana nickte, obwohl sie sich nicht sicher war.

»Versprich mir, dass wir beide warten, bis Schroer anrückt.«

Wieder nickte sie, aber auch dabei war sie sich nicht ganz sicher.

23

Ich hielt mir die blutende Nase. Kurz bevor die drei
Brüder mich überhastet durch den Fluchttunnel in den
Wald geschleppt hatten, hatte ich Bekanntschaft mit
ihrem Vater und dessen Schuh gemacht, mit dem er mir
wie ein Karatemeister ins Gesicht getreten hatte. Vielleicht hatte er mir die Nase gebrochen, was derzeit allerdings mein kleinstes Problem war. Im Wald war es
kalt, ich hockte auf dem harten Boden und Otto, der
immer nervöser werdende Otto, drückte mir seine Pistole an den Kopf. Fest rechnete ich damit, dass es jeden
Moment knallte und mir die Lichter ausgingen.

Warum sie mich hierher gebracht hatten, wusste ich
nicht.

Kanes Handy klingelte. »Ja? Okay. Wir kommen.«
Noch ein paar Augenblicke lauschte er dem Anrufer,
legte auf und sah seine Brüder an. »Alles in Ordnung,
wir können zurück.«

»Was ist los?«, fragte ich, eher aus Reflex als eine
Antwort erwartend.

»Wir hatten Besuch. Hast du das Auto nicht gehört?«,
stellte Kane eine Gegenfrage.

Kurz überlegte ich. Nein, ich hatte nichts gehört. Nur
den Befehl ihres Vaters, mich in den Wald zu bringen
und dort zu warten, bis er sich bei ihnen meldete. Also
schüttelte ich den Kopf.

»Das ist jammerschade. Vater hat mir verraten, wer
uns besucht hat.« Kane beugte sich zu mir herunter.
»Soll ich es dir sagen?«

Da ich keine Lust hatte, mich von ihm veralbern zu
lassen, reagierte ich nicht auf ihn.

»Deine Frau«, verkündete er mit einem Lächeln und ich glaubte für einen Moment, mich verhört zu haben.

»Was?« Ich versuchte aufzustehen, meine Knöchel und Otto hinderten mich daran.

»Ein Kollege und sie haben sich nach uns erkundigt. Nach euch nicht. Entweder war das Taktik oder sie haben uns nicht in Verdacht.«

»Was hat er ihr angetan?«

»Nichts«, sagte Kane. »Beide sind weggefahren. Vater hat sie erkannt, weil ich ihm ein Foto von deinem Handy gezeigt hatte und ich meinte, die Alte sollte man mal richtig durchknallen, ob schwanger oder nicht.«

Schmerzhaft biss ich mir auf die Unterlippe und stellte mir vor, es wäre die von Kane, die ich mit einem Ruck aus seinem Gesicht reißen würde.

»Vater steht nicht darauf, ich schon.« Kane rieb sich über den Schritt und durch seine Hose zeichnete sich ab, dass der bloße Gedanke an meine schwangere Frau ihm einen Ständer bescherte.

»Du Schwein!«, schrie ich, wollte mich auf ihn stürzen, fiel jedoch vornüber.

Die Brüder lachten und ich kam mir vor wie die dümmste Geisel der Welt.

»Jedenfalls haben wir nicht mehr viel Zeit, es muss alles erledigt sein, ehe sie zurückkommen«, sagte Kane.

»Glaubt Vater das?« Otto zog mich auf die Beine, richtete die Waffe jetzt gegen meine Rippen.

»Jedenfalls befürchtet er es, weil er denkt, dass sie ihm seine Flunkereien nicht abgenommen haben.« Kane lächelte gequält. »Ihr wisst ja, wie schlecht er lügen kann. Könnt ihr euch noch an das eine Mal erinnern, als wir ihn mit Mamas Schwester im Bett erwischt haben?« Otto und Hansi nickten. »Hat gesagt, Mama wüsste davon, sie wolle, dass er es ihrer Schwester einmal richtig besorgt. Hat einen hochroten Kopf bekommen, der Alte.« Kane kicherte. »Unsere Familie ist die beste.« Er klopfte seinen Brüdern auf die Schultern und öffnete dann die Luke, die zum Geheimtunnel führte. »Los, rein da!«

Sie schubsten mich vor sich her, dem Horrorhaus und voraussichtlich meinem Tod entgegen. Der einzige Hoffnungsschimmer war meine Frau. Bis hierher hatte sie es geschafft. Unglaublich! Also musste sie die Sache von damals mit meinem Verschwinden in Zusammenhang gebracht haben. Aber von welchem Kollegen hatte er gesprochen? Hatte Diana Schroer informiert, so, wie ich es gehofft hatte? Suchte eine Sonderkommission nach uns? Falls es so war, würde es sie hoffentlich zurück zu uns führen, ehe die Hanraths uns umbrachten. Wie es geklungen hatte, hatte die Familie nicht vor, viel länger mit unseren Hinrichtungen zu warten. Ob ich es nun wahrhaben wollte oder nicht.

Der Vater öffnete ihnen die Tür. Wie hieß er noch gleich? Kai? Laslo? Igor? Verdammt! Ich kam nicht drauf.

»Wie war gleich der Name?«, fragte ich ihn, wie es eine Telefonistin in einer Arztpraxis machen würde, wenn sie den nuschelnden Anrufer nicht verstand.

Ihr Vater sah mich einen kurzen Augenblick misstrauisch an als erwarte er, dass ich mich aus den Fängen seiner Söhne losreißen und ihn anfallen würde, doch dann sagte er: »Julian, Julian Hanrath. Es wundert mich, dass du ihn vergessen hast.« Er stellte sich genau vor mich, presste seine Stirn auf meine. Vor Hitze glühte er. »Sind wir nicht wichtig genug, dass man sich an uns erinnert? Eine Familie, zerstört, und euch Bullen kümmert das einen Scheißdreck!«

»Moment!« Mit Mühe schaffte ich es, den rechten Arm aus Ottos Griff zu befreien und den Zeigefinger oberlehrerhaft in die Höhe zu richten. Aus dem Augenwinkel sah ich das Loch, das der Nagel hinterlassen hatte. Sollte die Wunde Zeit genug haben zu heilen, würde eine stattliche Narbe zurückbleiben. Das war aber eher unwahrscheinlich. »Ihr habt mich nicht bloß einen Scheißdreck interessiert, ich habe versucht, den Vorfall aufzuklären.«

Julian machte einen Schritt zurück. Ich war froh, nicht mehr seine Hitze spüren zu müssen. »Kommst du wieder mit deinen Ausflüchten? Wir haben gehört, was du zu dieser Ariana gesagt hast. Dass du im Grunde keine Mitschuld hättest, sondern der Samariter bist, der die Sache aufklären wollte.« Erwartungsvoll sah er mich an. »Haben wir was verpasst? Hast du herausgefunden, was wirklich passiert ist oder hast du nicht auch bloß eine Familie im Stich gelassen, die erfahren wollte, was mit ihrer Mutter und Ehefrau geschehen war. Oder mit ihrem Bruder und Sohn? Hast du nicht vielmehr den Schwanz eingezogen und bist auf allen vieren in Deckung gekrochen, als Paulssen dich bedroht hat? Dachtest du da nicht nur an deinen eigenen Arsch?«

Er hatte mich. Damals hätte ich Paulssen ignorieren und weiterforschen sollen, wenn es schon die Abteilung der internen Ermittlungen nicht tat, die für solche Angelegenheiten zuständig war. Dennoch war das kein Grund, mich und die anderen zu foltern und zu töten.

»Das entschuldigt nicht, was ihr hier tut.«

»Ach nein?« Julian grinste hämisch, blickte seine Jungs nacheinander an. »Ist es denn fair, dass eine Frau gestorben ist und ihre Söhne ohne Mutter aufwachsen mussten? Zwar haben die Pflegeeltern die Erziehung ganz gut hinbekommen, aber ein Kind braucht nun einmal seine richtige Mutter.«

»Du glaubst also allen Ernstes, dass es okay ist, Leute umzubringen, sobald du einen triftigen Grund hast?«, fragte ich. Für mich war diese verquere Ansicht eines Mörders nichts Neues. Für diese Art Mensch war es normal und sogar legitim, für die eigenen Zwecke zu töten, sei es aus Geldgier, aus Eifersucht, aus Spaß oder wie in diesem Fall aus Rache. Kein Wort aus meinem Mund könnte ihn vom Gegenteil überzeugen, dass es falsch war, was er und seine Söhne anrichteten. Oft schon hatte ich erfolglos versucht, einen Mörder zu bekehren, warum sollte ich bei diesen vier Erfolg haben?

»Was wäre, wenn ein Mann, sagen wir, ein reicher Bonze aus Düsseldorf, verheiratet, selbst drei Kinder, deine Tochter, würde sie noch leben, vergewaltigt und erdrosselt? Was wäre dein spontaner Impuls?«

Alles Lügen nützte nichts, die Antwort war klar, jeder liebende Vater hätte diesen Gedanken. »Ich würde ihn umbringen.«

»Siehst du?« Julian nickte zufrieden.

»Das wäre aber nur der erste Drang«, sagte ich. »Danach würde sich meine Vernunft melden und mich auf den rechten Pfad bringen.«

»Rechten Pfad? Bist du ein Pfaffe, oder was?«, blaffte Otto mich an, packte den Arm, den ich freibekommen hatte, und drehte ihn mir auf den Rücken.

»Wahrscheinlich werden Tomas und wir nie einer Meinung sein, nicht wahr?« Julian wandte sich an seine Jungs. »Ihr zwei holt die anderen. Otto bleibt mit Tomas hier. Ich hole den Wagen. Wir können nicht länger warten. Der Notfallplan ist jetzt das, an was ihr euch zu halten habt. Wie wir besprochen haben.« Er sah auf die

Uhr. »Sie kommen auf jeden Fall wieder und ich fürchte, wir sind bis dahin nicht fertig, also los, los, los, keine Zeit verlieren!« Julian trieb seine Söhne an und verschwand über die Kellertreppe nach oben. Mit Otto, meinem Lieblingsirren der Familie, blieb ich allein zurück. Mit Gewalt setzte er mich auf den Stuhl, auf dem ich schon einmal gefoltert werden sollte.

Ob Diana ahnt, dass ich hier festgehalten werde? Sie hat einen guten Spürsinn. Mir blieb nur, auf ihre Fähigkeiten zu vertrauen und darauf zu hoffen, dass sie die richtigen Schlüsse zog.

»Was habt ihr jetzt mit uns vor?«

Otto richtete seine Waffe auf mich. Wenn ich versuchen würde, zu fliehen, würde er nicht zögern und schießen und dieses Mal wahrscheinlich treffen.

»Plan B, wie Vater gesagt hat.«

»Und was ist Plan B?«, fragte ich so geduldig, wie ich konnte.

»Das wirst du gleich sehen.«

Fakt war, dass sie nicht vorhatten, uns einfach umzubringen, denn sonst hätten sie das längst getan. Nein, sie wollten unsere Geständnisse, dass wir zugaben, Mitschuld am Tod ihrer Mutter zu tragen. Und die Wahrheit, die kannten sie auch noch nicht. Es gab nur zwei Menschen, die Bescheid wussten: Sugar, die vermutlich nie wieder etwas sagen würde, und Paulssen, der lieber sterben und schweigen wollte, als jemals das zu erzählen, was vor zehn Jahren in dieser gottverdammten Wohnung geschehen war.

Otto sah nicht aus, als wollte er mir Details ihres tollen Plans verraten. Mir blieb nichts anderes übrig, als abzuwarten, was in den nächsten Minuten passieren würde.

Ich hörte einen Wagen. Er klang, als würde gleich der Auspuff abfallen und der Motor platzen. Dann ertönten Rufe. Es waren die Stimmen von Hansi, Kane und Julian und die von Ariana und Paulssen.

»Was habt ihr vor?«, fragte ich, auch wenn ich nicht glaubte, von Otto eine halbwegs anständige Antwort zu erhalten.

»Wir machen eine kleine Spritztour«, sagte er entgegen meiner Erwartung.

»Wohin?«

Otto lachte, sah zur Treppe, als Schritte auf den Stufen erklangen, und grinste, als Kane sich zu uns gesellte.

»Wir sind bereit, komm!«, verlangte er von seinem Bruder und Otto ließ sich nicht zweimal bitten. Grob packte er mich an der Schulter und schrie mich an, ich solle gefälligst aufstehen und meinen alten, knorrigen Arsch bewegen. Ohne Widerworte gehorchte ich. Nicht nur mein Körper schien gebrochen zu sein, auch mein Wille. Ich gab mich geschlagen.

Otto führte mich. An den Armen gepackt schob er mich die Treppe hoch, durch den Hausflur und zur Tür hinaus. Da parkte das Ungetüm, das diesen Lärm verursachte: Es war ein uralter Transporter. Die Farbe konnte ich nicht erkennen, so verdreckt war er. Die Seitentür stand offen. Im hinteren Teil sah ich Paulssen, Schleicher und Ariana sitzen, die sich dicht aneinanderdrängten. Sie versuchten, sich gegenseitig Wärme und Trost zu spenden.

Kane packte mich am Nacken und stieß mich zu den anderen. Mit dem Kinn knallte ich auf den verdreckten Boden. Blut, Kot, Urin, alles klebte an dem Blech und jetzt auch an meiner Haut. Und es waren nicht nur frische Exkremente und Körperflüssigkeiten. Schnell begriff ich, dass dies der Wagen war, mit dem sie die Leichen in den Wald transportierten. Würden sie uns jetzt dorthin bringen? In den Wald? Uns dort mit vorgehaltener Waffe zwingen, zu gestehen und zu bereuen, während wir unsere eigenen Gräber aushoben?

»Tomas, es geht dir gut, ein Glück.« Paulssen sah mich aus glasigen Augen an. Vom Scheitel bis zur Sohle betrachtete ich ihn, dann die anderen. Sugar fehlte, offenbar ließen sie sie zurück.

Paulssen war der Einzige von uns, der nicht aussah, als wäre er unter einen Rasenmäher geraten. Schleicher war über und über beschmutzt mit Blut und Ariana sah nicht besser aus. Was hatten sie mit ihr gemacht? Mehrere Schnitte prangten auf ihren Armen und im Gesicht. Und so, wie sie mich anblickte, so schmerzerfüllt, befürchtete ich, dass sie nicht nur gefoltert, sondern auch erneut vergewaltigt worden war.

»Was haben die mit uns vor?«, flüsterte Paulssen. Als die Schiebetür sich schloss und es dunkel wurde, fuhr er vor Schreck zusammen.

»Das ist Plan B«, sagte ich sarkastisch.

»Und was soll das heißen?«

»Dass sie uns nicht hier, sondern irgendwo anders beseitigen werden.«

Im schwachen Licht sah ich, wie Schleicher grinste. Sein blutiger Mund stand weit offen, die vergilbten Zähne stachen zwischen all dem Rot hervor.

»Was gibt es da zu grinsen?«, fragte ich.

Schleicher zuckte mit den Schultern und lehnte sich zurück. Er blieb stumm. Seitdem er im Keller gewesen war, hatte er kein Wort mehr mit uns gesprochen. Hatte er seine Beichte abgelegt und wähnte sich in Sicherheit, weil er glaubte, sie würden ihn nicht umbringen, weil er ein ach so geständiger, braver Bürger war?

Mit einem Ruck fuhr der Wagen an. Es schleuderte mich gegen Ariana. Ich spürte die Haut ihres Armes auf meiner. Sie war kalt wie eine Leiche.

»Wir schaffen das«, flüsterte ich ihr zu. »Wir überleben das, wir beide. Auf Paulssen und Schleicher nehmen wir keine Rücksicht.« Verstohlen warf ich einen Blick zu den Männern. Über das Dröhnen des Transporters hinweg hatten sie mich nicht gehört. »Egal, wo sie uns hinbringen, wir werden sie überraschen, uns losreißen und rennen, so schnell wir können, okay?«

Ariana nickte, zwar schwach, aber es war eine Reaktion.

Hoffentlich reichte die Zeit aus, um einen Plan zu schmieden. Wir durften nicht länger warten. Vielleicht sollte ich versuchen, die Irren abzulenken, damit Ariana wegrennen und Hilfe holen konnte? Denn ich würde wie ein nasser Sack aus dem Transporter fallen, sollte ich einen Fluchtversuch starten; ein leichtes Opfer für die irren Männer.

Ich spürte jedes Schlagloch, über das der Wagen gelenkt wurde, die Federung musste komplett dahin sein. Ariana schmiegte sich an mich, legte ihren Kopf an meine Schulter, ich hob meinen verletzten Arm und strich ihr mit der Hand durch das dunkelblonde Haar, es war verklebt und zerzaust.

Mit jedem Meter, den das Fahrzeug bewältigte, wuchs meine Hoffnung, dass wir es schaffen würden, uns irgendwie aus den Klauen unserer Entführer zu befreien. Doch plötzlich sprang Paulssen auf und zeigte auf mich und Ariana.

24

»Wie lange dauert das noch?« Diana blickte unaufhörlich auf die Wanduhr, die im Café hing.

»Es ist erst eine Stunde vergangen, gedulde dich noch ein bisschen«, sagte Paul. »Das war schon lustig, als Cupcake dem Hanrath auf den Schuh gepinkelt hat«, versuchte er Diana abzulenken.

Damit erreichte er allerdings genau das Gegenteil. Es rief in ihr den Augenblick hervor, als ihr Hund an Hanraths Schuh geschnüffelt und ihn mit Urin getränkt hatte. Cupcake hatte Vergleichbares vorher nie getan. Vielleicht waren die letzten Stunden und Tage auch für ihn zu anstrengend gewesen und er entwickelte verhaltensgestörte Gewohnheiten – hoffentlich nicht. Oder hieß es etwa … konnte es sein, dass …

»Was ist los, Diana?« Paul sah sie fragend an, griff über den Tisch und legte seine Hand auf ihre.

»Ich denke an Cupcake. So etwas hat er noch nie gemacht. Nicht in hundert Jahren würde er jemand anderen anpinkeln als Tomas.«

»Soll das heißen, Hanrath riecht so ähnlich wie Tomas?«

Energisch schüttelte sie den Kopf. »Nein, aber es kommt vor, dass Cupcake Dinge anpinkelt, die nach Tomas riechen. Das macht er gern mit seinen Schuhen. In der Buchhandlung hätte Cupcake beinahe das Buch nass gemacht, das Tomas in der Hand gehabt hatte. Und denk an die Matratze und das T-Shirt in Arianas Wohnung.«

Paul beugte sich vor. Der Holzstuhl, auf dem er saß, knarrte und ächzte. »Was willst du damit andeuten?

Dass Hanraths Schuh nach Tomas gerochen hat und dein Hund deswegen dagegen gepisst hat?«

»Genau so meine ich das.«

»Das ist reichlich dünn, findest du nicht? Willst du das dem Chef sagen, damit er Hanrath den Arsch aufreißt?«

»Nein«, sagte sie, stand auf, nahm ihre Jacke und hielt sich den Bauch. Die Kleine trat wieder wild um sich. »Dem reiße ich den Arsch auf!«

»Das wirst du nicht!« Paul sprang auf, packte sie am Arm und hinderte sie daran, rauszustürmen. Die Aufmerksamkeit der im Café sitzenden oder arbeitenden Menschen war ihnen sicher. Eine alte Dame in der hintersten Ecke flüsterte einem Kind, vielleicht ihrem Enkel, etwas zu.

»Dann werden *wir* es tun!« Flehentlich sah sie ihn an. Auf einmal war das Gefühl, dass mit Hanrath und dem Haus etwas nicht stimmte, größer als zuvor. Der Stall, in dem er Pferde halten wollte, all das schrie danach, dass dort etwas faul war.

Paul schaute zur Uhr an der Wand. »Es sind nur noch ein paar Minuten, bis Schroer und die Verstärkung eintreffen, wir sollten warten und ...«

»Paul! Bitte! Vertrau mir, wir haben keine Zeit.« Sie spürte, dass sie ihnen davonlief, als hätten sie nur noch Sekunden, ehe Tomas für immer aus ihrer Reichweite sein würde. »Falls Hanrath mit drinsteckt, kann er Tomas und die anderen ohne Probleme verschwinden lassen, während wir uns den Arsch platt sitzen.«

Die alte Dame hielt ihrem Enkel die Ohren zu und warf einen strafenden Blick zu ihnen herüber.

»Warte hier, nur einen Moment!« Paul eilte zur Verkäuferin hinter der Theke, kritzelte eilig etwas auf ein Blatt seines Notizblockes und gab es der Frau. Er kehrte zu Diana zurück, nahm sie in den Arm und flüsterte: »Ich vertraue dir. Los, wir fahren! Ich habe für Schroer eine Nachricht hinterlassen. Er wird mich dafür zwar hängen, aber du hast recht, wenn Hanrath etwas damit zu tun hat, kann jede Minute zu viel sein.«

Eilig liefen sie auf den Parkplatz. Cupcake bellte im Auto, als er sein Frauchen kommen sah. Vorsichtig schob sie ihn zur Seite, setzte sich und feuerte Paul an, endlich den Arsch auf den Fahrersitz zu bewegen und loszufahren. In ihr kribbelte es immer heftiger. Sie gab Cupcake einen Kuss auf die ausgeprägte Stirn.

»Braver Hund, hast dein Herrchen gerochen, nicht wahr?«

Wie zur Bestätigung kläffte er zweimal und rollte sich auf ihrem Schoß zusammen.

Paul fuhr vom Parkplatz, schnitt einen Lkw, dessen Fahrer daraufhin lautstark hupte. Paul fluchte, machte ein entschuldigendes Handzeichen und raste zurück zu Hanraths Haus. Es dauerte keine fünf Minuten und sie waren da. Der schmale Weg, den sie vorhin schon gefahren waren, schien diesmal länger. Diana fürchtete, sie befänden sich in einer Art Zeitschleife und der Weg würde nie ein Ende finden und sie wären dazu verdammt, immer und immer weiterzufahren. Doch endlich kam das zerfallen wirkende Gebäude in ihr Blickfeld. Paul hielt davor an, zog seine Waffe und überprüfte sie.

»Du bleibst sitzen!«, befahl er und stieg aus, ohne auf eine Antwort zu warten. Diana hätte ihm nicht widersprochen. Schließlich war sie unbewaffnet und hochschwanger. Gespannt beobachtete sie, wie Paul zur Haustür ging, erst klingelte und dann klopfte. Es rührte sich nichts. Er wandte sich um, blickte kurz zu ihr und auf den Boden. Als er sich bückte, verschwand er aus ihrem Sichtfeld. Schnell öffnete sie das Fenster.

»Was ist?«

»Frische Reifenspuren, nicht von uns. Wahrscheinlich ist der Vogel ausgeflogen. Bleib weiterhin, wo du bist, ich umrunde das Haus«, sagte er und stand auf.

Nickend kurbelte sie das Fenster wieder hoch und klammerte sich an Cupcake. Die Minuten, bis Paul zurückkehrte, vergingen quälend langsam und fast rechnete sie damit, dass er nicht zu ihr zurückkommen würde. Doch dann kam er rechts um das Haus herum und winkte ihr zu. Also stieg sie aus und nahm Cupcake mit. Sie hatte kein gutes Gefühl dabei, ihn im Auto zu lassen.

»Ich bin durch die Hintertür rein, scheint niemand da zu sein.«

»Warst du im Keller oder im Stall?«

Paul schüttelte den Kopf und deutete auf den Wagen. »Sieh im Handschuhfach nach, da habe ich meine Ersatzwaffe drin.«

»Im Handschuhfach? Wirklich? Wenn Schroer das wüsste …«

»Was Schroer nicht weiß, macht ihn nicht heiß. Komm schon!«

Diana gehorchte seiner Aufforderung, und als sie die schwere, kalte Pistole in der Hand hielt, kamen alte Erinnerungen in ihr auf. Sogleich fühlte sie sich sicherer.

»Lass uns erst im Keller nachsehen«, sagte Paul und ging voran. Diana folgte ihm mit klopfendem Herzen.

Aufmerksam betraten sie das Haus und suchten die Tür, die sie in den Keller führen würde. Als sie fündig wurden und sie öffneten, wussten sie gleich, dass sie auf der richtigen Spur waren. Cupcake hob die Nase und schnüffelte aufgeregt.

»Das riecht, als lägen da unten ganze Leichenberge.« Paul wedelte sich frische Luft zu. »Ich gehe vor, du sicherst mich nach hinten ab, okay?«

Diana nickte.

»Fast wie in alten Zeiten, meinst du nicht?« fragte er lächelnd.

»Ja, fast. Du laberst zumindest genauso viel wie früher. Los jetzt!«

Mit nach vorn gerichteter Pistole stieg er Stufe für Stufe hinab. Diana folgte ihm, blickte sich mehrmals um und kontrollierte, dass niemand sie von hinten angriff.

»Ach du meine Güte!«, sagte Paul unten angekommen.

»Was ist das?«, fragte sie und betrachtete den Stuhl, der mitten im Raum stand. Um ihn herum war der Betonboden rostbraun gefärbt. Dafür musste viel Blut geflossen sein.

Pauls Handy klingelte. »Scheiße!« Mit vor Aufregung zitternden Händen nahm er es aus der Brusttasche. »Es ist der Chef, verdammt! Da muss ich drangehen.« Paul tippte auf das Display und hielt sich das Telefon ans Ohr. »Ja? Sie brauchen ein bisschen länger? Kein Problem. Wo wir sind?« Hilfesuchend sah er zu Diana. Aufmunternd nickte sie ihm zu. Es nutzte nichts, Schroer anzulügen. »Wir sind in Hanraths Haus.« Diana hörte Schroer durch die Leitung fluchen. »Das erklären wir Ihnen später. Wir hatten begründeten Verdacht … Nein, es ist niemand mehr da. Wir können die paar Minuten, die wir vorher hier waren, ruhig unter den Tisch fallen lassen. Wenn wir finden, was wir vermuten, wird keiner wissen wollen, ob wir ohne Durchsuchungsbeschluss im Haus waren oder nicht.« Paul zwinkerte Diana zu. Da sie Schroer nicht mehr schreien hörte, schien er auf Pauls Vorschlag eingegangen zu sein. »Ja, das machen wir. Bis gleich, Chef.« Er legte auf. »Wir sollen hier auf ihn und die anderen warten. Ein bisschen umsehen dürfen wir uns auch.«

»Schroer ist der Beste«, sagte Diana und trat auf die Werkzeuge zu, die an einem Holzbrett hingen, das an der Wand befestigt war. »Was haben die hier unten gemacht?«

»Sieht aus wie in den russischen Mafia-Filmen, gängiges Folterwerkzeug.«

Diana schüttelte es, als sie daran dachte, dass sie Tomas vielleicht mit den Hämmern, Sägen oder Scheren verletzt oder sogar getötet hatten. Zumindest befand sich kein frisches Blut am Boden.

»Hier gibt es nur eine einzige Tür«, sagte Paul und ging darauf zu. »Ganz schön eng, das Haus scheint nicht voll unterkellert zu sein.« Vorsichtig drückte er die Klinke runter und zog die Tür auf. »Da hol mich doch der Teufel!«, stieß er aus und winkte Diana zu sich. »Schau dir das mal an!«

Als sie neben ihn trat, glaubte sie nicht, was sie sah: einen langen Gang oder eher eine Art Tunnel. Wo der wohl hinführte?

»Den überlassen wir besser Schroer und seinen Leuten«, sagte sie. Der unterirdische Durchgang war ihr nicht geheuer.

Paul schloss die Tür. »Ich weiß nicht, ob es mich beruhigt, dass wir keine Spur von Tomas oder den anderen entdeckt haben oder ob mich das eher alarmiert.«

»Wir waren noch nicht im Stall«, merkte Diana an. Dorthin zog es sie schon die ganze Zeit.

»Gut, ich gehe vor.« Paul ging die Treppe rauf. Bevor Diana ihm folgte, sah sie sich um. *Ob Tomas hier war? Klebt auch sein Blut auf diesem Steinboden?* Eines war sicher: Die Spurensicherung würde Tage brauchen, um jeden

Zentimeter des Kellerraumes zu untersuchen und zu katalogisieren.

»Kommst du?«, rief Paul von oben.

Sie stieg die Stufen hinauf. Cupcake schnüffelte aufgeregt. Diana hätte ihn gern runtergelassen, damit er nach seinem Herrchen suchen konnte, aber sie hatte Angst, dass sich ihr zierlicher Hund verletzte.

Paul hielt die Hintertür auf. Bei jedem Schritt, den Diana in Richtung Stall machte, schienen sie minimale Elektroschocks zu durchfahren. Ihre Beine, ihre Arme, der Oberkörper, alles kribbelte. Auch ihre Kleine spürte die Aufregung, sie zappelte in Dianas Bauch herum, trat um sich.

»Vorsichtig!«, sagte Paul, bat Diana, stehen zu bleiben und öffnete eine schwere Eisentür. Von innen waren Zeitungsblätter vor den Fenstern angebracht worden. Ihr schwante Böses und als sie Paul von drinnen etwas Unverständliches rufen hörte, stürzte sie ihm hinterher. Was sie sah, wollte sich erst nicht zu einem klaren Bild zusammenfügen. Es war zu grausam, um echt zu sein. Was war mit der Frau geschehen?

»Können Sie mich hören?« Paul tätschelte der misshandelten Frau behutsam die Wange. Die Hautlappen, die an Nägeln hingen, fingen trotz der sanften Berührung an, hin und her zu schwingen. Die Frau zeigte keinerlei Reaktion.

Paul legte Zeige- und Mittelfinger an ihren Hals, fühlte den Puls. »Sie lebt! Ich fordere einen Krankenwagen an. Bleib du bei ihr!«

Diana setzte Cupcake auf den Boden und packte mit fester Hand seine Leine. Behutsam hockte sie sich vor die Frau. Wie konnte sie noch leben? Der Zustand der Wunden auf ihrer Brust war desaströs. Eitrig und verkrustet waren sie dunkelrot verfärbt. Trotz der Kälte hatten sich erste Fliegen darauf niedergelassen und bereiteten die Eiablage vor. Dem Geruch nach schien sie bei lebendigem Leib zu verwesen. Wenn es das nicht war, dann musste sie eine Blutvergiftung haben. Wie lange saß sie schon hier?

»Hallo?«, fragte Diana, strich mit der Hand über die Wange der Frau. Ob das Julia Vekens alias Sugar war?

»Julia? Hören Sie mich?«

Diana glaubte es kaum, als sich flatternd Julias Lider öffneten. Ihre Augen waren blutunterlaufen, der Blick leer und kalt.

Julia stöhnte, bewegte die Lippen.

»Wollen Sie mir was sagen?« Diana beugte sich vor, ihre roten Haare berührten die hautlose Brust, Julia schien das nicht zu spüren.

»L–L–L–L …«, setzte Julia an, verstummte aber sogleich.

Diana lehnte sich noch ein Stück vor, bis ihr Ohr vor Julias Mund war. »Versuchen Sie es!«, forderte sie die verletzte Frau auf.

»L–L–Lauf!«, stieß Julia mit aller Kraft aus.

Hinter Diana ertönte ein Klicken. Sie sah sich hektisch um. Über sich entdeckte sie Kameras. Wieder klickte es und als Diana begriff, ließ sie die Leine los. Verzweifelt versuchte sie, auf die Beine zu kommen, doch ihr dicker Bauch hinderte sie daran. Sie fiel zu Boden.

»Paul! Paul! Hilf mir!« Das waren ihre letzten Worte, danach explodierte die Welt um sie herum.

25

Bevor Paulssen etwas sagen konnte, machte der Wagen einen Schlenker. Er knallte gegen die Innenwand des Transporters und blieb reglos liegen.

»Was zum Teufel war das denn?«, fragte ich.

»Keine Ahnung!«, sagte Ariana.

»Schien fast so, als wollte er uns etwas sagen.«

»Ich glaube eher, der ist durchgedreht.« Ariana kroch zu Paulssen und tätschelte ihm die Wange.

»Lass ihn!«, verlangte ich und riss sie von ihm fort. »Soll er schlafen. Besser so, als dass er uns vielleicht noch angreift.«

Nickend wischte sie sich Schweiß und Blut von der Stirn.

»Was haben die mit dir gemacht?«, fragte ich.

»Das willst du nicht wissen, Tomas.«

Das wollte ich eigentlich schon, nur schien Ariana nicht gewillt zu sein, mich an ihrem Erlebnis teilhaben zu lassen.

»Was haben sie dich gefragt?«

»Was an dem Tag in Sugars Wohnung passiert ist. Habe ihnen gesagt, was sie hören wollten, ich konnte ja nicht viel sagen, war nicht dabei und konnte mich nur auf Paulssens Aussagen berufen. Dann sollte ich gestehen, schuld an dem Tod ihrer Mutter zu sein, was ich nicht tat. Später brachten sie mich zurück in den Stall.« Mit dem Kopf deutete sie Richtung Fahrerkabine. »Wer ist der Mann, der bei den Brüdern war?«

Ich erzählte ihr, was mit mir geschehen war, als sie mich holten, berichtete von Julian Hanrath, dem Vater der drei Verrückten, und ließ nicht aus, dass Diana und ein Kollege den Weg zum Haus gefunden hatten und wir deshalb diesen kleinen Ausflug unternahmen.

»Das erklärt ihre plötzliche Nervosität«, sagte Ariana und zeigte auf Paulssen. »Langsam glaube ich, mit dem stimmt irgendetwas nicht. Was, wenn er mit drinsteckt?«

Konnte es wirklich sein, dass Paulssen mit den Hanraths unter einer Decke steckte? Er war der Einzige von uns, der noch nicht der Gewalt der Brüder ausgeliefert gewesen war, wenn man von der Schussverletzung absah, die er anfangs erlitten hatte. Die fiel mir jetzt erst wieder ein. Paulssen hatte nichts mehr über seine Wunde gesagt. Hatten sie ihn in Wahrheit gar nicht angeschossen? War das nur eine Scharade, damit wir glaubten, Paulssen wäre einer von uns?

Also kroch ich zu ihm und zog ihm das total verdreckte Hemd hoch.

»Was machst du da?« Ariana folgte mir und hockte sich neben mich.

»Ich will etwas nachsehen.« Zwar fand ich eine Schramme, die zu dem Blutfleck am Stoff passte, aber wie ein tiefes Einschussloch sah sie nicht aus. Uns hatte er nur seinen Rücken gezeigt und nach einem Austrittsloch gefragt, das es nicht gab. Das war auch vollkommen unmöglich, es war ein Streifschuss gewesen, eine lapidare Verletzung, wenn man Schleichers, Arianas und meine betrachtete.

»Irgendetwas stimmt nicht«, sagte ich. Ehe Ariana antworten konnte, bremste der Wagen abrupt und wir flogen wie Kugeln bei einer Lottoziehung durcheinander.

»Mist!«, fluchte Schleicher und packte sich an den Kopf. Das waren die ersten Worte, die ich seit seiner Spezialbehandlung durch die Brüder von ihm hörte.

Von draußen ertönte lautes Gelächter. Die Hanraths fanden irgendetwas wahnsinnig witzig. Dann wurde die Schiebetür aufgerissen und das grelle Tageslicht blendete mich.

»Aussteigen!«, bellte Kane, griff sich Schleicher und zog ihn aus dem Transporter.

»Lass mich los, du Taugenichts!«, schimpfte der Landstreicher. Kane schlug ihm in den Bauch, Schleicher fiel keuchend zu Boden.

»Noch jemand, der den Aufmüpfigen spielen möchte?« Julian, das Oberhaupt des Stammes der Idioten, richtete eine Schrotflinte – ja, verdammt noch mal eine Schrotflinte – auf uns! Mit ihr könnte er Ariana, Paulssen und mich mit nur einem Schuss töten oder zumindest schwer verletzen, weil wir dicht nebeneinander lagen wie frisch geborene Welpen, die sich gegenseitig wärmten.

»Los! Raus mit euch!«, forderte Kane.

Erst ließ ich Ariana aussteigen und folgte ihr vorsichtig. Die Nagellöcher an meinen Knöcheln schmerzten zwar, behinderten mich aber nicht mehr so stark bei meinen Bewegungen. Mein Körper hatte die neue Herausforderung angenommen und sie so gut es ging bewältigt. Dass ich einen Marathon laufen, geschweige denn, dass ich wegrennen konnte, bezweifelte ich. Also war der Gedanke, den ich während der Fahrt gehabt hatte, die Männer abzulenken und Ariana zur Flucht zu verhelfen, immer noch besser, als es selbst zu probieren. Jedoch erschwerte die Anwesenheit der Schrotflinte jeden Versuch.

»Was ist mit dem anderen?« Julian deutete mit der Schrotflinte in den Wagen.

»Ist ohnmächtig«, sagte ich.

»Dann zieht ihn da raus!«

Seine Söhne gehorchten ihm ohne Murren. Zumindest Otto und Hansi, sie zogen den bewusstlosen Paulssen aus dem hinteren Teil des Transporters und stützten ihn, damit er nicht in den Dreck fiel.

Die Zeit nutzte ich und schaute mich um. Was ich sah, gefiel mir absolut nicht. Wenn ich schon dachte, das Haus der Familie Hanrath sei abgelegen gewesen, so wurde ich jetzt eines Besseren belehrt. Wir standen auf einer riesigen Fläche, ich konnte es kaum schätzen, aber sie musste die Größe von fünf Fußballfeldern haben. Mindestens. Alles Wiese, bis auf ein Gebäude, das mittig darauf gebaut worden war. Und der Name der Firma, die hier beheimatet war, lautete: *Schlachtbetrieb Kleinmeier und Sohn.*

Offenen Mundes stand ich da, starrte dieses verdammte Schlachthaus an und fühlte mich in dem Moment tatsächlich wie Vieh, das zu seiner Hinrichtung durch einen Bolzenschuss in die Stirn, samt anschließendem Ausbluten, gebracht wurde. Die armen Tiere hatten ab heute mein vollstes Mitgefühl und würde ich nicht gleich sterben, würde ich mir überlegen, mich ab sofort vegetarisch zu ernähren.

»Los, vorwärts!« Etwas drückte gegen meinen Rücken. Was es war, war vollkommen klar: die Schrotflinte.

Stolpernd lief ich auf das Schlachthaus zu. Die Felder, auf denen wahrscheinlich das eigene Schlachtvieh gezüchtet worden war, wirkten verwaist und verwildert. Die Natur hatte sich alles wiedergeholt. Das Gras stand hüfthoch, die Zäune waren fast vollständig mit Büschen und Rankengewächsen überwuchert. Das hatte den Effekt, dass das Gebäude größtenteils sichtgeschützt war.

»Stopp!«

Sofort blieb ich stehen. Otto sprintete an mir vorbei, entfernte eine dicke Kette von der Tür, schloss sie auf

258

und öffnete sie. Als er sich zu uns umdrehte, sah ich sein widerliches Grinsen, welches ich ihm liebend gern aus dem Gesicht geschlagen hätte.

»Herzlich willkommen in unserem Feriendomizil, treten Sie ein, bestaunen Sie die wunderschöne Natur des Todes.« Otto kicherte, machte eine einladende Handbewegung und ging einen Schritt zur Seite, damit wir eintreten konnten. Ich wollte nicht in dieses Haus, doch die Schrotflinte in meinem Rücken zwang mich dazu.

»Erst links in den Gang und dann die erste Tür rechts. Tomas, meinst du, du schaffst das?«, fragte Julian und auch er kicherte jetzt. Es dauerte nur ein paar Sekunden und die Familie Hanrath lachte gemeinsam, in aller Vertrautheit. Mistkerle.

Julians Plan folgend, überraschte es mich nicht, wo ich landete. Es war ein gekachelter Raum, von den Decken baumelten Ketten, an deren Enden sich spitze Haken befanden, zum Aufhängen von Fleisch, wobei es wohl egal war, ob dieses tierischen oder menschlichen Ursprungs war. Die Fugen von Boden und Wänden waren weder weiß noch grau, sondern rostbraun durch das getrocknete Blut, das in den Jahren geflossen war.

In der Mitte standen fünf Stühle, an den Armlehnen und Beinen die gleichen Vorrichtungen, um jemanden festzubinden, wie bei dem in Hanraths Keller.

»Setzt euch bitte, einer nach dem anderen.« Als niemand reagierte, sagte Julian: »Tomas, würdest du den Anfang machen?« Seine Freundlichkeit kotzte mich an, die Süffisanz seiner Stimme war für mich kaum zu ertragen, dennoch gehorchte ich ihm. Wehrlos ließ ich mich von Otto an einen der Stühle binden und sah zu, wie sie dasselbe mit Ariana, Schleicher und dem be-

259

wusstlosen Paulssen taten. Einer blieb frei, Sugars Stuhl, den sie nicht mehr benötigte.

»Was ist das für ein Ort?«, fragte Ariana und sah sich hektisch um.

»Das hier«, Julian drehte sich um die eigene Achse und streckte dabei einen Arm aus, »ist der ehemalige Familienbetrieb meiner Frau. Ihr Vater führte ihn bis vor fünfzehn Jahren. Als er von einem Herzinfarkt dahingerafft wurde, erbte sie alles, doch sie hatte nie was mit dem Laden zu tun und schloss den Schlachthof. Wir fanden keinen Käufer, also stand er vorerst leer. Und als sie starb und wir uns unserer neuen Lebensaufgabe widmeten, erweckten wir den verstaubten Laden zum Leben.«

»Allerdings schlachtet ihr hier keine Tiere, nicht wahr?« Die Frage hätte ich mir sparen können, das lag auf der Hand, doch ich konnte nicht anders, ich musste etwas sagen, um meinen inneren Druck loszuwerden.

»Töten ist ein schmutziges Geschäft, Tomas«, sagte Julian. »Sehr schmutzig sogar. Aber du irrst dich, das ist nur Plan B. Unser Fluchtort, wenn es nötig sein sollte. Getötet haben wir bisher zu Hause. Aber da uns deine Süße an den Hacken klebt, war es besser, den Rückzug anzutreten und euch auf dem Weg zu entsorgen, falls ich das so nennen darf.«

»Darfst du, darfst du«, ermunterte ich ihn. »Nenne es, wie du willst, entsorgen, schlachten, hinrichten, abmurksen, es ist ein und dasselbe.«

Julian grinste schief. »Du hast es erfasst, mein Lieber. Von hier aus geht es für uns in die Niederlande, dann nach Brüssel, rüber nach Frankreich. Bevor die eure Leichen gefunden haben, sind wir über alle Berge.«

Dieses Mal war ich derjenige, der lachte. »Meine Frau hat dein Haus entdeckt, glaubst du nicht, sie wird schlau genug sein und auch dieses kleine Geheimnis lüften? Wir haben fähige Ermittler, die solche Details ratzfatz herausfinden, fühl dich nicht so sicher.«

Das ließ Julians Gesichtszüge entgleisen, auch seine Söhne starrten mich mit offenem Mund an.

Doch der Zustand hielt nicht lange an, es dauerte nur ein paar Momente und Julian lächelte wieder gewinnbringend. »Umso mehr ein Grund für uns, es schnell zu erledigen, damit wir abhauen können. Kane, du prüfst, ob die Luft rein ist und sich kein Spaziergänger hierher verirrt hat, Otto, du holst meine Munition, Hansi, du passt auf unsere Freunde auf! Ich geh eben pinkeln und dann bringen wir die Vögelchen zum Singen.«

Ihre Schritte hallten zwischen den Kacheln wider, selbst draußen hörten wir sie lachen und amüsiert miteinander plappern. In dieser Familie war schiefgegangen, was hatte schiefgehen können. Es gab immer eine Motivation, die Menschen zu Mördern machte und wenn man eine komplette Familie dazu anreizen wollte, musste man ihnen nur das Liebste nehmen. Wobei ich bezweifelte, dass ihnen viel an der Mutter gelegen hatte, eher glaubte ich, dass Eleonore Hanrath eine Art Sklavin ihres Mannes und der Söhne gewesen war und es bei ihrer Rache ums Prinzip ging.

Hansi stand ein paar Meter von unserem Stuhlkreis entfernt und knabberte an seinen Fingernägeln. Sein Blick huschte hin und her, als versuchte er, sämtliche unserer Bewegungen zu registrieren, um nicht erneut einen Fehler zu begehen.

»Hansi, mach uns los!«, bat Schleicher in einem Tonfall, den ich bis jetzt von ihm nicht kannte. Nett, liebevoll, warmherzig. Würde ich die Augen schließen, würde ich behaupten, den vor sich hin säuselnden Kerl nicht zu kennen.

»Bitte! Du musst uns retten! Das Töten muss ein Ende haben. Hansi, bitte!« Schleicher legte einen Hundeblick auf, schürzte sogar die Unterlippe. Das sah bei einem vom Scheitel bis zur Sohle tätowierten Mann mit Irokesenschnitt überaus seltsam aus. Und da hatte ich das getrocknete Blut auf seinem Körper nicht einmal mitgerechnet.

Hansi schüttelte den Kopf. Er war nicht bereit, uns zu helfen, er würde seine Familie nie verraten.

Dennoch versuchte auch ich mein Glück. »Bitte, mach uns los, wir kümmern uns darum, dass sie dir nie wieder etwas antun können.«

Das ließ ihn aufhorchen. Mit hochgezogenen Augenbrauen öffnete er leicht den Mund, als wollte er etwas sagen, schloss ihn jedoch, als seine Brüder und der Vater zurückkehrten. Jetzt war es so weit, wir würden sterben. Ein winziger Funke Hoffnung glühte noch in mir. Ich betete, dass Diana die richtigen Schlüsse zog und diese Anlage fand. Sie musste es einfach schaffen!

Julian stellte sich in die Mitte des Sitzkreises und deutete mit seiner Schrotflinte auf jeden von uns. Selbst hatte ich mit einer derartigen Waffe nie geschossen, aber ich hatte Leichen gesehen, die einem solchen Lauf zu nahe gekommen waren. Die Wunden, die eine Schrotladung riss, konnte ich kaum beschreiben, nur so viel: Aus kurzer Distanz abgeschossen, lassen diese Dinger von einem menschlichen Kopf nicht viel mehr übrig als Konfetti.

»Wer von euch ist als Erstes dran?« Julian drehte und drehte und drehte sich, wie ein grausames Glücksrad des Todes, das sich seinen Kandidaten aussuchte. Der Lauf der Flinte verharrte auf Schleicher. Beinahe hätte ich erleichtert geseufzt, konnte es mir aber gerade noch verkneifen. Für Schleicher würden die nächsten Sekunden schlimm genug werden, da brauchte er nicht noch einen Vollidioten wie mich, der seine Erleichterung darüber, nicht als Erster an der Reihe zu sein, lautstark verkündete.

»Erik Maibaum, bekannt als Schleicher, würdest du mir die Ehre erweisen, uns ein bisschen von dir zu erzählen?« Julian warf seinen Söhnen einen belustigten Blick zu, ich wusste nicht, was es da zu schmunzeln gab.

»Du kannst mich mal!«, stieß er aus und spuckte Julian an.

»Du bist ein zäher Bursche, nicht wahr?«, fuhr das Familienoberhaupt fort und übernahm für Schleicher die Darstellung seines Lebens. »Du lebst, seit deinem zwanzigsten Lebensjahr auf der Straße, also fast schon stolze fünfundzwanzig Jahre. Sicher, ansehen kann man es dir, aber fünfundzwanzig Jahre? Mann, das ist eine verdammt lange Zeit, stimmt's?« Julian trat zwischen den Stühlen hindurch, lehnte seine Schrotflinte gegen den Stuhlrücken und massierte Schleichers Schultern, als wären sie durch zu viel Stress verspannt.

»Das geht dich nichts an, Penner!«

»Auch nicht, wenn ich dir anbiete, dich gehen zu lassen, wenn du mir die Wahrheit darüber sagst, was an diesem Tag geschehen ist, als du vor der Wohnung der Hure rumgelungert bist? Mein letztes Angebot.«

»Ich habe dir nichts zu sagen! Du wirst mich so oder so umbringen, du Schwanzlutscher!« Was auch immer Schleicher gehört hatte, bevor die Schüsse vor zehn Jahren fielen, er würde es mit ins Grab nehmen.

Julian nahm die Schrotflinte in die Hand, machte zwei Schritte zurück und presste den Lauf gegen Schleichers Hinterkopf. »Allerletzte Chance.«

Schleicher, dessen Kopf so weit nach vorn gedrückt wurde, dass sein Kinn auf der Brust lag, kicherte und sagte: »Nein.« Kurz und knapp.

Das waren seine letzten Worte. Julian drückte ab. Der Knall war ohrenbetäubend, der Sprühregen, der aus Schleichers Gehirn, Fragmenten seines Schädelknochens und Unmengen Blut bestand, ergoss sich über mich und Ariana, wir saßen ihm gegenüber. Paulssen blieb einigermaßen davon verschont. Wie durch ein Wunder traf uns keine der Schrotkugeln.

Es platschte, als fleischige Teile auf den Boden fielen oder gegen die Wände geschleudert wurden. Ein Ohr traf mich an der Brust und landete auf meinem Schoß. Verzweifelt versuchte ich, die Beine zu öffnen. Wegen der Fesseln gelang es mir nicht und dieses verdammte Ohr blieb dort, wo es war.

Kane und Otto lachten. Hansi knabberte noch immer an seinen Fingernägeln und wirkte hochgradig nervös. Julian lud die Schrotflinte nach – wie ich jetzt begriff, war es eine doppelläufige für den extragroßen Rumms.

Schleichers Muskeln entspannten sich sofort, die Arme hingen schlaff in den Schlaufen, Urin plätscherte vom Stuhl auf die Fliesen. Von seinem Kopf war nichts mehr übrig. Es saß uns ein Körper gegenüber, der in einem ausgefransten Hals endete.

»Ihr Schweine!«, brüllte Ariana und weinte. Sie hatte eine Menge Blut abbekommen, ihre Kleidung war damit bedeckt und ihr Gesicht war noch roter als zuvor.

»Ich hätte ihn laufen lassen«, versicherte uns Julian. »Sobald wir fertig gewesen wären, hätte er gehen dürfen.« Er zeigte uns das Friedenszeichen, was gleichbedeutend mit dem *Ich-schwöre*-Schwur war.

Das nahm ich ihm nicht ab, Ariana glaubte das auch nicht, aber in Paulssens Mimik, der durch den Schuss aufgewacht war, erkannte ich reges Interesse. Sein Blick haftete auf Julian, Ariana und mich beachtete er nicht.

Julian ging zu ihm. Die Schrotflinte hielt er locker in der Hand, sodass sie an seinem Bein herunterhing. »Hast du mir was zu sagen, Sören? Du siehst aus, als würdest du deine Seele erleichtern wollen.«

»Und ich will leben«, sagte Paulssen, mit Spuckebläschen vor den Lippen, als hätte er seit Stunden nicht geschluckt. Was war aus seinem Vorhaben, alles mit ins Grab zu nehmen, geworden? Oder war das nur ein Schauspiel für uns? Sollte er uns auf diese Weise anstacheln, uns selbst die Schuld einzugestehen, damit die Familie Hanrath endlich ihre Rache bekam?

»Du bist einer der wenigen, der die ganze Wahrheit kennt, nicht wahr, Sören?« Julian hockte sich vor ihn, legte ihm vorsichtig eine Hand auf den Oberschenkel. »Erzähl den anderen und uns, was wirklich geschehen ist.«

Paulssen schluckte schwer, ich sah seinen Adamsapfel auf und ab hüpfen. »Die erste Version war, dass deine Frau und dein Sohn Lenard von einem Beamten getötet wurden.«

Julian nickte wissend. Wenn er diese Fassung schon kannte, was gab es dann noch?

»Und die offizielle, die ihr nachgeschoben habt, lautete, dass meine liebe Frau meinen Jungen und dann sich selbst erschossen hat, ist es nicht so, Sören?«, sagte Julian.

»Ja, so ist es«, flüsterte er.

»Weshalb hat sich eure Meinung geändert?«

»Keiner wollte die Verantwortung übernehmen.« Paulssen senkte den Kopf. »Hätte in dem Bericht gestanden, einer von uns hätte geschossen, wäre auf dem Revier alles drunter und drüber gegangen und ein paar

Karrieren wären zu Ende gewesen. Deshalb stellten wir die erste Behauptung als Irrtum dar und verbreiteten eine andere, die, dass es Mord und Selbstmord durch die Hand deiner Frau war.«

»Richtig, und diese Lüge ging monatelang durch die Zeitungen und die Nachrichten. Meine Jungs und ich wurden tagein, tagaus damit konfrontiert.« Julian legte die Schrotflinte auf den Boden, strich sich über den Kinnbart. »Aber warum, Sören? Warum habt ihr das erfunden? Wen habt ihr gedeckt?«

Plötzlich standen Paulssen die Tränen in den Augen, seine Unterlippe zitterte. »Weil die Wahrheit viel zu grausam ist.« Jetzt wurde er wütend, er lehnte sich vor, die Fesseln spannten sich an seinen Handgelenken, er schnitt sich die Haut ein. »Wir haben wegen euch gelogen! Um euch zu schützen!«

»Was erzählt der für einen Mist, Pa?« Otto trat in den Kreis, ebenso Kane. Hansi blieb, wo er war.

»Ja, was erzählst du da, Sören?« Julian nahm die Schrotflinte in die Hand und drückte den Lauf gegen Paulssens Brust, damit er sich zurücklehnte.

»Ihr lasst mich gehen, wenn ich es euch sage?«

Der Vater und die Söhne nickten. Selbst ich nickte, auch wenn niemand auf mich achtete.

»Gut, ich erzähle es euch. Es war früher Morgen, als wir zu der Wohnung gerufen wurden …«

26

Dianas Ohren klingelten. Staub schwebte in der Luft. Schwerfällig setzte sie sich auf, sah zu Sugar, die schlaff auf dem Stuhl hing, dann untersuchte sie ihren eigenen Körper. Ihr fehlte fast nichts, hier ein Kratzer, dort eine Abschürfung, die durch ein umherfliegendes Stück Holz verursacht worden war. Mit Erleichterung spürte sie einen Tritt ihres ungeborenen Kindes.

Ich habe das überlebt, dachte sie und lachte hysterisch, *ich habe eine gottverdammte Explosion überlebt!*

Wäre Diana Sugars Tipp gefolgt und aus dem Stall gerannt, hätte es sie zerrissen, die Explosion hatte sich definitiv draußen ereignet.

Schwankend stellte sie sich auf, inspizierte ein zweites Mal ihren Körper, und erst als sie flehende Rufe hörte, wusste sie, dass es zwar nicht sie selbst, aber jemand anderen erwischt hatte.

»Diana? Diana? Hilf mir!« Es war Paul.

Vorsichtig ging sie auf den Ausgang zu, sie musste darauf gefasst sein, dass eine zweite Sprengladung detonierte. Zögerlich trat sie aus der Tür und was sie wenige Meter von sich entfernt auf dem Boden liegen sah, war nicht mehr der Mann, den sie seit Jahren kannte und der sie durch diese schwere Zeit begleitet hatte. Nein, es war ein unförmiger Haufen Fleisch und Knochen.

»Paul?«, schrie sie und stürzte auf ihn zu, dachte nicht mehr an die Möglichkeit, dass sich irgendwo ein weiterer Sprengsatz befinden könnte. Diana warf sich neben ihn in ein Gemisch aus Gras, Erde, Fleisch und Blut. Seinen Kopf nahm sie in beide Hände und bettete ihn behutsam auf ihren Oberschenkeln.

»Mine«, flüsterte er. »Wahrscheinlich bin ich auf eine Mine getreten.«

Diana sah sich um, der Rasen war glatt, keine Spur von Unebenheiten, die auf Minen hindeuteten. Wer zum Teufel verminte seinen eigenen Grund und Boden? Jemand, der entweder paranoid oder die Bosheit in Person war und etwas zu verbergen hatte.

Paul bewegte sich, Diana legte ihm eine Hand auf die zerfetzte Brust. »Bleib liegen, beweg dich nicht!«

Paul röchelte. Aus seinem Mund lief eine rosa Mischung aus Blut und Speichel. Irgendwo in der Ferne hörte Diana Sirenengeheul. Waren das Schroer und seine Leute?

»Wie schlimm ist es?«, fragte er unter Tränen.

Voller Trauer blickte sie hinunter zu seinen Beinen. Das eine war in der Mitte gebrochen, die Knochen ragten zwischen dem zerstörten Gewebe hervor. Das andere Bein lag ein paar Meter entfernt in einem blutigen See. Es war durch die Wucht der Detonation wie ein Blatt Papier von Paul abgerissen worden.

Seine Arme waren ebenfalls an mehreren Stellen gebrochen, die Haut in Stücke gerissen oder angesengt, der Oberkörper war stark verletzt worden, nur sein Gesicht war noch intakt. Es war grausam, ihn so zu sehen.

»Es ist nicht schlimm«, log sie ihn an. »Du wirst schon wieder.« Doch sie ahnte, dass ihr Kollege, ihr Freund, hier und jetzt in ihren Armen sterben würde. Die Sirenen kamen näher, Paul hörte sie auch.

»Ist das Schroer?«

Diana wusste es nicht, dennoch nickte sie. »Ja, sie sind unterwegs und sie bekommen dich ganz bestimmt wieder hin.«

»Ja, das werden sie ...« Seine Augen schlossen sich, Diana schüttelte ihn leicht und rief seinen Namen, er öffnete die Lider flatternd. »Ich bin noch da«, flüsterte er. »Keine Angst.«

Und ob sie welche hatte. Sie saß mit einem schwer verletzten Mann auf einem möglichen Minenfeld und in dem Stall wartete eine Frau, der man die Haut teilweise abgezogen hatte. Tomas war nicht aufzufinden und zu allem Überfluss war Cupcake weg. Kurz vor der Explosion war er fortgerannt. Hoffentlich hatte er sich nicht in unmittelbarer Nähe befunden, das hätte den kleinen Hundekörper komplett zerfetzt und Diana könnte wahrscheinlich nicht einmal unterscheiden, welches Blut und welcher Fleischbrocken von Paul oder von ihrem Hund stammte.

Die Sirenen wurden immer lauter, jetzt hörte Diana die ersten Wagen den Weg entlangkommen. Quietschende Reifen, Stimmen, die schnell lauter wurden und näherkamen.

»Ratz? Schmidt? Wo zum Teufel sind Sie?«

»Wir sind hier!«, rief Diana und reckte den Hals, um etwas zu sehen. Schroer kam um das Haus herum und blieb wie angewurzelt stehen, als er das Blutbad auf der grünen Wiese sah.

»Was ist passiert?« Er machte Anstalten, zu ihnen zu rennen.

»Bleiben Sie, wo Sie sind!«, schrie Diana.

Sofort blieb er stehen. »Wieso?«

»Paul ist wahrscheinlich auf eine Mine getreten.«

»Wollen Sie mich verarschen, Ratz? Eine Mine?«

»Das hat er zumindest gesagt.« Diana schaute zu ihrem Kollegen. Die Augen hatte er geschlossen. Leicht tätschelte sie ihm die Wange. Keine Reaktion. »Paul? Paul?« Ihre Schläge wurden kräftiger, bis es klatschte und sein Kopf von einer Seite zur anderen ruckte. »Paul?!« Weinend und schreiend legte sie den Kopf in den Nacken und ließ die Tränen laufen. Heiß rannen sie ihre kalten Wangen hinab. Paul war tot. Klammheimlich hatte er sich davongestohlen, während Diana Schroer davon abgehalten hatte, unbedacht das Feld zu betreten.

»Er ist tot, Ratz, lassen Sie ihn. Wie sind Sie dorthin gekommen? Können Sie sich an den Weg erinnern, den Sie genommen haben?«

Sie nickte. Ihr war, als würde sie jeden Grashalm kennen, über den sie gegangen war.

»Gut, lassen Sie Schmidt los! Sie können ihm nicht mehr helfen. Kommen Sie langsam den Weg zurück, den Sie gegangen sind.«

Diana legte Pauls Kopf auf den Boden und stand auf. Ihre Hose war blutdurchtränkt, auch an ihren Händen klebte Blut. Während sie vorsichtig einen Schritt nach dem anderen über das Gras ging, hörte sie Schroer aufgeregt fragen, ob sich jemand mit Sprengstoff auskannte und verkünden, dass sie einen Leichenwagen bräuchten.

Trotz zitternder Knie benötigte sie nur ein paar Sekunden, um in Schroers schützende Arme zu stolpern.

»Geht es Ihnen gut?«, fragte er und strich ihr das verschwitzte Haar aus der Stirn.

»Ja, mir fehlt nichts, ich habe von der Explosion kaum was abbekommen.« Zitternd deutete sie auf den Stall und versuchte, nicht auf Pauls Leichnam zu achten. »Da drin ist eine schwer verletzte Frau, ich weiß nicht, ob sie jetzt noch lebt.«

»Wir kümmern uns darum, kommen Sie mit.« Er zog sie fort und brachte sie zurück vor das Haus, wo Pauls Wagen stand, der von mehreren Einsatzfahrzeugen und einem Krankenwagen umringt war. Jeder wusste, was er zu tun hatte. Wie Bienen in ihrem Stock wuselten alle umher, telefonierten, bereiteten ihr Equipment vor. Zwischen den Menschen entdeckte sie Jürgen und Steffi.

Lächelnd kamen sie auf Diana zu. Ihnen hatte noch niemand gesagt, was geschehen war.

»Wie siehst du denn aus?«, fragte Jürgen. »Ist das dein Blut?«

Sie schüttelte bloß den Kopf.

»Ein Glück, dir geht es gut!« Jürgen schloss sie in die Arme. Wie sollte sie ihm sagen, dass sein Partner und bester Freund hinter dem Haus in Stücke gerissen auf einem Feld lag und das Blut von ihm stammte?

Steffi lächelte verlegen. »Ich freue mich auch, dass es dir gut geht.«

»Warum habt ihr nicht auf uns gewartet?«, fragte Jürgen.

»Wir konnten nicht, jede Sekunde zählte, wir waren dennoch zu spät. Wenn Tomas hier gewesen ist, wurde er fortgebracht.«

»Und was ist mit den anderen? Paulssen? Ariana?«

»Nein, keine Anzeichen. Allerdings haben wir eine Frau gefunden, Julia Vekens. Der Verdacht liegt also nahe, dass wir auf der richtigen Spur sind.«

»Wo ist Paul, der alte Schlingel? Hört nie auf das, was man ihm sagt.« Jürgen reckte den Hals und versuchte, ihn über die Köpfe der Helfer hinweg zu sehen.

»Er, er ist …«

Sofort verengten sich Jürgens Augen. Er war lange genug im Geschäft, um Dianas Gestammel zu deuten.

»Sag mir nicht, er ist tot«, sprach er es ungeschönt aus.

Diana nickte und war erschüttert, als sie sah, wie Jürgen mit den Tränen kämpfte und sich schließlich geschlagen geben musste. Sie nahm ihn in den Arm. Er drückte sich an sie und beide weinten um den verlorenen Freund.

»Ich will nicht pietätlos sein, aber wir müssen die Zeit zu trauern nach hinten verschieben. Wir müssen die Schweine finden, die das zu verantworten haben.« Schroer stand hinter ihnen, ein Mobiltelefon in der Hand. »Daun hat mich angerufen. Es hat ein wenig gedauert, aber er hat endlich Tomas' Handy geknackt. Das letzte Signal wurde von einem Sendemast aufgeschnappt, der gleich hier um die Ecke steht, danach nichts mehr. Definitiv war er hier!«

Diana unterdrückte ein: »Das sage ich doch die ganze Zeit.«

»Wie gehen wir jetzt vor?«, fragte Steffi.

Schroer betrachtete sein Smartphone. »Das Feld um den Stall herum wird von Spezialisten auf Minen hin untersucht. Im Keller wurde ein Gang gefunden. Dem werden Kahl und ich folgen. Währenddessen wird das komplette Grundstück auf den Kopf gestellt.«

Diana hob einen Arm.

»Haben Sie einen Einwand, Ratz?«, fragte Schroer.

»Und ob ich den habe. Ich komme mit.«

Ihr ehemaliger Chef schaute gequält. »Glauben Sie nicht, dass Sie es gut sein lassen sollten? Der Stress der letzten Stunden, Paul, die Explosion, vielleicht hat das Baby etwas von der Druckwelle abbekommen …«

Selbstbewusst fasste sie sich an den Bauch. »Dem Baby geht es gut. Und wenn Sie mir verwehren, weiter nach meinem Mann zu suchen, schreie ich, bis Sie mich mitnehmen.«

»Das ist doch arg kindisch, finden Sie nicht?«

»Nein, überhaupt nicht.« Diana grinste schief und öffnete den Mund. »Dann zähle ich bis drei. Eins, zwei …«

»Schon gut, schon gut.« Schroer rollte mit den Augen. »Dass Sie es nie gut sein lassen können!«

Jürgen schaltete sich ein. »Als ehemalige Kollegin hat sie jedes Recht dazu, bei den Ermittlungen zu helfen. So wie ich das Recht habe, die Verantwortlichen für Pauls Tod eigenhändig zu erwürgen.«

»Das werden Sie nicht tun, Kahl.«

»Und ob ich das werde«, murmelte Jürgen.

Schroer schlug die Hände über dem Kopf zusammen und blickte in den Himmel. »Okay, Ratz, Sie kommen mit. Isberner bleibt bei den Leuten der Spurensicherung. Sie haben ja meine Nummer. Wenn Sie was finden, bevor wir zurück sind, lassen Sie es mich wissen.«

»Herr Schroer?« Ein Mann, den Diana nur flüchtig kannte, stand hinter ihnen.

»Ja, was ist?«

»Die Explosion wurde nicht von einer Mine verursacht.«

»Sondern?«, fragte Schroer ungeduldig und machte eine rudernde Handbewegung, dass der Mann doch bitte fortfahren sollte.

»Es war ein Fernzünder. Der Sprengsatz befand sich außerhalb des Stalls in einer Regentonne. Die Holzwand hat Frau Ratz und die Frau in dem Stall vor der Druckwelle und den herumfliegenden Splittern geschützt.«

»Lebt sie noch?«, wollte Diana wissen.

Der Mann wirkte zweifelnd. »Ja, *noch* ist das richtige Wort. Die Rettungskräfte sind bei ihr, ein Hubschrauber, der sie ins Krankenhaus bringt, ist angefordert.«

»Noch was?«, fragte Schroer.

»Nein, das war erst einmal alles.« Der Mann wandte sich von ihnen ab und ging zurück zum Stall.

»Das heißt, jemand muss einen Knopf gedrückt haben, da hat einer meinen Partner ganz bewusst in die Luft gejagt!«, fluchte Jürgen, ballte die Hände zu Fäusten und schlug damit gegen einen Einsatzwagen der Mordkommission.

»Da waren Kameras drin«, flüsterte Diana. »Bestimmt waren außerhalb auch welche angebracht.«

»Was für ein krankes Spiel haben die hier gespielt?«, fragte Schroer.

»Das sollten wir schleunigst herausfinden«, antwortete Jürgen.

»Also gut, legen wir los.« Schroer deutete auf Steffi. »Sie machen, was ich Ihnen vorhin gesagt habe, und wir drei folgen dem Tunnel. Moment, ich hole einen der Sprengstoffexperten, er soll uns begleiten.«

Schroer stiefelte davon und ließ Diana mit dem vor Wut kochenden Jürgen zurück.

»Wo ist eigentlich dein Hund?«

»Weggelaufen, bevor die Sprengladung detoniert ist«, sagte sie mit belegter Stimme. »Ich weiß nicht, ob er noch lebt. Wenn, dann wäre er längst zu mir zurückgekommen.«

»Vielleicht hat er sich derart erschreckt, dass er fortgelaufen ist, der kommt bestimmt wieder«, versuchte Jürgen sie zu beruhigen. »Lass den Kopf nicht hängen, es reicht schon, wenn ich das tue.«

Diana nahm seine Hand und drückte sie fest. »Wir stehen das zusammen durch, okay?«

Jürgen nickte. »Ja, wir kriegen diese Bastarde, das verspreche ich dir. Und deinen kleinen Kläffer finden wir auch wieder.«

Fast hätte Diana einen Kampfschrei wie vor einem Footballspiel ausgestoßen, verstummte aber, als Schroer mit dem Handy am Ohr zu ihnen zurückkehrte, im Schlepptau eine Frau älteren Jahrganges, um die fünfzig.

»Ja, ich habe verstanden.« Schroer legte auf. »Das war Hohl, unser Rechtsmediziner, die Leichen von Eleonore

274

und Lenard Hanrath wurden exhumiert und Hohl hat nach einer ersten Untersuchung die Patronenkugeln gefunden. Es ist nur eine Schätzung, doch er meint, dass die Projektile aus Eleonores Pistole stammen könnten. Näheres wissen wir in ein paar Stunden. Ob er herausfinden kann, was genau passiert ist, bezweifelt er. Die Körper sind skelettiert, einen exakten Ablauf wird er kaum feststellen können.«

»So wüssten wir wenigstens, dass keiner unserer Kollegen geschossen hat«, sagte Jürgen.

»Und was ist, wenn sie Eleonore die Waffe entwendet und sie damit erschossen haben oder Hohl sich irrt und die Kugeln aus einer anderen Pistole abgefeuert wurden?«, wandte Diana ein.

»Auch möglich«, stimmte Jürgen zu.

Die ältere Frau hinter Schroer räusperte sich. Er drehte sich zu ihr um und verzog das Gesicht, nicht vor Ekel, sondern eher vor Verlegenheit. »Hoppla, ich hab dich fast vergessen«, gab er zu. Er legte der Frau einen Arm um die Schultern und zog sie neben sich. »Das ist eine gute Freundin von mir. Wir kennen uns seit der Ausbildung. Sina Gracht. Ist mittlerweile eine unserer Besten, sobald Sprengstoff im Spiel ist.«

Sina begrüßte sie freundlich und betrachtete Dianas Bauch. »Geht es Ihrem Kind gut? Bei so einer Druckwelle kann …«

Diana winkte ab. »Es ist alles in Ordnung, wirklich. Ich habe kaum was abbekommen. Könnten wir bitte weitermachen?«

Sina verstand Dianas abwehrende Haltung, nickte Schroer zu und ging los. In der Hand hielt sie ein Gerät, das unablässig einen piepsenden Ton von sich gab. Wohl eine Art Sprengstoffspürgerät, wenn es so etwas denn gab.

»Sie folgen mir und hören auf das, was ich sage!«, sagte Sina, als sie vor dem Tunneleingang angekommen waren. »Halten Sie immer ein paar Meter Abstand zu mir, das dient Ihrer Sicherheit. Wir rechnen zwar nicht mit weiteren Sprengfallen, aber man kann nie wissen.«

Sina lief voran, sie musste den Kopf einziehen, für eine Frau hatte sie eine stattliche Größe. Diana schätzte, dass sie über eins achtzig maß und der Tunnel war niedrig angelegt.

»Was, glauben Sie, finden wir am Ende?«, fragte Schroer.

Diana schossen sofort zahlreiche Antworten durch den Kopf und die meisten davon gefielen ihr nicht. Vielleicht fanden sie dort Tomas' und Arianas Leichen oder Teile von ihnen oder gar nichts.

»Im besten Fall eine Spur, Chef«, antwortete Jürgen. »Was, zum Teufel, ist das?« Sich umsehend, stolperte er. Schroer konnte ihn gerade noch auffangen.

»Das ist ein Fluchttunnel«, rief Sina, im Hintergrund das stetige Piepen. »Meine Großmutter hatte auch einen, damals im Krieg. Und da das Haus hier ziemlich alt zu sein scheint und die Balken, die die Decke abstützen, nicht mehr die jüngsten sind, denke ich, dass auch dieser Tunnel ein Relikt aus dem Zweiten Weltkrieg sein dürfte.«

»Klingt logisch«, sagte Schroer. »Unter Umständen haben sie diesen Tunnel benutzt, um zu fliehen.«

»Glaube ich nicht«, warf Diana ein. »Paul fand frische Reifenspuren. Sie müssen ihre Geiseln mit einem Wagen fortgeschafft haben.«

»Haben Sie bei Ihrem ersten Besuch ein Auto gesehen?«, fragte Schroer.

Diana schüttelte den Kopf und schon hatte Schroer sein Handy in der Hand. »Scheiße, kaum Empfang hier drin, aber es wird gehen«, schimpfte er und wählte eine Nummer. »Ja, Herr Daun? Können Sie prüfen, ob Hanrath ein Auto besitzt und es zur Fahndung ausschreiben? Bitte? … Ja, klar, wenn Sie etwas über die Söhne finden, gern, dann veröffentlichen Sie auch das. Gut, bis später.« Dann wandte er sich an Diana und Jürgen. »Daun macht sich an die Arbeit.« Er nickte ihnen zu und lief Sina weiter hinterher.

Kurz darauf erreichten sie das Ende des Tunnels. Sina forderte sie auf, an Ort und Stelle zu bleiben und schritt die letzten Meter allein voran. Das Gerät in ihrer Hand piepte immer im selben Takt.

»Keine Gefahr«, rief sie, stieg eine kurze Treppe hinauf und öffnete eine Klappe, die nach draußen führte. Sofort durchflutete Tageslicht den Tunnel und Diana kniff die Augen zusammen.

»Wir sind im Wald«, sagte Sina. »Damit sollte sich meine Theorie bezüglich des Fluchttunnels bestätigen.« Sich die klobig aussehende Brille den Nasenrücken hochschiebend, sah sie sich um.

»Und da sind Spuren!« Jürgen warf sich augenblicklich auf den Waldboden und betastete das Erdreich.

»Seit wann bist du Fährtenleser?«, fragte Diana.

»Das habe ich bei der Bundeswehr gelernt«, entgegnete er, ohne wirklich auf sie zu achten. Wie ein Spürhund kroch er über den Boden, strich Blätter zur Seite oder befühlte die Erde. »Es waren mehrere Personen, das ist sicher. Kommt mit!« Er lief voran, blieb hier und da stehen, sah sich um, ging ein Stück zurück, folgte einer anderen Spur. Diana kam sich vor wie bei einer Schnitzeljagd und fühlte sich wie ein kleines Kind.

Unvermittelt rannte Jürgen los, preschte durch ein paar Büsche und war verschwunden.

»Kahl!«, schrie Schroer und eilte ihm hinterher. »Verdammt noch mal!«

Auch Sina verschwand zwischen dichtem Gestrüpp und Diana kam sich plötzlich einsam und verlassen vor. Als auch sie sich vorsichtig einen Weg durch die Pflanzen bahnte und die Stimmen der anderen hörte, verflog das seltsame Gefühl.

»Was ist das?«, fragte Schroer, nachdem sie ein paar Minuten durch den Wald gelaufen waren, immer Jürgens Spürnase nach.

Diana trat hinter Schroer aus dem Unterholz und fand sich auf einer Lichtung wieder. Jürgen und Sina standen vor irgendwelchen Gegenständen, die aus dem Boden ragten. Als sie näher heranging, erkannte sie, dass es sich bei den Gegenständen um Körperteile handelte. Gesichter, Arme, Beine, fast komplette Leiber lagen auf oder in der Erde.

»Sieht aus, als hätten Tiere an ihnen gefressen«, merkte Jürgen an.

Schroer nahm sofort sein Handy zur Hand und rief Verstärkung. »Schickt einen Teil der Spurensicherung her. Weitere Leichenwagen anzufordern wäre auch nicht schlecht.«

Diana betrachtete wie betäubt die Toten vor sich, die auf einer Art anonymen Friedhof halbherzig beerdigt worden waren. War Tomas unter ihnen? War alles umsonst gewesen?

Ihr Handy vibrierte. Erst begriff sie es nicht, beachtete es nicht, aber als die Stelle, an der das Gerät auf ihrer Haut auflag, beinahe taub war, holte sie es aus der Hosentasche und starrte ungläubig darauf.

»Was ist?«, fragte Jürgen und trat neben sie.

»Das ist Cupcakes Halsband!«, rief sie aus und schlug sich vor die Stirn. »Tomas hat es vor ein paar Wochen

278

gekauft. Ständig hatte ich Angst, dass Cupcake weglaufen und nicht wieder auftauchen könnte. Da hat er dieses GPS-Halsband besorgt, das sich selbstständig per App meldet. So kann ich sehen, wo er sich aufhält. Daran habe ich überhaupt nicht gedacht!«

»Und was bedeutet das?« Jürgen deutete auf den roten Punkt, der in der zum Halsband gehörenden App aufleuchtete.

»Das bedeutet, dass er jetzt zwei Kilometer von mir weg ist. Oder waren es drei? Das weiß ich nicht mehr so genau.«

»Also lebt er noch. Ich hab dir doch gesagt, wir finden ihn.« Jürgen nahm sie in den Arm.

»Was macht er so weit draußen?« Diana öffnete die Karte der App. Die Gegend, in der sich ihr Hund gerade aufhielt, kannte sie nicht, was nichts zu bedeuten hatte, denn das Gebiet, in dem sie sich gerade aufhielten, hatte sie vorher auch nicht gekannt.

Der Punkt, der Cupcakes aktuellen Aufenthaltsort anzeigte, bewegte sich nicht.

»Was tut er?«, fragte Jürgen.

»Keine Ahnung«, sagte sie und überlegte kurz. »Vielleicht ist er einer Spur gefolgt, so wie du eben?« Es war eine winzige Hoffnung, eine sehr winzige, aber was, wenn Cupcake eine Fährte erschnüffelt hatte und ihr hinterhergelaufen war?

»Wir müssen dahin!«, sagte Diana mit fester Stimme und blickte Schroer an. Der hatte von der Sache nichts mitbekommen, sondern hatte mit Sina über die ungefähre Anzahl der Toten gefachsimpelt.

»Bitte was? Wo wollen Sie hin, Ratz?«

Schnell ging sie zu ihm, zeigte ihm das GPS-Signal und erklärte ihren Verdacht. »Cupcake hasst Tomas. Bei jedem noch so kleinen Geruch von meinem Mann schlägt der Hund an. Vielleicht ist er einer Spur gefolgt.«

»Denken Sie etwa, er hat die Verfolgung aufgenommen? Geht das denn, sollte Tomas in einem Wagen gesessen haben?«

»Der Geruchssinn eines Hundes ist um ein Vielfaches stärker als unserer. Es wäre möglich«, wandte Jürgen ein.

Schroer schlug die Hände über dem Kopf zusammen. Seine Augen gingen hin und her. Er schien kurz vor einem Nervenzusammenbruch zu stehen.

»Das nimmt überhand«, bestätigte er Dianas Befürchtung. »Ich weiß nicht mehr, wo vorn oder hinten ist.« Hektisch biss er sich auf die Unterlippe. »Okay, wir machen das so: Sina und ich bleiben hier und warten auf die Spurensicherung. Isberner bleibt beim Haus und Sie beide suchen nach dem Hund. Kann mir zwar kaum vorstellen, dass Ihre Vermutung zutrifft, aber zumindest hätten Sie Ihr Tier wieder. Vier Beamte stelle ich Ihnen zur Seite. Alleingänge sind ab jetzt tabu.«

Diana nickte erleichtert.

»Gehen Sie zum Haus, ich informiere die Kollegen«, fuhr Schroer fort und telefonierte.

Jürgen nahm Diana an die Hand und gemeinsam liefen sie den Tunnel zurück. Auf dem Weg rasten tausende Gedanken durch Dianas Kopf. Ein Mann, der seine Frau und seinen Sohn verloren hatte, ein Stall, in dem Grausames geschehen sein musste, ein Keller, in dem das Blut der Folteropfer klebte, ein Tunnel, der in einen Leichenwald führte und Tomas, ihr Liebster, war mittendrin in dieser ganzen Scheiße. Sie hoffte, dass entweder Alex mehr über Hanraths Wagen herausfand oder Cupcake eine Spur zu Tomas gefunden hatte.

Als sie im Keller ankamen, empfingen sie zwei Beamte und brachten sie zu einem Einsatzwagen. Hatte Schroer Angst gehabt, sie könnten wieder nicht auf ihn hören und einen Alleingang unternehmen?

Jürgen und sie nahmen hinten Platz. Während die Kollegen sich mit Jürgen austauschten, beobachtete sie den kleinen Punkt, der den Aufenthaltsort ihres Hundes anzeigte. Er hatte sich nur wenige Meter bewegt. Aber zumindest hieß das, dass er lebte, nicht wahr? Nur, warum verharrte er an dieser Stelle? Lag dort Tomas´ Leiche begraben?

27

Schon jetzt fühlte ich mich wie eine Leiche. Paulssen begann seine Geschichte und ich wusste, wenn er geendet hatte, würde Julian erst ihn, dann Ariana und mich erschießen, oder vielleicht nur Ariana und mich. Noch immer hatte ich ihn im Verdacht, in der Sache mit drinzuhängen.

Ich lauschte Paulssens Erzählung: »Wir sind in die Wohnung gegangen, Julia Vekens, besser bekannt als die Prostituierte Sugar, öffnete uns, sie war schweißgebadet. Sie sagte uns, Eleonore müsse mit der Polizei sprechen, sonst würde sie sich etwas antun. Als wir ins Wohnzimmer kamen, wir waren zu fünft, ich, vier meiner Kollegen – deren Namen ich von Anfang an aus den Akten heraushielt, um sie zu schützen –, fanden diese Szene vor: Eine Frau hielt eine Pistole in der Hand und drückte ein Kind an sich. Es war Lenard, acht Jahre, ihr jüngster Sohn, wie sie uns verriet.

Wir stellten uns vor sie, die Waffen zwar gezogen, aber nicht auf sie gerichtet, ich brachte sie dazu, dass sie ihre senkte. Das war ein wichtiger Schritt. Sugar musste die ganze Zeit bei uns bleiben, Eleonore drohte damit, sich zu erschießen, wenn irgendwer die Wohnung verlassen oder versuchen würde, sich ihr zu nähern.« Paulssen machte eine Pause, sah erst Julian, dann die drei Brüder an. Verachtung lag in seinem Blick. »Eleonore hat uns gesagt, was ihr mit ihr in den heimischen vier Wänden gemacht habt. Prügel, Demütigung, Vergewaltigung durch ihren Ehemann war die eine Sache. Dass Schlimmste wäre gewesen, dass Julian die älteren Söhne zwang, sie ebenfalls zu schlagen oder sie mit einem Messer zu schneiden oder zumindest dabei zuzusehen. Er habe den Jungen eingetrichtert, wie bedeutend der Familienzusammenhalt sei und dass keiner von ihnen ein Sterbenswörtchen an jemanden außerhalb ihres Hauses richten dürfte, es war ihr gemeinsames Geheimnis. Sie erzählte uns von einem Folterkeller, in den sie gebracht wurde. Söhne wie Ehemann folterten sie manchmal bis zur Bewusstlosigkeit.« Paulssen senkte die Stimme. »Wir haben ihr nicht geglaubt. Auf uns wirkte sie zu verwirrt, wie betrunken oder auf Drogen. Auch dass Lenard alles verneinte, was seine Mutter sagte, machte es nicht besser. Eleonore behauptete, sie musste fliehen, damit ihr Mann sich nicht auch an ihrem Jüngsten vergriff.« Er sah zu Julian. »Doch das hattet ihr bereits getan, nicht wahr? Ihr hattet ihm längst das Gehirn gewaschen. Oder etwa nicht?«

Julian zuckte gleichgültig mit den Schultern. »Man muss früh genug mit der Ausbildung anfangen, damit sie wissen, wie der Hase läuft. Aber lenk nicht vom Thema ab, sag uns endlich, was passiert ist. Los jetzt!«

»Schon gut, schon gut. Eleonore berichtete uns von den abenteuerlichsten Dingen. Dass nicht nur sie in dem Keller gefangen gehalten und gefoltert würde, sondern auch andere Frauen. Aber alles an ihr schrie danach, dass sie sich die Sachen aus den Fingern sog, um ihren Mann loszuwerden. Es klang zu sehr nach dem Plot einer dieser Crime-Serien, die im Fernsehen laufen. *CSI* oder wie das heißt. Sie erzählte und erzählte. Lenard wurde immer unruhiger, er wand sich im Griff der Mutter. Irgendwann brüllte er, dass es für die Familie sei, dass nichts über die Familie ginge. Eleonore drehte sich zu ihm um und starrte ihn an. Er nahm ihr die Pistole weg, trat ein paar Schritte zurück und drückte ab. Der Junge erschoss seine Mutter. Könnt ihr das glauben?« Die Frage erübrigte sich, das merkte Paulssen schnell. Es fehlte nur, dass Julian mit stolzgeschwellter Brust durch den Schlachthof schritt.

»Und mein Sohn?«, sagte er gedankenverloren. »Was ist dann passiert?«

»Wir versuchten, das Kind zu beruhigen, es dazu zu bringen, die Waffe fallen zu lassen. Er war acht Jahre, Herrgott noch mal, und er schwafelte unaufhörlich über die Familie und dass die das Wichtigste auf der Welt sei. Und er grinste, das war das Schlimmste.« Paulssen verstummte, senkte den Kopf. »Dann richtete er die Waffe auf uns. Da verlor ich die Nerven und schoss.«

»Was?« Julian sprang auf. »*Du* hast meinen Jungen getötet?«

Paulssen nickte. Mit einem Mal wusste ich, dass er nicht mit den Hanraths unter einer Decke steckte, er hatte soeben sein Todesurteil unterschrieben.

»Dieser Wichser, überlass ihn mir, Pa!« Kane stürmte heran, in der Hand hatte er ein Schlachtermesser, es fügte sich perfekt in die Umgebung ein.

Julian hielt seinen Sohn auf. »Das wirst du nicht, er gehört mir, denk an die Regeln!«

Sofort entspannte Kane sich, ließ das Messer sinken und trat ein paar Schritte zurück. Otto und Hansi stellten sich zu ihm. Die Verachtung, mit der sie Paulssen straften, war zu spüren. Noch nie hatte ich einen derartigen Hass gesehen.

»Zehn Jahre«, sagte Julian und wandte sich wieder an Paulssen, »zehn Jahre haben wir im Dunkeln getappt und uns den Kopf darüber zerbrochen, was mit Lenard passiert ist.«

Mich wunderte nicht, dass er nicht von Eleonore sprach. Wie ich es einschätzte, war seine Frau nur eine billige Putzkraft und Prügelobjekt gewesen, vielleicht war der Tod für sie sogar eine Erlösung.

Um Zeit zu gewinnen, mischte ich mich ein. »Seid ihr Eleonores Anschuldigungen nicht nachgegangen?« Beide sahen mich gleichermaßen überrascht an. Paulssen mit dem Was-willst-du-denn-von-mir-Blick und Julian mit dem Was-mischst-du-dich-da-ein-Blick.

»Sind wir!«, verteidigte sich der Beamte.

Der Vater lachte. »Ja, das sind sie, und wie dilettantisch sie sich benommen haben! Das hättest du sehen müssen, Tomas!« Er legte sich eine Hand auf den Bauch. »Wir haben den Keller freigeräumt und gereinigt, weil wir uns denken konnten, was mein Weib zur Polizei gesagt haben könnte. Wir haben damit gerechnet. Meine Jungs haben alle das Gleiche ausgesagt, dass ihre Mutter eine verwirrte arme Trinkerin sei, die manchmal nicht wusste, was sie sagte. Und das stimmte sogar. Eleonore trank zu viel, um ihren Schmerz zu vergessen. Meine Söhne behaupteten, es wäre anders herum gewesen, sie hätte ihre Kinder geschlagen. Und die Bullen haben es geglaubt. Nach nur einem Besuch ließen sie uns in Ruhe, bis heute.« Nach einer kurzen Pause fügte er noch hinzu: »Und trotzdem kam ein Jahr später das Jugendamt und nahm mir meine Söhne weg.«

Paulssen nickte, den Blick hatte er starr auf die Schrotflinte gerichtet. »Da der Junge die Mutter erschoss, nahmen wir an, dass Eleonore tatsächlich die Kinder schlug und dass Lenard deshalb abdrückte.«

In mir tobte ein Orkan, jedenfalls fühlte es sich so an. Ich war wütend und traurig zugleich. Wütend darüber, dass Paulssen nicht den Arsch in der Hose gehabt hatte, den Schuss auf Lenard zuzugeben, und traurig, weil die Wahrheit nie ans Licht gekommen war. Eleonore hatte angeblich ihr Kind und danach sich selbst getötet, sie wurde als Mörderin verschrien und war in Wirklichkeit eine misshandelte Frau gewesen, die versucht hatte, sich und ihren Jüngsten aus den Fängen ihrer Familie zu befreien.

Den Kopf schüttelnd schnalzte ich verächtlich mit der Zunge. Mich beachtete allerdings niemand mehr. Die Zeit der Rache war da, das erkannte ich an Julians Körperhaltung.

Wortlos richtete er die Schrotflinte gegen Paulssens Knie und drückte ab. Mir flogen Knochensplitter und Blut entgegen, manches landete in meinem Schoß neben Schleichers Ohr. Schnell schloss ich meine Augen. Als ich wieder hinsah, waren Paulssens Ober- und Unterschenkel beinahe voneinander getrennt. Die Schrotladung hatte bis auf ein paar Fetzen Fleisch alles fortgerissen. Kurz schaute ich zu Schleicher, oder eher dem, was Schleicher gewesen war. *Werde auch ich bald so aussehen?*

Julian lud nach, zwei Patronen, in jede Kammer eine. Dann richtete er die Waffe gegen das andere Knie. Ein weiterer Knall. Paulssens schmerzerfüllte Schreie gellten in meinen Ohren, herumfliegende Knochen, Blut und ein Fleischbrocken klatschten vor mir auf den Fliesenboden. Als ich etwas dumpf zu Boden fallen hörte und sah, dass es Paulssens Unterschenkel war, musste ich würgen.

»Halt durch!«, kam Arianas Stimme wie aus weiter Ferne. Gequält lächelte sie mich an. »Wir haben es bald geschafft.«

Da hatte sie allerdings recht. Ich musste es pragmatisch sehen, die Qual war beinahe überstanden, unser Leid würde ein Ende haben. Vielleicht war der Tod eine Erlösung für mich. Fast vergaß ich alles um mich herum, die Umgebung wirkte verschwommen, die Stimmen wurden unklarer, ich verabschiedete mich gedanklich von meiner Frau, von meinem Kind.

Ein dritter Schuss ertönte und als ich wie betäubt meinen Kopf zurück zu Paulssen drehte, sah ich, dass er keinen mehr hatte, den er noch drehen könnte. Weggerissen von einer Schrotladung. Obwohl, das stimmte nicht zu hundert Prozent. Julian hatte nicht so präzise getroffen wie bei Schleicher. Paulssen war noch ein Teil seiner linken Gesichtshälfte geblieben, ich erkannte sogar ein Stück seines Gehirns.

Ohne ein Wort zu sagen, trat Julian vor mich. Er grinste, es sah erleichtert aus. Würde er mich jetzt fragen, ob ich meine Schuld eingestand? Nein, wie es aussah, wollte er sofort schießen, ohne mir eine Chance auf Wiedergutmachung zu geben. Neben mir hörte ich Ariana sagen, dass ich mich entspannen und es einfach geschehen lassen solle, sich zu wehren würde nichts nützen. Ihrem Rat folgend, ließ ich los. Beinahe glaubte ich zu spüren, wie ich fiel, doch der kalte Lauf der Schrotflinte holte mich zurück in die Realität. Ich blickte direkt in die zwei Löcher, die genau vor meinen Augen hingen. Fest rechnete ich mit einem Knall, wartete auf den kurzen Schmerz, der von Leere abgelöst werden würde.

Dann bemerkte ich ein anderes Geräusch. Was war das? Bildete ich mir das ein? Das tat ich nicht. Auch die anderen schienen es zu hören. Der Druck des Laufes verschwand, Julian drehte sich um.

»Ist das ein Köter?«, fragte das Familienoberhaupt.

»Klingt eher wie eine Kanalratte«, sagte Otto.

Nein, keine Kanalratte, mein Hund! Oder eher der Hund meiner Frau. Dieses Kläffen würde ich unter Tausenden wiedererkennen.

»Seht nach, was das ist und bringt es dazu, ruhig zu sein«, sagte Julian und deutete auf Otto und Kane. Eifrig nickten sie, hoben ihre Messer und Pistolen hoch und liefen aus dem Schlachthaus. Hansi blieb bei uns.

Lauf, Cupcake, lauf!, dachte ich. Und was bedeutete das für mich? Hieß das, Diana war nicht mehr fern? Warum sonst sollte der Hund hier herumlaufen? In mir wuchs die Hoffnung, dass gleich nicht Otto und Kane mit einer Hundeleiche zurückkehren, sondern bewaffnete Einheiten des SEK die Anlage stürmen und Ariana und mich retten würden.

Julian blickte noch einen Moment zu der Tür, durch die seine Söhne verschwunden waren. Er machte eine abschätzige Handbewegung, als er sich wieder zu mir wandte. Die Schrotflinte richtete er erneut bedrohlich auf mich.

»Wo waren wir?«, fragte er und lächelte.

Draußen bellte Cupcake. Ich wartete auf einen Schuss und ein Jaulen – es kam nichts von beidem.

Julian drückte mir den Lauf dieses Mal gegen die Stirn. Vielleicht blieben so mein Unterkiefer und ein paar meiner Zähne übrig …

»Pa?«, erklang es hinter Julian. Eine große Pranke legte sich auf seine Schulter.

»Was ist?«, fragte er und drehte sich zu Hansi um. Als sich dadurch die Waffe wieder von mir entfernte, atmete ich durch.

»Wir müssen ihn doch nicht mehr töten, oder?« Hansi spielte nervös mit seinen Fingern.

Julian holte aus und es klatschte, als er mit der flachen Hand Hansis Wange traf. Es erschienen rote Striemen auf der weißen Haut. »Warum sollten wir ihn am Leben lassen?«

»Nicht, Tod von Ma, keine Schuld«, stotterte Hansi und zupfte immer wilder an seinen Fingern herum, ich wartete auf ein Knacken, wenn er sich einen brach.

»Natürlich hat er Schuld!«, wetterte Julian und stellte sich so knapp vor Hansi, dass sie sich mit der Stirn berührten.

»Eigentlich nicht«, fügte ich hinzu. Und das brachte Julian vollkommen zur Weißglut. Er riss die Flinte hoch und richtete sie auf mich.

»Es ist für die Familie!«, schrie Julian. Er spielte am Abzug und Hansi, der schwerfällige Hansi, bewegte sich plötzlich geschmeidig wie eine Katze. Kraftvoll stieß er seinen Vater zur Seite. Ein Schuss löste sich, ein paar der Schrotkugeln trafen mich im Gesicht und an der Schulter, doch das meiste zischte an mir vorbei. Ich war verletzt, ja, aber nicht schwer. Julian hingegen schon. Wie ein nasser Sack war er umgefallen und brach sich den Arm. Jaulend lag er am Boden und wand sich.

Von draußen hörte ich Kanes und Ottos Lachen, Cupcakes Bellen, dann einen Knall. Sie bekamen nicht mit, was sich hier drin abspielte.

Hansi trat hinter mich, befreite mich von meinen Armfesseln. Es war kaum zu glauben. Hatte ich sein langsames Gehirn irgendwie erreicht, mit dem, was ich gesagt hatte? Hatte Hansi eingesehen, dass es unrecht war, was sie machten? Oder sah er den Tod seines Bruders als gesühnt an, jetzt, da Paulssen in Stücke geschossen auf seinem Stuhl hing? Was es auch war, es rettete mir das Leben.

Schnell löste ich meine Fußfesseln, sprang auf und hechtete zu Ariana. Hansi beugte sich über seinen Vater und hob ihn an. »Tut mir leid, Pa, aber das wäre falsch gewesen.«

Julian wütete und spuckte seinen Sohn an.

Geschickt entwirrte ich Arianas Handfesseln, dann die an ihren Füßen, als der Schrei ertönte. Er kam aus Hansis Kehle. Erst glaubte ich, Julian würde ihn töten, bis die Bedeutung der Worte zu meinem Gehirn durchdrang.

»Nein! Bind, wenn, ist, sie, dann, nicht los!«

Als ich zu Ariana sah, blitzte eine Klinge auf. Was zum Teufel …? Erschrocken ließ ich mich zurückfallen, stützte mich mit den Ellenbogen ab, berührte mit meinen Jesusmalen den staubigen Boden und schrie auf, meine Arme knickten weg und ich landete auf dem Rücken. Ariana sprang auf mich drauf wie eine wild gewordene Katze und versuchte, mir das Messer in die Brust zu rammen. Ich hielt ihre Arme mit den Händen fest. Entweder war sie unglaublich stark oder ich einfach nur unglaublich schwach nach den ganzen Strapazen. Ariana legte ihr gesamtes Körpergewicht auf das Messer, es näherte sich meinem Herzen. Die Spitze fand mein Fleisch, drang Millimeter für Millimeter ein, ich brüllte. Wieder lachte mir der Tod ins Gesicht.

Plötzlich traf Hansis Faust Ariana am Oberkörper. Strauchelnd fiel sie nach hinten, die Messerspitze verschwand aus meiner Brust. Wie eine Sirene kreischend, sprang sie auf die Füße und sah abwechselnd zu mir und zu Hansi. Lotete ihre Chancen aus. Letztlich ergriff sie wie ein scheues Reh die Flucht. Das Messer steckte sie sich in den Hosenbund und rannte, als wäre der Teufel hinter ihr her.

Hansi hielt mir eine Hand hin und zog mich auf die Beine. »Lauf! Bevor sie wieder hier sind«, sagte er, aber es war schon zu spät. Otto und Kane kehrten zurück, zum Glück ohne Chihuahua-Kadaver, dafür mit einem fragenden Ausdruck im Gesicht.

Hansi versteckte mich hinter seinem Körper.

»Was ist hier los?«, fragte Kane und kam mit erhobener Waffe auf uns zu. Sein Blick ging zu seinem Vater, der auf dem Boden lag. »Hansi? Sag schon.«

»Unrecht, das, Unrecht«, stotterte er.

»Ach ja?« Kane preschte vor, packte seinen Bruder, der immerhin einen Kopf größer war als er selbst, bei den Haaren und zwang Hansi, sich vor ihn zu knien. Otto hielt mich mit seiner Pistole in Schach und half gleichzeitig Julian dabei, aufzustehen.

»Was ist daran unrecht, die Schuldigen zu töten, die uns Lenard genommen haben?« Kane beugte sich zu Hansi herunter, schrie ihm ins Ohr.

»Aber, Tomas, nicht, er, nicht geschossen«, stotterte Hansi weiter und hielt sich schützend die Hände vors Gesicht, als erwarte er Schläge. Dass er eine Menge davon in seinem Leben bekommen hatte, bezweifelte ich nicht. Wahrscheinlich vom Vater *und* den Brüdern. Irgendwie hatte ich das Gefühl, dass Hansi den Platz des allgegenwärtigen Prügelknabens eingenommen hatte, nachdem seine Mutter gestorben war. Dennoch hatte der Junge mehr Gerechtigkeitssinn im Herzen als die anderen.

»Ob er abgedrückt hat oder nicht, interessiert mich nicht. Er gehörte zu den Leuten, die alles vertuschen wollten, das hat Ariana gesagt!«, fügte Otto seinen Senf hinzu.

Das ließ mich aufhorchen. Das hatte Ariana ihm gesagt? Was ging hier vor? Sie griff mich an, lief weg, und jetzt das? Hatte ich mich getäuscht und nicht Paulssen steckte mit den Hanraths unter einer Decke, sondern Ariana? Ein Stechen traf mich tief im Magen. Während die Brüder über meinen Tod oder mein Leben diskutierten, fiel es mir wie die sprichwörtlichen Schuppen von den Augen. Ariana, diese Schlampe! Hatte sie sich etwa nur mit meiner Frau angefreundet, um Details über mich zu erfahren? Meine Gewohnheiten zum Beispiel? Damit sie mich ohne Probleme entführen konnten?

»Verdammt! Wie konnte ich so blind sein?«, meckerte ich und bekam ein ›Halt die Schnauze‹ zur Antwort. Otto, Kane und Julian hatten keine Zeit, sich um mich zu kümmern, sie hatten nur Augen für den abtrünnigen Hansi, es galt, ihn wieder auf die richtige Spur zu bringen. Brutal schlugen sie ihn, redeten auf ihn ein. Beinahe gerieten sie in einen Rausch, steigerten sich immer weiter hinein. Ich wollte nicht wissen, wie es ihrer Mutter Eleonore ergangen war, wenn Kane und Otto ausgerastet waren und ihr eine Lektion erteilten. Julian saß mit seinem gebrochenen Arm daneben und lächelte. Aus Stolz auf seine Söhne oder doch eher aus Wahnsinn?

Das ist meine Chance! Ich suchte den Boden ab, entdeckte die Schrotflinte und ließ mich nach vorn fallen. Schnell ergriff ich sie, sprang auf und richtete den Lauf auf Julian. Die Jungs würden sicher brav sein, wenn ich ihren Vater bedrohte, oder nicht?

»Eine Bewegung und er ist tot!«, schrie ich und hätte fast aufgelacht, als ich Ottos und Kanes verwirrte Blicke sah. Julian blieb ruhig, hielt sich den Arm. Hansi lag bewusstlos am Boden, mit blutüberströmtem Kopf. Es war schwer zu sagen, ob er lebte oder ob sie ihn totgeschlagen hatten. Eigentlich sollte mich das nicht interessieren, sondern ich sollte zusehen, dass ich meinen Arsch hier raus bewegte, aber Hansi hatte mir geholfen, mich befreit und mir vorerst das Leben gerettet, ich durfte ihn nicht einfach liegen lassen. Warum war ich nur so furchtbar dumm? Eigentlich sollte ich wegrennen, doch ich blieb stehen. Mir selbst redete ich als Grund dafür ein, dass die Gefahr zu groß war, dass sie mir in den Rücken schossen, sobald ich weglief.

»Tretet zurück!«, sagte ich. »Sofort!«

Julian war noch immer entspannt, lächelte sogar.

»Was ist so verdammt witzig?«, fragte ich ihn.

Er deutete auf mein Gesicht. »Tut das weh?«

Damit spielte er auf die Schrotkügelchen an, die sich in meine Wange gebohrt hatten. Augenblicklich begriff ich, er musste es nicht aussprechen. Die Waffe war nicht geladen. Der letzte Schuss hatte sich gelöst, als Hansi seinen Vater umgestoßen hatte. *Verflucht!*

Ich war im Begriff, die Flinte zu heben, um sie als Schlagwaffe zu nutzen, doch Otto war schneller. Unverzüglich kam er auf mich zu, nahm sie mir weg und schlug mir in den Bauch. »Scheiß Wichser!«

Keuchend krümmte ich mich zusammen. Ein weiterer Schlag, ich fiel auf alle viere. Heftig trat er zu, ich wimmerte. Die kurze Hoffnung, mich retten zu können, verschwand. Wie ein nasser Sack kippte ich um, lag seitlich auf dem Boden und blickte zu Hansi. Er lebte noch, was ich daran erkannte, dass er eins seiner zugeschwollenen Augen öffnete. Wieder ein Tritt, dieses Mal gegen meinen Kopf. Alles verschwamm um mich herum, nur dieses Mal nicht, weil ich mich so aus der Welt lösen wollte, sondern weil Otto mich tottreten würde.

Das Letzte, was ich hörte, bevor ich das Bewusstsein verlor, waren Sirenen, die näher kamen.

28

»Jetzt fahren Sie schon schneller!«, rief Diana über die lärmende Sirene hinweg.

»Ich trete doch aufs Gas!«, verteidigte sich der Fahrer. Diana kannte seinen Namen nicht, brauchte ihn auch nicht zu wissen. Sie wollte nur ihren Hund finden, der sie zu ihrem Mann führen würde. So hoffte sie zumindest. Wenn es sich als falsche Spur entpuppte, was dann? Ihr würde nichts anderes übrig bleiben, als auf die Auswertungen der Spurensicherung zu warten.

Jürgens Handy klingelte. »Es ist Schroer«, sagte er und nahm ab. »Ja? Okay, gut, ich habe verstanden.« Er legte auf. »Die Kugel in Eleonores Brust stammt aus ihrer eigenen Waffe, die aus dem Kopf ihres Sohnes definitiv aus einer Dienstwaffe der Polizei, so viel kann Hohl schon sagen. Wer geschossen hat, weiß er nicht.«

»Das heißt, dass Eleonore nicht erst Lenard und dann sich selbst erschossen hat«, murmelte Diana und blickte gedankenverloren aus dem seitlichen Fenster. »Was hat das zu bedeuten? Sie würde sich doch nicht erschießen und ihren Sohn im Stich lassen, oder?«

»Nein«, sagte Jürgen. »Das kann ich mir nicht vorstellen, aber was, wenn …«

»Anhalten!« Diana hatte etwas am Straßenrand gesehen, inmitten wild wuchernder Büsche. Oder eher jemanden. »Da ist sie!«, rief sie, und noch während das Auto rollte, öffnete sie die Tür.

»Diana, was hast du vor?« Jürgen sprang aus dem Wagen und half ihr, auszusteigen.

»Da ist Ariana!« Diana lief los, so schnell sie konnte. Ehe Jürgen sich versah, verschwand sie zwischen den Sträuchern. Hinter sich hörte sie ihn rufen, dass sie stehen bleiben solle. Immer weiterlaufend, achtete nicht auf ihn, sondern folgte der blonden Frau.

»Ariana! Warte!«

»Diana?« Ariana drehte sich um, von Kopf bis Fuß mit Blut beschmiert. Sie lächelte und breitete die Arme aus. »Gott sei Dank!«

Diana erreichte und umarmte sie, ihr Bauch presste sich gegen den von Ariana. »Endlich hab ich dich gefunden.« Leicht drückte sie Ariana von sich weg, damit sie ihr in die Augen sehen konnte. »Wo ist Tomas? War er bei dir? Geht es ihm gut?«

Ariana lächelte immer noch, doch jetzt wirkte es auf Diana nicht mehr erfreut, sondern hämisch, herausfordernd und irgendwie – siegessicher.

»Was ist?«, fragte Diana.

»Tomas ist tot, meine Liebe. Er hat seine gerechte Strafe bekommen.«

»Für was?« Kräftig schüttelte sie Ariana durch. »Was meinst du?«

»Er hat geschworen, Diana, geschworen, die Menschen zu schützen und was hat er getan? Nichts! Genau, gar nichts!«

»Was redest du da?« Diana wollte sich umdrehen und fortrennen. Es war zu spät. Ariana griff hinter sich und das Nächste, was Diana spürte, war ein stechender Schmerz im Unterleib. Als sie an sich herabblickte, sah sie Arianas Hand, darin ein Messer, dessen Klinge in ihrem Bauch steckte. Ariana zog sie heraus und stieß ein zweites Mal zu. Diana keuchte, fasste ungläubig an die Wunde und an das Metall, das aus ihr herausragte.

»Du warst nur Mittel zum Zweck, meine Liebe.« Ariana grinste breit und ließ das Messer, wo es war. Ihre Hände waren blutverschmiert.

»Tritt von ihr weg!« Jürgen stand hinter ihnen und richtete seine Waffe auf Ariana.

»Schieß doch!«, krähte sie freudig und tanzte wie Rumpelstilzchen im Kreis. »Schieß doch!«

Das tat Jürgen nicht, er preschte vor und schlug Ariana zweimal mit dem Kolben seiner Dienstpistole auf den Kopf, sie fiel bewusstlos zu Boden. Als er sich zu Diana drehte und das Messer sah, schrie er vor Schreck auf und rief um Hilfe. Sofort kamen die Kollegen angerannt, die mit ihnen hierher gefahren waren.

»Helft mir!« Jürgen stützte Diana. Schwäche breitete sich in ihr aus. Es kam ihr vor, als flösse das Blut wie ein Sturzbach aus ihr heraus, und als sie den Kopf senkte und sich vergewissern wollte, dass sie sich irrte, musste sie feststellen, dass es genau so war, wie es sich anfühlte: Sie verlor eine Menge Blut.

»Das Baby«, flüsterte sie.

»Ich weiß, ich weiß!« Jürgen klang der Verzweiflung nahe. »Los, legt sie hierhin!«

Behutsam legten sie Diana auf eine Decke, die sie auf der Straße ausgebreitet hatten. Im Hintergrund rief jemand einen Notarzt, ein anderer telefonierte mit Schroer, aber das schlimmste Geräusch von allen war Arianas Lachen. Sie prustete los, als würde sie eine Komödie im Kino sehen und nicht die Frau auslachen, die sie soeben niedergestochen hatte.

Diana fielen die Augen zu.

»Bleib bei mir!« Jürgen tätschelte ihre Wange. »Du musst durchhalten, hörst du?«

Sicherlich hörte sie ihn, doch hatten seine Worte keine Bedeutung mehr für sie. Ihr Körper schien zu schweben und die Welt um sie herum verschwamm zu einem Einheitsbrei der Gleichgültigkeit. Das Einzige, woran sie denken konnte, waren nicht ihr ungeborenes

296

Kind oder ihr geliebter Mann, nein, sie dachte an Schroer und verfluchte sich, nicht auf ihn gehört zu haben. Er hatte gewollt, dass sie mit ihrem Arsch dort blieb, wo er in Sicherheit war, und sie hatte wie immer ihren eigenen Kopf durchgesetzt. *Pech gehabt, altes Mädchen.*

Und jetzt? Jetzt lag sie auf dem Boden und starb, gemeinsam mit ihrem ungeborenen Kind, während ihre angeblich beste Freundin lachte und lachte und lachte.

29

»Lass ihn liegen!«

»Aber …«

»Nichts aber, der ist so gut wie tot, komm, wir müssen weg!«

Eilige Schritte, Keuchen, Klappern, ein Motor. Vorsichtig öffnete ich die Augen. So weit, wie es ging, jedenfalls, sie fühlten sich an, als wären sie fast komplett zugeschwollen. Behutsam betastete ich sie. Blut blieb an meinen Fingern kleben. Wie mochte ich aussehen? Löcher in Hand- und Fußgelenken, halb verdurstet, zusammengeschlagen, angeschossen. Bestimmt war ich einem Zombie nicht unähnlich, erst recht nicht, als ich schwankend aufstand und stöhnte, genau wie die Untoten in dieser Serie, die ich nachts gesehen hatte. Eine Folge und ich hatte genug. Untote waren nichts für mich, zu unheimlich.

Ich sah mich im Schlachthaus um. Da waren Schleicher und Paulssen, aus ihren Halsstümpfen tropfte noch etwas Blut heraus, obwohl ihre Herzen aufgehört hatten, es durch ihre Adern fließen zu lassen.

Der Stuhl neben mir war leer. Ariana, dieses Miststück! Von Anfang an hatte sie mit dringehangen, wieso auch immer. Und ich war ihr auf den Leim gegangen. Ihre Rolle hatte sie perfekt gespielt. Durch sie mussten die Hanraths so viel über uns gewusst haben.

Ich ließ meinen Blick weiterwandern, bis er auf einem Körper hängen blieb, den ich nicht erwartet hatte. Sie hatten ihn zurückgelassen? Ihr eigenes Fleisch und Blut?

Hansi stöhnte und drehte sich zu mir. Er sah ebenfalls eher aus wie ein Zombie und nicht wie ein lebendiger Mensch. Seine Nase war gebrochen, die Spitze berührte seinen Wangenknochen. Ihm fehlten mehrere Zähne und eins seiner Augen war komplett zugeschwollen. Wir schauten uns einen Moment an, dann ging ich zu ihm und half ihm auf. Ja, der große, dumme, aber umso stärkere Mann hatte mir wehgetan, sehr sogar, doch er konnte nichts dafür. Ebenso wie ich war er ein Opfer seiner Familie. Diese Arschlöcher hatten ihn zu dem gemacht, was er heute war. Und hatte nicht jeder eine zweite Chance verdient? Fast jeder zumindest. Es gab ein paar Ausnahmen: meinen Schwager zum Beispiel oder Ariana. Beides Personen, denen ich die Pest an den Hals wünschte, es gab für sie keine Gnade, die sie von mir zu erwarten hätten.

»Danke«, sagte Hansi und stöhnte. »Sind sie weg?«

»Ja, sie sind abgehauen und haben dich zurückgelassen.« *Genau wie mich*, dachte ich. Am Ende war ich ihnen nicht einmal mehr eine Kugel wert gewesen. Paulssens Geständnis schien ihnen gereicht zu haben, sie waren zufrieden, der Tod ihres Bruders und Sohnes war gerächt. Dennoch mussten wir zusehen, dass wir von hier verschwanden. Es war möglich, dass sie zurückkehrten und uns doch noch den Rest gaben.

»Familie«, murmelte Hansi. »Dass ich nicht lache!« Sein Sprachfehler war nicht zu hören, er redete normal mit mir, wie er es schon vorher getan hatte, wenn seine Brüder, vor allem Otto, nicht bei ihm gewesen waren.

»Was wird jetzt mit mir geschehen?«

Wir gingen gerade durch die Eingangstür, als er mich das fragte.

»Du wirst angeklagt werden. Falls du uns hilfst, deine Familie zu finden, wird man das zu deinen Gunsten auslegen. Vielleicht lege ich ein gutes Wort für dich ein, immerhin hast du am Ende mein Leben gerettet.«

»Ja, das habe ich.« Mehr sagte er nicht. Kein: *Klar helfe ich dir, sie zu finden, schließlich haben sie mich im Stich gelassen.* Die Zeit würde zeigen, ob er sich gegen seine Familie wenden und sie verraten würde. Es war ihm zu wünschen. Hansi war zwar kräftig, aber dumm, er würde den Knast nicht überstehen. Wenn er geständig war, würde man ihn aufgrund seiner Zurückgebliebenheit eventuell in eine Nervenheilanstalt stecken und ihn dort verwahren, wenn man es nett ausdrücken wollte.

Ich sah die frischen Reifenspuren auf dem Boden, sie zeigten entgegengesetzt der Richtung, aus der wir gekommen waren. Was hatten sie gesagt? Erst in die Niederlande, rüber nach Belgien und ab nach Paris? Ob sie ihren Plan trotz meines Wissens einhielten? Falls ich mich nicht zusammennahm und es nicht schaffte, Hansi und mich den Weg zurück zu schleppen und Hilfe zu holen, konnte mir egal sein, wohin sie flohen.

»Komm, mein Großer«, sagte ich und zog Hansi mit mir. Zu meinem Glück konnte er ansatzweise laufen, sonst hätte ich ihn hierlassen müssen, und ob er noch da gewesen wäre, wenn ich zurückkehrte, war unwahrscheinlich.

»Wohin gehen wir?«, fragte er ängstlich.

»Zu eurem Haus. Vielleicht treffen wir unterwegs jemanden, der die Polizei rufen kann – oder die Polizei selbst.« Die Sirenen von vorhin waren zwar verstummt, aber ich hoffte, dass sich die Beamten noch in der Nähe befanden.

»Werden die mich verhaften?«

»Wahrscheinlich, aber du musst mir vertrauen. Sie werden dich gut behandeln, dafür sorge ich.« Ich wunderte mich über meine Fürsorge für Hansi, immerhin war er an meinem körperlichen Zustand nicht ganz unschuldig, er hatte mir die Nägel in Arme und Beine getrieben. Wenn ich nicht unter dem Stockholm-Syndrom litt, lag eine Vermutung nahe, warum ich mich so um Hansi kümmerte: Trotzdem er zwei Köpfe größer war als ich und um ein Vielfaches kräftiger, weckte er Vatergefühle in mir. Theoretisch könnte er mein Sohn sein. Wäre er es, wäre er nicht wie jetzt. Das Schicksal hatte ihm die falsche Familie zugelost, er war nicht von Grund auf böse, man hatte ihn nur böse gemacht.

»Fühlst du dich besser? Befreiter, seit sie weg sind?«

Hansi überlegte und nickte dann. »Ja, ich denke schon. Es tut mir alles so leid …«, setzte er an, verstummte aber, als er das sah, was auch ich erblickte, als wir um eine Kurve kamen. Ein Einsatzwagen unserer Polizei, ein Krankenwagen, mehrere Menschen, die aufgeregt umherliefen. Im Gewühl entdeckte ich Jürgen. Er stand am Einsatzwagen und ich glaubte nicht, wer da bei ihm war: Ariana. In Handschellen! Sie hatten sie erwischt. Blieben nur noch drei.

»Warte hier«, sagte ich und half Hansi, sich auf den Boden zu setzen. Der atmete schwer und ich fürchtete, Kane könnte ihm die Rippen gebrochen haben und dass sich jetzt ein Splitter in seine Lunge bohrte.

»Ich schicke die Rettungskräfte zu dir«, versprach ich ihm, und als ich mich umdrehen wollte, sprang etwas aus dem Gebüsch links von mir. Es war Cupcake! Mein Held des Tages. Kurz verweilte er neben Hansi, bellte ihn an und kam zu mir. Freude darüber, ihn zu sehen, überkam mich. Lebend, vor allen Dingen. Es war schwer vorauszusehen, um wen von uns beiden Diana mehr getrauert hätte.

Mich mit seinen aliengleichen, herausquellenden Augen anglotzend, setzte er sich vor meine Füße. Diesen Blick kannte ich. Er wollte auf den Arm. Auf meinen Arm! Das war noch nie vorgekommen. Behutsam hob ich ihn hoch und drückte ihn an mich. Er leckte mir das Gesicht ab.

»Bin gleich zurück«, sagte ich zu Hansi und ließ ihn sitzen. So, wie er keuchte, fürchtete ich nun nicht mehr, dass er weglaufen könnte. Der Kerl war fertig, genauso wie ich, aber mich trieb etwas an. Ich wollte in die liebenden Arme meiner Frau fallen und sie von oben bis unten abküssen.

»Ich glaub's nicht!«, rief Jürgen, als er mich die Straße entlanghumpeln sah. Die Hände über dem Kopf zusammenschlagend, starrte er mich an wie einen Totgeglaubten. Ein paar Sekunden brauchte er, dann stürmte er mir entgegen. »Du lebst!«, rief er und fiel mir in die Arme, als er mich erreicht hatte.

»Pass auf Cupcake auf«, bat ich lachend. »Ich muss zu meiner Frau. Es war doch gewiss Diana, die dafür gesorgt hat, dass ihr hier mit einem Großaufgebot erscheint, oder?«

Jürgen trat einen Schritt zurück und sein Blick, den er auf den Chihuahua richtete, bereitete mir sofort Unbehagen. »Was ist los?«

»Tomas, ich …«, setzte Jürgen an, doch ich rannte schon los. Cupcakes Ohren hüpften auf und ab. »Warte!«, rief er mir hinterher, ich kümmerte mich nicht mehr um ihn. Wie ein Düsenjet flog ich an Beamten vorbei, an Ariana und kam zum Krankenwagen, der mitten auf der Straße stand. Eine böse Ahnung überfiel mich und versuchte, mich zu Boden zu drücken. Schwer lastete sie auf mir und als ich die blutende Person auf der Trage sah, schrie ich und lief zu ihr.

»Was ist passiert?«, fragte ich die Sanitäter.

»Wer sind Sie?«, warf mir eine Frau entgegen.

»Der Ehemann«, sagte ich verzweifelt und griff nach Dianas Hand.

Die Frau betrachtete mich zunächst skeptisch, dann nickte sie. »Zwei Stiche in den Bauch.«

Einen davon konnte ich genau sehen, es ragte ein Messer daraus hervor, die andere Wunde drückte ein Helfer mit einem blutdurchtränkten Tuch zu. Diana war nicht bei Bewusstsein.

»Sie ist schwanger!«, bemerkte ich unnötigerweise. Jeder sah Dianas dicken Bauch.

»Das wissen wir«, entgegnete die Sanitäterin knapp und drängte mich zur Seite. »Bitte, lassen Sie uns unsere Arbeit machen, wir müssen los.«

Schweren Herzens machte ich ihnen Platz. Eilig schoben sie meine bewusstlose Frau in den Krankenwagen, schlossen die Tür und brausten mit ihr davon. Wie betäubt blieb ich stehen. Das durfte nicht wahr sein!

»Tomas?« Eine warme Hand auf meiner Schulter. Es war Jürgen. Ich drehte mich zu ihm um, schaute ihm in die traurigen Augen. »Sie werden alles für sie tun, das verspreche ich dir.«

Das war nicht das erste Mal, dass man Diana mit Sirenengeheul von mir fortbrachte. Am Anfang, als wir noch als Partner bei der Mordkommission arbeiteten, wurde sie angeschossen und schon damals hatte ich um sie gebangt. Heute, da Diana von mir schwanger war, stieg die Sorge um sie ins Unermessliche.

»Was ist passiert?«, fragte ich ungläubig. Eigentlich hatte ich gedacht, ich wäre derjenige, der in Gefahr schwebte, nicht Diana.

»Willst du dich nicht erst behandeln lassen? Du siehst schrecklich aus!«

»Nein, ich will wissen, was vorgefallen ist!«, forderte ich, während Hansi zu einem Einsatzwagen gebracht und versorgt wurde. Um ihn musste ich mich nicht mehr kümmern, jetzt zählte nur meine Frau.

»Paul und sie haben zusammen mit Schroer, einer anderen Kollegin, Steffi und mir nach dir gesucht.« Jürgen erzählte mir von Paulssens toter Ehefrau, den Akten in seiner Wohnung und wie sie auf die Spur der Hanraths gekommen waren. Alles in allem gute Ermittlungsarbeit, wie ich fand. Nur das Detail, dass Paul und Diana ein zweites Mal zum Haus zurückgekehrt waren und er durch eine ferngezündete Bombe ums Leben kam, war kein Grund zum Schulterklopfen. Mit ihm hatte ich schon einiges erlebt, sein Tod traf mich tief in der Magengrube.

Dann kam Jürgen endlich zu der Stelle, an der Diana schwer verletzt wurde. »Wir sind dem GPS-Signal von Cupcakes Halsband gefolgt.« Liebevoll strich er dem Hund über den Kopf. »Auf dem Weg dorthin verlangte Diana vom Fahrer, anzuhalten, weil sie meinte, jemanden gesehen zu haben.« Mein Blick wanderte sofort zu Ariana. »Wir haben uns getäuscht«, sagte Jürgen. »Wir glaubten, Paulssen stecke mit in der Sache drin, dabei war es Ariana, sie gab den Hanraths Informationen über euch und half ihnen, euer Verschwinden so logisch wie möglich zu erklären. Sie täuschten vor, dass du mit Ariana durchgebrannt wärst. Schon Wochen vorher fing sie an, von einem mysteriösen Liebhaber in deinem Alter zu schwärmen, sodass dank einem verfänglichen Foto von euch beiden, alles auf eine Affäre hindeutete.«

»Das müssen sie geschossen haben, als ich bewusstlos war. Und lass mich raten, dabei war Julian ihr Lover.«

Jürgen nickte. »Das hat sie uns gerade alles erzählt. Julian hat sie komplett um den Finger gewickelt. Er hat sie sich gezielt ausgesucht, ist mit ihr ausgegangen, hat ihr die große Liebe versprochen und sie dann um die

304

Informationen zu ihrem Fall gebeten. Wie ein höriges Hündchen hat sie ihm alles besorgt, was er wollte und gemacht, was er von ihr verlangte. Und als wäre das noch nicht genug, scheint sie auch noch komplett durchgeknallt zu sein.«

Wortlos drückte ich Jürgen den Hund in die Arme und rannte los.

»Scheiße!«, hörte ich Jürgen hinter mir schreien. »Haltet ihn auf!«

Sie schafften es nicht. Es griffen von allen Seiten Hände nach mir, ich glitt wie ein rutschiger Aal zwischen ihnen hindurch, bis ich Ariana erreicht hatte. Das Miststück lächelte mich an. Kein Witz! Eiskalt, ohne Reue, grinste sie mich an, als würde sie sich ehrlich freuen, mich zu sehen.

»Hallo, Tomas.«

Ich packte sie am Schopf und hämmerte ihren Kopf zweimal gegen den Einsatzwagen, an dem sie stand. Die Beamten um mich herum starrten mich bloß aus verständnisvollen Augen an.

Ariana ging zu Boden, sie fasste sich an die Platzwunde. »Das wirst du bereuen, ich zeige dich wegen Polizeigewalt an!«, schrie sie.

Der Beamte, der ihr aufhalf und sie von mir fortbrachte, lachte und sagte: »Zeig mir einen Richter, der dir das abnimmt, Schlampe!« Er führte sie zu einem anderen Wagen. »Kopf runter!«, forderte er und stieß sie unsanft auf den Rücksitz. Das war es, was mich immer an meinem Job fasziniert hatte, der Zusammenhalt. Schlug man einen von uns, schlug man alle. Das war es, was ich am meisten vermisste. Nicht nur fehlte es mir, die Irren zu jagen und einzusperren, sondern auch die Menschen, die Tag für Tag ihr Leben riskierten, um die Straßen sicherer zu machen, hatte ich vermisst.

»Musste das sein?«, fragte Jürgen.

»Du kennst die Antwort.«

Nickend gab er mir den Hund zurück.

»Fährst du mich ins Krankenhaus?«

Wieder nickte er. »Auf dem Weg kannst du mit Schroer telefonieren und ihm alles erzählen.«

Das tat ich. Ich erzählte meinem alten Boss, was ich in den vergangenen Tagen erlebt hatte. Dabei versuchte ich, Hansi besser dastehen zu lassen, als es in Wirklichkeit gewesen war. Der Wagen, mit dem sie uns zum Schlachthaus gefahren hatten, war zur Fahndung ausgeschrieben, da hatte Alex, unser Techniker, ganze Arbeit geleistet. Mehr könnten sie im Moment nicht tun, sagte Schroer. Sie mussten auf die Auswertungen der Spurensicherung warten und auf Hansis und Arianas Aussagen. Arianas würden sie jedoch erst bekommen, sobald die plötzlich aufgetauchte Platzwunde auf ihrer Stirn versorgt wäre, bemerkte er nicht ohne eine Spur Boshaftigkeit. Er meinte noch, ich solle mir keine Sorgen machen, sie würden die Drecksschweine kriegen. Da war ich mir nicht so sicher. Wenn ich bedachte, wie lange die Hanraths mit ihrem Treiben durchgekommen waren, war es nicht undenkbar, dass sie auf Nimmerwiedersehen verschwanden.

Wir kamen am Krankenhaus an, Cupcake ließ ich im Auto. Jürgen begleitete mich. Ich war froh, dass er bei mir war, sonst wäre ich gleich an der Rezeption zusammengebrochen.

Die Dame am Empfang schickte uns in die Notaufnahme – nachdem sie mich mehrere Male fragte, ob ich nicht selbst Hilfe bräuchte –, dort würden wir weitere Informationen erhalten. Es dauerte eine Viertelstunde, gefühlt war es ein Tag, bis wir endlich einen Arzt fanden, der uns Auskunft gab.

306

Er hatte ein Klemmbrett in der Hand und suchte darauf nach meiner Frau. »Ja, sie wird derzeit operiert, Genaueres kann ich Ihnen nicht sagen. Gehen Sie in den ersten Stock zur Intensivstation, da wird man Ihnen weiterhelfen. Auch sie sollten sich untersuchen lassen …«

Jürgen packte mich am Handgelenk, da er gespürt haben musste, dass ich kurz davor war, den Doktor anzuspringen. Erst schickte man uns hierhin und dann wieder woanders hin? Sofort fühlte ich mich in meinen Lieblingszeichentrickfilm mit *Asterix und Obelix* hineinversetzt, in dem sie verschiedene Prüfungen bestehen mussten. Unter anderem sollten sie einen *Passierschein A38* aus einem Verwaltungsgebäude besorgen, das sich allerdings als Irrenanstalt herauskristallisierte. Dort wurden die beiden Gallier ebenfalls hin und her geschickt, so wie Jürgen und ich jetzt. Wer von uns Asterix und wer der dicke Obelix war, ließ ich lieber offen.

Wir rannten die Treppen hinauf und ich schnappte mir gleich die erste Krankenschwester, die mir in die Arme lief. »Diana Ratz! Wo ist meine Frau?«

»Oh!«, stieß sie aus und dieses »Oh!« ließ all meine Hoffnungen in mir zu Staub zerfallen. »Sie ist im OP. Bitte nehmen Sie im Warteraum Platz, ich gebe Bescheid, dass Sie hier sind. Der Arzt wird sofort zu Ihnen kommen, wenn er kann.« Dann löste sie sich aus meinem Griff und verschwand. Ich hatte keinen einzigen Anhaltspunkt, wie es Diana ging.

»Komm!« Jürgen zog mich mit sich und brachte mich dazu, mich in einem sterilen Wartebereich auf einen unbequemen Plastikstuhl zu setzen. »Willst du einen Kaffee?«

Dankend lehnte ich ab. Mir war so schlecht, dass ich nicht einmal einen Schluck Wasser hinunterbekommen hätte.

»Glaubst du, sie schaffen das? Diana und das Kind?«

Jürgen sah mich mit tränennassen Augen an. »Das werden sie, da bin ich mir sicher.«

Das war gelogen, das wusste ich, ich nahm es ihm nicht übel. Damit ich nicht alle Hoffnungen verlor, sprach er mir gut zu.

»Diana war bei ihm, als er starb. Bei Paul, meine ich. Sie war für ihn da, er war nicht allein«, sagte Jürgen mit trauriger Stimme.

»Es tut mir leid um deinen Partner.« Das meinte ich ehrlich. Zwar bangte ich um das Leben meiner Frau, hatte aber genug Trost für ihn übrig. »Musste er sehr leiden?«

»Das weiß ich nicht. Diana und ich hatten keine Gelegenheit, über seine letzten Minuten zu sprechen, aber sein Körper war ziemlich …« Er verstummte. »Mir bleibt nur zu hoffen, dass er nicht allzu große Schmerzen hatte.« Schnell wischte er sich eine Träne aus dem Auge. »Umso mehr müssen wir beten, dass Diana es schafft. Jeder tote Kollege ist einer zu viel.«

Seine Geste wusste ich zu schätzen, denn im Grunde war Diana keine Kollegin. Aber der Zusammenhalt ging über den Dienst hinaus, auch wenn wir uns nicht gesehen hatten, nachdem Diana und ich das Revier verlassen hatten und ich diese dämliche Buchhandlung eröffnete. Das kam mir jetzt alles unsinnig und überflüssig vor. Wie hatte ich denken können, dass ich zu etwas anderem als zur Verbrecherjagd fähig war?

Die Glastür, die zur Treppe führte, wurde aufgestoßen. Meine Mutter stürzte mir entgegen und drückte mich so fest an sich, dass ich glaubte, ich würde ersticken. Bei ihr war eine Frau, die ich zwar vom Sehen her, doch nicht mit Namen kannte.

»Tomas, ich habe mir solche Sorgen um dich gemacht!« Erst überschüttete meine Mutter mich mit Küssen, dann mit leichten Faustschlägen auf die Brust. Ich wusste nicht, was sie ihr erzählt hatten, warum ich fort gewesen war und wieso ich mich nicht bei ihr gemeldet hatte.

»Wie siehst du aus?«, fragte sie, nachdem sie damit fertig war, mich zu schlagen. »Bist du in einen Schredder gefallen?«

So ähnlich fühlte ich mich tatsächlich und meine Kräfte würden nicht mehr lange reichen, nur die Angst um Diana ließ mich auf den Beinen bleiben.

Jürgen zog meine Mutter von mir weg und redete beruhigend auf sie ein. So hatte die Frau, die sie zu mir gebracht hatte, Gelegenheit, sich vorzustellen. »Hallo, ich bin Steffi, Paulssens ehemalige Assistentin.« Schwach lächelte sie.

»Maßgeblich hat sie uns auf die richtige Spur gelenkt. Ohne sie wären wir nie auf den Fall der Hanraths gestoßen«, sagte Jürgen, während er meiner Mutter half, sich hinzusetzen.

Erst betrachtete ich diese Steffi von oben bis unten, dann zog ich sie an mich und umarmte sie. »Danke, und danke, dass Sie meine Mutter hierhergebracht haben«, flüsterte ich und ließ sie erst los, als hinter mir jemand nach mir verlangte.

»Wer von Ihnen ist Diana Ratz' Ehemann?«

Ich drehte mich um und ein verschwitzter, untröstlich dreinblickender Arzt stand vor mir. »Leider habe ich schlechte Nachrichten für Sie …«

30

Drei Wochen später

Meine Wunden waren so gut wie verheilt, zumindest die körperlichen, die seelischen lagen tief und fraßen sich immer mehr in mich hinein.

Aus meiner Wange und der Schulter hatten sie elf Schrotkügelchen geholt, aber immer noch besser, als den ganzen Kopf zu verlieren. Knochen hatte ich mir keine gebrochen, aber die Löcher in Hand- und Fußgelenken hatten die Ärzte wieder öffnen müssen, um sie dann ordentlich zu säubern und zu vernähen. Darin hatten sie sogar Stroh gefunden.

Die Veilchen und Platzwunden in meinem Gesicht, durch die Schläge und Tritte verursacht, waren auch fast komplett verheilt.

Ich lief über den Krankenhausflur. Vor zwei Tagen hatten sie mich entlassen und es war ein befreiendes Gefühl, endlich nicht mehr mit Nachthemd und Infusionsständer, sondern in privaten Sachen zu dem Zimmer zu gehen. Auf dem Weg dorthin begegnete ich einer Krankenschwester, die ich mittlerweile gut kannte. Als sie vor mir stehen blieb, gab sie mir die Hand und lächelte.

»Schön, Sie gesund und munter herumlaufen zu sehen.«

»Danke«, sagte ich und deutete auf die Tür zu Raum 4.15. »Wie geht es ihr heute?«

»Ganz gut, seien Sie behutsam, wie immer.« Aufmunternd klopfte sie mir auf die Schulter und wünschte mir einen angenehmen Tag. Den würde ich haben, vorausgesetzt, Jürgen und Schroer machten ihren Job.

Schnurstracks hielt ich auf die Tür zu, die ich ansteuerte, als zöge sie mich wie ein Magnet an, und öffnete sie. Der Fernseher lief, beide Betten waren belegt und in einem davon lag meine Frau.

»Hey, Süße«, sagte ich, ging um das Bett und gab ihr einen Kuss auf die Stirn. Die Frau, die mit Diana auf dem Zimmer lag, schlief. »Wie geht es dir heute?«

Gedankenverloren legte sie ihre Hände auf den flachen Bauch, den sie unter der Decke versteckte. »Es wird von Tag zu Tag besser.«

»Geben sie dir genug Schmerzmittel?«

Sie lachte kurz, aber humorlos auf. »Da würde jeder Drogensüchtige neidisch werden.«

»Haben die gesagt, wann du nach Hause darfst?«

»Vielleicht Anfang nächster Woche«, sagte sie. Aber sie schaute mich nicht an, hatte nur Augen für ihren Bauch.

Sanft legte ich meine Hände auf ihre. »Diana, ich …«

»Nicht«, flüsterte sie. »Dazu bin ich noch nicht bereit.«

Wissend nickte ich. Dafür würde sie noch eine Menge Zeit brauchen. Jede Mutter, die ihr Kind verloren hatte, musste das Erlebte erst verarbeiten. Für mich war der Verlust schon kaum erträglich, die Trauer um unsere ungeborene Tochter drohte mich in manchen Stunden, besonders wenn ich allein war, zu erdrücken. Wie musste sich dann erst Diana fühlen, deren Baby in ihrem Leib von einer Verrückten erstochen worden war? Mitten ins Herz, hatten uns die Ärzte gesagt. Arianas Klinge hatte das kleine Herz unserer Tochter einfach aufgespießt. Nach dieser Information war ich sofort zum Gefängnis gefahren und hatte verlangt, Ariana zu sprechen. Verständlicherweise hatten sie es nicht zugelassen. Sie saß in Untersuchungshaft, wartete dort auf ihre Anklage und war für mich unerreichbar. Ich fürchtete, dass man mich nicht einmal in den Verhandlungssaal lassen würde.

»Natürlich gebe ich dir die Zeit, die du brauchst«, sagte ich und wechselte das Thema. »Und ich habe einen neuen Job. Ma hat mir geholfen, den Buchladen zu verkaufen, gestern Abend hat der Käufer den Vertrag unterschrieben.«

»Das ist toll.« Noch immer sah sie mich nicht an. »Wo arbeitest du denn jetzt?«

Stolz holte ich meine Brieftasche hervor und hielt sie ihr geöffnet vor das gesenkte Gesicht.

Ihre Augen weiteten sich, als sie den Ausweis betrachtete. Um ihre Lippen spielte ein ernst gemeintes Lächeln. »Er hat dich wieder eingestellt?«

»Ja, das hat er, du darfst mich ab heute wieder Kriminalhauptkommissar Ratz nennen.«

»Weiß Schroer, was er da angerichtet hat?«, fragte sie und schaute auf. Ihr Lächeln wurde breiter. Es tat gut, es zu sehen. So vergaß sie wenigstens für einen kurzen Moment das schreckliche Erlebnis, das uns ab jetzt bis zu unserem Tod begleiten würde.

»Das weiß er, behauptet er zumindest. Seit gestern arbeite ich mit an dem Fall.«

»Wie hat er das durchbekommen?«

»Viele Leute schulden ihm wie immer viele Gefallen, hat er zu mir gesagt.« Ich zuckte mit den Schultern. Mir war es gleich, wie er das bewerkstelligt hatte, das Ergebnis zählte.

»Wie weit seid ihr?«

»Wir haben sie fast.«

Schon seit drei Wochen jagten sie die Hanraths durch ganz Deutschland. Über die Grenzen hatten sie es nicht geschafft, waren aber immer wieder entkommen. Jetzt waren sie wie Aale, die der Polizei zwischen den Fingern hindurchglitten.

»Habt ihr eine konkrete Spur?«

»Ja, sie führt nach Bremen, Schroer ist dran, vielleicht haben wir noch heute einen Einsatz.«

Dianas vorher erfreutes Lächeln erstarb. »Gern wäre ich dabei.«

»Das glaube ich dir.« Zärtlich strich ich ihr über die Wange.

Lange und schweigend sah sie mich an, dann sagte sie: »Schnapp dir die Schweine.«

»Das werde ich«, versprach ich ihr und wie auf Stichwort klingelte mein Handy, ich hatte vergessen, es auf lautlos zu stellen. Die Frau hinter mir grunzte, als sie aufwachte und schimpfte mit mir.

»Unverschämtheit!«, blökte sie und drückte den Knopf, der die Krankenschwester herbeirief. Es war eine ältere Dame, die meine und vor allem Dianas Nerven bereits zur Genüge strapaziert hatte. Sie war die Art Mensch, die ständig ihren Nachbarn hinterherspionierte und sofort meckerte, wenn sie etwas sah, das ihr nicht passte.

»Halten Sie die Klappe!«, giftete Diana, die Frau und ich blickten sie gleichermaßen verdutzt an. Meine Kleine schien allmählich ihr altes Wesen zurückzubekommen. Es würde dauern, aber ich war zuversichtlich, dass wir den schweren Schicksalsschlag meisterten. Gemeinsam schafften wir das.

Diana machte eine auffordernde Handbewegung. »Nun geh schon ran.«

Ihr gehorchend, nahm ich ab und ging aus dem Zimmer. Auf dem Weg nach draußen begegnete ich einer gestressten Krankenschwester, und während ich Schroer begrüßte, hörte ich die Alte im Krankenzimmer

herumzetern. Selig waren die Kranken mit einer Privat-
versicherung …

»Hallo, Ratz«, sagte Schroer. »Wo sind Sie?«

»Bei meiner Frau.«

»Haben Sie Zeit?«

»Haben Sie sie gefunden?«

»Ja, Besprechung ist in einer halben Stunde, dann
geht's los.«

»Komme sofort, bis gleich.« Ich legte auf und ging
zurück zu Diana. Die Krankenschwester versuchte, die
Bettnachbarin zu beruhigen. »Und?«, fragte sie über das
Gezeter hinweg.

»Wir haben sie«, sagte ich und deutete auf die Alte.
»Schaffst du das?«

Diana lächelte.

»Etwas mehr Morphium und ich bekomme das hin.«

Liebevoll gab ich ihr einen Kuss.

»Pass auf dich auf, ja?«

»Das mache ich, keine Sorge.«

Als ich vor dem Krankenhaus stand, zündete ich mir
eine Zigarette an und ging zu meinem Wagen.

Was in Bremen geschehen würde, sobald wir Kane,
Otto und Julian gefunden hatten? Keine Ahnung, doch
ich freute mich schon auf ihre Gesichter, wenn ich dieses Mal mit einer geladenen Waffe auf sie zielte.

31

Ich betrat das Revier. Erst jetzt begriff ich, wie sehr ich es vermisst hatte. Die Menschen und die Arbeit, das Wissen, die Welt ein bisschen besser gemacht zu haben, wenn wir einen Verbrecher gefasst hatten.

Heute begrüßten mich die Leute wieder wie einen Kollegen, gestern bekam ich noch Beileidsbekundungen wegen unseres tragischen Verlustes. Es war ein Spießrutenlauf zu Schroers Büro gewesen.

Als ich am Besprechungsraum ankam, standen Jürgen und der Rechtsmediziner Hohl davor und sprachen miteinander. Gestern hatte ich sie darüber aufgeklärt, wie genau Eleonore und Lenard gestorben waren. Hohl war der Wahrheit nahegekommen, den letzten Baustein hatte ich geliefert. In der Öffentlichkeit wurde der Fall nicht mehr breitgetreten, aber wenigstens Eleonores Familie, zu der sie vor ihrem Tod aus Scham den Kontakt abgebrochen hatte, verdiente es, die Wahrheit zu erfahren. Es war schlimm, zu wissen, dass Lenard Eleonore erschossen hatte, aber vielleicht war es ein kleiner Trost für sie, endlich den echten Ablauf zu kennen. Das Gespräch hatte Schroer persönlich geführt und jetzt war die Ursache für den ganzen Schlamassel dran: die Hanraths.

»Da bist du ja!«, rief Jürgen und umarmte mich zur Begrüßung. Hohl blieb distanzierter und gab mir die Hand.

»Können wir?«, fragte ich und deutete auf die geöffnete Tür.

»Wir warten nur auf dich.« Jürgen gab mir den Vortritt.

Im Besprechungsraum befanden sich fünfzig Mann, die Luft war stickig und der Platz rar. Nur ein Stuhl war frei.

»Da sind Sie ja!«, sagte auch Schroer. »Nehmen Sie bitte Platz.«

Ich setzte mich auf den freien Stuhl und sah mich um. Zu meiner Freude entdeckte ich viele bekannte Gesichter, wie zum Beispiel das von Steffi. Schroer hatte mir in Aussicht gestellt, sie als neue Partnerin zu bekommen, vorausgesetzt, meine Frau würde nicht auch den Weg zurückfinden. Daran glaubte ich nicht. Diana hatte diesen Job geliebt, aber ihre Zeit hier war vorbei. Steffi war eine passende Wahl, fand ich. Wenn wir den heutigen Tag überstanden hatten, würde ich eine Zusammenarbeit mit ihr sicherlich in Betracht ziehen.

»Gut.« Schroer stand auf und ging ans Flipchart. »Hansi hat uns verraten, dass sie ein paar Leute in Bremen kennen.« Er pfiff durch die Zähne. »Es hat lange gedauert, diese eine Information aus dem Jungen herauszubekommen. Sein Sinn für die Familie ist beängstigend. Die Psychiater sagen, er hat wahrscheinlich sein ganzes Leben unter Folter, seelischer wie körperlicher, leiden müssen. Dennoch hält er an dem Gedanken fest, dass die Familie das Wichtigste ist.«

»Weil sie es ihm Tag für Tag eingetrichtert haben«, warf ich ein.

»Genau«, stimmte Schroer zu. »All die Jahre haben sie ihn einer Dauergehirnwäsche unterzogen. Ihm blieb nichts anderes übrig, als ihnen zu gehorchen und sie zu beschützen, wenn es hart auf hart kam. Jetzt ist er teilweise eingeknickt. Netterweise gab er uns zwei Adressen, an denen sie sich aufhalten könnten. Die Bremer Kollegen haben beide Häuser im Blick. Bis wir dort angekommen sind, wissen sie, in welchem sich die Söhne mit ihrem Vater verstecken.«

»Dann los!«, sagte Jürgen. Es erklang bestätigendes Murmeln und alle packten zusammen.

»Kahl, Isberner und Sie fahren bei mir mit«, rief Schroer über den entstandenen Lärm hinweg. Steffi und Jürgen warteten mit mir an der Tür, bis unser Chef seine Sachen gepackt und zu uns aufgeschlossen hatte. Die meisten Leute waren schon aus dem Gebäude und zu ihren Einsatzfahrzeugen gelaufen. Jeder hatte es eilig und war scharf darauf, die Männer zu fassen, die so viel Unheil angerichtet hatten. Zwei von uns hatten sie getötet, Paulssen und Paul. Eine von uns hatten sie umgedreht und eine Verbrecherin und Mörderin aus ihr gemacht, Ariana. Einen Ehemaligen hatten sie entführt und gefoltert, mich. Und das Wichtigste: Sie hatten einer werdenden Mutter das Kind geraubt. Alles Dinge, die unentschuldbar waren und nach Rache schrien.

***

Drei Stunden später kamen wir in Bremen beim zuständigen Revier an. Der leitende Ermittler empfing uns freundlich.

»Hallo, Herr Schroer«, begrüßte er den Chef förmlich.

»Schneider.« Schroer nickte ihm zu. Irgendetwas sagte mir, dass die beiden sich kannten, sich aber offenbar nicht gut riechen konnten.

»Wo sind Ihre Leute?«

»In ihren Autos. Wissen Sie schon, in welchem Haus sie sich jetzt aufhalten?«

»Zwanzig Minuten Fahrtweg, folgen Sie meinem Wagen.«

Die frostige Kälte zwischen den beiden war greifbar.

Auf dem Weg nach draußen fragte Schneider: »Womit müssen wir rechnen?«

»Wie meinen Sie das?«, stellte Schroer eine Gegenfrage.

»Werden die Regeln eingehalten oder gebrochen?«

Der Vorfall mit Paulssen und den Hanraths hatte sich natürlich in sämtlichen Revieren herumgesprochen. Den Ruf unserer Duisburger Einheit mussten wir erst wiederherstellen, bis dahin würden wir uns mit Vorurteilen herumschlagen müssen.

»Es wird nach Vorschrift ablaufen. Wir gehen rein und holen sie raus«, sagte Schroer und verzog keine Miene.

»Das will ich hoffen! Bremen braucht keinen Skandal, haben wir uns verstanden?«

»Aber sicher, Dietmar«, sprach Schroer ihn mit Vornamen an.

»Super, Hennig, dann ist ja alles geklärt.«

Wir verließen die Wache und die Wege der beiden Kommissionsleiter gingen auseinander. Erst als wir im Auto waren, wagte einer von uns, etwas zu sagen. Es war Jürgen, der mit seiner gewohnt schmerzfreien Art die Sache auf den Punkt brachte.

»Was war das denn für ein Bitchfight?«

»Ein was?«, fragte Schroer und drehte sich zu uns nach hinten. Steffi saß auf dem Beifahrersitz.

»Weshalb können Sie Schneider nicht leiden?«

Schroer lachte vergnügt. »Es ist eher anders herum, er kann mich nicht leiden.«

»Warum nicht?«, hakte Jürgen nach.

»Damals, vor Äonen von Jahren, auf der Polizeischule, hatte er eine Freundin …«

Jürgen unterbrach ihn. »Und Sie haben mit ihr geschlafen?«

318

»Nicht nur das, ich habe sie sogar geheiratet.« Jetzt lachte unser Chef laut.

»Dann kann ich die Abneigung verstehen«, sagte Jürgen, lehnte sich ebenfalls lachend zurück und schnallte sich an.

Auf der zwanzigminütigen Fahrt lästerten wir über Schneider und beglückwünschten Schroer dazu, dass er dem aufgeblasenen Arschloch die Frau ausgespannt hatte. Das lockerte die bedrückende Stimmung. Steffi schwieg die ganze Zeit über, während wir Männer uns wie alberne Jungs auf dem Schulhof benahmen.

»Wir haben ihn zur Hochzeit eingeladen«, scherzte Schroer weiter.

»Und?«, wollte Jürgen wissen.

»Die Antwort können Sie sich wohl denken, Kahl, oder etwa nicht?«

Wir lachten. Es gefiel mir, mehr aus dem Privatleben meines Jetzt-wieder-Chefs zu erfahren, dann wirkte er nicht derart distanziert auf mich wie sonst. So gehörte er fast schon zu uns, dem Fußvolk.

»Wir sind da«, durchbrach Steffi unser Gelächter. Sie deutete auf das Haus, das in unser Blickfeld kam. Polizeieinheiten waren nicht zu sehen, selbst Schneiders Wagen war verschwunden. Überall lagen sie auf der Lauer. Wir mit unserem geübten Blick erkannten die zivilen Einsatzfahrzeuge, für einen Laien, besonders für die Hanraths, dürfte es schwer sein, zu erkennen, dass wegen ihnen ein Großeinsatz lief.

Das Funkgerät knackte, Schneider meldete sich. »Wir sind in Position. Gebt uns Bescheid, bevor ihr reingeht.«

»Verstanden«, gab Schroer zurück. Von gegenseitiger Abneigung zwischen den beiden war nichts mehr zu spüren, ihre Professionalität hatte die Oberhand gewonnen. Sonst wären die beiden älteren Männer heute nicht da, wo sie jetzt sind. Ob ich einen privaten Zwist aus dem Berufsalltag raushalten könnte, wagte ich zu bezweifeln, ich war schon immer ein nachtragender Mensch gewesen, wie man jetzt wieder mal sah. Ich brannte darauf, Julian, Otto und Kane in den Arsch zu treten. Jedoch wusste ich nicht, wen ich von den dreien am meisten hasste, das hielt sich die Waage.

Schroer und Steffi drehten sich zu uns um.

»Wir gehen vor wie besprochen«, sagte Schroer. »Steffi wird als Ablenkung vorn an der Tür klingeln, wir schleichen uns hinten rein. Verstanden?«

Wir nickten. Wir hatten sehr gut verstanden. Den Plan war ich ein ums andere Mal durchgegangen, sobald ich Zeit dazu hatte. Wir hatten uns auf beide Häuser vorbereiten können, weil sie bauähnlich waren. Einfamilienhäuser mit Zugang durch den Garten. Perfekt.

Wir ließen Steffi aus dem Wagen, fuhren in eine Nebenstraße und stiegen ebenfalls aus. Wir konnten Steffi weder hören noch sehen, aber wir versicherten uns gegenseitig, dass es schon schiefgehen und unsere junge Kollegin das schaffen würde.

Schroer kletterte über einen Zaun, Jürgen und ich folgten ihm. Wir landeten im Garten des Nachbarhauses. Jetzt blieb nur zu hoffen, dass niemand daheim war und wenn doch, dass er uns nicht sah. Denn was war auffälliger als ein schreiender Nachbar? Das würde die Hanraths ohne Frage aufscheuchen und Steffi in Gefahr bringen. Zum Glück blieb es ruhig.

Dann hörten wir Steffis Stimme: »Hallo, ich verkaufe Zeitungsabonnements, hätten Sie einen Augenblick Zeit für mich?«

Ein gebrummtes »Nein« ertönte. Welcher der Männer es war, konnte ich nicht erkennen.

»Bitte, geben Sie mir eine Chance, ich hab seit drei Tagen keinen Vertrag abgeschlossen und stehe kurz vor der Kündigung. Bitte, nur ein paar Minuten.«

Der Mann ließ sich erweichen. Wenn Frauen auf die Tränendrüsen drückten, knickten wir alle ein.

»Schon gut, legen Sie los!«

Schroer nickte uns zu, das war unser Moment. Er gab einen Funkspruch an Schneider durch und wir legten los. Wir sprangen in den Garten des Zielhauses, stürmten durch die Hintertür ins Haus und brüllten, dass alle die Hände hochnehmen sollten. Vor der Tür hörte ich Steffi genau dasselbe von dem Kerl verlangen, der ihr die Tür geöffnet hatte, und es erklangen die Rufe unserer und der Bremer Kollegen.

Wir fanden die Hanraths im Wohnzimmer, völlig überrumpelt. Julian saß auf der Couch und trank ein Bier. Wie armselig er aussah. Blutunterlaufene Augen, dicke Ringe darunter, fettiges Haar, ungewaschen. Das Arschloch wirkte wie ein Tier auf der Flucht, das seit den drei Wochen, in denen wir es jagten, keinen Schlaf gefunden hatte.

Otto sah ebenso heruntergekommen aus wie sein Vater, nur Kane, der ohnehin der attraktivste der Brüder war, sah fast genauso gepflegt aus, wie ich ihn in Erinnerung hatte.

»Aufstehen! Hinknien! Hände hinter den Kopf!«, bellte Schroer und trat auf die drei zu. Die Waffe hatte er im Anschlag.

Auch Jürgen und ich rückten vor. Schroer ratterte derweil den Grund runter, warum wir sie festnahmen, sowie ihre Rechte. Julian lächelte, anders als seine Söhne, die gingen auf die Knie und verschränkten die Hände hinter dem Kopf, wie Schroer es von ihnen verlangte.

Julian stand zwar auf, dachte aber nicht daran, auf den Chef zu hören.

»Los, du auch, Arschloch!«, brüllte Jürgen. In seinem Blick erkannte ich denselben Hass, den ich ebenfalls beim Anblick der Hanraths empfand. Ich wollte sie erschießen, jetzt, sofort, einen nach dem anderen, doch ich hielt mich zurück. In meiner Vergangenheit hatte es zu viele Dinge gegeben, die ich verschweigen oder unter den Tisch kehren musste, ein weiteres Geheimnis wollte ich mir ersparen.

Julian lachte, klopfte sich übertrieben auf den Oberschenkel. »Vor euch Pissern soll ich knien? Ihr habt drei Wochen gebraucht, uns zu finden, ihr seid Schlappschwänze, und vor Schlappschwänzen krieche ich nicht.«

Schroer zuckte mit den Schultern und ging nicht auf die Provokation ein. »Besser spät als nie.«

Jürgen blieb nicht so ruhig. »Wir sind wenigstens keine feigen Schweine und jagen euch aus der Ferne in die Luft. Wir machen das Auge in Auge.«

»Du meinst den Bullen? Den hat es ordentlich zerrissen, nicht wahr?« Julian lachte.

»Pa hör auf, es ist vorbei«, mischte sich Kane ein. Versuchte er seinen Vater vor einer noch größeren Dummheit zu bewahren, als der, geglaubt zu haben, schlauer zu sein als die Polizei?

»Halt den Mund!«, fuhr Julian ihn an und gab ihm einen Klaps auf den Hinterkopf.

»Genau den meine ich«, sagte Jürgen.

»Die Ladung war leider zu schwach, eigentlich sollte sie den gesamten Stall sprengen, dann hätte es auch das Ratzi-Mausi zerlegt, aber wir haben wohl falsch gerechnet oder mein dummer Sohn Hansi hat irgendetwas verkehrt gemacht, wie immer.« Nacheinander sah er uns an, sein Blick wirkte interessiert. »Was ist mit ihm? Ist er an seinen Verletzungen gestorben? Er hat uns ziemlich enttäuscht, muss ich sagen.«

Schroer schüttelte den Kopf. »Nein, ihm geht es blendend, die Wunden sind verheilt, er bekommt drei Mahlzeiten am Tag, und ich denke, seine Mitgefangenen gehen mit ihm besser um als ihr. Ihr pocht auf die Werte der Familie und seid im Grunde nur kranke Schweine.«

»Oink, oink«, machte Jürgen und kicherte.

»Wir haben nichts Falsches getan«, verteidigte sich Julian. Jetzt kamen sie, die wirren Ausreden und verqueren Ansichten eines Psychopathen, wie ich sie schon so oft gehört hatte. »Wir hatten das Recht, meine Frau und meinen Sohn zu rächen.«

»Und die Toten im Wald?«, fragte Schroer beiläufig. »Zählten die auch zu eurer Rache?«

Julian schwieg unerwartet. Wir hatten damit gerechnet, dass er sofort bei dieser Frage die Brust schwellen und von seinen Heldentaten erzählen würde, nichts dergleichen geschah. Auch Kane und Otto hielten den Mund.

Schroer seufzte. »Früher oder später werdet ihr schon reden.« Er sprach in sein Funkgerät: »Ihr könnt reinkommen, wir nehmen sie jetzt fest.«

»Das glaubt ihr!« Julian griff hinter sich und zog eine Pistole hervor, richtete sie auf Schroer und drückte ab. Es knallte einmal, zweimal, dreimal, dann war es still und zwei Menschen lagen auf dem Boden.

Jürgen stand mit erhobener Waffe da, sie zeigte auf Julian, der zusammengekrümmt vor der Couch lag, ein Loch im Bauch, eines in der Brust. Kane und Otto hatten sich keinen Millimeter gerührt und knieten mit hinter dem Kopf verschränkten Armen und offenstehendem Mund vor uns. Die Kollegen aus Duisburg und Bremen nahmen sie in Gewahrsam, sie leisteten keinen Widerstand.

»Ist er schwer verletzt?« Steffi kam ins Zimmer, vor sich führte sie den Mann, dem dieses Haus gehörte und der den Hanraths Unterschlupf gewährt hatte.

Das riss mich aus der Starre, in der ich mich befand. Kraftvoll stieß ich Jürgen an, damit auch er sich endlich bewegte, und ließ mich neben Schroer auf die Knie fallen, er stöhnte leise, also lebte er zumindest.

»Einen Krankenwagen, wir brauchen einen Krankenwagen!«, rief jemand, ich wusste nicht, wer es war.

»Wie geht es Ihnen?«, fragte ich Schroer.

Seine Augenlider öffneten sich flatternd. »Es ging mir schon besser.« Mein Chef versuchte zu lachen, hustete aber nur verkrampft.

Immerhin konnte er sprechen und war zu einem Scherz aufgelegt. Es hätte schlimmer kommen können. Rasch suchte ich seinen Oberkörper ab. Die schusssichere Weste, die er trug, hatte ihn nicht geschützt, einen Zentimeter daneben war eine Kugel in seine Schulter eingedrungen. Mit einem Ruck riss ich den Stoff seines Hemdes auf. Das Einschussloch war weit oben. Sein Lungenflügel sollte nichts abbekommen haben. Um die Blutung zu stoppen, presste ich meine Hand auf die Wunde. Jürgen reagierte sofort, er zog seinen Pullover aus und gab ihn mir. Ich drückte ihn statt meiner Hand auf die Schussverletzung.

»Haben wir sie?«, fragte Schroer und hustete.

Nickend bestätigte ich es ihm: »Kane und Otto sind in Gewahrsam, Jürgen hat Julian erschießen müssen.«

»Hat er gut getroffen?«

»Einen Schuss in die Brust, einen in den Bauch.«

»Dann lohnt sich das teure Schießtraining ja.« Schwach lächelte er.

Sirenen kamen näher.

»Hilfe ist unterwegs«, sagte ich.

»Gucken Sie nicht so traurig, Ratz, ich schaffe das schon, Sie glauben doch nicht, dass ich Sie einstelle und dann abkratze, wer passt sonst auf Sie auf?« Schroer redete immer normaler, wenn man das unter den Umständen sagen konnte. Der erste Schock schien verflogen zu sein und die Verletzung war offenbar halb so wild.

»Der Krankenwagen ist da«, sagte Jürgen.

»Gut«, Schroer nickte kraftlos, »wir machen weiter wie geplant. Kahl fährt mit den Gefangenen zurück zu unserem Revier und leitet die weiteren Schritte ein, ich würde es gern selbst tun, aber wie Sie sehen …«, er deutete mit den Augen Richtung Schusswunde, »bin ich gerade unpässlich.« Er sah mich an. »Und Sie fahren nach Moers und reden mit *ihm*.«

Sanitäter stürmten ins Haus, kümmerten sich um Schroer, für Julian kam jede Hilfe zu spät.

Ich verabschiedete mich von Jürgen und Steffi, nahm einen der Einsatzwagen und fuhr damit erst zurück nach Duisburg und dann nach Moers, in die Nervenheilanstalt *Sommersonne*.

32

Den Wagen parkte ich auf dem klinikeigenen Parkplatz. Ich ging hinein und fragte an der Rezeption: »Wo finde ich Hansi Hanrath?«

»Sind Sie der Polizist, der uns angekündigt wurde?«

»Ja, der bin ich.«

»Moment, ich rufe jemanden.« Sie nahm ein Telefon zur Hand und rief einen ihrer Kollegen an. »Er ist sofort da«, sagte sie an mich gewandt.

»Danke.« Ich wollte mich umdrehen und zur Seite gehen, um zu warten.

Die Empfangsdame hielt mich davon ab, sie sah mich mit ihren braunen Augen flehentlich an. »Seien Sie nett zu ihm, ja?«

»Bitte was?«

Nervös nestelte sie am Saum ihrer Klinikuniform. »Mir ist bewusst, was er gemacht hat, wir alle wissen davon, aber er kann nichts dafür.«

»Wie meinen Sie das?«, fragte ich und trat wieder näher an die Rezeption. Doch die junge Frau schwieg, dafür antwortete mir ein älterer Mann, Brille auf der Nase, Halbglatze, Bierbauch.

»Das werde ich Ihnen erklären, wenn's recht ist.« Mir eine Hand entgegenstreckend, kam er um den Tresen. »Gunnar Finkmann, freut mich, Sie kennenzulernen. Ihr Chef hat mich angerufen und gesagt, dass bald einer seiner Leute kommt, um mit Hansi zu reden.«

Ich schüttelte seine Hand. »Tomas Ratz, ebenfalls erfreut. Meinen Sie, er ist bereit?«

Finkmann lachte, legte mir einen Arm um die Schulter und zog mich mit sich. Er führte mich zu einem Aufzug, wir stiegen ein. Normalerweise mochte ich eine derartige Nähe zu Fremden nicht, doch Finkmann hatte ein einnehmendes Wesen, sodass man sich sofort bei ihm sicher und geborgen fühlte. Sogar ich war kurz davor, ihm all meine Sorgen und Geheimnisse zu verraten. Bei einem Mann wie ihm, der jeden Tag mit traumatisierten und verrückten Menschen zu tun hatte, war das nicht die schlechteste Eigenschaft.

»Wir hatten drei Wochen Zeit«, sagte er, als der Aufzug in den dritten Stock fuhr. »Für viele Patienten hätte das zumindest ausgereicht, um sie zu stabilisieren. Aber bei Hansi …«, machte er eine Pause, nahm sich die Brille von der Nase, putzte sie mit dem unteren Teil seines weißen Klinikhemdes. »Bei ihm würden nicht einmal drei Jahrzehnte reichen. Kaum einen Satz kann er im Ganzen sagen. Stottert unentwegt. Viel hat er uns nicht erzählt. Wir wissen das meiste, das er getan haben soll, oder eher seine Familie, von der Polizei. Bis auf die zwei möglichen Aufenthaltsorte in Bremen bekamen wir nicht viel aus ihm heraus.« Jetzt lächelte Finkmann. Darin sah ich die Hingabe, die er diesem Beruf entgegenbrachte. »Trotzdem lieben ihn alle, Mitpatienten wie Personal. Er wirkt, als könnte er keiner Fliege etwas zuleide tun.«

Unbewusst rieb ich mir die Wunden an meinen Handgelenken. Es war leichter Schorf darauf, bald würden dort nur noch Narben übrig sein. Und ob Hansi jemandem etwas zuleide tun konnte, aber nur, wenn man ihn dazu aufforderte … Jedoch behielt ich das für mich.

Der Fahrstuhl ruckte und die Türen öffneten sich. Finkmann ging vor. Beschwingt, mit einem Lied auf den Lippen und jeden grüßend, den wir auf dem Flur trafen, brachte er mich in einen Raum, der mich an ein Verhörzimmer bei der Polizei erinnerte. Zumindest was den

Spiegel anging, diese getönte, halbdurchsichtige Glasscheibe, die es ermöglichte, bei einem Gespräch oder Verhör den Verdächtigen zu beobachten, ansonsten war es hier weitaus gemütlicher als bei uns.

»Setzen Sie sich«, bat er mich und ich nahm in einem Sessel Platz. »Den Raum nutzen wir, falls es Patienten gibt, die nur mit bestimmten Personen sprechen, das kann ein Pfleger, die Mutter oder ein Mitpatient sein. Der Arzt, der das Verhalten des Patienten nur beurteilen kann, wenn derjenige in entspannter Umgebung mit seiner Vertrauensperson spricht, stellt sich hinter den Spiegel und hört zu.«

»Kommt mir bekannt vor«, sagte ich.

»Klar, sicher.« Finkmann schlug sich leicht mit der flachen Hand vor die Stirn. »Gerade Sie sollten derartige Praktiken kennen.«

Ich nickte. Für mich war alles gesagt und ich war bereit, Hansi zu sehen. Finkmann schien das zu bemerken.

»Moment, ich hole ihn.« Lächelnd wünschte er mir viel Glück und ging aus dem Zimmer. Es dauerte ein paar Minuten, bis die Tür sich öffnete und Finkmann, ein anderer Pfleger und Hansi eintraten. Die beiden Männer redeten Hansi kurz Mut zu und verließen den Raum.

»Hallo.« Lächelnd stand ich auf.

Hansi blieb wie ein verschrecktes Kind an der Tür stehen und knabberte an den Fingernägeln.

»Hansi, ich bin es, Tomas.«

Er sah auf, erkannte mich und lächelte, erst vorsichtig, dann breit grinsend. Hansi stürmte auf mich zu, packte mich. Sofort stieß jemand die Tür auf.

»Hansi, benimm dich, lass ihn bitte los!« Das musste Finkmann sein, ich konnte ihn nicht sehen.

»Nein, schon gut!«, sagte ich erstickt, weil Hansi mich fest umarmte. »Wir kommen klar!«

»Sind Sie sicher?«

»Ja, wir schaffen das, nicht wahr, mein Großer?« Leicht klopfte ich Hansi auf den Rücken. Natürlich hatte ich mit einer Reaktion gerechnet, allerdings nicht mit einer derart heftigen. Schroer hatte mir den Auftrag erteilt, mit Hansi zu reden, weil ich ihm erzählt hatte, dass Hansi in meiner Gegenwart meistens nicht gestottert hatte und dass eine seltsame Bindung zwischen uns bestand, seitdem wir gemeinsam das Schlachthaus verlassen hatten. Vielleicht, da wir beide Überlebende waren, Überlebende des Hanrath-Unwetters. Deshalb ruhten alle Hoffnungen auf mir, mehr über die Machenschaften der Familie zu erfahren. Was hatten sie mit Hansi gemacht und was hatte es mit den Leichen im Wald auf sich? Wir hatten jetzt zwar Kane und Otto in Gewahrsam, aber wir waren uns schon zuvor bewusst gewesen, dass die beiden nie auspacken würden. Familienehre, versteht sich. Und mit Julians Tod blieb uns nur diese eine Möglichkeit, den Fall endgültig aufzuklären.

»Hallo, Tomas«, brummte Hansi und ließ mich endlich los. Seine ehrliche Freude, die er bei meinem Anblick empfand, rührte mich.

»Setz dich!«, bat ich ihn und deutete auf den Sessel, der gegenüber meinem stand, auf den ich mich wieder setzte. »Wie geht es dir?« Prüfend betrachtete ich ihn. Auch seine Wunden waren fast geheilt, nur um die gerichtete Nase und um die Augen zeigten sich noch leichte Blutergüsse.

»Ganz gut.« Hansi sah sich verschwörerisch um. »Sind alle nett zu mir, aber ich mag es trotzdem nicht.«

»Wieso nicht?«

»Ohne meine Familie fühle ich mich allein.«

»Ihr seid ständig zusammen gewesen, stimmt's?«

Hansi nickte heftig. »Ja! Familie ist das Wichtigste, sagten sie.«

»Warum hattest du dann Angst, vor allem vor Otto?«

Schon die bloße Erwähnung seines Bruders brachte ihn zum Stottern. »Dann, er, Nacht, will nicht.«

»Ganz ruhig, mein Großer, erzähl mir nur, was du möchtest.«

Dankbar lächelte er. Meine Grenze hatte ich gefunden, ich musste behutsamer vorgehen, sonst würde Hansi sich auch vor mir verschließen und schweigen.

»Sie haben sich um mich gekümmert, ich hatte immer genug zu essen, ein warmes Bett.«

»Aber?«

»Aber sie haben mich nicht geliebt.«

»Wieso nicht, weißt du das?«

Hansi weinte. Es war ein seltsames, ungewohntes Bild, einen derart kräftigen und großen Kerl weinen zu sehen.

»An Mamas und Lenards Tod bin ich schuld.«

»Haben sie dir das eingeredet? Du bist nicht schuld daran.«

»Doch!« Wütend schlug er auf die gepolsterte Armlehne seines Sessels. Die Adern auf seiner Stirn traten hervor. »Ich sollte auf sie aufpassen! Das war mein Test. Die erste Prüfung. Da war ich zehn und sollte auf Mama und Lenard achtgeben, während Vater mit Otto und Kane in die Stadt fuhr, Lebensmittel für die Woche besorgen. Normalerweise ließ er Kane als Ältesten zurück, aber das war mein Tag. Bald war mein elfter Geburtstag und Papa sagte, es wäre Zeit, dass ich ein Mann würde. Also gingen sie weg. Mama nutzte die Situation sofort aus, packte eine Tasche zusammen, schnappte sich Lenard und wollte aus dem Haus rennen.«

»Und was hast du getan?«

»Wie Papa es mir gezeigt hatte, stellte ich mich ihr in den Weg. Und ich richtete die Pistole auf sie, die er mir gegeben hatte, bevor er losfuhr. Nur für den Notfall, hatte er zu mir gesagt.«

Mich überkamen eine Gänsehaut und der unbändige Drang, Julian ins Leben zurückzuholen, damit ich ihn wieder ins Jenseits befördern konnte. Wie konnte er von einem Zehnjährigen verlangen, dass er auf seine Mutter schoss, wenn diese versuchte, der Hölle zu entkommen?

»Du hast aber nicht geschossen?« Es war eher eine Feststellung als eine Frage.

»Nein, sie nahm mir die Waffe weg. Ich war so schwach. Aber ich liebte sie ja!«

»Du hast ihr nie wehgetan?«

Wild schüttelte er den Kopf. »Nein! Nie! Das waren mein Vater und Kane. Der, hier, Otto, immer, er hat immer zugesehen.«

Es war erstaunlich, was der Name seines Bruders in Hansi auslöste, totale Panik oder wie würde Finkmann das nennen? Ein Trauma? Was hatte Otto ihm angetan?

Hansi fuhr unbeirrt fort, er schien jetzt bereit zu sein, mir die gesamte Familiengeschichte zu erzählen. »Sie brachten sie immer in den Keller und ich passte oben auf Lenard auf.« Leicht drückte er die Hände auf seine Ohren. »Die Schreie, sie waren das Schlimmste. Wenn Mama wieder hochkam, war sie ganz verweint und hatte überall blaue Flecken und blutige Wunden.«

»Ich glaube dir, dass du ihr nie etwas getan hast.« Mit Bedacht griff ich nach einer seiner Pranken und umfasste sie mit meinen Händen. Er ließ es zu.

»Was ist passiert, nachdem deine Mutter weggelaufen ist?«, lenkte ich Hansi zurück.

»Irgendwann kamen sie nach Hause.« Seine Augen wurden feucht, Tränen kullerten ihm über die Wangen, doch er verzog keine Miene. »Vater fuhr sofort los, sie suchen, und ließ mich mit Kane und Otto, der, hier, allein.«

»Was haben sie dir angetan?«

Jetzt war er bereit, ich sah es ihm an. Schwer schluckend, schloss er die Augen, konzentrierte sich, und als er sprach, zitterten seine Hände, ich spürte es durch meine hindurch.

»Kane hat mich geschlagen. Er behauptete, ich sei schuld, dass Mama weg sei. Otto starrte mich nur an, er, doch, wenn«, stockend schluckte er erneut heftig und erzählte weiter: »Als Vater mit der Nachricht zurückkam, dass Mama und Lenard tot seien … da brach die Hölle los. Vater und Kane schlugen mich, verbrannten mich mit heißem Eisen.«

»Und Otto?«

»Der, wenn, der stand daneben und lächelte.«

»Wie?« Das verstand ich nicht. Wenn Otto ihm nichts getan hatte, warum hatte Hansi dann solche Angst vor ihm?

»In der Nacht tat er mir nichts, auch nicht in den darauffolgenden. Es dauerte ein halbes Jahr, bis er sich an mir rächte. Dauernd hatte er es mir angedroht. Ich lebte in ständiger Panik, das war sogar schlimmer als Kanes und Vaters Schläge. Ihre Wut war schnell verraucht, doch Otto …« Er atmete durch, sammelte sich kurz. »Der hat es geliebt, dabei zuzusehen, wie Papa und Kane Mama folterten, er selbst hat so gut wie nie selbst Hand angelegt. Bei den anderen Frauen und Männern zuzusehen, die Vater besorgte, nachdem meine Mutter nicht mehr da war, schien Otto nicht zu befriedigen.

Eines Tages holte Vater ein junges Mädchen zu uns. In meiner Schule arbeitete sie als Praktikantin in der Cafeteria, ich kannte sie. Sofort erkannte sie mich, als Vater sie an mir vorbei in den Keller trug.

Sie schrie, ich solle ihr bitte helfen, ich konnte mich nicht rühren, war wie erstarrt.« Beschämt wischte er sich eine Träne aus den Augen. »Ich brauchte Otto nicht fragen, er musste Papa verraten haben, dass ich ein Mädchen aus der Schule toll fand, und er hat sie dann besorgt, hat sie einfach von der Straße gepflückt, hat Papa gesagt. Jedenfalls brachten sie sie in den Keller, man nannte sie Babsi, sie war so hübsch. Brutal banden sie Babsi an den Stuhl, auf dem du auch gesessen hast, sie zwangen mich, zuzusehen. Jeder Schnitt, jeder Schlag ging mir durch Mark und Bein. Kane und Vater folterten sie meinetwegen und ich musste zum ersten Mal dabei zusehen. Otto stand die ganze Zeit neben mir und kicherte. Es dauerte vierundzwanzig Stunden, bis sie von ihr abließen. In dieser Zeit hatte ich mir mehrmals in die Hose gemacht, genauso wie Babsi. Sie ließen mich mit ihr im Keller allein. Bevor Otto, er, hier, Haus, da, wenn.« Hansi schüttelte sich, als wolle er die Worte in seinem Kopf ordnen. »Bevor Otto die Treppe hinaufging, drehte er sich zu mir um und sagte, wenn ich nicht wolle, dass die Kleine weiterhin leidet, solle ich sie doch bitte erlösen. Dann lachte er und ging hinauf. Dafür hasste ich ihn. Ihn und Kane und meinen Vater. Aber wir waren doch eine Familie, also musste ich auf sie hören, nicht wahr? So waren die Regeln. Zusammenhalten und tun, was einem gesagt wird, sonst setzt es was.«

So hatte sich Otto also seinen Handlanger erzogen. Interessant. Als er nicht weitererzählte, gab ich ihm einen kleinen Stoß, auch wenn ich ahnte, wie die Geschichte ausgehen würde. »Wie ging es weiter? Was geschah mit Babsi?«

»Wir verbrachten zwei Tage und zwei Nächte zusammen im Keller. Ich war halb verdurstet, hatte Hunger und Babsi wollte einfach nicht sterben. Zwar hatten sie sie schwer verletzt, aber rechtzeitig aufgehört, damit sie durchhielt. Weinend flehte sie mich an, sie gehen zu lassen. Doch ich konnte nicht. Durfte es nicht. Zu viel Angst hatte ich vor dem, was sie mir antun würden, wenn ich wieder jemanden laufen ließ. Dann würden sie mich umbringen, das dachte ich damals zumindest. Zu dem Zeitpunkt war ich doch erst elf!« Aufgebracht sprang er auf.

»Niemand macht dir einen Vorwurf, Hansi, du bist genauso ein Opfer wie deine Mutter und die anderen Menschen. Verdammt noch mal, sogar Kane, Otto und auch Lenard sind Opfer eures Vaters. Er hat euch manipuliert, euch seine irren Zwänge und Gelüste aufgedrängt. Ihr konntet nicht anders.«

Das beruhigte ihn, er setzte sich hin. »Du hast recht, ich konnte nicht anders, ich musste sie töten.«

»Wie hast du es getan?«

»Mit meinen Händen habe ich sie erwürgt, es dauerte nicht lang, viel wehren konnte sie sich nicht, sie war mir hilflos ausgeliefert.«

»Und dann, als sie tot war?«

»Sofort kamen sie die Treppe hinunter, hatten mich beobachtet und wahrscheinlich ausgelacht. Sie nahmen mich mit rauf, gaben mir zu essen und verlangten, dass ich Babsis Leiche wegschaffen sollte. Ich trug sie die Stufen hinauf, legte sie in Vaters Wagen, er fuhr mich in den Wald. Und dann sah ich ihn das erste Mal, den Friedhof.«

Mir trat die Lichtung in Erinnerung, auf der ich gestanden hatte. Beinahe ging mir die nächste Frage nicht über die Lippen. »Wie viele liegen da, Hansi?«

Schulterzuckend schätzte er: »Fünfzig? Hundert? Keine Ahnung. Vater, Kane und Otto haben all die Jahre weiter gemordet, selbst als wir bei der Pflegefamilie wohnten. Wir haben uns immer heimlich zu Vaters Haus geschlichen.«

Ich schluckte schwer. »Sind das alles Zufallsopfer?«

»Wenn man von Babsi absieht, ja.«

»Ihr habt also nicht für uns geübt?« Das hatte ich damals gedacht, als ich die Toten gefunden hatte. Es sah aus, als hätten sie den Mord an Paulssen, Schleicher, Sugar und mir – Ariana ließ ich verständlicherweise außen vor – trainiert, um im Ernstfall vorbereitet zu sein.

»Was?« Hansi lachte. »Nein, wo denkst du hin? Wir wussten bis vor ein paar Wochen nicht einmal, wie ihr heißt. Erst als unser Vater aktiv wurde, sich Ariana aussuchte und sie kontaktierte, planten wir, euch zu fangen und euch die Wahrheit und ein Schuldeingeständnis zu entlocken. Kaum hatte mein Vater sie um den Finger gewickelt, ging es an die Planung. Mit deiner Frau war Ariana bereits befreundet und sie beschaffte uns das Insiderwissen. In der Zeit verliebte sich Vater in sie.« Wieder zuckte er mit den Schultern. »Na ja, und den Rest kennst du ja.«

»Und was ist mit Paulssens Frau und dem Freier in Sugars Wohnung?«, fragte ich. Sugar selbst war nach einer Woche im Krankenhaus ihren Verletzungen erlegen.

»Das weiß ich nicht genau. Vater, Kane und Otto haben sich darum gekümmert, mehr haben sie mir nicht gesagt.«

»Danke, Hansi«, sagte ich und stand auf, er tat es mir gleich und wir gaben uns die Hand. »Du hast mir sehr geholfen.«

»Wirklich?« Er schien ernsthaft überrascht, als wäre er es nicht gewohnt, dass man ihm für etwas dankte.

»Wirklich«, bestätigte ich und klopfte ihm auf die Schulter.

Ich ging zur Tür, sie öffnete sich und ein nickender, lächelnder Finkmann kam auf mich zu, auch wir schüttelten uns die Hand.

»Danke«, sagte er ebenfalls. »Das wird uns helfen, seine Therapie optimal anzupassen.«

»Gern, er konnte ja auch mir helfen, also haben wir eine Win-win-Situation.«

Bevor ich den Raum verließ, rief Hansi mir hinterher: »Kommst du mich mal besuchen, Tomas? Einfach nur so? Ohne Otto, Dingens, hier?«

Lächelnd drehte ich mich zu ihm um. »Das mache ich, Hansi, das verspreche ich dir.« Und was ich versprach, würde ich halten. Fest nahm ich mir vor, regelmäßig bei ihm vorbeizuschauen. Vielleicht würde Diana irgendwann mitkommen und sich selbst davon überzeugen, dass Hansi kein schlechter Junge war, sondern nur den falschen Vater hatte.

Apropos Diana, mein Handy klingelte, als ich aus der Klinik trat. »Ja, Schatz?«

»Hat alles geklappt?«

»Ja, wir haben sie, Julian ist tot, Schroer wurde angeschossen, aber nicht lebensbedrohlich.«

»Kommst du heute noch einmal zu mir?«

»Wenn du das willst.«

»Ja, ich hab gute Neuigkeiten, ich darf am Wochenende nach Hause.«

»Das ist ja wunderbar!«

»Nicht wahr? Also, kommst du?«

»Vorher muss ich ins Revier einen Bericht schreiben, in ein paar Stunden bin ich bei dir.«

»Super, ich freue mich. Ich liebe dich.«

»Ich dich auch.«

Schon jetzt fürchtete ich mich vor dem Tag, an dem ich ihr erzählen musste, dass ihre Freundin Ariana sich von einem verrückten Serienkiller um den Finger hatte wickeln lassen, sich Hals über Kopf in ihn verliebte, und ihm alle Informationen besorgte, die er brauchte. Diese Frau hatte dabei geholfen, unsere Leben zu zerstören und ich hoffte, sie würde dafür büßen. Ihr Prozess begann in Kürze und mit Hansis Aussage würden wir es schaffen, sie nicht nur des Angriffs auf Diana anzuklagen, sondern auch wegen Beihilfe zum Mord. Diese Frau würde für eine lange Zeit ins Gefängnis gehen und Diana und ich konnten neu anfangen. Wir hatten zwar unsere Kleine verloren, aber wir würden es wieder versuchen und irgendwann würde sich unser Glück erfüllen. Und bis dahin freute ich mich darauf, meiner Leidenschaft nachzugehen: Kranke Schweine jagen und sie einsperren.

Passt auf ihr bösen Buben, ich bin zurück.

Ende

Nachwort

Der erste Dank geht an Sie, liebe Leserinnen und Leser. Was wäre ein Autor ohne Menschen, die seine Geschichten lesen und diese in ihren Köpfen zu Bildern werden lassen? Nichts, genau. Sicherlich wünscht sich jeder Schreiberling, dass jeder seine Geschichten liebt und nichts an ihnen auszusetzen hat. Aber seien wir ehrlich, das ist unmöglich, es wird immer Leser geben, die ich nicht erreichen kann und die meine Geschichten vielleicht sogar verabscheuen. Aber es gibt auch andererseits eine Menge Menschen, denen gefällt, was ich so treibe. Egal zu welcher Kategorie Sie gehören, ich würde mich über ein Feedback von Ihnen freuen. Schreiben Sie mir doch einfach eine nette oder eben auch weniger nette E-Mail. Stupsen Sie mich bei Facebook an (aber bitte ganz sanft) und hinterlassen mir dort Ihre Liebes- oder Hassnachricht. Oder verfassen Sie über Amazon eine Rezension. Welchen Weg auch immer Sie gehen: Bleiben Sie bitte respektvoll mir gegenüber. Sollten Sie sich über das Buch ärgern, schreiben Sie das, aber lassen Sie sich nicht dazu hinreißen, mich als kranke, irre, nichts könnende Psychopathin zu beschimpfen, denn selbst wenn ich das wäre (verrückt kicher): Sie kennen mich nicht, genauso wenig wie ich jeden meiner Leser kenne, und genau deshalb behandle ich auch jeden von Ihnen mit dem Respekt, den Sie verdienen und würde mich nie dazu hinreißen lassen, auch nur einen von Ihnen zu beschimpfen. Dennoch, nach all den Worten, möchte ich Ihnen allen noch einmal danken, ob nun Liebhaber oder Hasser meiner Werke, Sie alle sind mir wichtig.

Dann möchte ich noch meiner *Mudda* danken. Mir sind schon fast die Ideen ausgegangen, mit denen ich ihr zeigen kann, wie dankbar ich bin für das, was sie für mich tut. Aber eben nur fast. *Mudda*, du bist ein Schatz, und das schon, seitdem ich denken kann, und davor warst du es mit Sicherheit auch schon, einfach die beste Mutter, die man sich wünschen kann.

Genauso möchte ich aber auch dem Rest meiner Familie danken, vor allem meinem *Vadder*, der mich ebenso bei dem unterstützt, was ich mache. Dann noch meinem Bruder, dem alten Irren, der immer Spaß an meinen Büchern hat, oder es auch nur vorgibt, um ein mögliches Erbe abzustauben, man weiß es nicht. Und dann möchte ich auch wieder meinem Mann danken, der es schafft, trotz der Härte meiner Geschichten noch immer ohne Angst neben mir zu schlafen.

Wir nähern uns dem Schluss, aber ein paar hab ich noch, halten Sie durch.

Denn da ist noch der verrückte Redrum-Haufen, zu dem natürlich der Chef der Truppe Michael Merhi, meine Lektorin Stefanie Maucher und die Korrektoratsdamen Silvia Vogt und Jasmin Kraft gehören. Euch und allen anderen Bekloppten aus unserer Redrum-Familie möchte ich ebenfalls herzlich danken!

VERLAGSPROGRAMM

www.redrum-verlag.de

REDRUM CUTS

01 Bizarr: *Baukowski*
02 50 Pieces for Grey: *A.M. Arimont*
03 Koma*: Kati Winter*
04 Rum und Ähre: *Baukowski*
05 Hexensaft: *Simone Trojahn*
06 Still Morbid*: Inhonorus*
07 Fuck You All - Novelle: *Inhonorus*
08 Das Flüstern des Teufels: *A.M. Arimont*
09 Kutná Hora: *André Wegmann*
10 Die Rotte: *U.L. Brich*
11 Blutwahn: *André Wegmann*
12 Helter Skelter Redux: *A.M. Arimont*
13 Badass Fiction*: Anthologie*
14 Bloody Pain: *Elli Wintersun*
15 In Flammen: *Stefanie Maucher*
16 Denn zum Fressen sind sie da: *A.C. Hurts*
17 Die Chronik der Weltenfresser: *Marvin Buchecker*
18 Psychoid: *Loni Littgenstein*
19 Geisteskrank: *Marc Prescher*
20 Sweet Little Bastard: *Emelie Pain*
21 Süchtig nach Sperma: *Marco Maniac*

MOE TERATOS

CRIME SCENE

THRILLER

BLUTIGE BESTIEN

REDRUM

REDRUM
SM-THRILLER

DIE
ABRICHTUNG DER
APOTHEKERTOCHTER
AM

Gerwalt Richardson

FUCHSSTUTE

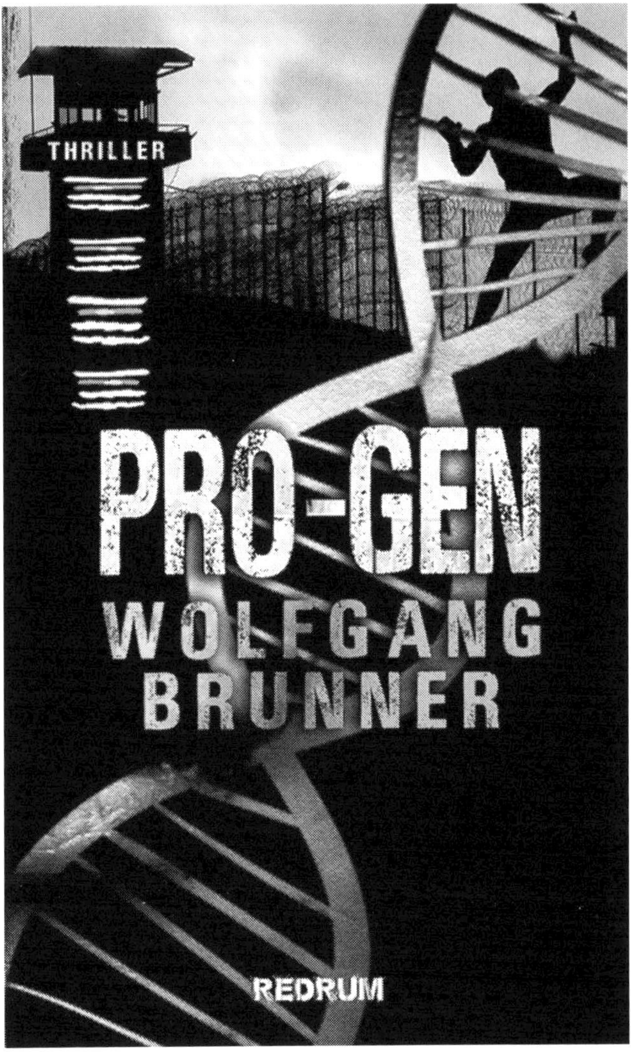
THRILLER
PRO-GEN
WOLFGANG
BRUNNER
REDRUM

JACQUELINE PAWLOWSKI

PARA PHIL

PSYCHOTHRILLER

MICHAEL MERHI

LEID UND SCHMERZ

REDRUM loves you!

REDRUM liebt dich!

Besuchen Sie jetzt unsere Facebook-Gruppe:

REDRUM BOOKS - Nichts für Pussys!

www.redrum-verlag.de

Printed in Germany
by Amazon Distribution
GmbH, Leipzig